POR UMA NOITE, SUA DAMA

SEDAS E SOMBRAS
BOOK SEIS

SOFIE DARLING

Translated by
TANIA NEZIO

OLIVERHEBERBOOKS

1

CHÂTEAU LA PERLE, FRANÇA, MARÇO DE 1829

De vez em quando, o lado sombrio de Eva tentava retornar à luz.

Seu lado sombrio podia ser persistente.

Embora escondida sob três anos de camadas cuidadosamente acumuladas de autocontrole, esse lado sombrio ainda existia. O lado sombrio governado pela paixão. O lado sombrio que agia por impulso. O lado sombrio que a colocava em encrenca.

Por exemplo, seu lado sombrio podia facilmente pegar uma agulha — como a que estava segurando entre o indicador e o polegar — e dar uma picada rápida, certeira e "acidental" em uma cliente ocasionalmente arrogante e irritante demais. Esse lado sombrio não se importava com o império da costura que vinha construindo metodicamente nos últimos anos.

É claro que a cliente que ela realmente desejava furar com a agulha não era a senhora cujo vestido ela estava ajustando, mas a mãe da jovem, Lady Uxbridge, que era — e essa era a parte frustrante — uma das melhores e mais influentes clientes de Eva. A *Duquesa* de Uxbridge. O lado sombrio de Eva não teria suportado a Duquesa por mais de trinta segundos, mas seu novo eu demonstrava uma habilidade surpreendente, mesmo quando

Lady Uxbridge abria a boca e proferia observações para a filha como: "Ah, não curve os ombros desse jeito. Isso faz você parecer uma mulher de aparência suspeita."

"Mas, *maman*", respondia a sempre imperturbável Lady Portia, "a senhora nasceu na França e deseja que eu me case com um francês. Eu não deveria ter uma aparência de alguém que conhece o mundo?"

Lady Uxbridge soltou um grunhido de frustração. "Isso é diferente, *ma chérie*. Fui esposa de um duque inglês nos últimos trinta anos e posso garantir que sou bastante inglesa no que importa, posso lhe garantir."

A filha ajeitou os ombros conforme as instruções, mesmo que a sugestão de um sorriso brincasse em sua boca. Era difícil saber algo sobre Lady Portia, pois sua placidez habitual revelava pouco.

Essas conversas entre mães e filhas na costureira não eram nada incomuns. Cuidadosamente e intencionalmente, Eva mantinha seu exterior isento de reação, mesmo que seu interior estivesse repleto de opiniões. O único ponto que a costureira experiente deveria manejar era o de uma agulha, não o de uma opinião.

Ela enfiou a agulha na seda azul, da cor de gelo congelado, e manteve a boca decididamente fechada. Ela havia sido convidada para aquele castelo no interior da França para seus serviços de costura para as damas de Uxbridge. Lady Portia estava prestes a ficar noiva do senhor daquela propriedade, o Marquês de Touraine, se as mães casamenteiras dele e de Lady Portia conseguissem o que queriam. O desespero de Lady Uxbridge pela união só aumentava a cada dia que o Marquês não pedia Lady Portia em casamento. Até Eva começava a se perguntar por que o homem estava demorando tanto.

Convencida de que o guarda-roupa perfeito aceleraria o casamento, Lady Uxbridge pagou a passagem de Eva de Londres até o Château La Perle, além do preço dos tecidos, vestidos prontos e artigos diversos, e a atenção exclusiva de Eva, que estava rendendo uma quantia considerável por seus serviços personalizados. Ela só precisou de uma rápida parada em Paris para deixar seu filho Ariel e sua aprendiz Nell com Madame Fabienne, *ex-modiste* da corte espanhola e amiga da família.

Ariel. Uma pontada de saudade percorreu Eva. Ela só estava separada dele há dois dias, mas era tempo demais. Mas foi por ele que ela concordou com o pedido de Lady Uxbridge. Era assim que se construía um império, cada cliente poderoso era um tijolo na fundação. Seu próprio avanço no mundo só importava na medida em que promovia a posição de Ariel. Ela não valia nada. Ele valia tudo.

Então, ali estava ela, com o rosto a menos de um centímetro da cintura de Lady Portia — costurar era um negócio íntimo — dentro do Château La Perle, um palácio que atingia o ápice da sofisticação discreta e arejada, com seus pisos de mármore branco, paredes verde-claro e tetos altos. As cinturas haviam caído consideravelmente nos últimos meses, e Eva estava ali para garantir que Lady Portia estivesse vestida da cabeça aos pés com a última moda. Lady Uxbridge fora extremamente firme nesse ponto. Nenhuma dama francesa iria rir pelas costas da filha.

Eva sentou-se sobre os calcanhares e admirou o resultado do seu trabalho. Amanhã à noite, no baile que se esperava ser o baile de noivado de Lady Portia, ela impressionaria o salão com sua figura alta e esbelta, cabelos loiro-claros, olhos azuis cristalinos e maças do rosto que revelavam gerações de ancestrais nobres.

Ainda assim, Eva não estava exatamente encantada com aquele tom particular de azul em Lady Portia. Ela não podia negar que a cor combinava perfeitamente com os olhos de Lady Portia e realçava sua pele pálida, mas sua frieza glacial pendia demais nessa direção. Eva teria escolhido uma cor diferente para descongelar Lady Portia alguns graus. Talvez um verde musgo suave ou um amarelo-sol de verão. Mas Lady Uxbridge insistira.

Eva deixou o assunto de lado. Talvez o Marquês quisesse uma rainha do gelo como esposa. Ela nunca conhecera o homem — e provavelmente nunca conheceria — pois seu trabalho a mantinha à sombra das damas que atendia. Havia homens que gostavam desse tipo de beleza.

Havia homens que gostavam de tudo.

Ela afastou o pensamento. Não pensaria nos homens e em seus gostos variados, nem em como adquirira tanto conhecimento. Esse era o seu passado. Um passado que se tornava mais distante a cada cliente aristocrático que conquistava.

Ninguém mais poderia tocar nela ou em sua família. *Nunca mais.*

"Señora Galante", disse Lady Uxbridge, seu tom oscilando entre uma adulação e uma ordem. Eva tinha certeza de que não gostaria do que sairia da boca da dama. "E se você abaixasse o decote mais um centímetro?"

"Mais um centímetro?" exclamou Lady Portia. "*Maman*, se o decote descer mais um centímetro, o rosa dos meus mamilos vai aparecer."

Lady Uxbridge ergueu as mãos, exasperada. "E isso seria o pior resultado do mundo?"

"Sim", disse Lady Portia, fria a ponto de se tornar frígida. "Não farei *nenhum* esforço para garantir uma proposta de casamento do Marquês."

"Oh, *ma chérie*, às vezes me desespero com você." Lady Uxbridge soltou um suspiro sofrido e voltou o olhar para Eva.

Eva se preparou. Ela não gostava de ser pega no meio de uma discussão entre mãe e filha.

"Você é uma mulher casada, *non?*", perguntou a Duquesa.

"Só por um curto período", disse Eva, firme e controlada. Ela se moveu para inspecionar as costas do vestido de Lady Portia para não ter que olhar nos olhos de ninguém.

De todos os assuntos existentes, casamento era o que ela mais especialmente não queria discutir. Havia o respeitável casamento curto com um soldado fictício que essas mulheres pensavam que ela tivera.

E havia o outro.

Lady Uxbridge, no entanto, não era de se distrair. Ela era como um pequeno terrier com um osso quando sua mente se fixava em um assunto. "Não estou interessada no seu casamento. Mas e quanto ao pedido de casamento? Talvez você possa dar algumas sugestões à minha filha sobre como persuadir Touraine a fazer a proposta."

Um fragmento de memória passou pela mente de Eva. *Olhos escuros, sinceros e seguros... Dedos longos e masculinos segurando sua mão, o calor dele penetrando seu corpo através daquele único ponto de contato... Uma pergunta repentina e solene... Um "sim" ofegante e animado foi a resposta... Uma fina folha de grama arrancada da margem do rio, enrolando-se no dedo anular de sua mão esquerda... Um voto de nunca removê-la enquanto vivesse...*

Seu polegar esfregou o dorso do dedo anular — pele nua, apenas.

E, de alguma forma, ela havia sobrevivido.

"Não foi um pedido romântico." Como seu novo eu mentia facilmente.

Lady Uxbridge fez um gesto de desdém com a mão. "Ah, que bobagem, mas foi um pedido de casamento, *non*?"

"Ele ia para a guerra." O soldado fictício havia perecido tragicamente em uma região remota do mundo. "O pedido de casamento foi fruto das circunstâncias." Eva se perguntou se a mentira soaria vazia aos ouvidos de alguém. "Foi tudo meio apressado."

Isso se aplicava tanto ao casamento falso e respeitável quanto... ao outro.

Uma astúcia surgiu nos olhos de Lady Uxbridge. "Ah, eu sei do que você está falando."

"Sabe?" Eva não conseguia imaginar o que ela sabia.

"Movido por paixões carnais." A boca de Lady Uxbridge se contraiu recatadamente nos cantos. "Bem, esse definitivamente não é o caso aqui."

"Não?" Eva perguntou, completamente perplexa com aquela reviravolta. Como ela gostaria de poder voltar no tempo um minuto e direcionar a conversa para um caminho diferente.

"Touraine *não* é um homem de paixões carnais." Lady Uxbridge quase bufou. "Ele é conhecido por seus altos padrões e natureza virtuosa."

"Um homem virtuoso?" Eva zombou, sem pensar. "Nunca ouvi falar de tal coisa."

Lady Portia riu, mas o aperto na boca de Lady Uxbridge não cedeu. O medo se apoderou de Eva.

"Talvez isso seja verdade para os homens inferiores com quem o seu tipo se diverte", disse a Duquesa. "Mas posso garantir que o Marquês de Touraine é da mais alta respeitabilidade e nobreza de toda a França. Ele não se deleita com prazeres baixos."

Com as bochechas em brasa, Eva apertou os lábios e pegou a bainha de Lady Portia, fingindo encontrar um ponto que precisava ser consertado.

O seu tipo.

Não demorou muito para que as classes altas revelassem o que pensavam do seu *tipo* — uma mulher cujo sobrenome não constava no Debrett's . Claro que não, já que sua ascendência era espanhola e judaica, embora pouquíssimos na sociedade inglesa soubessem dessa última parte. Não que Eva escondesse ou negasse, mas ninguém pensou em perguntar, tão míope era a visão aristocrática inglesa do mundo. Mas tudo conspirava para torná-la diferente — exótica, com seus cabelos, olhos e sotaque escuros — e, portanto, de posição inferior.

A verdade era que ela havia se excedido. Impérios construídos em torno do serviço aos ricos e nobres não foram construídos por meio de exageros. Eles foram construídos sendo a melhor e sendo mansa.

Não demorou muito para que as classes altas revelassem o que pensavam do seu *tipo* — uma mulher cujo sobrenome não constava no Debrett's [1]. Claro que não, já que sua ascendência era espanhola e judaica, embora pouquíssimos na sociedade inglesa soubessem dessa última parte. Não que Eva escondesse ou negasse, mas ninguém pensou em perguntar, tão míope era a visão aristocrática inglesa do mundo. Mas tudo isso contribuiu para torná-la diferente — exótica, com seus olhos e cabelos escuros e sotaque — e, portanto, de posição social inferior.

A verdade era que ela havia se excedido. Impérios construídos em torno do serviço aos ricos e nobres não se construíam por meio de exageros. Eles eram construídos por serem os melhores e por serem humildes.

A primeira opção era fácil de alcançar. Era um fato. Ela era a melhor em sua profissão.

A segunda opção...

Até mesmo sua nova personalidade teve um pouco de dificuldade com isso.

Ela se refugiou na segurança de sua ocupação. "Lady Portia, se puder tirar o vestido, farei os ajustes necessários e o deixarei pronto amanhã à tarde."

Lady Portia se virou e encontrou o olhar da dama de companhia, que havia permanecido sentada em silêncio em um canto discreto durante toda a sessão de ajustes. "O que você acha, Edith? Estou atraente neste vestido?"

"A senhora precisa chamar a sua dama de companhia pelo nome de batismo?", perguntou Lady Uxbridge. Sua capacidade de exasperação não tinha limites. "É muito peculiar."

---

1. Debrett's Peerage & Baronetage, um livro que inclui um breve histórico da família de cada titular, era publicado anteriormente aproximadamente a cada cinco anos. A última edição impressa foi a de 2019, a 150ª edição, publicada no 250º aniversário da empresa. Charles Kidd foi o editor do Peerage por quase 40 anos; ele foi o editor consultor da última edição, editada por Susan Morris, Wendy Bosberry-Scott e Gervase Belfield, da Debrett Ancestry Research Ltd, uma empresa irmã da Debrett.

"Sim, de fato, preciso", respondeu Lady Portia sem um pingo de irritação, mas com uma determinação fria e férrea.

Edith encarou sua patroa. "Qualquer homem seria tolo se pensasse o contrário."

Lady Portia claramente tinha amizade com sua criada, assim como muitas damas. Afinal, a dama de companhia de uma dama era a guardiã não apenas das roupas e outros pertences de sua patroa, mas também de seus segredos.

Enquanto Lady Portia trocava de roupa, sua mãe adotou uma abordagem diferente. "Diga-me o que sabe sobre o Château La Perle, *ma chérie*."

"Oh, *maman*", disse Lady Portia. "Visitei aqui algumas vezes com você e meu pai quando criança. Sei o suficiente sobre a propriedade de Touraine."

"Mas já faz anos, e Touraine está mais envolvido na administração de sua vinícola. Quanto mais uma mulher se interessa por um homem, mais ele se interessa por ela." Lady Uxbridge deu de ombros, aceitando que não era ela quem ditava as regras.

Como resistir à mãe não a levaria a lugar nenhum, Lady Portia começou a recitar uma lista de fatos. "O Château La Perle é construído em tuffeau, um calcário local que dá ao castelo sua aparência branca. Tem cerca de trezentos anos."

"E o vinhedo?"

"Plantado há duzentos anos. Foi reabilitado pelo marquês anterior após a Revolução."

"Melhor não mencionar a Revolução", interrompeu Lady Uxbridge.

Lady Portia continuou. "O atual marquês continuou com os negócios após a morte prematura de seu pai no ano passado."

Lady Uxbridge fez o sinal da cruz e disse: "Descanse em paz, querido Henri." Seu foco, no entanto, não se desviou do assunto em questão. "A produção de vinho não é um negócio, Portia, e o marquês não é um comerciante comum."

"Então ele é um comerciante incomum?"

Eva mal conteve um bufo.

Os olhos de Lady Uxbridge se estreitaram para a filha. "Não cabe a você apresentar ideias. Deixe isso para o Marquês."

O olhar de Lady Portia encontrou o de Edith por uma fração de segundo, uma comunicação silenciosa que permaneceria apenas entre elas.

Lady Uxbridge não havia terminado. "Agora, sobre esta tarde —"

Um grito de frustração irrompeu de Lady Portia. "Preciso ir?"

"Estamos sob o mesmo teto de um jovem marquês sem esposa", explicou Lady Uxbridge bem devagar. "Uma situação que resolveremos agora que o período de luto por seu pai terminou. É por isso que sua querida *maman* nos convidou para vir. Então, você vai elogiar seus vinhos e patinar de braços dados no gelo com ele esta tarde."

"Enquanto a primeira opção está dentro das minhas capacidades, a segunda é uma proposta delicada", disse Lady Portia. "Sou um sapo inábil no gelo."

Um brilho astuto brilhou nos olhos de Lady Uxbridge. "E por isso você vai precisar contar com o apoio do Marquês."

Ter nascido em uma classe baixa pode ter tido suas desvantagens, mas pelo menos Eva nunca teve que sofrer em uma campanha para garantir um marquês como marido. Que situação terrível.

Lady Uxbridge ofegou. "Señora Galante, você sabe que horas são?"

Eva consultou o relógio de bolso de prata pendurado em uma corrente em sua cintura. "Onze horas, minha senhora."

"Oh, precisamos ir", exclamou a Duquesa. "Devemos encontrar o grupo às duas e meia para a patinação no gelo."

"Acredito que isso nos dá tempo suficiente para nos prepararmos." Lady Portia entregou o vestido de baile a Eva. "Señora Galante, talvez você queira se juntar ao nosso grupo?"

Eva abriu a boca para recusar quando Lady Uxbridge se adiantou. "Señora Galante se juntar a nós?"

A mulher riu. Um pouco maliciosamente. Apenas o suficiente para irritar o lado sombrio de Eva. O lado que não era tão gentil quanto a sua nova versão.

"Não consigo imaginar de onde você tira essas ideias, *ma chérie*. A Señora Galante é nossa—"

"*Convidada*", interrompeu Lady Portia. Sua mãe estava prestes a dizer *criada*. "E ela está aqui a nosso convite. Por que não deveria desfrutar da hospitalidade do Marquês?"

"Tenho certeza de que as mãos dela estarão cheias de agulhas e seda, preparando seu vestido para o baile de amanhã à noite", afirmou Lady Uxbridge.

Eva deveria recusar o convite, ela entendia isso. Mas seu lado sombrio já havia erguido a cabeça. Algo sobre Lady Uxbridge usar todas as desculpas que Eva teria usado a irritava particularmente. Fazia com que ela não quisesse nada além de contradizer a mulher.

Uma tentação à qual ela precisava resistir... resistir... *resistir...*

"Eu ficaria honrada em me juntar ao seu grupo", Eva se viu dizendo.

Lady Uxbridge abriu a boca e fechou-a. Abriu-a novamente e fechou-a novamente. Eva havia deixado a mulher momentaneamente sem fala. Que uma parte dela não gostou muito disso.

Considerando imprudente irritar ainda mais uma de suas melhores clientes, Eva silenciosamente começou a arrumar suas duas malas e saiu do quarto às pressas, cumprimentando cada uma das damas e recusando educadamente a ajuda de Edith.

Foi só depois de carregar as malas até a ala oposta do castelo e subir metade de um segundo lance de escadas que se arrependeu da decisão. Ela chegou a um patamar que levava a outro lance de escadas, deixou suas malas caírem no chão em uma pilha e apreciou a beleza ao seu redor. Os franceses se destacavam em um design simples que revelava luxo na qualidade de seus mármores, tapetes e tapeçarias, mesmo naquela parte do castelo — uma ala fora de moda que não era exatamente o alojamento dos criados, mas também não era para os hóspedes de alto escalão.

Eva pertencia àquela classe média — não era uma criada, mas também não se igualava à nobreza. Mesmo sendo a costureira mais requisitada de toda Londres — um título pelo qual vinha se esforçando nos últimos anos — ela sempre existiria em um nível inferior. Contanto que pagassem suas contas, os ricos poderiam tratá-la como quisessem. O que quer que os façam sentirem-se superiores.

Suas mãos apertaram as alças da mala e ela se endireitou, determinada a não parar novamente até chegar aos seus aposentos. Faltavam apenas uns cem metros.

Ela estava na metade da escada quando uma voz masculina soou atrás dela: "Por favor, *madame*, permita-me ajudá-la."

Eva forçou um sorriso antes de se virar, pronta para recusar a oferta. Um criado- bonito-demais-para-o-próprio-bem se aproximou dela com um sorriso malicioso no rosto, como se soubesse disso.

"Não preciso da sua ajuda." Ela não aceitava ajuda de homens, nunca. Isso só deixava uma mulher em dívida com um homem, o que sempre colocava uma mulher em apuros.

Ele não pareceu ouvir a recusa dela — ou simplesmente a ignorou —, pois se aproximou. "Aqui", ele disse, estendendo as mãos.

Ela apenas apertou as malas com mais força. "Eu disse não."

"Você é a *modiste, non?*"

"Já nos conhecemos?" ela perguntou, fria e direta. Ele saberia quem estava no controle ali.

Não era ele.

Ele deu de ombros com a indiferença que só um francês poderia ter. "Você sabe como as notícias se espalham entre os criados."

"Sei?" Ela se endireitou e estreitou os olhos. "Sou uma hóspede aqui, não uma criada. Agora, se você se afastar, tenho um dia cheio pela frente."

Com a testa franzida de perplexidade, o criado se afastou para permitir a passagem dela com uma reverência exagerada e um floreio de braço. Os ingleses tinham uma palavra excelente para um homem como ele. *Atrevido.*

Dentro do quarto, ela fechou a porta com um movimento brusco, deixou as malas caírem no chão, girou a chave na fechadura e se jogou na cama.

Finalmente sozinha.

Mas não teve tempo para alívio, pois o arrependimento a dominou instantaneamente. Ela havia concordado em ir à festa de patinação no gelo. *Por quê?*

A resposta era fácil.

Seu lado sombrio, sempre procurando um ângulo para se afirmar.

Ela havia permitido que essa parte de si mesma tivesse um vislumbre de luz, e agora não tinha escolha a não ser comparecer.

Arrastou-se até o guarda-roupa e abriu as portas. Cada vestido que ela construía era único: cores suaves e linhas sóbrias. Nada que chamasse a atenção ou se destacasse. Nada que ousasse ofuscar as damas que atendia. Ainda assim, ela se permitia uma concessão: suas roupas eram de ótima qualidade, o que, ela podia admitir, era uma homenagem ao seu lado sombrio.

Mas será que ela precisava se conter e suprimir cada parte de si mesma? Ela não podia ter alguns prazeres?

A verdade era que ela preferia cores vibrantes a cor cinza, e seda a algodão. Ela não podia ter as cores vibrantes, mas podia ter a seda.

No entanto, o passeio apresentava outro problema. Seu lado sombrio adorava esses passeios. A socialização. O flerte. O pavonear-se e passear. A exibição de si mesma para se destacar. Seu lado sombrio era tão consciente de sua beleza e gostava de ver seu efeito nos outros, e não apenas por vaidade. A beleza de uma mulher fazia os homens de bobos, e ela nunca se cansava de ver um homem sendo feito de bobo. Muitas vezes, eles mereciam.

Ela atravessou o quarto até a janela e apreciou a vista magnífica. Um sol frio, quase primaveril, derramava sua luz sobre os jardins cuidadosamente tratados que se estendiam desde a casa, parando na suave elevação de uma colina onde fileiras de videiras se estendiam até onde a vista alcançava, desaparecendo atrás da queda da colina e reaparecendo na elevação de outra atrás dela.

A imensidão do castelo e da propriedade ao redor a impressionou pela primeira vez. Ser dona de tudo isso... E um lago para patinar no gelo também?

Embora fosse março e as árvores e videiras mostrassem um toque de verde, o inverno ainda não havia acabado naquela parte da França, como evidenciado pelos ventos frios que ainda assobiavam no ar. Ela supôs que seria o suficiente para manter um lago congelado, mesmo que estivesse à sombra de uma encosta.

Seus olhos se fixaram em dois homens subindo lentamente uma fileira de videiras. Um baixo, com um andar um pouco curvado e um passo arrastado que denunciava velhice. O outro, bastante alto, com ombros largos que preenchiam perfeitamente seu casaco rústico de trabalhador, e possuía o passo confiante de um homem na flor da idade que sabia o que estava fazendo. O administrador da propriedade, provavelmente.

No entanto, não foi o que seus olhos viram que fez seu coração acelerar no peito, mas uma sensação fantasmagórica de reconhecimento, mesmo que sua mente insistisse que não continha nenhuma substância verdadeira. Quatro anos depois, ela deveria ter aprendido. Muitos homens eram altos, de ombros largos e dotados de passos confiantes.

E nenhuma dessas qualidades fazia desses homens *ele.*

Na verdade, nesses últimos quatro anos, ela vira vários homens assim, e nenhum era *ele.*

Não que ela quisesse ter qualquer contato com *ele,* mesmo que fosse.

O que não poderia acontecer, mesmo que *ele* fosse francês.

A França era um país grande. Um país vasto o suficiente para fazer um homem desaparecer na inexistência. Se ao menos a memória seguisse uma lógica semelhante.

Ela se afastou da janela. Se quisesse se juntar à festa de patinação no gelo, precisava fazer algum progresso no vestido de baile de Lady Portia. Abriu as malas e tirou a peça, esfregando a fina seda italiana entre os dedos. O trabalho nunca deixava de trazer foco à sua mente quando ela queria voltar ao passado. O trabalho era seu abrigo. Foi através do trabalho que sua vida ganhou um impulso, quando o passado fez tudo o que podia para destruí-la.

Era melhor ela começar logo.

Mas, sinceramente, a ideia de que um vestido — mesmo o mais estiloso, luxuoso e fino — pudesse fazer um homem pensar em matrimônio era absurda.

Eva estava vestida apenas com uma musselina comum, com uma folha de grama como anel, e estava absolutamente perfeita.

Por alguns dias.

E então tudo foi por água abaixo.

Ela exalou um suspiro frustrado. Ela estava pensando naquele tempo e nele com muita frequência hoje.

Ele e aquela época eram melhor serem deixados onde ela mantinha o seu lado sombrio guardado.

No passado.

2

"Suas uvas ainda não foram testadas."

Uma brisa fria e forte, com um leve toque de inverno, chicoteava os cabelos longos e fora de moda de Lucien e lhe ardia às orelhas. Mas ele mal a sentia, em meio à frustração. Dar voz à sua irritação só confirmaria o que o homem mais velho ao seu lado — Monsieur Perrin — pensava dele.

Verde. Inexperiente. Jovem demais para o caminho que trilhava.

Lucien não conseguia deixar de se perguntar se um duplo sentido se escondia nas palavras de Perrin. "Minhas uvas ou" — ele sabia que era uma má ideia pronunciar as palavras mesmo quando elas escapavam de sua boca — "*eu?*"

Perrin soltou um suspiro cansado, o tipo de suspiro acostumado a lidar com jovens irracionais. "Você é um jovem marquês, Touraine. A morte do seu pai foi uma tragédia que lhe impôs tudo isso" — ele acenou com o braço, indicando os vinhedos e a propriedade ao redor — "trinta anos antes da sua hora."

Lucien sentiu um nó no estômago, como sempre acontecia ao ouvir a menção de seu pai.

"Sinto muito pela perda do seu pai."

Lucien olhou para o horizonte, para as colinas ondulantes de videiras até onde a vista alcançava. Um ano se passou, e as condolências continuavam chegando. Seu pai fora esse tipo de homem. Um que tocava a todos que encontrava, com gentileza, bom humor e igualmente bom senso.

Perrin continuou. "Ele estava realmente construindo algo com La Perle, quando tudo era cinza depois da Revolução." Seu olhar aguçado encontrou o de Lucien. "E posso ver que você está dando continuidade ao legado dele."

"O melhor que posso almejar é ser como ele."

E ele se esforçava para isso todos os dias, determinado a corresponder às expectativas do pai. Ele não podia mudar as tolices do passado, mas podia trilhar um caminho digno para o futuro.

"Você provou o vinho." Lucien não cederia. Seu pai havia planejado que 1829 seria o ano em que a La Perle entraria no mercado de vinhos Bordeaux. Lucien veria a visão de seu pai se concretizar.

Perrin assentiu lentamente, pensativo. *"Sim."*

"Então você sabe que este é o melhor vinho desta região de Bordeaux."

"É finamente equilibrado entre o doce e o ácido." Seus olhos se estreitaram, pensativos. "Seu vinho pode causar um grande rebuliço."

"Então por que não concorda?" insistiu Lucien.

Perrin era o que se chamava de *negociante*. Era simples: o Château La Perle cultivava as uvas, produzia o vinho e o armazenava em barris. O *negociante* cuidava do resto, do envelhecimento ao engarrafamento, da venda à distribuição, comprando os barris antecipadamente. Era um sistema exclusivo de Bordeaux, e Lucien estava tentando entrar nesse mercado firmando um contrato com o *negociante* mais experiente da região. Ele precisava que Perrin se arriscasse.

Perrin lançou um olhar astuto para a fileira de vinhas antigas que cresciam naquela terra havia dois séculos. "Quantos barris você produziu este ano?"

"Quatrocentos."

Perrin franziu a boca. "E no ano retrasado?"

"Duzentos."

"Você está aumentando a produção. Ótimo."

"Esperamos quinhentos barris este ano."

Um grito repentino cortou o ar. "Touraine!"

Com os olhos semicerrados por causa do sol, Lucien avistou seu gerente de vinhedos, Jean, praticamente arrastando um menino pela gola de seu casaco, ganhando terreno morro acima em um progresso sombrio e determinado.

"Do que se trata?" gritou Lucien, irritado. Perrin observava os acontecimentos com interesse excessivo. *Sacrebleu.* Não era essa a impressão que ele queria que La Perle causasse hoje.

Jean encarou o menino, que parecia ser composto apenas de terra, pele e ossos. Com os olhos baixos, o garoto não estava interessado em responder.

"Um espião", disparou Jean.

"Solte-o", disse Lucien, baixo e decidido.

"Mas Touraine" — Jean não ia desistir tão facilmente — "ele é um espião."

"Ele é um garoto de dez anos", rebateu Lucien.

Jean afrouxou o aperto, e o garoto cambaleou ao se equilibrar. "Não há dúvida de que ele foi enviado por Duprat para relatar nossos métodos." Jean encarou o garoto. "Não é mesmo?"

O garoto deu de ombros quase imperceptivelmente.

"Viu? Ele não nega", Jean apontou, com razão.

Magro como um osso, coberto de sujeira e incapaz de encarar alguém, era evidente que o garoto não estava sendo bem tratado por Duprat. "Tudo o que vejo é uma criança precisando de uma refeição quente e um bom banho."

A confusão substituiu a raiva no rosto de Jean. A do garoto também, enquanto lançava um olhar rápido para Lucien.

"Qual é o seu nome?" perguntou Lucien

Uma raiva brilhou nos grandes olhos castanhos do garoto, seu instinto natural de manter a boca fechada. Mas a possibilidade de clemência era inesperada, e algo que ele provavelmente nunca recebera de ninguém.

Talvez tenha sido por isso que ele respondeu. "Roby."

"Roby", repetiu Lucien. "Por que você está aqui?"

Envergonhado, o garoto apontou o queixo para Jean. "É como ele disse."

"E o que seus pais acham dessas atividades?"

"Eu nunca fiz isso." Roby disse as palavras sem um pingo de emoção. O garoto vivia uma vida difícil, precária, lutando para sobreviver.

"O que você tem na casa de Duprat?"

"Eu tenho um canto nos estábulos."

Um canto nos estábulos. Feno e cavalos para conforto... As entranhas de Lucien se reviram de raiva, e ele tomou uma decisão. "Você gostaria de ficar aqui?"

Jean olhou para Lucien boquiaberto como se ele tivesse perdido as faculdades mentais. "Para trabalhar? Aqui?"

Lucien assentiu. "*Oui*."

Ele lançou um olhar para Perrin. O interesse divertido do homem mais velho havia se transformado em especulativo.

"Como podemos confiar nele?" Jean gaguejou.

Lucien cruzou o olhar com Roby e o sustentou. "Podemos confiar em você?"

O garoto tinha a aparência de um cervo atordoado. Podia ser um espião, mas era inocente e precisava de proteção. "*Oui*."

Em poucas palavras, Lucien detectou a verdade naquele sim. Estendeu a mão. Hesitante, Roby a aceitou e apertou a mão, concordando.

"Bem-vindo a La Perle", disse Lucien. Virou-se para Jean. "Cuidem para que Roby seja banhado, vestido e alimentado. E encontrem uma cama para ele."

"Ele veio aqui como espião", disse Jean. "Como você pode recompensá-lo?"

"Como uma chance de uma vida decente pode ser considerada uma recompensa?" perguntou Lucien. "Não conheço maneira melhor de inspirar lealdade do que tratar as pessoas com justiça. Ele pode se tornar o melhor trabalhador que você já conheceu."

"Talvez", foi tudo o que Jean admitiu. Ele deu um breve aceno de despedida e acenou para Roby segui-lo.

Lucien se virou para Perrin, apenas para encontrar o homem o observando, os olhos semicerrados em uma avaliação astuta. "Isso foi muito bem feito da sua parte. Demonstrou serenidade e liderança."

"Meu pai teria feito o mesmo." Este se tornara o princípio norteador de sua vida. O que Papa faria?

"Mas foi você quem lidou com a situação hoje. Você é dono de si mesmo." Perrin riu e acenou com a mão para cima e para baixo, indicando Lucien. "Você até usa roupas de operário." Ele ficou sério. "A maioria dos vinicultores não trata seus trabalhadores como você."

"Nosso sistema aqui talvez seja pouco ortodoxo", disse Lucien. "Assim que os custos operacionais forem pagos, os lucros no final do ano serão compartilhados. Isso dá aos trabalhadores uma participação em seu trabalho, além do salário diário. É o caminho do futuro e a visão do Papa."

"E você está levando isso adiante?"

"Claro."

Perrin levou o indicador à boca, pensativo. "Eu serei o *negociante* de La Perle."

O alívio tomou conta de Lucien. Papa passara seus últimos anos, entre a saúde e a doença, reabilitando La Perle justamente para essa oportunidade.

Lucien pegou a mão de Perrin na sua, bem maior, e a apertou com força. "Você não vai se arrepender."

Perrin sorriu. "Mas primeiro, você tem algum trabalho pela frente, se quiser vender este vinho."

"Qualquer coisa." Lucien esperava não soar tão desesperado aos ouvidos de Perrin quanto soava aos seus.

"Você fará uma viagem a Londres."

Isso era inesperado. "Londres?"

"Você tem algumas vantagens que deveria explorar. O vinho fino que está produzindo e sua paixão por ele. Conheça os distribuidores. Deixe-os provar seu vinho e ver sua dedicação."

Lucien balançou a cabeça. "Não posso sair de La Perle. Os brotos da primavera vão começar a brotar a qualquer momento."

"Você é o Marquês e jovem, e ainda não é a época mais movimentada do ano. É a melhor época."

Lucien supôs que Perrin estava certo e que podia partir. Jean e os trabalhadores eram confiáveis em sua ausência.

A verdade era que ele não queria deixar a propriedade. Quatro anos antes, La Perle lhe proporcionara um refúgio seguro, onde pudera mergulhar em algum lugar diferente de sua própria mente e esquecer os eventos que o levaram de volta para casa para lamber suas feridas. A terra e a sujeira sob suas unhas o haviam amadurecido e o transformado no homem que era hoje.

"Se me permite a ousadia, Touraine", disse Perrin. "Esse é o próximo passo."

Lucien conteve a língua, apesar de suas dúvidas.

"Se você deseja construir um império vinícola em uma única geração — e você é jovem e apaixonado o suficiente para realizar isso — é assim que você deve proceder. Concordo em assinar um contrato de vinte anos com você e apresentar seu vinho na região, se você se encontrar e encantar os distribuidores estrangeiros com o seu charme."

Lucien bufou. "*Charme* não é exatamente o que me caracteriza."

"Eles verão que você não é apenas jovem, mas também um homem sério, que por acaso está produzindo o vinho novo mais empolgante das últimas décadas. Isso será suficiente para que queiram fazer negócio com você." O homem riu e balançou a cabeça. "Cinquenta anos atrás, se alguém me dissesse que um marquês da França concordaria em administrar seu próprio negócio, eu teria questionado sua sanidade. Mas você é uma nova geração de marquês, *non*? O tipo que não se limita às regras antiquadas do *Antigo Regime*. O tipo que sobreviverá, *non*?"

"E prosperará." A determinação silenciosa se fortalecia a cada sílaba pronunciada.

"Então teremos a mais frutífera das parcerias."

Lucien notou a posição do sol do meio-dia no céu. O dia estava se esvaindo. "Preciso garantir que o feno permaneça compactado ao redor da base das videiras. Não estamos a salvo de outra geada."

"Claro, claro", Perrin resmungou. "Cuide das suas videiras e eu darei uma volta. O contrato vai estar na sua mesa até o final da semana."

"Você não vai se arrepender da sua decisão", gritou Lucien para as costas de Perrin.

O homem mais velho acenou sem se virar. "Eu sei, meu rapaz."

Com uma sensação de retidão elevando sua alma, Lucien seguiu em direção à fronteira nordeste do vinhedo.

Você precisa ir até o fim.

Essas foram algumas das últimas palavras de seu pai. E hoje, Lucien havia cumprido sua promessa.

A morte de seu pai não fora uma surpresa. Ele sabia que estava morrendo de uma doença cardíaca e contou a Lucien no último ano de sua vida. Isso só aproximou pai e filho, já que Papa o envolveu em cada detalhe dos planos para o futuro de La Perle. E nessa proximidade, Lucien também compartilhou com Papa a tolice que o afastou das aspirações políticas e o levou em direção a terra, onde rapidamente percebeu que, lado a lado com Papa, poderia fazer uma verdadeira diferença para a França.

Ele contou a Papa sobre a outra tolice também. A tolice envolvendo *ela*...

Ele afastou aquela lembrança em particular. *Ela* não pertencia àquele momento, não quando tudo tinha acabado de se encaixar. O sonho de Papa havia se realizado e Lucien provara ser um filho digno.

À sua frente, havia um futuro tão brilhante e sem nuvens quanto o céu.

Ele respirou a liberdade da manhã, do trabalho puro e árduo que o aguardava. Tinha obrigações relacionadas à festa na casa de *Maman* no final do dia. Obrigações que ele havia evitado com sucesso.

Ele tirou um par de luvas de couro gastas do paletó e as colocou. Este podia não ser o futuro que ele imaginara quatro anos antes, mas era uma vida boa, que o mantinha longe das tentações do passado.

LUCIEN OBSERVOU a fileira de videiras retorcidas e centenárias e se agachou para realizar sua tarefa. Eram como velhos amigos, ele e aquelas videiras La Perle.

Ele tinha acabado de juntar feno na base da última videira no final da fileira quando uma voz feminina familiar soou na brisa: "Ah, lá está ele!"

Lucien olhou ao redor e viu *Maman* a menos de vinte metros de distância, aproximando-se com sua boa amiga Lady Uxbridge; a filha da dama, Lady Portia; e uma dama de companhia a seguindo a uma distância discreta. Ele poderia gemer de medo, mas não o fez. As convidadas poderiam ouvir, e embora esse tipo de comportamento pudesse ter sido discretamente ignorado quando ele era o herdeiro, não seria agora que era o Marquês. Ele tinha responsabilidades, das quais cumprira meticulosamente nesse último ano. Podia ter apenas vinte e sete anos, mas ninguém perceberia isso pelo seu comportamento.

Ele se endireitou e limpou as luvas na calça. "O que a trouxe até aqui, *Maman*?" Cuidadosamente, ele disfarçou a impaciência.

"Estamos a caminho do lago."

"Você pegou um caminho bastante tortuoso", ele ressaltou.

"Agnes se perguntava o que exatamente você faz o dia todo, já que ninguém o vê até o jantar." *Maman* estendeu o braço em sua direção. "Agora ela pode ver como você se comporta como um trabalhador comum."

Isso de novo. "*Maman*, estou apenas cuidando do bem da propriedade."

"Como um trabalhador comum", ela repetiu com evidente desgosto.

Ela não estava errada. Ele usava o traje de um trabalhador — casaco, camisa e calças, todos de lã grossa e tons de marrom. Roupas práticas. O tipo de roupa que nenhum aristocrata que se prezasse teria usado há cinquenta anos.

Perrin estava certo. Lucien era um tipo diferente de nobre, fato que não o envergonhava nem um pouco.

Aristocrata convicta até a medula, *Maman* não entendia — ou melhor, se recusava a entender — a visão de Papa para a propriedade ou sua necessidade para a sobrevivência de La Perle. Mas Lucien entendia e a abraçava. Com La Perle, eles poderiam ter um empreendimento lucrativo na produção de vinho e beneficiar a França, melhorando as condições da terra e dos trabalhadores.

Ele também poderia entediar as mulheres se elas insistissem em interromper seu trabalho. "Com esse inverno tão longo, o feno deve permanecer acumulado ao redor da base das videiras para protegê-las de geadas tardias repentinas."

"Oh, Lucien, você sempre foi uma criança muito séria." *Maman* emitiu um suspiro sofrido. "E agora você é um homem muito sério."

"Acredito que essa qualidade lhe dá crédito, meu senhor", disse

Lady Portia, com a cabeça inclinada em uma avaliação fria. "Se você encontra uma paixão na vida, não deve persegui-la?"

As mães se entreolharam com um revirar de olhos que dizia: *Você consegue entender esta geração?*

"A vida, *ma chérie*", disse Lady Uxbridge, "é sobre obrigação e obediência a ela." A mulher parecia estar transmitindo uma mensagem nada sutil à filha.

Maman não se distrairia. "Lucien, espero você no lago dentro de uma hora." Uma pausa. "E vestido adequadamente."

Ocorreu-lhe que a única pessoa que poderia comandar um marquês era sua mãe. Ele podia admitir — para si mesmo, pelo menos — que algumas horas de patinação no gelo combinavam com seu humor festivo. Uma última vez antes que a primavera derretesse o gelo do inverno.

À medida que o grupo se distanciava, as palavras de Lady Uxbridge ecoavam no ar atrás deles. *A vida é sobre obrigações e a obediência a elas.*

Lucien se lembrou de suas próprias obrigações. Ou, mais corretamente, de uma única obrigação, como sua mãe a via.

Casar.

Lady Portia.

Ele soltou um gemido.

Uma infinidade de motivos para se casar com Lady Portia se apresentavam.

Suas famílias se conheciam.

O dote de Lady Portia injetaria uma riqueza significativa nos cofres de La Perle.

Lady Portia era inteligente, fria, sempre serena e dona de uma reputação impecável.

Até a aparência deles se complementava. Enquanto ele era moreno — com olhos e cabelos castanhos, pele morena — ela era clara.

Em suma, Lady Portia era perfeita.

Seria a coisa mais fácil do mundo se casar com ela. No entanto...

Onde alguns viam uma frieza natural em Lady Portia, ele via uma frieza impenetrável. Em sua reserva, ele via intocabilidade. Nas poucas vezes em que se encontraram na juventude, ele nunca desenvolvera a menor paixão por ela, e apostava que ela também não sentira nada por ele. Ela nunca lançou um olhar sedutor em sua direção ou riu de alguma bobagem que saiu de sua boca, mas o tratava com um distanciamento deliberado, assim como ele a ela.

Mas — e isso era de suma importância para *Maman* — Lady Portia fora treinada para ser esposa de um marquês a vida toda e conhecia bem seu dever.

Ele não conseguira reunir o ímpeto necessário para fazer a pergunta que precisava ser feita, e estava ficando sem tempo. O baile que anunciaria o noivado seria no dia seguinte à noite. Daí o motivo da patinação no gelo hoje. Para ele chamá-la de lado e fazer o pedido... Para ela dizer sim... Para a linha Touraine ser protegida... Para suas mães se recolherem em suas camas essa noite, felizes e aliviadas.

Então, por que não o fez?

Era simples. Ele não conseguia vê-la como a mulher que seria sua esposa pelo resto de seus dias.

Sem ser convidado, um rosto diferente surgiu em sua mente. Um rosto muito diferente do de Lady Portia, mas não menos belo.

Ele balançou a cabeça. Não pensaria naquele rosto. Passara quatro anos tentando esquecê-lo e não iria parar agora.

Uma figura solitária a uns cem metros de distância apareceu no canto do seu campo de visão. Uma mulher. Mesmo àquela distância, ele podia ver que ela tinha formas elegantes. Sua mão protegia os olhos do sol enquanto seu olhar se movia ao redor, procurando por alguém. Provavelmente, ela havia se separado do grupo de patinação no gelo.

Como Lucien não conhecia a maioria dos convidados que circulavam pela propriedade, deduziu que não conhecia aquela mulher e voltou ao seu trabalho. Ela não o aceitaria como ninguém além de um trabalhador braçal, com suas roupas feitas em casa e cabelos soltos.

No entanto, uma sensação inefável, porém distinta, de reconhecimento ecoou dentro dele. Ele lançou-lhe outro olhar. A maneira como ela se portava. *Familiar.*

Ele pegou dois punhados de feno e voltou ao seu trabalho, frustrado consigo mesmo e determinado a se livrar dessa ideia de sua cabeça. Mas não era tão fácil assim. Era a segunda vez naquele dia que ele pensava *nela.*

Por quê?

Era simples.

Toda essa conversa sobre casamento.

Sua mandíbula se apertou enquanto uma onda amarga percorreu seu corpo. Ele já sabia que devia deixar a sensação seguir seu curso. Eventualmente, ela desapareceria e se tornaria enfraquecida. Como a maré, a lembrança dela era forte, fraca ou indiferente, mas nunca desaparecia completamente. Não adiantava lutar contra isso.

Ele pegou a enxada e começou a arrancar um mato que havia brotado entre as videiras. Os passos leves da mulher soaram atrás dele. Dentro da fileira estreita, ela estava a apenas alguns metros de distância. Ele não se dava conta de uma mulher desde... Um galho se partiu. Ele não se virou, embora a curiosidade exigisse a confirmação de que não era *ela.*

Um súbito farfalhar de seda... um baque abafado... um doloroso *"Aff!"*

Lucien se virou e encontrou a mulher no chão, a saia de veludo cinza amassada formando um ninho ao redor dela. Ele ainda não conseguia ver o rosto dela, apenas a parte superior do chapéu roxo-claro enquanto ela limpava as mãos.

"Você está ferida?" ele perguntou. Queria que ela olhasse para cima. Queria ver o rosto dela. Algo nela o fez franzir a testa com mais do que preocupação por uma estranha.

Uma risada confusa surgiu, e cada terminação nervosa em seu corpo ganhou vida. Aquela risada... O jeito como soava no fundo da garganta dela...

Ele conhecera uma mulher com uma risada assim. Ele até a fez sua esposa.

Ou achava que sim.

"De jeito nenhum", ela disse. Ainda assim, ela não lhe mostrara o rosto. "Tropecei em uma raiz."

A voz dela combinava com o riso, grave e rouca, estrangeira também. Espanhola, talvez.

Espanhola.

Ele não guardaria rancor daquela mulher por ela ser espanhola, como...

Ela.

Ele tirou as luvas de trabalho sujo e estendeu a mão. "Por favor, permita-me ajudá-la a se levantar."

Sem olhar para cima, ela pegou a mão estendida. Como seus dedos eram leves e delicados, como um pássaro pousado em sua palma. Um arrepio de... *expectativa?*... o percorreu, e seu corpo se iluminou por dentro.

Por fim, seu rosto se ergueu, um sorriso tímido curvando sua boca. "Obrigada..." Seu rosto congelou na lembrança de um sorriso, e o tempo desacelerou até se tornar um borrão.

Lucien não tinha certeza do que acontecia com sua respiração, apenas que ela não entrava nem saía de seus pulmões. Uma série de imagens passou diante dele, do *rosto dela — desse rosto... Lábios cor de ameixa se curvaram em um sorriso, meio tímido, meio sedutor, o tipo de sorriso que só uma jovem prestes a se tornar mulher poderia presentear um homem... Olhos semicerrados de desejo... Boca entreaberta em um suspiro rápido, exalando as palavras: "Mais... de novo..."*

Um rosto que ele pensou que nunca mais veria.

Um rosto que ele rezou para nunca mais ver.

Não podia ser... *ela.*

"Você", saiu de seus lábios chocados.

Ela tentou puxar a mão de volta. Instintivamente, ele apertou-a com força, enquanto outro sentimento se impunha ao choque.

O sentimento que havia se enraizado profundamente ao longo dos quatro anos desde que ele a vira pela última vez.

Fúria.

O tipo que não queimava intensamente, mas era baixo e longo, e nunca se apagava.

"Você", ele rosnou.

3

O choque da temperatura de um lago glacial percorreu Eva, roubando seu fôlego, fazendo com que os finos pelos de sua nuca se arrepiassem, deixando um zumbido em seus ouvidos.

O homem que a observava — *rosnando* para ela — segurando sua mão — mantendo-*a* cativa...

Será *que* aquela massa enorme de homem poderia ser... *Ele*?

Ela piscou. Quando ela abrisse os olhos, certamente veria que estava enganada.

Seus olhos se abriram.

E ainda assim, ele estava... *Aqui.*

Impossível.

Não podia ser.

Simplesmente não podia.

Ele também piscou, como se ela fosse uma aparição que desapareceria no instante em que ele abrisse os olhos. No entanto, ali estavam ambos.

"*Eva.*"

Seu nome, pronunciado como uma maldição tremeu por seu corpo.

Por fim, ela recuperou a capacidade de falar. "Solte-me, seu... seu... *bruto*."

Ele soltou a mão dela como se estivesse queimado. Mas foi ela quem sentiu a marca queimada dele em sua pele.

Ela se levantou rapidamente, certamente de uma maneira deselegante, mas não importava. Ela podia bater os pés de raiva por ter que inclinar a cabeça para trás para encontrar o olhar dele. Ele sempre fora mais alto que ela, mas, de alguma forma, isso era ainda mais evidente agora. Talvez fosse a largura dos ombros dele, que pareciam muito mais *massivos*. Seriam aqueles os músculos de seus braços que ela detectava através do casaco?

No entanto, ele permanecia tão bonito quanto ela o vira quatro anos atrás. Outra observação que sua mente rapidamente anotou. Só as maçãs do rosto dele deixariam um Michelangelo verde de inveja. Mas seus profundos olhos castanhos, os que atualmente a fitavam... *Duros. Inabaláveis. Irritados.* Não eram os mesmos.

"Você é um trabalhador em um vinhedo?"

Mesmo enquanto fazia a pergunta, ela se sentia intoleravelmente estúpida. Quatro anos atrás, ela e aquele homem se conheceram no salão de um nobre em Londres. Trabalhadores de vinhedos franceses não frequentavam as soirées da Sociedade Inglesa.

"Em certos aspectos", ele respondeu com a testa franzida implacável.

"O que isso significa?"

"No sentido de que o vinhedo é meu", ele disse baixo e duro.

"O Marquês de Touraine é o dono desta propriedade", ela disse lentamente, resistindo à realidade que ele apresentava.

"*Oui.*"

Os fatos começaram a atingir Eva em rápida sequência, quase a deixando sem fôlego: o homem que ela conhecera como Lucien Capet quatro anos antes era o Marquês de Touraine. O senhor e mestre do Château La Perle.

E o futuro noivo de Lady Portia.

O homem que Eva tentava seduzir com decotes provocantes.

A cada fato, mais fundo na descrença ela caía. *"Você?"*

"Eu, o quê?"

"Você é Touraine?"

De alguma forma, a ruga na testa dele se aprofundou. "Não brinque comigo."

"Brincar?" ela perguntou num acesso de riso. Ela podia rir. "Certamente eu estaria me divertindo mais se isso fosse uma brincadeira."

Seu maxilar ficou tenso e depois relaxou. Se ele fosse um touro, estaria soltando vapor pelas narinas. "Por que você está na minha propriedade?"

"Fui convidada."

Ele abriu a boca e a fechou, perplexo. Abriu-a novamente e duas palavras saíram lentas e seguras. "Uma mentira."

Ela se endireitou em toda a sua altura, o que ainda não era nada comparado a dele. "Por Lady Uxbridge", ela disse a irritação começando a substituir o choque.

"Outra mentira", ele disse com certeza absoluta.

Sua voz... era a mesma. Mas a maneira como ele a usava agora — *dura, controlada, inflexível* — era diferente. Antes, ela sabia o que dizer a esse homem, mas agora... agora era outra história.

"O que Montfort quer?" Novamente, seu rosnado.

"Montfort?" ela perguntou antes que pudesse se conter.

O nome por si só foi suficiente para ela perder a firmeza do equilíbrio. De repente, ela se sentiu livre e liberta.

Touraine deu um passo à frente, reduzindo a distância entre eles pela metade, a impaciência irradiando-se dele em ondas. "Chega dos seus joguinhos, Eva — se é que esse é mesmo o seu nome verdadeiro. Diga-me o que Montfort quer."

Eva buscou em sua mente algo sólido para se agarrar. Qualquer coisa que lhe desse a ancoragem necessária para navegar por uma situação impossível que se tornara real demais em menos de um minuto. "Fui contratada por Lady Uxbridge", ela repetiu. Às vezes, era possível encontrar abrigo na verdade.

De qualquer forma, valia a pena tentar.

"Contratada para fazer o quê exatamente?"

"Sou a costureira dela e de Lady Portia." Ela começou a se recuperar.

"Uma costureira?" A pergunta surgiu carregada de descrença. "Você e eu sabemos que isso não é o que você realmente é."

Ela se encolheu como se ele a tivesse atingido fisicamente, e viu no piscar de seu olhar que ele havia captado sua reação. Será que ainda havia um toque de humanidade ali?

"Seria imprudente contar uma mentira facilmente verificável", ele disse. "Então, vou perguntar de novo —"

"E você receberá a mesma resposta." O temperamento dele não era o único começando a se exaltar. *De novo.*

Enquanto se encaravam ferozmente através de meio metro de terra, Eva decidiu que a raiva era algo bom. A raiva tinha um jeito de manter a pessoa unida.

E a maneira como ele se comportava como se fosse o único com direito a essa raiva...

Bem, ele veria.

Ele não era.

Eva — se esse fosse mesmo o seu nome verdadeiro — era uma atriz da mais alta competência, Lucien sabia disso. Se não a conhecesse melhor, a acharia verdadeiramente surpresa ao vê-lo, chocada até.

Mas ele a conhecia.

Estava abrindo a boca para dizer exatamente isso quando uma voz estridente soou: "Touraine!".

Ali, por cima do ombro esquerdo de Eva, avistou um braço acenando freneticamente, preso a um corpo que se aproximava em um ritmo rápido demais para uma mulher da idade de Lady Uxbridge.

A irritação o invadiu. Que motivo à mulher poderia ter para voltar, a menos que —

"Señora Galante!" ela gritou.

O olhar de Lucien se voltou para Eva. *"Señora?"*

A boca dela se apertou em uma linha firme, sem vontade de responder.

Outra de suas mentiras.

Claro.

"Aqui está você, *Señora*", disse Lady Uxbridge entre respirações rápidas. "Você se perdeu na ida para o lago?"

Eva assentiu, com um olhar fixo em Lucien. "Vi você e Lady Portia da janela do meu quarto e segui o trajeto de vocês."

"Ah, sim, você está *nessa* ala da casa." A Duquesa fungou. "Com vista para o vinhedo." Seu jeito tornou-se insinuante quando ela se virou para Lucien. *"Nossos* quartos têm vista para os jardins formais, que são verdadeiramente magníficos, Touraine."

"Obra da *maman*", ele respondeu secamente. Preferia a vista do vinhedo.

"Devo me desculpar se minha *modiste* a incomodou." Lady Uxbridge olhou de Lucien para Eva e de volta para Lucien. O ar ficou carregado de suspeita. "A menos que vocês já se conheçam?"

Ao mesmo tempo, Eva balbuciou um rápido "Não", e Lucien respondeu um simples "Sim".

Seus olhares se encontraram. "Não", ele disse enquanto ela dizia "Sim".

Sacrebleu.

Perplexa, Lady Uxbridge abriu a boca e fechou-a numa imitação perfeita de um peixe. Como nem Lucien nem Eva ofereceram uma explicação, ela continuou. "Señora, pensei que pudesse ter se perdido no caminho para o lago — e eu estava certa, é claro —, então voltei para buscá-la. Venha comigo, e eu a levarei até lá." Ela acenou com o braço impaciente para fazer Eva se mover.

Um lampejo de fogo brilhou nos olhos de Eva, e Lucien achou que ela poderia dar a Lady Uxbridge uma resposta que ela tanto precisava. Mas o lampejo desapareceu num instante, substituído por uma máscara de calma. Lucien duvidava que Lady Uxbridge tivesse notado. A dama tendia a não reconhecer o que não servia aos seus interesses.

"E Touraine?"

Lady Uxbridge se aproximou, como para compartilhar uma confidência, seu perfume o envolvendo em uma névoa enjoativa. Ele lançou um olhar por cima do ombro da dama para Eva, que os observava com uma inclinação sutil de cabeça.

"Não se demore muito, pois Portia está ansiosa para patinar com você. Dizem que sua habilidade no gelo não é superada por ninguém." Um sorriso bajulador. "Claro que não seria."

"E por que, Vossa Graça?"

Seus olhos se arregalaram com a desonestidade de uma debutante. "Porque *você*, Touraine, não é superado por ninguém. Você é o homem mais superior de toda a França."

Lucien manteve o rosto cuidadosamente neutro, mas, na verdade, Lady Uxbridge beirava a subserviência. Eva também devia ter pensado assim, pois um som emergiu de sua direção que soava distintamente como um bufo.

Lady Uxbridge virou a cabeça bruscamente. "O que foi isso, Señora Galante?"

"Ah, eu, hum, espirrei." A mentira estava estampada em seu rosto.

Lucien quase a considerava uma péssima mentirosa. *Quase.*

"Um espirro?" Ninguém transmitia um desdém tão absoluto e esnobe quanto Lady Uxbridge. "Bem, deve ser assim que os espanhóis espirram."

Outro "espirro" veio da direção de Eva.

Lady Uxbridge respirou fundo para se acalmar. Lucien sentiu

a compostura da mulher por um fio. Tudo o que ela queria — tudo o que qualquer um queria — era que ele pedisse sua filha em casamento, e por que isso era tão difícil?

Simplesmente era.

Além dos outros motivos, outro lhe ocorreu.

Eva.

Aqui.

"Nos vemos no lago, *non?*" perguntou Lady Uxbridge, docemente, antes de acrescentar a Eva, de forma menos agradável: "Então vamos."

Lucien observou as mulheres se distanciarem, e algo dentro dele desejou que Eva olhasse para trás.

Ela não olhou.

Cada célula de sangue que corria em suas veias se fez notar. Ela sempre tivera esse efeito sobre ele. Embora por razões muito diferentes quatro anos atrás.

Ou será que agora eles seriam tão diferentes?

Ele estaria mentindo se não admitisse o que notara nela primeiro. Sua beleza. Todos notavam isso em Eva primeiro. Olhos castanhos luminosos. Tez morena cálida. Maçãs do rosto salientes. Queixo com covinhas. Boca larga e expressiva. Lábios carnudos cor de ameixa. Ela era o tipo raro de beleza que calava as palavras na boca das pessoas, homens ou mulheres.

Seu frescor juvenil havia desaparecido, e suas maçãs do rosto agora se destacavam um pouco mais em seu rosto. Seus olhos agora possuíam uma qualidade reservada e oculta. Não, não apenas oculta, mas cuidadosa, cautelosa.

Mas ainda tão bela e sedutora quanto o próprio pecado original.

Quando uma mulher como aquela olhava para um homem com um olhar convidativo, ele não tinha escolha a não ser se deixar levar e seguir para onde ela o levasse. Afinal, ele era apenas um homem, e ela, uma deusa.

E ela não sabia disso?

Mais corretamente, Montfort não sabia disso? Não fora essa a utilidade dela para o homem?

Pensar que Lucien havia uma vez pensado ter discernido mais por trás de sua bela aparência — um lugar invisível dentro dela que se conectava a um lugar invisível dentro dele — bem, não tinha sido mais do que uma ilusão.

E ela estava *aqui*. A mulher por quem ele jogara todos os princípios no lixo só para tê-la.

Ele até se casara com ela.

Ou pensara que sim.

Mas tudo isso fizera parte do plano de Montfort.

E agora ela estava ali sob as ordens de Montfort.

Aqui, para causar problemas.

Aqui, para incendiar sua reputação.

Aqui, para executar a vingança final de Montfort.

E, no entanto, através da raiva, tecia outro sentimento.

Desejo.

Um desejo do qual seu corpo se lembrava — sua mão ainda tremia por tê-la tocado, mesmo através do couro de uma luva de pelica. Um desejo que exigia ser mais do que a lembrança de uma noite.

Mesmo depois de tudo.

Com que facilidade seu corpo o traía e a seus princípios.

Há quanto tempo ela estava sob o teto dele? Alguns dias? Talvez tanto quanto Lady Uxbridge e Lady Portia...

Lady Portia.

Ele se apressou. Esperava-se que ele pedisse Lady Portia em casamento hoje. No entanto...

Com Eva aqui?

A própria ideia parecia de alguma forma... errada.

Sacrebleu.

Quem ela era para ele?

Alguém com quem ele decidira passar o resto da vida.

Mas ele não era mais o homem que ela conhecera.

E ela nunca fora a mulher que ele pensara conhecer.

Ela não passara de uma mentira embrulhada em um lindo pacote, para entregá-lo nas mãos de Montfort.

E agora aqui estava ela, seu passado ameaçando reduzir seu futuro a escombros.

Ele não deixaria isso acontecer uma segunda vez.

4

Fazia tanto tempo que ela não se sentia assim. Os nervos à flor da pele. O suor escorrendo pelas palmas das mãos. A sensação de que seu futuro, e o de sua família, estavam por um fio.

Ela — *tolamente* — acreditava que o seu passado estava solidamente no passado.

Ela pensava que seu futuro estaria livre disso.

Livre *dele*.

Ela não estava particularmente fria, mas segurou a caneca perto do corpo e forçou um sorriso que sugeria que estava completamente encantada com a exibição dos patinadores. A maneira como deslizavam de um pé para o outro, alguns sozinhos, outros de braços dados, contra o pano de fundo de colinas suaves que se estendiam até um bosque arborizado de árvores que logo explodiriam com as folhas que haviam sido perdidas para o inverno, seus galhos alcançando o céu como pontas cinzentas e irregulares. Era quase o suficiente para proporcionar uma sensação de serenidade... *Quase.*

Este entretenimento foi oferecido por cortesia do Marquês de Touraine.

E o Marquês de Touraine era Lucien Capet.

E Lucien Capet era...

Um erro.

Ah, houve alguns dias em que ela pensou que ele era tudo para ela.

Mas ela estava errada.

E ele era o futuro noivo de Lady Portia.

Sua mente repassou o que ouvira nos últimos meses. Touraine era bonito. Era virtuoso. Era um homem de princípios elevados que nunca havia sido corrompido. Mais ainda...

"Dizem que ele é virgem", Lady Uxbridge murmurara certa vez, longe dos ouvidos de Lady Portia.

Bem... Eva sabia a verdade sobre esse último ponto.

Intimamente.

Como se seus pensamentos tivessem o poder de conjurar o homem, Touraine apareceu do outro lado do lago, deslizando à vista sobre uma perna, a outra estendida atrás dele. Lady Uxbridge não estava exagerando. Ele era espetacular no gelo, uma energia crepitante que demonstrava total domínio sobre o próprio corpo. Nenhum convidado conseguia tirar os olhos dele; o Marquês era tão cativante com suas calças justas e casaco curto, insinuando os músculos definidos das coxas e ombros. Ele era de alguma forma gracioso e agressivamente *masculino* ao mesmo tempo.

Como era possível, depois de quatro anos, que ela estivesse tão próxima dele? Observando-o com uma mistura de emoções que era em partes iguais de descrença e raiva, e ainda outra emoção, uma que ela não nomearia nem exploraria. Todo o seu corpo tremia, suas mãos, seus joelhos, o coração disparado.

Seus olhos fizeram o impossível e se desviaram. Simplesmente precisavam.

Um fragmento de lembrança lhe veio à mente. Anos atrás, na noite em que se conheceram, ele não mencionara um vinhedo? O vinhedo de seu pai, na verdade. Como ela poderia saber que ele estava falando do Château La Perle?

"Señora Galante", disse uma voz suave e feminina. Eva se virou e viu Lady Portia e sua dama de companhia se aproximando. "A senhora se importa se Edith e eu nos sentarmos com a senhora enquanto colocamos nossos patins?"

Eva gesticulou para as duas cadeiras vazias ao lado dela e assentiu. "Claro que não, minha senhora."

Enquanto se sentavam, Edith sussurrou no ouvido de Lady Portia, provocando uma risada. Eva nunca ouvira Lady Portia rir. Mas, na verdade, ela só vira Lady Portia na companhia da mãe, e Lady Uxbridge não inspirava exatamente alegria.

Inclinando-se para amarrar os cadarços dos patins, Lady Portia inclinou a cabeça na direção de Eva. "Você não patina?"

"Sou da Espanha", observou Eva ironicamente. "Se alguém pular em um lago com lâminas de metal presas aos pés, afundará."

Lady Portia sorriu, mas com reserva. Ela tinha algo a dizer. "Sobre o meu vestido para amanhã à noite."

Eva foi tomada por uma inquietação. Ela detestava clientes que tentavam impor mudanças em seus designs. *Aristocratas.* "Sim?"

"É lindo, mas —"

O estômago de Eva deu uma cambalhota de ansiedade. "Sim?"

"Do jeito que minha mãe quer não é exatamente..." Novamente, Lady Portia hesitou.

E Eva sabia. "Do seu gosto?" perguntou gentilmente.

Lady Portia sorriu, relaxando os ombros em alívio. "Não é minha preferência revelar tanto da minha pessoa quanto minha mãe gostaria."

Bem, essa era a primeira vez. A maioria das damas aristocráticas — especialmente as belas — insistia que seus vestidos exibissem todas as curvas, geralmente resultando em revelar o máximo de pele possível dentro dos limites da decência, e às vezes fora deles.

O problema era que o decote do vestido de Lady Portia já havia sido costurado no lugar, e seria necessário reconstruir todo o corpete para levantá-lo. Eva vasculhou o cérebro em busca de uma solução. "Talvez um fichu? [1]" O delicado pedaço de renda preso na parte superior de um corpete poderia ser a resposta, mesmo que não estivesse na moda para uma dama mais jovem.

O gelo derreteu com o sorriso de Lady Portia. "Isso seria perfeito."

"Lady Portia, veja como Touraine desliza no gelo", interrompeu Edith.

Os três pares de olhos se voltaram para o Marquês no momento em que ele saltou no ar e deu uma única volta antes de pousar em um dos patins. Alguns convidados aplaudiram e outros soltaram um coro de gritos.

"Impressionante", disse Lady Portia, seu tom e seus olhos retornando à frieza habitual.

Curioso, isso. Uma mulher apaixonada por seu futuro noivo não conseguiria desviar o olhar dele tão facilmente.

Lady Portia se virou para Edith. "Está pronta?"

Um leve bufar acompanhou o sorriso irônico de Edith. "Assim como sempre estarei."

Lady Portia pegou na mão de Edith. "Eu peguei você."

As mulheres trocaram sorrisos estimulantes e partiram para sua aventura, deixando Eva sozinha, sua atenção facilmente retornava ao seu assunto favorito que não era tão novo assim — o Marquês de Touraine.

Ela realmente queria se mostrar desinteressada e não ser afetada por todo o assunto. Afinal de contas, o que aconteceu entre eles era passado, e cada um deles havia encontrado novas e gratificantes ocupações na vida. Não podiam simplesmente admitir um erro tolo do passado e seguir em frente?

---

1. Fichu é um grande lenço quadrado usado por mulheres para preencher o decote baixo de um corpete.

Se fosse esse o caso, então porque o olhar dela continuava a deslizar e se entregar a pequenas indulgências com ele? O comprimento forte de uma coxa. A graça atlética de sua forma. O foco interno de seu olhar enquanto ele se desafiava. Ele não era simplesmente bom em patinação no gelo, assim como não era simplesmente bom em nada. Ele era o melhor e se desafiava a si próprio para sê-lo.

Era uma qualidade que ela achava muito... *atraente*.

Ela se conteve. Suas qualidades atraentes *não* deviam ser destacadas.

Então, como se ele tivesse sentido o olhar dela do outro lado do lago, seus intensos olhos escuros se ergueram e se fixaram nela.

O tempo se dissipou. O tempo sempre teve essa tendência ao redor dele.

Ele mudou o ângulo de sua trajetória e começou a patinar... em direção a ela.

Ele não a deixaria ir, não tão facilmente.

Mas então, ela também tinha uma pergunta para ele.

E ele não gostaria de ouvir.

Nem um pouco.

Lucien deveria ficar longe.

Ele deveria expulsar Eva de sua propriedade. Mas tal ação provocaria perguntas, e seu passado — seu passado com ela — não as justificaria. Ele nunca fora um bom mentiroso.

Ele precisava conhecer o jogo dela — o verdadeiro jogo dela — não a história da costureira.

Agora a apenas alguns metros de distância, o olhar cauteloso dela permanecia fixo nele. Ele se virou bruscamente para parar, as lâminas dos seus patins levantando um jato de gelo. Ele não se importou com a apreciação nos olhos dela, que ela não conseguia disfarçar.

Enquanto olhava ao redor para garantir que estavam fora do alcance dos ouvidos de qualquer pessoa, ele encontrou o olhar de *Maman*. Era uma pergunta. Quem era aquela mulher — uma mulher que não era Lady Portia — com quem ele estava falando? *Sozinho.*

As perguntas inevitáveis de *Maman* podiam esperar. Ele se concentrou inteiramente em Eva. "Por que Montfort a enviou?"

Seus olhos não revelavam nada. "Não me comunico com aquele homem há anos. Como expliquei antes, tenho meu negócio de costura. Lady Uxbridge deveria ter resolvido essas dúvidas."

O temperamento de Lucien começou a se exaltar. "Você e eu sabemos que seu negócio é fachada."

Suas sobrancelhas se ergueram em direção ao céu, que começava a se cobrir de nuvens. "Para quê, por favor, me diga? Se você tem todas as respostas, me esclareça."

"Oh, bravo." Ele poderia aplaudir sua pura e sangrenta audácia.

Ela inclinou a cabeça para o lado, os olhos semicerrados. "Você enlouqueceu?"

Uma risada sem um pingo de humor soou por seu nariz. "Posso garantir que qualquer loucura que eu já senti perto de você já passou há muito tempo."

Ela se inclinou para frente na cadeira, exasperada. "O que posso dizer para convencê-lo?"

"Quando você se manifestar e me disser o que Montfort quer."

Ela expirou bruscamente, recostou-se na cadeira e tomou um gole de vinho quente. Seu olhar se estreitou sobre ele. "*Você* produz esse vinho?"

Sua testa franziu diante da reviravolta inesperada. "Eu tenho uma participação nisso", ele disse lentamente. "Mas são os traba-lhadores da fazenda que —"

"É bem gostoso."

Na voz dela, nos olhos dela, ele detectou a verdade, e o calor dela fluiu por ele como se ele próprio tivesse bebido o vinho.

"Por favor, entenda", ela continuou aproveitando-se de tê-lo pego de surpresa, "quando cheguei aqui, não fazia a menor ideia de que o Marquês de Touraine era você. Meu papel é simplesmente cuidar do guarda-roupa de Lady Portia." Um brilho intenso surgiu em seus olhos. "Uma peça de roupa em particular."

"Ah, é?" Ele não se importava com o guarda-roupa de Lady Portia. Ela podia usar uma mortalha, e ele não tinha certeza se notaria.

Eva não tinha terminado. "O vestido que ela usará quando seu noivado for anunciado."

A paciência de Lucien estava se esgotando. A mulher falou tanto sobre o negócio de costura que ele quase conseguia acreditar nela.

"Com o Marquês de Touraine", ela insistiu. Parecia estar esperando que ele fizesse algum tipo de reconhecimento.

"O que meu pai..." E ele entendeu. O Marquês de Touraine não era mais seu pai. *Ele* era o Marquês de Touraine. "Não há noivado."

Ainda, ele não disse nada.

E Eva pareceu ouvir. "Sua iminente felicidade conjugal, no entanto, suscita uma pergunta." Seu tom tinha a entonação específica de alguém chegando ao seu ponto.

"Que pergunta é essa?", perguntou ele, arrogante e desdenhoso.

"Como você espera se casar com Lady Portia quando já está —"

Um som crepitante, agudo e nauseante, rasgou o ar, e os olhos de Eva se arregalaram em um ponto além do ombro de Lucien. Ele se virou a tempo de ver o gelo se partir perto da margem e engolir a criada de Lady Portia para o lago. Seguiu-se uma onda de pânico e respingos — respingos que diminuíam rápido demais. Tornou-se óbvio que a mulher não sabia nadar.

Uma cacofonia de gritos e berros ecoou em coro até o céu, mas os mais estridentes de todos foram os de Lady Portia. Lucien viu de relance que estava mais perto de ajudar. Sem pensar, foi até o gelo, já tirando o casaco e as luvas. Pelo canto do olho, viu Eva acompanhando-o ao redor da margem. Como a empregada havia caído perto da borda, Eva poderia ajudar da margem.

Quando ele chegou ao buraco negro, estava apenas de camisa e calça. De quatro, espiou a água em busca de qualquer sinal de movimento, pois o barulho de respingos havia cessado completamente.

"Lucien", Eva chamou da margem. "E se você segurar isso com uma mão" — ela estendeu o galho de um salgueiro próximo — "e alcançar com a outra?"

Com um aceno de cabeça, ele agarrou o galho áspero e esticou a frente do corpo, as pontas dos patins cravando-se no gelo em busca de um mínimo de apoio, antes de inspirar fundo e mergulhar o outro braço na água. Tateou as profundezas gélidas. Nada. Seu ombro, metade do peito, depois a cabeça, entraram. Abriu os olhos, procurando por qualquer sinal da mulher. Se isso não funcionasse, não teria escolha a não ser pular. Ela não estaria perdida. Não sob sua supervisão.

Então ele sentiu. Uma mecha sedosa deslizando por entre seus dedos. *Cabelo.* Sua mão agarrou o pouco que conseguia segurar e puxou delicadamente. Estava preso a uma massa pesada de uma mulher, e ele não queria que se soltasse da cabeça dela.

Logo, ele conseguiu se abaixar e colocar a mão sob o braço dela. Deu um puxão forte e usou toda a sua força para puxá-la de volta. Só rezava para que o galho não se quebrasse com a pressão.

Mas a força flexível do salgueiro resistiu, e ele e a criada estavam no gelo, deitados de costas, ofegantes. Bem, ele estava ofegante. A criada jazia imóvel, sua pele num tom doentio de azul. Enquanto ele rolava para o lado, tossindo, com os ouvidos limpando a água gelada do lago, a atividade se intensificou ao redor deles. Ordens gritadas também.

"Mantenha-a longe", veio uma delas. Eva apontava para Lady Portia, que parecia ter ficado bastante frenética. "E você", continuou Eva, "corra para o castelo e traga um trenó ou uma carroça."

Em seguida, Eva se colocou entre ele e a criada. Calor irradiava de seu corpo agitado. Ele teve que se conter para não se aproximar. "Você se saiu bem", ela disse por cima do ombro. "Mas agora preciso da sua ajuda. Consegue se mexer?"

Com os músculos congelados gritando em protesto, Lucien se levantou. "Do que você precisa?" A pergunta mal lhe escapou pela garganta.

"Precisamos deslizá-la até a margem e depois virá-la de lado." Sua ordem não deixou espaço para perguntas ou discordâncias.

Lucien agarrou a lã encharcada da peliça [2] da criada e puxou. Eles precisavam sair do gelo rapidamente. Não seria preciso nada para que o lago os engolisse a todos. Quando estavam em segurança em terra firme e a criada ao seu lado, Eva começou a bater nas costas da mulher.

"Isso é necessário?" perguntou Lucien.

"Já vi isso ser feito para forçar a água a sair dos pulmões."

Como se para provar o argumento de Eva, a criada começou a tossir, cuspindo água e ofegando. Eva deixou isso continuar por um minuto antes de se virar: "Agora, vire-a de costas."

Lucien obedeceu, e os dedos de Eva imediatamente começaram a desabotoar a peliça da criada com a eficiência de alguém intimamente familiarizado com o funcionamento de roupas femininas. Ela deu uma rápida olhada na blusa da criada. "Você vai ter que rasgá-la na frente."

---

2. Uma peliça era originalmente uma jaqueta curta de pele geralmente usada solta sobre o ombro esquerdo dos soldados de cavalaria leve hussardos, aparentemente para evitar cortes de espada. O nome também foi aplicado a um estilo moderno de casaco feminino usado no início do século XIX, durante a moda da Regência

O alarme percorreu Lucien. Rasgar a roupa de uma mulher parecia excessivo e pouco cavalheiresco. "Como?"

"Preciso abrir os laços do espartilho dela. Ela não conseguirá respirar corretamente enquanto eu não os desapertar."

Ela estava certa. A criada estava respirando, mas era superficial, e ainda não havia aberto bem os olhos. Agora não era hora de ser um cavalheiro, mas de salvar uma vida. Ele agarrou o tecido e puxou em direções opostas, o tecido cedeu, deixando o espartilho e a combinação da criada expostos ao olhar de qualquer pessoa. Sem paciência para pudores, as mãos experientes de Eva deslizaram por baixo da criada e começaram a desatar os laços. Em poucos segundos, o espartilho afrouxou. Mas Eva ainda não tinha terminado. Ela tirou a própria peliça e, sem dizer uma palavra, indicou a Lucien que a ajudasse a vestir a criada.

Um trenó apareceu a alguns metros de distância. "Eu a carrego", disse Lucien.

Ele olhou para Eva. Sem a peliça, ela começara a tremer. Por instinto, ele agarrou seu casaco forrado de pele e o colocou sobre os ombros dela. Olhos surpresos encontraram os dele.

Um arrepio de algo mais complexo do que mera gratidão passou entre eles. Era surpreendente e confuso, e nada em que ele pudesse pensar naquele momento. Com uma mão sob os joelhos da criada e a outra sob seus ombros, ele a pegou no colo e a levou até o trenó, com cuidado.

Antes de gritar para o cocheiro se mexer, ele olhou para Eva. "Você", gritou ele. "Entre no trenó." Ela não era a única com muita habilidade em dar comandos.

"Posso garantir que eu —"

"O trenó não vai se mexer até você entrar", ele disse pronto para cumprir a palavra. A mulher também parecia um pingente de gelo.

Ela hesitou por um instante. Ao passar por ele, murmurou: "Isso é totalmente desnecessário."

"Pense nisso como um serviço à paciente. O calor do seu corpo a ajudará."

Ela não podia argumentar, embora ele percebesse que ela queria. Porque ele havia dito, não porque não fosse verdade. Assim que ela se acomodou ao lado da criada, Lucien gritou para o cocheiro: "Não pare até chegar à porta da cozinha." Quaisquer preparativos para ajudar a criada começariam na cozinha.

O cocheiro agitou as rédeas e o cavalo se pôs em movimento bruscamente, o trenó avançando bruscamente. Mesmo com uma enxurrada de perguntas e elogios preenchendo o ar, os pés de Lucien se moveram no rastro do trenó, deixando seus convidados e sua mãe perplexos para trás.

Ele não tinha muita certeza do motivo de ter corrido atrás do trenó. Afinal, as mulheres eram uma dama de companhia e uma costureira. Essas mulheres tinham pouca importância para aqueles que ele deixava para trás. Mulheres facilmente substituíveis.

Na verdade, Eva tinha agido de uma maneira impressionante. Fundamental para salvar a vida da criada; disso ele não tinha dúvidas.

Ele não se importava muito com a observação. Passara os últimos quatro anos pensando apenas em coisas negativas — *e verdadeiras* — sobre a mulher. Não gostou que um pensamento positivo — também verdadeiro — tivesse se infiltrado.

"Sua iminente felicidade conjugal suscita uma pergunta... Como espera se casar com Lady Portia quando já está —"

Como essa pergunta terminava?

Ele precisava dela para completá-la. Talvez nessa pergunta estivesse o verdadeiro propósito de sua vinda para La Perle. A ideia de ela residindo sob o teto dele reacendeu um antigo sentimento, tanto mental quanto fisicamente.

Uma obsessão da mente e do corpo.

Era isso que ela era para ele: uma obsessão.

Uma obsessão em que ele não podia voltar a ser vítima novamente.

5

NA NOITE SEGUINTE

De seu ponto alto na galeria, Eva contemplava o brilhante salão de baile movimentado com nada menos que duzentos convidados, enfeitado com sedas e diamantes, cintilando com a vibração de uma noite que poderia levar a qualquer lugar — uma boa sessão de fofocas com uma amiga que não se via há séculos; um primeiro vislumbre da moda recém-chegada de Paris; uma degustação de champanhe fino que precisava apenas de um gole para efervescer na corrente sanguínea; uma valsa com um jovem cujos olhos uma jovem tinha desejado chamar a atenção à noite toda.

Tais encontros não enchiam Eva de admiração. Afinal, ela passara grande parte de sua juventude vagamente associada à corte espanhola, já que seu pai fora alfaiate de ninguém menos que o Rei Fernando. Ela geralmente encarava esses encontros com o olhar de uma especialista: que estilos as damas usavam? Os tecidos. Os enfeites. Os cortes. Cada mulher tinha um corpo e uma cor de pele únicos, e embora todas clamassem para se vestir com a última moda, nem todas eram adequadas para isso. Por exemplo, uma dama de cinquenta anos não deveria usar o vestido de uma jovem de vinte. Isso levaria a um grande desastre na alfaiataria.

Um vestido perfeitamente adequado a quem o usasse exigia mais do que mera beleza. Essas mulheres, adornadas com sedas, diamantes e ouro, usavam armaduras completas, tanto quanto qualquer cavaleiro que pisasse em um campo de batalha. O vestido deve permitir que a dama suporte o conflito de um baile e saia vitoriosa.

As notas alegres de uma mazurca ressoavam no ar, e Eva não podia negar seu efeito revigorante, a música extremamente agradável fazendo seus pés quererem se mover no ritmo *um-dois-três-quatro* da música. E talvez eles se movessem, por baixo de sua saia, só um pouquinho.

Ah, como era bom estar fora de seu quarto. Depois de deixar Edith na cozinha no dia anterior, Eva pediu que lhe mandassem um banho quente para seu quarto, aonde ela chegou o mais rápido que seus pés congelados permitiram. Ela e Lucien — *Touraine*, ela devia se lembrar — ainda não tinham terminado. O olhar de despedida dele lhe dissera isso.

A verdade era que, quando Edith caiu no gelo, Eva estava prestes a lhe fazer a pergunta que vinha se formando desde o primeiro encontro no vinhedo. E, no entanto...

Quanto mais refletia sobre a pergunta que não foi feita, mais se perguntava se era necessário fazê-la ou responde-la. Talvez ela devesse deixar os eventos de quatro anos atrás guardados no passado, onde pertenciam. Afinal, ela não havia lidado com as consequências — consequências com as quais esse homem certamente não queria se envolver — e conseguido superar tudo isso? Contra a mão que o destino lhe havia dado, ela havia conquistado a vida que queria. Por que voltar para a lama agora?

Em vez disso, ela passara o resto do dia anterior e todo o dia de hoje refazendo os decotes de todos os vestidos de Lady Portia. Lady Uxbridge não ficaria nada satisfeita, mas Eva tinha a firme convicção de que uma mulher tinha o direito de exercer o controle sobre si mesma para se apresentar ao mundo da maneira que lhe agradasse, e não o contrário.

Ela estava com os olhos um pouco turvos e as pontas dos dedos doíam, mas conseguira. E conseguira evitar Touraine com sucesso. Com uma carruagem arranjada para partir do Château La Perle ao amanhecer, estava pronta para deixá-lo para sempre no passado.

Touraine... Ela não era a única que passara os últimos anos construindo um império. Era verdade que ele nascera em meio ao esplendor que a cercava e aos duzentos convidados lá embaixo, mas também estava construindo um nome digno de ser lembrado. Ela podia admirar isso em um homem — e possivelmente nele... depois de colocar centenas de quilômetros entre eles.

Como ele era diferente do homem que ela conhecera. À distância em seus olhos, como se a observasse através de um grande abismo e não se aventurasse a se aproximar. Olhos que antes eram ardentes de curiosidade e paixão. *Amor,* ela até pensara.

Que ela fora o instrumento contundente usado para efetuar a mudança nele, bem, isso fora há quatro anos. Não era tempo suficiente para considerar isso no passado?

Mais uma vez, seus olhos seguiram a multidão abaixo. Era um baile verdadeiramente glorioso, sem economia de despesas por parte dos anfitriões e dos convidados. Quantas valsas haviam sido dançadas naqueles pisos de mogno ao longo dos séculos? Quase se podia acreditar que a Revolução não havia acontecido. É claro que muitos dos presentes fingiam que não havia acontecido. Não fora por isso que viajaram de todos os cantos da França para aquela noite? Um vislumbre de um passado que há muito tempo escapara por entre seus dedos.

E este era o seu salão de baile... o mundo *dele*.

Ele era Touraine.

Ela riria, se fosse engraçado.

Ele ainda não havia chegado. Ela saberia no instante em que ele chegasse.

Alguém pigarreou atrás dela. Uma garganta masculina, ela percebeu pelo registro grave. Seu corpo ficou tenso.

Por um momento, a possibilidade de ser Touraine lhe passou pela cabeça. Mas ela se virou e encontrou um homem diferente parado a menos de três metros de distância. O criado do dia anterior, aquele que se oferecera para ajudá-la com as malas. E ele sorria para ela com um olhar de expectativa em seu belo rosto. Antes, ele talvez tivesse virado a cabeça dela. Agora, tudo o que sentia era irritação. Por que os homens sempre esperam algo das mulheres?

"Sou necessária?" ela perguntou, permitindo que a impaciência transparecesse em sua voz.

Devia ser Lady Uxbridge. Talvez uma alteração de última hora. Ou ela teria olhado para os decotes levantados de Lady Portia e tido um ataque de nervos. Essa última possibilidade era bem possível.

O criado arqueou a sobrancelha. "Para essa dança? *Oui*."

Seu sorriso se estendeu por ambos os cantos da boca. Aquele sorriso já havia devastado mais do que algumas mulheres, sem dúvida. Ele estendeu a mão.

Um "não" reflexivo quase escapou da boca de Eva, mas então ela olhou ao redor e não encontrou motivo para não fazê-lo. Uma valsa rodopiava no ar com seu convite *um-dois-três* lembrando-a da corte real espanhola, de todos os bailes que ela e Isabel haviam assistido através das cortinas abertas e das galerias acima dos salões. Isso a levou de volta à sua juventude, *ao passado*.

Antes da prisão de seu pai.

Antes de Montfort.

Antes de Lucien Capet.

Antes de tudo o que se seguiu.

Ela gostaria de dançar aquela valsa, não particularmente com aquele homem, mas ele serviria.

Ela colocou a mão na dele e foi instantaneamente arrebatada pela dança — seus olhos se fechando, seus pés se encaixando em passos instintivos — sua saia balançando em torno de seus tornozelos enquanto ela permitia que a música a transportasse para um plano diferente — um de luz e beleza, um plano livre dos problemas da vida. Afinal, não era esse o fascínio da dança? A fuga ilusória para a liberdade, tornada possível por alguns minutos?

Outro homem pigarreou.

Seus olhos se abriram de repente e ela encontrou o olhar de outra pessoa por cima do ombro do criado.

Touraine.

Ele estava parado, a menos de três metros de distância, parecendo o trovão personificado e nada parecido com o homem que estivera ontem no vinhedo. Essa noite, ele estava impecável em um elegante seu traje preto, seus longos cabelos presos em um rabo de cavalo. Ninguém ousaria confundi-lo com outra pessoa que não o senhor e mestre de La Perle.

O criado se virou e suas mãos soltaram Eva como se estivessem queimadas. Tal foi o efeito do olhar de seu patrão. Touraine emitiu algumas sílabas em francês sucinto, o suficiente para fazer o criado se curvar e sair apressadamente.

E então...

Ele e ela estavam sozinhos.

Ele estava perto o suficiente para que menos do que um punhado de passos pudesse diminuir a distância entre eles, e ele poderia colocá-la em seus braços e eles estariam dançando o *um-dois-três* da valsa. Nos poucos dias em que se conheceram, dançaram apenas uma vez. Sob a luz da lua, em uma noite roubada... Como seria simples que esse momento se voltasse nessa direção.

Não.

Não havia nada de simples naquela volta.

Como se tivessem chegado à mesma conclusão no mesmo

instante, deram um passo para trás, interrompendo aquele momento peculiar.

"Quando não a vi pelo resto do dia, ontem ou hoje, pensei que você tivesse ido embora", ele disse com a voz num tom aveludado.

Mentira, ela sabia. Ele não teria descansado até descobrir quais eram os quartos dela e dar ordens diretas para ser informado de seus movimentos. Mas não houve relatos, pois ela não havia saído do quarto.

"Ou que você pudesse ter pegado um resfriado", acrescentou.

"Eu não", ela retrucou. "Você?"

Ele balançou a cabeça.

"E o seu casaco?" ela perguntou. "Ele foi devolvido a você?"

A conversa foi quase civilizada.

"*Oui*."

Na verdade, ela estivera extremamente tentada a reivindicar o casaco forrado de pele dele para si, tão quente e esplendidamente luxuoso. Estavam a salvo de qualquer coisa que o mundo jogasse contra eles com um casaco daqueles. Mas, no instante em que pôs os pés na cozinha, o entregou a um criado. Não se podia ceder aos caprichos da fantasia. Isso só trazia problemas.

Ela deveria agradecê-lo pela insistência em usá-lo. Provavelmente evitara uma doença pulmonar.

Mas não podia.

Um passado implacável a separava de qualquer expressão de gratidão para com aquele homem — um homem que parecia bastante determinado a terminar o que havia começado ontem.

O SILÊNCIO se estendeu entre eles enquanto Lucien mantinha o olhar de Eva cativo.

Mas as curvas dela...

Ela possuía algumas a mais do que quatro anos antes. Seus

olhos imploravam para que ele fizesse um balanço completo de todas as novas curvas.

Um apelo ao qual ele resistiria.

"Você é uma mulher difícil de encontrar."

"Eu acreditava que nosso relacionamento havia chegado ao fim."

"Com você ainda sob o meu teto?" ele zombou. Ela não podia acreditar no que estava saindo de sua boca, ou que ele acreditaria. "Vou perguntar de novo. Qual é o jogo de Montfort?" Talvez ele descobrisse a verdade esta noite.

"Nada mudou entre ontem e hoje. Montfort não está mais na minha vida."

"Por que não acredito em você?"

"Só você pode responder a essa pergunta."

Sacrebleu. A audácia da mulher.

Com o rosto corado, ela continuou: "Como lhe disseram, vim aqui para entregar o vestido de baile dessa noite para a sua..." Sua boca se fechou.

Ambos sabiam o que ela quase dissera.

"Ela não é minha noiva", ele afirmou.

"Ainda não." Eva ainda não tinha terminado. "Na verdade, eu vou desenhar e fazer o vestido de noiva de Lady Portia."

Sua insinuação era óbvia, mas ele não mordeu a isca. O vestido de noiva de Lady Portia não lhe importava.

Eva levou um dedo à boca como se estivesse considerando um ponto delicado. "Me lembra da pergunta que não consegui lhe fazer ontem, antes do infeliz acidente de Edith."

Finalmente, eles estavam chegando a algum lugar. "Pergunte."

"Como você espera se casar com Lady Portia —"

"Eu já lhe disse que ela não é minha noiva", ele interrompeu com uma onda de culpa e exasperação percorrendo seu corpo.

"— quando você já é casado comigo?"

Lucien piscou. Não podia tê-la ouvido direito. E, no entanto, ali estava ela, diante dele, completamente séria, seus olhos castanhos luminosos inabaláveis, seus lábios carnudos em uma linha firme.

"Você está louca, mulher?"

Um meio sorriso surgiu no canto da boca dela. "Não da última vez que verifiquei."

"Você definitivamente *não* é minha esposa", ele disse lentamente, cada sílaba distintamente definida.

"Não?" Ela inclinou a cabeça. "Então, como você chama aquela visitinha que fizemos a Gretna Green [1] há quatro anos?"

Será que a mulher estava falando sério?

Então ele se deu conta. "Foi por isso que Montfort a enviou."

"O que quer dizer?"

"Para causar problemas que você e eu sabemos que é uma mentira."

No entanto, o momento fazia pouco sentido. Por que *agora*?

"E que mentira é essa?"

"Que você e eu somos casados. Que nosso casamento — se é que se pode chamar assim — foi legal."

Com os olhos brilhando, ela deu um passo à frente, aproximando-se dele. Ele duvidava que ela tivesse percebido. "Ouça-me com atenção", ela falou, "pois há algo que você precisa entender. Montfort não tem ideia do meu paradeiro. Faz tempo que não tem. Não se trata dele. Trata-se de nós."

---

1. Gretna Green, é possivelmente o lugar mais romântico da Escócia, se não do Reino Unido. Esta pequena vila escocesa tornou-se sinônimo de romance e amantes fugitivos. Em 1754, uma nova lei, a Lei do Casamento de Lord Hardwicke, entrou em vigor na Inglaterra. Essa lei exigia que os jovens tivessem mais de 21 anos para se casar sem o consentimento dos pais ou responsáveis. O casamento deveria ser uma cerimônia pública na paróquia do casal, presidida por um oficial da Igreja. A nova lei era rigorosamente aplicada e acarretava uma pena de 14 anos de deportação para qualquer clérigo que a violasse. Os escoceses, no entanto, não mudaram a lei e continuaram com seus costumes matrimoniais seculares. A lei na Escócia permitia que qualquer pessoa com mais de 15 anos se casasse, desde que não tivesse parentesco próximo e não estivesse em um relacionamento com outra pessoa.

"Nós?" zombou Lucien. A mulher tinha mesmo audácia. "Não existe um nós. Nunca existiu."

Ela piscou. "Você acredita que nosso casamento foi uma farsa elaborada e encenada?"

"Eu sei que sim."

"Lucien —"

"Pode me chamar de Touraine."

"— nosso casamento foi — *é* — bastante genuíno e —" Ela fechou a boca.

"E?"

"Consumado."

Ele supôs que em seguida ela lhe contaria que também fora virgem, como se tais coisas não fossem fingidas para muitos maridos desavisados.

Mas os olhos dela...

Havia algo dentro deles. Ela era realmente a melhor mentirosa do mundo, ou...

Ela estava dizendo a verdade.

Considerando como ela o fisgara com suas mentiras, ele estava inclinado a acreditar na primeira opção.

"Diga a Montfort que isso é desesperador, até mesmo para ele", Lucien resmungou. Sua paciência estava se esgotando rapidamente.

Mas era ela quem tomava a palavra, e não parecia ter pressa enquanto os segundos passavam. "Se não acredita em mim", ela disse finalmente, "vá até Gretna Green."

"O que isso vai resolver?" ele perguntou perplexo.

"Você vai encontrar nossas assinaturas no registro de casamento do ferreiro, onde as deixamos."

Lucien zombou. "Você vai mesmo continuar com essa história?"

"Às vezes, uma história é a verdade." O olhar dela o queimava, sério e seguro. "Envie um criado de confiança se não tiver tempo ou disposição."

Enviar um criado? O alarme explodiu em Lucien. "Ninguém mais deve saber. Ninguém."

Um sorrisinho maldoso surgiu em sua boca. "Isso arruinaria a reputação que você tanto preza?"

A pergunta pegou Lucien de surpresa. "*Pardon?*"

Uma risada cínica escapou dela. "Ouvi falar de sua virtude e retidão. Você é um modelo, pelo que Lady Uxbridge diz."

Naquele momento, um aroma o atingiu — o dela. Canela e cravo. Ele o reconheceria em qualquer lugar. Uma lembrança gustativa deslizou por sua língua, deslizando por sua pele. Até seus dedos se lembravam da sensação dela — do calor suave e macio de sua pele.

Ele não podia tocá-la. Ou saboreá-la. Nunca mais.

Ele não seria capaz de parar.

A memória nunca se contentava com uma noite.

"Então vá você mesmo." Ela não cedeu nesse ponto. "Embora eu não tenha certeza de como você conseguirá uma anulação sem que ninguém saiba."

Anulação?

Não, não, não.

Como ela estava calma. Como era prática. Sem um pingo de evasiva. Será que ela estava dizendo a verdade?

"Embora o casamento, como você deve se lembrar, tenha sido consumado —"

Se ele se lembrava? Seus sonhos se lembravam daquela noite pelo menos uma vez por semana.

"— abandono pode ser motivo suficiente."

Isso o fez se levantar. "Abandono?"

Ela não hesitou. "Ah, sim, você me abandonou."

E agora ele entendia o que via nos olhos dela.

Raiva.

Uma raiva que se igualava à sua, na verdade.

O que estava acontecendo ali? Que direito ela tinha de se irritar?

Quatro anos atrás, *ela o* havia prejudicado, e não o contrário.

Alguém pigarreou discretamente atrás deles. Ambos os pares de olhos se voltaram. Um criado estava no topo da escada. "Meu senhor, sua presença é solicitada no salão de baile", entoou o criado com uma voz cuidadosamente neutra.

Lucien parou um momento e respirou fundo, compondo-se. "Diga que descerei em cinco minutos."

O criado fez uma leve reverência em reconhecimento e voltou-se para seus afazeres.

Lucien se virou e percebeu que a raiva não brilhava mais nos olhos de Eva. Em seu lugar, havia uma parede de controle. "Eu arranjei para partir ao amanhecer", ela disse.

"Nós não —"

"Terminamos?" ela completou por ele. "Ah, mas nós terminamos. Você tem todas as informações que posso lhe fornecer. Se decidir deixar as coisas como estão, não direi nada."

Lucien sentiu como se tivesse perdido algo vital. "O que quer dizer?"

"Ninguém precisa saber sobre o nosso tempo em Gretna Green. Afinal, o casamento só foi registrado em uma pequena cidade na Escócia."

Com isso, ela girou nos calcanhares e desceu as escadas. Lucien observou até a cabeça de ela sumir de vista.

Ninguém precisa saber.

Saber o quê, precisamente? De um casamento falsificado para satisfazer a ideia distorcida de vingança de um homem? Ou...

Que o casamento não tinha sido uma farsa? Que era, de fato, genuíno?

Seria possível?

Enquanto descia as escadas e atravessava os amplos corredores em direção ao salão de baile, a multidão aumentava. Seu rosto se transformou na máscara de anfitrião gracioso, mesmo sem parar para cumprimentar ninguém. No entanto, ele captou algumas piscadelas de cumplicidade. Levou um momento para que ele percebesse a intenção por trás daquelas piscadelas.

Lady Portia.

Ele deveria pedi-la em casamento. Na verdade, o noivado deveria ser anunciado naquela noite. Era o motivo não tão secreto do baile.

Exceto por dois problemas.

Primeiro, o pedido não tinha acontecido.

Segundo, também não aconteceria naquela noite.

Ninguém precisava saber.

Eva podia estar dizendo a verdade. E se estivesse, então ele sabia.

A determinação tomou forma sólida dentro dele. Nenhum noivado seguiria em frente até que os fatos fossem estabelecidos.

E se ele sentisse uma onda de alívio por finalmente ter um bom motivo para não pedir Lady Portia em casamento, guardaria para si.

Eva também pode ter sentido isso, pois ainda estava lá — a conexão que ele só havia sentido com ela. Era desconcertante.

No salão de baile, *Maman* o cumprimentou com o arquear de uma única sobrancelha interrogativa. Ele sabia qual era a pergunta. Iriam anunciar o noivado dele com Lady Portia?

Ele balançou a cabeça levemente. A boca dela pressionou em uma linha fina, e ela se virou de costas para ele.

À medida que a noite avançava sem o feliz anúncio de um casamento iminente entre as casas de Touraine e Uxbridge, Lucien se viu lançando olhares furtivos para a galeria.

Que ele sentia uma pequena pontada de vazio toda vez que encontrava Eva ausente na grade, ele guardaria isso para si também.

AO AMANHECER

De seu assento à janela da biblioteca, Lucien olhava para a entrada da casa.

Ele estava esperando.

Na luz cinzenta, antes que o sol rompesse no horizonte, uma carruagem de quatro cavalos surgiu a quatrocentos metros de distância e abriu caminho entre as colunatas opostas de choupos. Quando a carruagem parou suavemente, ele notou que não só não tinha brasão, como já vira dias melhores algumas décadas atrás. Uma carruagem alugada.

E ele sabia para quem.

Eva estava dizendo a verdade sobre isso.

Ela devia estar esperando no salão de recepção, pois emergiu do castelo menos de um minuto depois. Ela supervisionava enquanto suas malas e baús eram presos à parte de trás da carruagem, ocasionalmente dando instruções aos criados. Com tudo arrumado e organizado, ela se virou e encarou o castelo, dando-lhe uma avaliação de cima a baixo. A luz da manhã iluminou seu rosto virado para cima e lançou sobre ela um brilho cálido. Como era possível que sua beleza só tivesse aumentado nos últimos quatro anos?

Parte dele queria que ela o notasse na janela. Todo o seu ser ficou tenso em expectativa ao contato. Mas seus olhos continuaram se movendo. Então ela entrou na carruagem e a porta se fechou atrás dela. Apenas sua silhueta escura permaneceu à vista. Um rápido movimento das rédeas do cocheiro e a carruagem se pôs em movimento.

Foi depois que a carruagem desapareceu de vista que Lucien chegou à decisão que o encarava. Ele poderia aceitar as palavras de Eva como mentiras que provavelmente eram e permanecer em La Perle e continuar com sua vida como se os últimos dois dias nunca tivessem acontecido. Ou...

Ir para a Escócia e buscar a verdade.

Nesses termos, só havia uma escolha.

Seu pai havia deixado La Perle em suas mãos, e agora ele

precisava provar que era digno daquela confiança. Ele colocaria seus negócios em ordem — instruções para o vinhedo de Jean, cartas de apresentação de Perrin para distribuidores londrinos — e partiria. Ele poderia resolver negócios e assuntos pessoais na mesma viagem. A eficiência da viagem o impressionou. Mas, quanto à parte pessoal...

Seria necessário que ele fosse sozinho?

Se o que Eva disse fosse verdade, e o casamento deles fosse de alguma forma genuíno, ela era a outra parte. Realmente, visto por esse ângulo, era óbvio que ela precisava se envolver.

Mas, no fundo, ele entendia que esse não era o único motivo para procurá-la em Londres. Ele precisava de mais do que a verdade sobre o casamento.

Ele precisava da verdade sobre *ela*.

Agora que a vira, falara com ela, sabia um pouco sobre sua vida atual, precisava saber mais.

Ele precisava saber tudo.

PARIS

F inalmente chegando ao seu destino, Eva fez uma pausa antes de descer da carruagem. A agitação das ruas de Paris a envolvia, e ela a respirava. Paris continha uma energia específica — de vibração, de vida. Aquela cidade realmente a atraía.

Acima dela, pendia uma placa discreta: *Madame Fabienne*. Um lembrete de que ela não estava ali para vivenciar Paris. Estava ali para partir o mais rápido possível. O passado a perseguia, e ela precisava fugir dele.

Ela tinha acabado de passar dois dias inteiros em uma carruagem alugada, ziguezagueando por imprevisíveis estradas rurais francesas e, ainda haveria mais um dia na carruagem, antes de embarcar em um barco rumo ao Canal da Mancha. Ela não tinha tempo a perder para sair da França. Um pressentimento se apoderara de seus ossos de que Touraine não estaria muito longe. O olhar dele quando ela o deixou dizia tudo.

Ela acertou as contas com o cocheiro, dando-lhe instruções e uma boa quantia em moedas, e informando que ele deveria retornar dali à uma hora. "Madame Fabienne? Nell?" ela gritou já dentro do estúdio que também servia de residência, deixando a chave da porta na mesa lateral antes de subir as escadas para o segundo andar. "Voltei."

Um som arrastado, seguido de pequenos passos, ecoou acima, ganhando velocidade a cada passo. No topo da escada, apareceu uma criança pequena de três anos, com um sorriso feliz vincando as bochechas ainda rechonchudas de gordura de bebê e manchadas com os restos do chá da tarde. "Mama!"

Ela subiu os degraus de dois em dois e abraçou Ariel, o sorriso pegajoso dele pressionado contra sua garganta. Seu coração se elevou no peito, todas as preocupações deixadas de lado por um momento. Ela pressionou o nariz nos cabelos dele e inalou o aroma doce e levemente suado do filho.

Nem todas as consequências de sua única noite com Touraine foram ruins.

"E como você está, meu leão?" ela perguntou envolvendo-o nos braços, absorvendo a sensação de seu corpo pequeno e sólido. Não havia alegria igual na terra. Que nem sempre fora tão... A velha vergonha sempre esteve à espreita, sempre à espera para lembrá-la. Ela a afastou. Por enquanto. Ela voltaria à noite. Sempre voltava.

Ariel segurou o rosto dela entre as mãos e disse: "A babá vai me levar ao parque."

Uma pontada de culpa percorreu Eva. "Receio que haja uma mudança de planos."

Seu comportamento feliz mudou sutilmente para sério. Ariel tinha uma capacidade incrível de sentir mudanças no ar. "Por que, Mama?"

"Nada com que se preocupar, meu leão", ela falou leve como uma brisa de verão. "Tenho um vestido de noiva para fazer em Londres." Se uma mentira fosse oitenta por cento verdade ainda seria uma mentira? "Onde estão sua babá e a Nell?"

Ele se livrou dos braços dela e entrelaçou os dedos pegajosos nos dela antes de conduzi-la pelo longo corredor até o estúdio que Madame Fabienne havia emprestado para uso da família.

Um sentimento percorreu Eva, um sentimento muito semelhante a um leve pânico. Era possível que ela deveria ter contado a Touraine sobre essa consequência da tolice deles, aquele que segurava sua mão na dele, pequena e forte. Era possível que as primeiras palavras que saíssem de sua boca deveriam ter sido sobre Ariel.

Mas a simples visão de Touraine, seguida pela força de sua raiva muito real, a atingiu com a força de um tufão, o tipo que varre uma casa de todos os seus pertences em uma rajada magnífica. Fora impossível contar a ele sobre Ariel.

Touraine não queria saber sobre Ariel. Talvez ele nem merecesse saber.

Mas mesmo enquanto olhava para o filho — sua mecha de cabelo quase preto, a linha reta das sobrancelhas escuras, os olhos castanho-escuros — ela o via sob uma nova luz, uma que nunca se permitira ver: como a imagem do pai.

Se Touraine a alcançasse em Paris, certamente também veria sua imagem.

Só uma grande extensão de água entre eles serviria.

Ela e Ariel entraram no estúdio iluminado pela luz do início da tarde e encontraram Nell curvada sobre uma mesa de trabalho coberta com seda dupioni azul-marinho. "Olá, senhorita", disse Nell com seu alegre sotaque cockney, mal erguendo os olhos. "Vejo que o pequeno mestre a encontrou."

Nell entrara na casa dela e de Isabel como ama de leite de Ariel, mas permanecera como aprendiz de Eva depois que contrataram uma babá de verdade, Srta. Latham, prima de Nell e que já ensinava as letras a Ariel. Parecia que ela não conseguia parar de aumentar a família improvisada.

Ah, como Eva queria uma xícara de chá — uma tradição inglesa que ela adotara — e relaxar no aconchego e na segurança da família. Mas não podia. A segurança daquela mesma família estava em jogo. "Consegui passagem para nós no primeiro navio que sairá de Calais amanhã de manhã. Precisamos fazer as malas e começar nossa jornada para a costa dentro de uma hora."

Nell se endireitou, subitamente alerta. Ela conhecia aquele tom e não hesitou em estender a mão para Ariel. "Ouviu isso, pequeno mestre? Vamos embarcar novamente. Agora, vamos encontrar a Srta. Latham e informá-la da nossa emocionante novidade."

Deus a abençoe. Nell estava se tornando uma jovem bastante capaz.

Ariel assentiu uma vez e saiu correndo, sempre ansioso para ser útil. Ele sempre buscaria um lugar no mundo e o encontraria, com todos os recursos e oportunidades para construir a vida que desejasse para si. Eva não mediria esforços para que isso acontecesse.

Nell assentiu com Eva seriamente antes de seguir Ariel para fora da sala.

"Eva?" ecoou uma voz feminina profunda e rouca da sala de estar no andar de cima.

Ao subir as escadas, Eva se preparou para se despedir de Madame Fabienne. Ela havia considerado, talvez, a possibilidade de uma parceria entre elas. Uma parceria que aumentaria o alcance de Eva no mundo da moda e a consolidaria. Madame Fabienne era reconhecida em ambos os lados do Canal da Mancha por sua moda vanguardista entre seus clientes e por suas técnicas inovadoras de costura e senso de negócios entre seus concorrentes. Tal parceria apenas fortaleceria as ideias de Eva de um império além das fronteiras da Inglaterra.

Nem seu pai nem sua irmã Isabel compreendiam bem sua visão. Mas Eva nunca se adaptou de fato ao jeito inglês recatado e formal, não como a sempre pragmática Isabel, que se casara com o filho mais novo de um duque e agora dividia o ano entre Londres e sua propriedade rural. Mas Paris... Ah, como despertava inspiração e falava com o lado artístico da natureza de Eva.

E sua inspiração e visão não os haviam levado de Cheapside

para Bond Street? Ter seu nome associado à Madame Fabienne a teria tornado uma força incontrolável.

Uma impossibilidade agora que ela encontrara Touraine.

Eva entrou na sala de estar. Embora lhe faltasse à sofisticação elegante e austera do Château La Perle, possuía uma qualidade que faltava às paredes frias de La Perle: algo divino. Com seus tetos altos e paredes brancas, o cômodo era uma personificação física de luz e ar, se tal conceito existisse. Plantas pendiam do teto, estendendo gavinhas frondosas até o chão. Madame o chamava de seu bastião de inspiração.

Do outro lado do piso de pinho claro, estava à mulher sob uma nuvem de cabelos brancos soltos, seus olhos azuis astutos fixos em Eva. As palavras que Eva devia dizer formaram um nó em sua garganta.

"Você parece cansada, *ma chérie.*" Madame sempre ia direto ao ponto.

"Devo agradecer pela sua hospitalidade nessas últimas semanas", disse Eva.

"Mas você está indo embora."

Claro, Madame sempre sabia. Essa era sua casa, seu domínio. Os ouvidos de criados leais já teriam ouvido e relatado. "*Oui.*"

Madame indicou o sofá à sua frente. "Por favor, sente-se."

"Preciso fazer as malas e —"

"Fazer a vontade de uma senhora idosa."

Eva reconhecia uma ordem quando ouvia uma. Ela se sentou na beirada da poltrona de veludo e esperou.

"Essa é uma partida bastante repentina, *non?*" perguntou a mulher mais velha em sua voz suave, que ainda continha um tom de aço que os anos não conseguiram atenuar. "Há algo mais? Algo que você queira confidenciar?"

Eva não disse, por mais que desejasse. "Não posso."

Ela não podia arriscar Ariel.

"É simplesmente que você sai de Paris e volta uma semana depois completamente mudada. Não notou as olheiras?"

Ela notou. Elas desapareceriam assim que ela cruzasse o Canal da Mancha em segurança com Ariel. "Não é nada que eu possa dizer."

Madame inclinou a cabeça. "Você deseja fazer um nome em Paris, não é?"

"Eu desejava."

"Mas esse desejo agora é passado?"

Eva assentiu, em silêncio. A afirmação era dolorosa demais para ser dita em voz alta.

"Uma velha vai lhe dar um conselho não solicitado." Madame cruzou os dedos como costumava fazer em momentos de deliberação. "Que ninguém lhe negue seus sonhos. Se o fizer, estará dando a um inimigo poder sobre sua felicidade e seu futuro." Ela se inclinou para frente, seus pequenos olhos azuis não dando trégua a Eva. "Não dê a eles esse poder."

"Não é tão simples."

Madame riu, mas sem malícia. "Não é?" perguntou. "A juventude tende a complicar demais a vida, quando tudo é muito simples. Eis o que se faz. Você corre atrás do que quer e, quando o alcança, agarra com as duas mãos e não o solta por nada." Ela abriu bem as mãos. "Viu? Simples."

"Não sou mais jovem."

"Qual é a sua idade?"

"Vinte e sete anos."

Madame riu novamente. "Viu? Jovem."

Fazia tanto tempo que Eva não se sentia jovem que começara a acreditar que idade não tinha nada a ver com anos. Mas não falava com Madame sobre as experiências que haviam moldado essa visão. Madame tinha uma boa opinião dela, e Eva desejava mantê-la.

"Preciso ajudar com as malas." Ela consultou o relógio em sua cintura. "Nossa carruagem alugada chegará daqui a meia hora. Sua generosidade..." Lágrimas repentinas obstruíram a garganta de Eva. Lágrimas de tristeza, perda e frustração.

"Quando esse problema se resolver..." Madame levantou a mão quando Eva abriu a boca para protestar. "E vai. Volte para Paris, *ma chérie*. Sempre terei um lugar esperando por você. Com seus talentos e sua arte, Paris é o seu lugar."

Eva engoliu as lágrimas. "Talvez, mas é onde eu não posso estar."

Depois de beijar as duas faces de Madame e se despedir, Eva retornou ao estúdio e começou a reunir os instrumentos de seu ofício.

A pergunta sobre Ariel retornou. Ela não estivera escondendo o filho de Touraine nos últimos quatro anos. Como poderia? Não tinha a menor ideia de quem Touraine realmente era ou para onde ele fora depois de deixá-la sozinha em seu leito conjugal.

Mas agora, ela sabia. Ao deixar a França sem contar a verdade a Touraine, ela estava escolhendo um caminho. E não era o melhor para todos?

E se ela lhe contasse e ele negasse que Ariel era seu filho? E se ele a acusasse de inventar uma mentira para o benefício de Montfort? A situação ficaria feia e dramática, e ela já estava farta de tudo que era feio e dramático por uma vida inteira.

Além disso, Touraine a queria fora de sua vida. Ele se casaria com uma esposa adequadamente virtuosa e aristocrática, com quem geraria filhos adequadamente virtuosos e aristocráticos.

Melhor que ela e Ariel deixassem a França e esquecessem completamente a última semana. Ela garantiria o futuro de Ariel, sozinha, como já estava fazendo.

Uma pontada a percorreu. Uma loja parisiense só teria reforçado esse futuro. E agora ela tinha que esquecer esse plano.

O gosto era amargo.

Mas, afinal, não era a primeira vez que ela tinha que mudar de plano e recomeçar. Ela já tinha feito isso vezes demais para contar.

E agora Paris.

Por causa *dele*.

Uma imagem do homem que ele era agora lhe veio à mente. Quando o conhecera, ele era mais magro. Como um junco forte e jovem que podia se dobrar, mas não quebrar. Agora ele era aço. Sem flexibilidade para o homem que ela deixara no interior da França.

Uma nova luz brilhou em seus olhos também. Uma luz que lembrava um anjo vingador. *Lindo. Glorioso.* Um sorriso irônico em sua boca que não dava trégua. *Implacável.*

Ainda assim, ela só precisava fechar os olhos para ver o homem que conhecera quatro anos atrás, e a noite distante em que se encontraram ainda era devastadora.

7

———

QUATRO ANOS ATRÁS

A noite pairava abafada pelo calor de centenas de outros corpos confinados em um espaço apertado em uma noite de verão. Esse era o destino de alguém em um pequeno salão durante a temporada londrina.

De onde estava, Lucien se moveu, sozinho, desajeitado. A festa girava ao seu redor, mas não o convidava exatamente a participar. Franceses ou ingleses, os aristocratas se portavam dessa maneira.

Um convite para essa festa chegara aos seus aposentos no Mivart's [1] naquela mesma tarde. Não estava assinado, mas ele não tinha dúvidas sobre o autor. *Lorde Bertrand Montfort.* O homem que ele tentara — e não conseguira — ver durante uma semana.

Montfort conhecia bem as intenções de Lucien ao cruzar o Canal da Mancha para encontrá-lo. Traçar um limite para a

———

1. O Claridge's é um hotel 5 estrelas em Mayfair, Londres. As origens do Claridge's remontam ao Mivart's Hotel, fundado em 1812 em uma casa geminada convencional de Londres e que cresceu expandindo-se para casas vizinhas. Em 1854, o fundador vendeu o hotel para William e Marianne Claridge, que possuíam um hotel menor ao lado. Depois de contonuar por um tempo como "Mivart's Claridge's", eles decidiram pelo nome atual.

73

tolice de Paris — a mesma tolice que os tornara inimigos — e fazer as pazes. Nunca mais precisariam se ver ou falar, mas pelo menos Lucien conseguiria parar de olhar por cima do ombro e seguir em frente com sua vida.

Ele deu outra olhada no salão Ainda nenhum sinal de Montfort. Lucien não se importava muito com festas daquele tipo ou de qualquer outro tipo. Pareciam-lhe nada mais do que uma desculpa para as pessoas seguirem seus piores impulsos e se tornarem suas piores versões, uma oportunidade que poucos recusavam diante de um prazer potencial.

Na verdade, ele também não tinha muita utilidade para o prazer. Não que buscasse ser um exemplo de decoro e pureza — nunca havia se deitado com uma mulher —, mas estava determinado a ser um filho digno para seu pai. Quando olhava nos olhos do pai, não queria ver decepção.

E foi exatamente isso que o trouxera àquela festa naquela noite. Naquela noite, ele corrigiria um erro do passado e fixaria o olhar no futuro — um futuro que nada tinha a ver com intrigas políticas vazias, mas sim um futuro que importava, um futuro no vinhedo, pois, finalmente, ele havia compreendido a visão de Papa e queria compartilhá-la. Mas, primeiro, precisava ser digno dela.

Impacientemente, ele examinou o salão mais uma vez. Já haviam se passado duas horas. Por que Montfort o convidaria para uma festa e depois não apareceria?

Na periferia da multidão, seu olhar se fixou em uma figura. Uma jovem. Sozinha, como ele. Mas não qualquer jovem. Possivelmente a jovem mais bonita que ele já vira. E, como ele, ela não parecia estar conversando com ninguém. O que havia de tão diferente nela?

Seus pés não conseguiam parar de se mover. Seria totalmente impróprio falar com ela sem uma apresentação formal, mas ninguém o conhecia ali, e ocorreu-lhe que talvez ninguém a conhecesse também. Na verdade, quanto mais pensava nisso, mais se convencia de que deveria falar com ela. Não era certo que ela estivesse sozinha, prestes a trocar sua taça de champanhe vazia por uma cheia.

Foi questão de instantes até que ele estivesse ao seu lado e dissesse: "Você deveria tomar cuidado com o champanhe. Pode provocar um comportamento que a gente pode se arrepender no dia seguinte. Sem mencionar uma terrível enxaqueca."

Ela virou a cabeça bruscamente, com um sorriso perplexo nos lábios cor de ameixa, e soltou uma risada rouca. "É mesmo?"

Em seus vinte e três anos, nunca uma mulher fizera Lucien perder o fôlego.

Não até essa.

Ela era ainda mais bonita de perto, mas era mais do que a soma de sua beleza exuberante. Uma luz vibrante brilhava em seus olhos, cortando suas noções de decoro e perfurando um lugar dentro dele que ele não sabia que existia até aquele exato momento. Ele tremeu e se desequilibrou, fazendo-o sentir como se estivesse caindo, embora seus pés permanecessem firmemente fixos no chão.

Ele não iria a lugar nenhum.

Não até conhecê-la.

Enquanto Eva olhava para o estranho, notou dois fatos. Primeiro, sua voz tinha um sotaque francês.

Segundo, ele não estava flertando. Ele a estava censurando.

Ou... era esse o seu jeito de flertar?

Alto, magro... Mais ou menos da sua idade... Intenso e sério também.

Todos esses fatos haviam sido relatados por Montfort, mas ele não mencionou quão bonito o jovem francês era. Cabelo bagunçado que não era exatamente preto. Olhos castanho-escuros que pareciam conter sua alma. Sobrancelhas retas e pretas que não dominavam seu rosto, mas ilustravam a linha de suas maçãs do rosto salientes. O tipo de boca que seria considerada sensual em uma mulher.

Ela continuou: "E você é o homem para me dar uma lição sobre os costumes perversos do champanhe?"

Suas sobrancelhas se franziram em perplexidade. "Eu estava apenas tentando apontar o caminho certo."

"É um hábito seu?" ela perguntou áspera. Ele era lindo, sim, mas ela não tinha certeza se gostava daquele francês.

"Um hábito?"

"Colocar pessoas que você não conhece no caminho certo?"

Um rubor coloriu suas bochechas, e ele fez uma reverência superficial. "Se me perdoar, eu vou —"

Sem pensar, ela colocou a mão em seu antebraço, para contê-lo. "Por favor, não vá."

Ele olhou para a mão que segurava seu braço. A mão *dela* segurando o braço dele. Seu pulso batia forte, e suas bochechas ficaram quentes, e ainda assim, ela se manteve firme.

Então os olhos dele encontraram os dela, e o próprio mundo parou. O que ela viu ali — *franqueza, honestidade* — a atraiu, a fez querer conhecê-lo.

Não por Montfort. Não pela dívida de sua família com o homem. *Dívida.* A palavra dele para isso. Eva tinha outras palavras. *Chantagem. Extorsão. Maldade.*

Ela queria conhecer aquele francês pessoalmente e entender como ele fazia o tempo parar quando ela o tocava. O tempo não deveria fazer isso.

Ela levantou a mão, e ele arrastou os pés, desconfortável. Ele também sentiu isso.

"Sei que é impróprio fazer apresentações sem um acompanhante", ele disse. "Mas posso perguntar o seu nome?"

Ele era tão formal e recatado. No entanto, foram essas mesmas qualidades que a fizeram querer investigar mais a fundo. "Pode me chamar de Señorita Galante."

"Ah, você é espanhola." Um olhar distante surgiu em seus

olhos. "Estive recentemente na Espanha para —" Ele deixou a frase se interromper.

"Férias?" ela provocou.

"Não exatamente."

A julgar pela expressão em seu rosto, definitivamente não tinha sido uma visita de férias. Melhor tirá-lo do assunto de sua terra natal. "E o seu nome, se me permite perguntar?"

"Sou Monsieur Capet."

Ele pronunciou seu nome com um orgulho considerável. Normalmente, esse tipo de jovem a fazia correr instintivamente na direção oposta. Mas a sinceridade daquele jovem em particular podia ser cativante.

Ela fez uma leve reverência em resposta à reverência e perguntou: "O que o traz a Londres?"

"Estou aqui para ver um homem."

"Você cruzou o Canal da Mancha para ver um homem? Talvez pudesse ter escrito uma carta para ele."

"Deve ser pessoalmente."

Ele havia se tornado estranhamente intenso, e Eva percebeu uma escuridão nele. Inesperada, mas isso a fazia gostar dele um pouco mais. Tornava-o mais humano. Será que não havia um canto escuro escondido em algum lugar na alma de todos?

Mas ela não queria escuridão naquela noite. Queria trazê-lo de volta à luz. "E o que você faz com o seu tempo?"

"Ajudo meu pai com o vinhedo dele. Estamos considerando nos envolver no comércio de bebidas alcoólicas entre a Inglaterra e a França. Mas —"

"Mas?" Ela estava interessada por algum motivo.

"Mas meu pai ainda não acha que estamos prontos para esse passo."

"Ah, e você é a nova geração com novas ideias." Isso o fez sorrir. Ela gostou do sorriso dele.

"Ao tentar fazer as coisas rápido demais muitas vezes significa perder tempo por ter que voltar para corrigir seus erros", ele falou. "É o que ele sempre diz. Espere até que tudo esteja perfeito para agir."

"E você é impaciente."

"É um defeito meu."

"Você não parece o tipo de homem que tem defeitos de qualquer tipo."

De novo, a escuridão. "Na verdade, tenho vários."

Eva não gostou dessa mudança de assunto. Ela queria arrancar o sorriso dele novamente.

Só mais tarde ela perceberia que deveria ter prestado mais atenção, feito mais perguntas, mas já estava a meio caminho de se apaixonar por ele. Instantaneamente apaixonada, na verdade. Mas naquela noite de verão, ela tinha uma ordem, que não tinha nada a ver com os sorrisos daquele homem.

"Por acaso você tem uma carruagem?" ela perguntou.

"Tenho um contrato para o meu tempo em Londres. Por que pergunta?"

"É a coisa mais boba, mas..." Ela lançou um olhar pesaroso para os próprios pés. "Estou usando sapatos novos esta noite, e eles estão muito apertados. Receio que a pele do meu calcanhar esquerdo esteja em carne viva."

"Você está com dor?"

Ele parecia tão preocupado que Eva quase se sentiu mal por mentir. Quase. Ela estava ali naquele salão para pagar a dívida da família, e aquele francês sincero e bonito era — por quaisquer motivos de Montfort — um meio para esse fim.

Ela pressionou o pé no chão, testando-o, e fez uma careta. Era apenas uma mentira inocente.

"Posso acompanhá-la até sua dama de companhia, para que você possa tomar providências para ir embora?"

"Não tenho ninguém aqui comigo." Ela soou apenas um pouco desolada. "Minha acompanhante foi chamada para uma emergência familiar."

As palavras de Montfort quase ao pé da letra.

O Sr. Capet pareceu completamente perplexo. Foi na sua confusão temporária que residia à oportunidade dela. Montfort devia saber como sua presa era uma pessoa correta. Era ela quem teria que dar o salto para a inconveniência. "O senhor se importaria em me providenciar transporte?"

"Mas você... mas eu..." ele gaguejou. "Isso não seria apropriado, seria?"

Eva se mexeu e estremeceu novamente. "Não vou contar se você não contar."

Um longo momento se passou. Ele parecia não ceder. O coração de Eva disparou enquanto suas mãos torciam a alça da bolsa. Ela queria muito que ele dissesse sim, não por Montfort, mas por ela. Ela queria mais tempo com aquele homem. Ele a considerava diferente dos outros "cavalheiros" que Montfort colocara em seu caminho nas últimas semanas, "cavalheiros" que eram muito livres com suas mãos e sugestões.

Finalmente, ele disse: "Terei o maior prazer em lhe fornecer uma escolta segura para casa."

Galante, essa era a palavra para aquele homem. Não uma falsa galanteria, como tantos homens que ela observara na corte espanhola em Madri ou nas soirées de Montfort. Este homem era genuíno e, de alguma forma — estranhamente — ela se sentia segura com ele.

Pela primeira vez, ela se sentiu desonesta.

Mas era apenas uma pequena mentira.

Nada aconteceria.

E, enquanto estavam sentados dentro da carruagem alugada, do lado de fora do apartamento dela em Knightsbridge, esse era precisamente o seu medo. Que nada acontecesse, pois ela fora instruída a convencê-lo a segui-la até seus aposentos, embora não tivesse a menor ideia do que fazer com ele quando o levasse até lá.

Ela olhou em seus olhos sinceros e abertos e decidiu que a abordagem direta era o melhor a fazer. "Você quer subir?"

As sobrancelhas dele se ergueram em direção ao teto da carruagem. Ele poderia ser a tia-avó virtuosa de alguém. "Você não acha que sua família desaprovaria um homem estranho entrando em seus aposentos?"

"Eles nunca saberão, não é?" Ela estendeu a mão sobre o vão dos pés e colocou a mão sobre a dele. Embora Montfort não tivesse mencionado nada sobre tocar no francês, ela não conseguia parar. Suas mãos queriam estar sobre ele. "Estou apenas sendo hospitaleira com um estranho em terra estrangeira. Você e eu somos parecidos nesse aspecto, *non*?"

O *non* francês talvez tenha sido demais, mas então ele assentiu, e a respiração que ela estivera prendendo inconscientemente se dissipou. Além disso, era a verdade. Ambos eram estrangeiros em terra estrangeira.

Ele a ajudou a descer da carruagem e a seguiu até o apartamento onde Montfort a instalara para essa "missão". Era respeitável, modesto e completamente impessoal.

"Agora, permita-me agradecer", ela disse.

"Posso garantir que não há necessidade —"

Sua mão erguida interrompeu as palavras dele antes que ela se virasse. Enquanto caminhava pelo curto corredor até seu quarto, rezou a todos os deuses acima e abaixo para que ele ainda estivesse ali quando ela voltasse. E ele estava, enraizado no lugar onde ela o deixara, como o convidado adequado que era.

Ele olhou para a caixa retangular de madeira em suas mãos. "Isso é um tabuleiro de gamão?"

"Você joga?"

"Acontece que é o meu jogo favorito."

"O meu também."

E ela não disse isso porque Montfort mandou ou para continuar a enganá-lo. Ela disse isso porque era a verdade. Algo mudou dentro dela naquele momento, algo que nem mesmo a beleza dele conseguia tocar. Afinal, o mundo estava repleto de homens bonitos.

Ela viu algo diferente, algo parecido com ela, naquele homem bonito.

Ela colocou o tabuleiro na mesa sob a janela e começou a colocar as peças. "Branca ou preta?" ela perguntou quando ele se sentou à sua frente.

"Branca."

Sua boca se curvou em um sorriso. "Claro."

"Claro?"

"Combina com você. A cor da pureza. Eu? Prefiro preta."

"Por quê?"

"Os parâmetros são menos definidos no preto. Aí há liberdade."

Quando ela olhou para cima, o olhar escuro dele brilhou com apreciação. "Isso é profundo."

Seu instinto foi rir e ignorar as palavras dele. E ela riu. Mas isso não impediu que seu interior se agitasse ao olhar para baixo, incapaz de sustentar seu olhar devido à timidez repentina que a dominara.

Ele rolou um dado, depois ela, e o jogo começou. Ele jogava com um estilo ponderado. O estilo dele era seguro. O estilo de Eva era o oposto. Ela não se importava muito com segurança, movendo suas peças corajosamente pelo território inimigo, sem se preocupar se seriam ou não rechaçados. Eventualmente, elas acabariam por prevalecer.

E isso aconteceu quando ela derrotou Monsieur Capet no primeiro jogo, por dois pontos a zero.

"Foi uma goleada completa", disse ele, rindo.

Ele não parecia nem um pouco envergonhado, e Eva gostava disso nele. A maioria dos homens não suportava ser derrotado por uma mulher. Ele era confiante o suficiente para que provavelmente nunca lhe ocorresse se preocupar com seu orgulho masculino.

"E o que você receberá como prêmio?" ele perguntou, com um sorriso no canto da boca.

Ela não hesitou. "Seu nome."

Suas sobrancelhas se franziram. "Já lhe disse meu nome."

"Seu nome de *batismo*."

Era um nome que ela pedia, mas, na verdade, era uma intimidade, e ambos sabiam disso.

"Lucien", ele falou baixo e com um tom aveludado.

"Lucien", ela repetiu.

Seu olhar sombrio encontrou o dela. "Gosto do som do meu nome quando você fala."

Um calor a percorreu, instalando-se em lugares — lugares escuros e interiores — que ela nem sabia que existiam. Engoliu em seco e pegou um dado. "Vamos jogar de novo?" ela perguntou.

Jogaram até os raios do amanhecer começarem a riscar o céu rosado do lado de fora da janela. Um novo dia estava se aproximando — um dia cheio de promessas. Ela viu isso nos olhos dele e sentiu nos ossos.

"Preciso ir", ele falou. Ele não queria dizer as palavras assim como ela não queria ouvi-las. Ela viu isso nos olhos dele também.

Separada pelo tabuleiro de gamão, ela o encarou. Queria tocá-lo novamente. *"Sí,* acho que precisa."

Quando ele agarrou a maçaneta da porta da frente, o impulso a fez gritar: "Hoje à meia-noite."

Ele se virou, esperando que ela terminasse.

"Estarei aqui." Ela sorriu, todas as suas esperanças naquele sorriso. "Com o meu tabuleiro de gamão."

Ela faria qualquer coisa para estar ali, fingir febre, dor de estômago, ossos quebrados, o que fosse preciso. Naquela noite, ela não seria um peão em qualquer jogo que Montfort estivesse jogando.

Essa noite, ela seria dona de si mesma.

Lucien — *Lucien* — lançou-lhe um olhar longo e inescrutável com aqueles olhos profundos e comoventes. Ela nunca conhecera ninguém como ele.

Ela precisava vê-lo novamente.

Ela precisava.

Ele assentiu e passou pela porta, fechando-a silenciosamente atrás de si.

Sozinha, Eva se abraçou. Para manter o corpo firme. Para impedir que ele desaparecesse.

Essa sensação que a percorria era nova.

E ela queria mais.

Mais uma vez, ela falou o nome dele — aquele que a conquistara.

Lucien.

Um nome que continha escuridão e luz.

O nome de um anjo.

Se ele não voltasse à meia-noite, ela poderia morrer.

8

LONDRES, NOS DIAS DE HOJE

Lucien dobrou a esquina da Piccadilly para Old Bond Street e seguiu pela avenida de lojas da moda. Ele estava vindo de uma reunião com um distribuidor de vinhos. Sua quinta do dia. Ele havia atravessado o Canal da Mancha com as cartas de apresentação de Perrin e dez barris de *vin rouge* [1], expressamente para esse propósito. Assim que os distribuidores provassem o vinho, eles o desejariam, e o Château La Perle se tornaria o vinho mais importante de Bordeaux dentro de uma década.

Ele sabia disso. Seu pai também sabia.

Uma sensação de retidão cresceu dentro dele enquanto caminhava. Agora, com o futuro resolvido, o passado o chamava.

Eva Galante.

Ele olhou ao redor em busca do número da rua. 133. Ele estava procurando pelo número 117, que seria uma rua acima e logo na esquina do Mivart's. O hotel ficava a uma curta cami-

---

1. O significado de "vin rouge" em francês é "vinho tinto". Rouge significa vermelho e é usado para descrever a cor do vinho. "Vin Rouge" se refere a um vinho tinto que tem uma cor avermelhada.

nhada da loja de Eva, que presumivelmente morava acima, assim como a maioria dos comerciantes.

Ele lhe daria uma última chance de dizer a verdade.

A multidão se dissipou do outro lado da rua, e ele avistou a fachada da loja, pintada de um rosa-claro do chão ao teto. A expectativa o percorreu, mesmo antes de distinguir a letra cursiva preta da placa. *Galante: Costureiras Extraordinárias.* Ousada, com uma dose considerável de confiança impetuosa, mas também feminina e de bom gosto. Um nó de contradições.

Muito parecida com a dona da loja.

Diante dele estava uma verdade — Eva Galante... uma modista londrina de sucesso. A única verdade que ele já ouvira dela. No entanto...

Se ele acreditava nisso, então por que insistir no assunto do casamento falso?

Porque se ela havia contado uma verdade, talvez tivesse contado outra. Ele não podia ignorar um casamento legal, mesmo que ela lhe garantisse que ninguém jamais saberia. Ele saberia. Além disso, e se ele se casasse e tivesse filhos? A lei os consideraria ilegítimos se a verdade fosse revelada.

Isso precisava ser encarado e resolvido.

Ele certamente não estava ali porque queria vê-la novamente.

Com passos firmes, atravessou a rua, se desviando de várias carroças e carruagens pelo caminho; um cavalo chegou a mordiscar seu braço. O sino tilintou acima de sua cabeça quando ele entrou na loja.

Paredes pintadas no mesmo rosa-claro do exterior, o interior era dividido em dois. À sua direita, estavam vários manequins adornados com o que certamente eram os trajes mais elegantes de 1829. Dois vestidos matinais, um vestido de baile e um traje de montaria. Um de seda azul-celeste, outro de lã verde-musgo. Um de musselina marfim virginal, outro no lilás profundo do luto. Alguns com decotes profundos e reveladores, outros mais modestos. Um vestido para cada dama.

À sua direita, ficava a parte de criação do ofício de Eva. Uma longa mesa retangular, com a superfície de carvalho organizada e brilhando de polimento, aguardava o início do trabalho. Duas paredes adjacentes estavam forradas, do teto ao chão, com armários de todos os tipos e tamanhos, gavetas e prateleiras, contendo guarnições e acessórios do ofício, e um espelho que poderia facilmente ter 2,4 metros de altura.

Uma jovem, com os olhos e as bochechas brilhando com a saudação, entrou correndo e parou de repente, boquiaberta por um instante. Evidentemente, ela não o esperava. Ou qualquer *homem*, aliás.

"É um cavalheiro!" ela gritou por cima do ombro.

Alguns segundos depois, uma voz retornou: "Informe-o de que só atendemos damas."

Ele conhecia a voz. *Eva.* O sangue não conseguia parar de correr mais rápido em suas veias.

A jovem lançou um olhar avaliador sobre Lucien. "Ouviu isso?"

"Informe sua patroa que não preciso de um vestido."

Isso arrancou um sorriso da mulher. Ela era claramente uma aprendiz. "Acho que ele quer te ver", ela gritou novamente por cima do ombro.

Nem cinco segundos depois, Eva surgiu dos fundos, vestida com o preto impecável de sua profissão, as bochechas coradas, os olhos brilhantes de irritação, mechas soltas de cabelo escapando de seu coque apertado e repartido ao meio, tesoura na mão. Ela estava trabalhando. Lady Uxbridge falara sem parar sobre os talentos de Eva, que muito em breve ela teria uma lista de espera de anos. Aparentemente, suas criações eram perfeitas: estilosas, femininas, com caimento perfeito.

Ela seria uma mulher digna de admiração — se ele não soubesse o contrário.

"Você" saiu de sua boca quando ela parou abruptamente. Ela

piscou e se recompôs. Entregou a tesoura à assistente. "Nell, pode nos deixar. Diga ao papai que não é ninguém importante."

Ela não tinha intenção de apresentá-lo ao pai. Seria estranho que ele se sentisse vagamente ofendido? Uma vez ela se sentira muito diferente.

Nell olhou de Eva para Lucien e de volta para Eva antes de aceitar a tesoura e assentir com a cabeça. Ela havia chegado às suas próprias conclusões sobre o relacionamento entre sua senhora e aquele estranho estrangeiro.

Sozinho, foi Lucien quem primeiro rompeu o silêncio. "Você não estava me esperando?"

Um músculo involuntário no rosto de Eva se contraiu. "Acredito que já dissemos tudo o que precisava ser dito na França."

Ele bufou. "Você não acredita mesmo nisso."

Ela queria acreditar; ele podia ver isso.

Lucien percebeu um movimento por cima do ombro dela. Uma criança pequena, quase um bebê, havia entrado no quarto. Lucien empinou o queixo. "Há um bebê atrás de você."

Os olhos de Eva se arregalaram antes que ela se virasse. "Srta. Latham", ela gritou, por favor, leve Ariel para o berçário."

A criança — Ariel — ergueu os braços. "Mama!"

Eva pegou o menino nos braços. "Um momento", ela disse, antes de acrescentar por cima do ombro: "Ele chama todo mundo de mama", e sair correndo de vista.

Lucien apoiou o quadril na mesa, cruzou os braços sobre o peito e esperou. Menos de trinta segundos depois, ela retornou, com as bochechas coradas, afobada. "Ele é filho da minha aprendiz."

Uma suposição que Lucien poderia ter feito, mas, honestamente, não havia pensado no assunto por um momento. O filho de uma aprendiz não era da sua conta. Lançou um olhar avaliador à loja. "Então, você é mesmo uma *modiste*."

A coluna de Eva se enrijeceu visivelmente, e ela se endireitou em toda a sua altura, que ainda era uns bons vinte centímetros mais baixa que a dele. "Uma bem-sucedida."

"Uma loja na Bond Street. Até um francês sabe o que isso significa."

Ela inclinou a cabeça. "Você não está aqui para me parabenizar pelo meu sucesso." Ela queria ir direto ao ponto.

"O que você disse na noite do baile", ele começou.

"Sim?", ela perguntou cautelosa, reservada.

"Que somos casados de verdade."

"Sim?"

"Estou aqui para confirmar a veracidade."

"Minha palavra não foi suficiente?"

Lucien zombou, por reflexo. "Acho que nós dois sabemos o valor da sua palavra."

Uma risada carregada de descrença escapou dela. "Posso lembrar que foi você quem me procurou? Você está no meu local de trabalho. Pode ir embora se tudo o que tiver são insultos para me lançar."

"*Se* for verdade", ele continuou. Ela poderia guardar sua justa indignação para alguém que acreditasse. "O assunto precisa ser resolvido."

Ela deu de ombros. Não estava mordendo a isca.

"Você pode querer se casar novamente", ele insistiu. Por que ele disse isso?

Agora ela o observava como se tivesse brotado outra cabeça nele. "Não, obrigada." Um brilho astuto surgiu em seus olhos. "Isso não tem nada a ver comigo. Sua presença aqui tem a ver com seu desejo de se casar novamente. Como eu disse na França, acredito que você deveria conseguir uma anulação com base no abandono."

Ele balançou a cabeça, decidido sobre esse ponto. "Não haverá anulação."

Suas sobrancelhas se juntaram e se soltaram. Uma nova compreensão brilhou em seus olhos. "Uma anulação envolveria advogados. Então, seu segredo vergonhoso começaria a circular, e a reputação do honesto Marquês de Touraine ficaria um pouco manchada."

Lucien cerrou os dentes. Ela não estava errada. Pelo menos, não completamente.

Também não tinha terminado. "E então — *Sacrebleu!* — as pessoas poderiam começar a vê-lo como humano."

"Você não me vê como humano?" Estranhamente, a farpa encontrou caminho entre as fendas de sua armadura.

O olhar dela o queimava. "Eu o vejo como um erro do passado."

Justo. "O passado é o nosso presente até que o resolvamos."

"Você poderia esquecê-lo. Ninguém jamais saberá."

Ele balançou a cabeça. "Você disse que o único registro está na Escócia." Sua ideia estúpida de manter o casamento em segredo era um plano míope. Não valia a pena considerar.

Ela assentiu relutantemente. "Pelo que eu sei."

"Anulação e silêncio não são nossas únicas opções."

Ela deu um passo para trás. Não queria ouvir o que ele diria em seguida.

Que pena.

"Nós pegamos o registro."

EVA NÃO DEVE TER OUVIDO direito.

"Nós pegamos o registro."

Foi a primeira palavra que lhe roubou o fôlego. "Nós?"

"Éramos dois em pé diante daquela bigorna."

"Mas como..." Ela não conseguia formar ou completar uma frase.

"É simples. Nós vamos para a Escócia."

Lá estava de novo. *Nós.*

"Eu não posso simplesmente resolver ir—"

"*Nós* partiremos amanhã de manhã."

Eva abriu a boca para protestar novamente quando a campainha da porta da frente tocou. Um grupo de três pessoas entrou na loja, e seu estômago se contraiu. Caminhando em sua direção, com sorrisos nos rostos, vinham sua irmã Isabel, conhecida na elegante Londres como Lady Percival Bretagne, acompanhada de seu marido, Lord Percival Bretagne, conhecido por amigos e familiares como Percy, e Tilly, que agora era a dama de companhia de Isabel, mas havia começado seu relacionamento com as irmãs Galante no ambiente muito reduzido e escandaloso de um bordel. Eva havia esquecido que hoje era sua reunião semanal com Isabel para fazer o balanço das finanças da semana.

"Isabel, Percy, Tilly", Eva começou, mas não terminou, pois os três pares de olhos já haviam se voltado para Touraine. Seus rostos congelaram.

Foi Tilly, sempre livre com a língua, quem falou primeiro. "Caramba, os cavalheiros que as irmãs Galante conseguem coletar", ela exclamou. A garota sempre tinha um jeito de resumir uma situação. É claro que Touraine tendia a provocar essa resposta no sexo feminino, mesmo que a maioria guardasse as exclamações para si.

Mas foi Percy quem chocou Eva até a medula. "Villefranche?"

A tensão do momento se intensificou ainda mais. Uma corda de piano já teria se rompido.

O maxilar de Touraine se contraiu e relaxou. "*Bonjour*, Bretagne."

Nenhum dos homens cedeu, continuando a se encarar. As mulheres trocavam olhares.

"Faz um ano que se chama Touraine."

Percy assentiu. "Meus pêsames pelo falecimento do seu pai."

Eva já estava farta. "Vocês se conhecem?"

"Paris", disse Percy.

"Cinco anos atrás", disse Touraine.

O que quer que um dia houvesse existido entre os dois homens ainda formava uma barreira.

"E como você conheceu Touraine, querida?" perguntou Isabel, seu olhar verde fixo em Eva. Isabel entenderia o ponto principal. A presença de Touraine na loja não tinha nada a ver com Percy, e tudo a ver com Eva.

"Acredito que você conheça Lady Uxbridge e Lady Portia?", disse Eva.

"Claro."

"Bem, Lady Portia é —" Ela não conseguiu pronunciar a palavra.

Noiva de Touraine.

"Amiga da família", disse Touraine.

Amiga da família.

Noiva, não.

Ainda não.

Não até que ele tivesse terminado seu inconveniente primeiro casamento.

O olhar de Isabel se estreitou. "*Cariña*, não há um rolo de seda recém-chegado das Índias Orientais que você estava querendo me mostrar?" Isabel não estava realmente perguntando sobre o tecido. Ela queria ficar a sós com a irmã.

"De fato", respondeu Eva.

Touraine lançou um olhar severo para Eva. Nada além de determinação teimosa brilhava ali. "Até amanhã de manhã."

Um arrepio percorreu Eva. Sem escolha, ela assentiu.

"Tilly", disse Isabel, "você pode tomar chá com Nell lá atrás. E Percy, você sabe onde encontrar o papai."

Sozinha com Eva na sala de tecidos, Isabel não perdeu tempo. "Quem é esse homem?"

"Touraine." Eva manteve a voz cuidadosamente neutra.

"Eva", disse Isabel. *"Quem é ele?"*

Eva deu de ombros e se ocupou procurando a seda das Índias Orientais. Seus dedos percorreram sua trama fina. Era realmente requintada. "Este tecido vai se esgotar em uma semana depois que eu o mostrar aos clientes."

Isabel assentiu em concordância. "Comece com as damas que possuem os títulos mais altos."

Eva sorriu. Isabel tinha um lado mercenário quando se tratava de negócios. "Vai virar moda em Londres."

Isabel assentiu e colocou o tecido de lado. Ela fixou o olhar em Eva. "O que você vai fazer com aquele homem amanhã de manhã?"

Seria inútil tentar evitar o que precisava ser dito. Além disso, Eva precisava da ajuda de Isabel. "Preciso que você leve Ariel."

Isabel nem pestanejou. "Por quanto tempo?"

Ah, quanto tempo levava para viajar pela Grande Estrada do Norte até a Escócia? Quatro dias até lá. Quatro dias para voltar. Pelo menos, tinha sido quatro anos atrás. "Duas semanas."

Os olhos de Isabel se arregalaram. "*Duas semanas*? Aonde você vai com esse Touraine?"

Eva não mentiria para Isabel. Elas já haviam enfrentado muitas tempestades juntas. "Escócia."

"Ele não está aqui para perguntar sobre um vestido para uma amiga da família."

"Não."

O rosto de Isabel se iluminou com a compreensão. "Isso é sobre o passado." Um instante. "Isso é sobre Montfort."

"De certa forma."

Na verdade, Montfort era a última pessoa em sua mente quatro anos atrás, quando fugira com Touraine pela Grande Estrada do Norte até a Escócia.

"Esse homem é francês."

Eva assentiu. Isabel sempre fora muito boa em quebra-cabeças.

"O pai de Ariel é francês, *sí?*"

Eva conteve a língua. Não conseguiu se forçar a confirmar.

Quando revelou esse detalhe a Isabel, não podia imaginar que isso a assombraria algum dia.

"Ele sabe?" perguntou Isabel.

"Não", respondeu Eva, firme. "E é assim que deve continuar. Entendeu, *cariña?*"

Um instante tenso depois, Isabel assentiu, relutante. "Escócia, você disse?"

"Temos negócios lá."

Isabella soltou um suspiro de frustração. "Inacabado?"

Eva assentiu.

"E você tem certeza de que esse é o caminho?"

"O único caminho."

Isabella não gostou da decisão de Eva, mas a aceitou. "Se você perguntar a ela, tenho certeza de que Tilly a acompanharia."

"Tilly?" A sugestão pareceu estranha a Eva.

"A menina adora uma pequena aventura." Um meio sorriso surgiu no canto da boca de Isabel. "E ela pode ser uma mão confiável em uma briga."

Embora o último comentário tenha sido feito com uma dose de leviandade, Eva sabia que sua irmã falava por experiência própria, o que não era nada engraçado.

"Preciso ir sozinha", disse Eva. Touraine não era o único que queria manter sua escapada passada em segredo.

"Sozinha." Isabel apontou o polegar por cima do ombro. "Com *ele.*" Ela não estava nada satisfeita.

"*Sí.*" Eva amava a irmã por sua lealdade e proteção, mas esse era o erro que Eva precisava corrigir.

Sozinha... com ele.

"Você voltará a tempo para a festa da Olivia?" perguntou Isabel. "Afinal, são seus vestidos que serão apresentados."

"Os vestidos são apenas as telas para a arte do Sr. Kimura. São inteiramente dele, você verá."

Isabel balançou a cabeça, confusa. "Não é de o seu feitio ser tão modesta, *cariña.*"

Eva colocou a mão no braço da irmã, tranquilizando-a, e apertou-a.

"E o baile do Duque?"

"Voltarei com alguns dias de sobra." Eva esperava que a bravata em sua voz fosse suficiente para convencê-la.

As irmãs começaram a tarefa de calcular as finanças e, quando Isabel subiu para buscar o marido, Eva foi até a frente da loja. Ela precisava confirmar se ele havia ido embora.

E ele havia ido embora, mesmo com um traço de seu aroma amadeirado permanecendo.

O alívio se recusou a vir. Ele voltaria.

Amanhã de manhã.

Mas não era apenas apreensão que ela sentia com o retorno dele, mas algo mais também.

Expectativa.

Ah, que ela não queria sentir.

9

QUATRO DIAS DEPOIS

Montado numa montaria robusta, criada para distâncias em vez de velocidade, Lucien sentiu a brisa do norte da Inglaterra ondular em seus cabelos e aspirou o aroma terroso do campo. Para um dia de final de março, o tempo estava excepcionalmente bom. Não se poderia desejar um céu mais azul ou melhores condições para viajar enquanto atravessavam as fazendas e charnecas do norte da Inglaterra. Aquela era uma terra acidentada, até mesmo árida, com suas colinas escarpadas e vistas sem árvores que ofereceriam pouco alívio dos ventos uivantes do inverno.

Ainda bem que o dia estava ensolarado e bonito, porque, certamente, ele estaria cavalgando aquele cavalo mesmo que o tempo tivesse trazido lama e granizo. Nenhuma força na Terra o permitiria passar quatro dias consecutivos em uma carruagem com Eva. Ela fazia a viagem dentro da carruagem, e ele a cavalo. Assim, sua sanidade estava preservada.

Ou o pouco que restava dela.

O que ele estava pensando para trazê-la junto?

Todas as noites, eles chegavam à próxima estalagem na estrada e seguiam caminhos separados. Contato mínimo. Troca mínima de palavras. Ela encontrava o caminho para o seu quarto, e ele para o dele. Ela até fazia as refeições no quarto dela, sozinha, enquanto ele se acomodava nos salões públicos. Os moradores locais geralmente o evitavam. Afinal, ele era francês e, como tal, não era confiável. Uma avaliação justa, e ele não estava na Inglaterra para fazer amigos.

Seu olhar se voltou para a carruagem. O lado do rosto dela estava pressionado contra a janela, os olhos fechados, os cílios grossos apoiados nas maçãs do rosto. Ela estava cochilando.

Cada vez que ele a olhava — como agora —, não eram poucas as emoções que o percorriam — *raiva, humilhação, desconfiança...* Sentimentos que ele esperava nunca mais experimentar depois de deixar a traição para trás.

E ainda assim...

Outra emoção espreitava. Uma que se esgueirou antes das outras. Uma que ele teve que reprimir antes que ganhasse força... Uma sensação rápida, rápida o suficiente para atravessá-lo como uma fita estalando ao vento. Era...

Alegria.

A alegria irrestrita experimentada na juventude, antes que as preocupações do mundo caíssem sobre seus ombros.

Pura... verdade...

Errado.

Quatro anos atrás, essa mulher o pegou pela mão e o levou diretamente para a teia de Montfort. Ela o traiu para o seu inimigo. Ele não podia permitir que sua beleza, seu poder de ser desejada e aquele sentimento de atração o afetassem. Ele era um homem diferente daquele que era naquela época. Ela cuidara disso.

Ele não esqueceria.

E, no entanto, como ele foi facilmente levado um dia...

"ESSA NOITE, à meia-noite, estarei aqui. Com meu tabuleiro de gamão."

Lucien assentiu, mas não se comprometeu. Ele não precisava retornar aos aposentos da Señorita Galante à meia-noite.

Ele repetiu isso para si mesmo enquanto adormecia.

Ao acordar algumas horas depois.

Ao passar pelas coisas banais do seu dia.

Enquanto ele subia a rua dela, três tiques até a meia-noite bater.

Enquanto ele subia as escadas para os aposentos dela, dois de cada vez.

Enquanto ele batia à porta dela.

Então ela abriu a porta, e ele soube que era inevitável que voltasse.

Ela era diferente de qualquer pessoa que ele já conhecera. Totalmente sem malícia. *Pura.* Tão pura, que o convidou para seus aposentos e esperava que ele fosse puro.

"Você veio", ela disse com as bochechas coradas de um rosa-escuro, os olhos brilhando com o mesmo sentimento que o percorria. *Alegria.*

"Vi um lugar no meu passeio pelo Hyde Park hoje, e a noite está sem nuvens", ele se pegou dizendo. "Quero te ver sob o luar."

Meia hora depois, eles estavam sentados lado a lado na margem rasa do Serpentine, apenas um ao lado do outro, o canto dos grilos e a lua como companhia.

"Você é uma verdadeira competidora em jogos", ele disse, tanto sem palavras quanto transbordando de muitas.

Um riso leve enquanto o ar escapava dela. "Espere só até conhecer minha irmã Isabel. Ela é a competitiva da família."

As palavras dela fizeram o coração dele se esforçar para sair do peito. "Quer que eu conheça sua família?"

Um sorriso tímido se formou em sua boca, então sua cabeça se inclinou e ela o encarou. "Sim."

Todo o ar do mundo preencheu seu peito, mas ele não conseguia nem expirar nem inspirar.

"Você ouviu isso?" ela perguntou em um sussurro.

Tudo o que ele ouviu foi o som do sangue correndo por seus ouvidos. Ele balançou a cabeça.

"O som da noite. É como música. Poderia dançar."

Num impulso, Lucien se levantou e estendeu a mão. "Posso reivindicar essa dança?"

Com uma risadinha, ela colocou a mão na dele, enquanto ele colocava a outra mão em sua cintura. Nem muito alto, nem muito baixo — apropriado. Mas mesmo assim, toda a sua vida existia onde ele a tocava, mesmo através das camadas de tecido. E eles dançavam ao ritmo dos grilos e do sussurro da brisa entre as árvores.

"Qual é a sua idade?" ele perguntou.

"Vinte e três anos."

"Como é possível que você ainda esteja solteira?" Não era a pergunta mais adequada para uma jovem, mas eles já haviam superado essa formalidade há muito tempo.

A emoção brilhou em seus olhos. Uma gravidade repentina que não combinava com o momento. "Minha família", ela falou, "teve uns... uns... anos *difíceis.*"

Dor, foi o que ele detectou, e ele não queria nada mais do que tirá-la de lá, embora ainda não soubesse como. Ele podia ver que ela não queria discutir mais sobre o assunto. Mais tarde, ele decidiu, mas por enquanto: "E a data do seu nascimento?"

A luz substituiu a escuridão. "Primeiro de agosto."

"E eu, no dia sete."

Ela riu. "Seis dias de diferença."

"Devo gostar de mulheres mais velhas", ele disse rindo. "Quero conhecer sua família."

"Quer?"

"Mas mais do que isso, eu quero —"

Ele engoliu em seco. Era o que se fazia quando se estava prestes a dizer as palavras mais importantes da vida.

"Sim?" ela perguntou expirando ofegante.

"Você."

"Eu?"

"Case comigo."

Os olhos dela se arregalaram e sua boca formou um O perfeito. Ele havia roubado todas as palavras de sua boca.

Ele estendeu a mão e segurou a parte de trás de sua cabeça, puxando-a para frente.

Foi a flexibilidade de seus lábios que ele notou primeiro. A maciez, a entrega.

Ele pretendia que fosse um toque fugaz de suas bocas, um gosto dela. Mas apenas um gosto era impossível. *Canela... doce... cravo... especiarias.* As mãos dela encontraram a nuca dele, as unhas roçando suavemente a pele, causando arrepios, a extensão de seu corpo exuberante pressionando contra ele. Onde ela era macia, ele era duro. Tão duro. Ela gemeu em sua boca, e o beijo se aprofundou, sua língua se entrelaçando com a dela. Ele nunca havia beijado uma mulher assim, com todo o seu ser. A pureza do beijo deslizou para o carnal, seu corpo exigindo mais. Uma mão encontrou seu bumbum generoso e a puxou com força contra si. Agora era ele gemendo em sua boca enquanto esfregava sua masculinidade pulsante contra ela. Ela respirou fundo e a sanidade retornou.

Com um gemido de dor, ele se separou. A centímetros de distância, quase ofegantes, eles se encararam, e ele proferiu as únicas palavras que seu cérebro era capaz de formar. *"Case comigo.* Vamos passar nossas vidas juntos. Você não sente isso?"

"Eu sinto", ela sussurrou no espaço entre suas bocas.

Ele estendeu a mão e arrastou os dedos por sua bochecha, garganta, clavícula... "A parte de você *aqui"* — sua mão parou acima do coração dela — "que fala com aquele lugar em mim."

O luar refletiu em seus olhos castanhos luminosos enquanto ela o encarava. "Uma língua que só nossos corações conhecem."

Ele se abaixou e arrancou a lâmina de um junco. "Estenda a

mão." Ele detectou um leve tremor ao enrolar a lâmina no dedo anular dela duas vezes e, em seguida, a amarrou.

"Seja minha noiva, Eva", ele disse — implorou. Ela ainda não havia dito sim, e ele precisava que ela dissesse.

"É tão repentino."

"Como algo que está predestinado desde o início dos tempos pode ser repentino?"

Ele nunca havia dito tais palavras. Nunca havia *pensado* em tais palavras.

E ela não riu.

"Milênios, séculos, décadas, anos, meses, dias, horas, minutos, segundos, todos marcharam em linha reta para que você e eu pudéssemos estar aqui, agora. Diga sim, Eva. Diga que irá para a Escócia comigo."

Se um sorriso pudesse ser sério, o dela era. "Quando?"

"Essa noite."

Na década de segundos que ela levou para responder, o coração de Lucien disparou. A vida dele não poderia prosseguir se ela o recusasse.

Então, ela assentiu. "Preciso pegar alguns pertences."

Duas horas depois, souberam pelo cocheiro contratado que não era possível chegar à Escócia em um dia, nem mesmo em dois. A viagem, na verdade, levaria quatro dias.

Isso não importava para eles enquanto subiam a Great North Road. Naqueles dias passados juntos na carruagem, eles contaram um ao outro sobre suas vidas e seus sonhos. Ela falou sobre sua infância na Espanha, na corte real. Seu pai havia sido consagrado *hidalgo de privilegio* [1] por seus serviços de alfaiate ao Rei Fernando.

Ele falou de Paris e sua política, de estar farto de ambas, de se

---

1. O hidalgo de privilegio podia ser de duas maneiras: 'Hidalgo de privilegio por méritos ou serviços, quando o rei concedia privilégio tal por seu grande valor, grandes serviços na guerra ou na paz, assim se dava início à fidalguesia por ser bom no serviço público.

juntar ao pai no campo, do vinhedo que parecia mais um sonho do que realidade.

Por algum motivo, ele se conteve em lhe contar sobre sua família, sobre sua riqueza e posição, e sobre o fato de que seu pai era marquês e que um dia ele também seria. Ele até mesmo se conteve sobre seu título atual, o de Conde de Villefranche. Não fazia parte da simplicidade da conexão deles. Era parte do mundo maior que eles teriam que habitar, um dia.

Mas não agora.

Ela, no entanto, fizera uma revelação. "Sobre a minha família."

Ele viu a preocupação nos olhos dela. "O que é?

"Eles... *nós*... somos... de ascendência judaica."

"Isso não me importa."

"Você precisa saber. Isso causou" — ela engoliu em seco — "problemas para nossa família."

Ela pareceu prestes a dizer mais alguma coisa, mas então ele pegou suas mãos e a silenciou, acalmando seus medos. Ele era dela. Ela não tinha nada a temer. "Isso tudo é passado, *mon amour*."

Suas sobrancelhas franzidas relaxaram lentamente, e o momento desapareceu. Foram quatro dias de sonhos, sem mais medos expressos. E, à noite, eles mantinham quartos separados. Ele insistira. Ele a teria do jeito certo. Em um leito conjugal.

Uma vez em Gretna Green, eles procuraram os serviços de um ferreiro e duas testemunhas. Menos de uma hora depois, ele e Eva eram marido e mulher.

Então era a noite de núpcias deles.

Até hoje, tinha sido a noite mais feliz de sua vida.

A primeira noite do casamento deles.

E a última.

À FRENTE, os arredores da vila surgiram à vista — Gretna Green — e a carruagem começou a diminuir a velocidade. A pousada Golden Thistle ficava logo depois da curva na estrada. De dentro da carruagem, os olhos de Eva se abriram e encontraram os de Lucien pela janela. Só então ele percebeu que ele a estivera observando dormir.

O momento se prolongou — o olhar dela fixo no dele. Ele apertou os joelhos duas vezes rapidamente, incitando o cavalo a um galope rápido, interrompendo o contato.

Ao entrarem no pátio da pousada pelo largo portão da carruagem, ele percebeu as palavras antigas dela se repetindo em sua mente.

Isso causou problemas para nossa família.

Isso... a sua família ser judia,

Sua única preocupação fora tirar a dor dos olhos dela, assegurar-lhe um futuro muito diferente, um futuro onde o fato de sua ascendência não lhe causasse problemas.

Agora, ele não conseguia deixar de se perguntar o que mais ela estava prestes a revelar.

Problemas.

Tinha a ver com Montfort, disso ele não tinha dúvidas.

Que *problema?*

Importava mesmo agora?

Não.

O estrago já estava feito. Era em tempos difíceis que as pessoas revelavam a verdade sobre quem eram, e ela se revelara por completo quatro anos antes. *Uma mentirosa.* Alguém que roubaria a confiança de um homem e a usaria em seu benefício.

Ele não podia permitir que dúvidas sobre o passado se infiltrassem no presente.

Já estava anoitecendo, mas amanhã eles deixariam o passado onde ele pertencia e seguiriam em frente.

Para longe um do outro.

10

A agitação ao redor do pátio da pousada Golden Thistle — cascos de cavalo batendo contra os paralelepípedos, cavalariços gritando ordens, cavalariços resmungando e se arrastando para obedecer — fez Eva ficar parada na porta e esperar, o coração disparado escondido por um exterior impassível. Touraine surgiu da parte de trás da carruagem e estendeu a mão para ajudá-la a descer, como fazia todas as noites.

A mão dele apertou a dela, quente e segura, e embora o contato fosse passageiro, ela se viu antecipando o fim de cada dia — os dedos fortes dele envolvendo os dela, levando-a em segurança ao chão.

Aquele toque percorreu seu corpo.

E seu corpo não teve escolha a não ser senti-lo.

E possivelmente ansiar por mais.

Então ele se foi, e ela ficou novamente sozinha, tomando cuidado para manter sua pessoa longe da confusão, iluminada apenas por algumas lamparinas bruxuleantes e pelos últimos raios cinzentos e opacos do sol poente. Ela teve apenas um vislumbre fugaz de Touraine conduzindo seu cavalo alugado para os estábulos.

Será que ele notou?

Eles haviam se hospedado no Golden Thistle.

Na noite de núpcias.

Os fantasmas dela e de Touraine, recém-casados, a acompanharam pelos paralelepípedos irregulares e para dentro da pousada. Ela se lembrou de como seu sorriso brilhava por todo o seu corpo naquele dia. Como eles tinham sido felizes. Como eram ingênuos. Nada poderia tocá-los, pois tinham um ao outro.

Ele talvez não tivesse motivos para duvidar, mas ela deveria ter percebido. A vida já lhe mostrara o outro lado da moeda.

No entanto, ela se convencera.

Tal era a força do amor deles.

E a rachadura dentro dele.

Tudo o que restara quando a rachadura se dividia em um cânion era escuridão e um gosto amargo que ainda permanecia em sua língua.

Um homem alto, elegantemente vestido, com a barriga tão afundada que parecia que poderia se partir ao meio, cruzou o caminho de Eva. Com os braços atrás das costas, ele inclinou a cabeça calva em cumprimento. "Sou o Sr. Freskin, proprietário do Golden Thistle. Já se hospedou conosco antes?" ele perguntou com um sotaque escocês carregado.

"Não", afirmou Eva com firmeza. Era mentira, mas necessária. A manhã tranquila que fora sua primeira e última nesse lugar se rompera com todo o drama de uma tempestade de raios. Isso teria deixado uma impressão.

Uma suspeita pairava sobre o proprietário, algo quase palpável. "Seu marido está cuidando do cavalo no estábulo?"

Eva forçou um sorriso recatado e assentiu. Seu eu recém-cultivado podia desempenhar uma variedade de papéis, mas recatada era um exagero. "Ele está."

Ela não conseguia se convencer de que ele era seu *marido*. Mesmo que ele fosse.

Por mais uma noite.

"Administramos um estabelecimento respeitável aqui." A voz do Sr. Freskin tinha um tom cansado. Claramente, ele dizia essas palavras todos os dias de sua vida. A queixa do estalajadeiro de Gretna Green.

Mesmo assim, ele lançara um desafio, e ela precisava enfrentá-lo. Cheia de retidão, ela endireitou a coluna e estreitou os olhos para ele. "Não espero nada menos."

Com as mãos entrelaçadas atrás das costas, ele se balançou na ponta dos pés, uma, duas vezes. "Então você não é inglesa?"

"Sou da Espanha."

O Sr. Freskin assentiu, um tanto apaziguado, e o momento se acalmou. Aparentemente, todas as nacionalidades na terra verde de Deus eram muito mais importantes em sua estima do que os ingleses.

Eva decidiu arriscar a sorte. "Você tem um quarto com banheira?" Seus músculos cansados da estrada precisavam de um longo banho quente.

"Sim, nosso melhor quarto." Ele se colocou atrás de um balcão alto de carvalho e tirou uma chave de um gancho. "E o nosso único."

Eva sorriu. "Esse é o meu quarto."

Touraine conseguia se virar sozinho. Uma cama nos estábulos com os cavalos seria bom para o seu nobre traseiro.

"Sal", gritou o Sr. Freskin por cima do ombro. "Você vai precisar mostrar o quarto — ele lançou outro olhar rápido de cima a sobre Eva, não em apreciação, mas em avaliação — "uma senhora para o Quarto 3."

Uma mulher que quase igualava o marido em altura e magreza entrou pela porta e pegou a chave. Os cantos curvados da boca da Sra. Freskin também combinavam com os do marido. "Se você me seguir."

Eva se lembrava dos salões públicos no térreo como iluminados e pulsantes de vivacidade. Mas hoje, eles se inclinavam mais para o sombrio e para a austeridade. Parecia que toda a vivacidade e luminosidade vinham dela e de Touraine — *Lucien*, ele tinha dito para ela naquela época.

No andar de cima, enquanto seguia a Sra. Freskin pelo corredor estreito, o medo percorreu o estômago de Eva. Com o olhar cuidadosamente fixo à frente, ela não ousou olhar para a esquerda, onde a menos de três metros de distância ficava o quarto onde ela e Touraine passaram sua única noite de núpcias.

Uma sensação de alívio a percorreu quando pareceu que eles passariam por ali. Então, a Sra. Freskin parou e enfiou a chave na fechadura. Eva atravessou a porta aberta como se estivesse em transe, pois não era apenas um portal para um quarto, mas um portal para o passado, como se estivesse presa no tempo. Um simples guarda-roupa de carvalho. Uma pequena mesa redonda com duas cadeiras de espaldar reto. Atrás do biombo pintado com uma cena pastoral de uma pastora cuidando de seu rebanho, ficava a banheira no canto. E então havia a cama de dossel, larga o suficiente para dois ocupantes...

Ela se virou.

Não conseguia olhar para a cama.

"Você tem outro quarto?" perguntou. Ela precisava perguntar.

Na última vez que estivera naquele quarto, pensou ter finalmente entendido para onde sua vida a estava levando, não em direção à escuridão e ao caos, mas em direção à luz e à segurança — em direção a Lucien — e, por uma noite, fora verdade.

Então, uma batida soou na porta.

E o futuro brilhante que ela vislumbrara se estilhaçou em um milhão de pedaços.

"Como o Sr. Freskin lhe disse, este é o único quarto que temos vago essa noite."

Claro. Ela sabia disso. "Podem mandar um banho quente?"

As sobrancelhas da Sra. Freskin se ergueram. "Mais alguma coisa?" A proprietária obviamente ansiava por terminar a pergunta com *Vossa Alteza*.

Eva encontrou o olhar da mulher. "E meu chá da noite."

Quando a outra mulher se virou, Eva se lembrou de outra coisa. "Ainda posso enviar uma carta pelo correio essa noite?" Ela havia prometido a Isabel uma carta todos os dias.

"Chegará em menos de uma hora."

"Entrego para você antes do banho chegar."

A Sra. Freskin soltou um grunhido indiferente e saiu do quarto sem dizer mais nada. Eva foi até a única janela do quarto e abriu a cortina um pouco, o suficiente para dar uma olhada no pátio abaixo. Nenhum sinal de Touraine.

Ela deixou a cortina se fechar e encarou o quarto, as lembranças de seus últimos minutos aqui ameaçando inundá-la. Eles só estavam esperando o momento certo...

Não.

Era apenas uma noite naquele quarto.

Na verdade, talvez fosse apropriado. O que havia começado ali também poderia terminar ali.

Ela pegou sua bolsa, tirou seus instrumentos de escrita da bolsa e se dedicou à tarefa de escrever uma carta para Isabel.

Seu passado naquele quarto não tinha lugar em seu presente.

LUCIEN GIROU a chave na fechadura e empurrou a porta, exausto. Quatro dias seguidos cavalgando faziam isso com um homem. Agora, tudo o que ele queria era um bom e longo banho na banheira que o proprietário havia prometido.

Ele se agachou para tirar a primeira bota quando ouviu um som. Se seus ouvidos não o enganavam, era um...

Respingo.

Cada célula de seu corpo ganhou vida. Sua cabeça se virou bruscamente, seu olhar voando em direção ao canto do quarto. O respingo viera de trás da tela.

"Simplesmente coloque-a sobre a mesa", disse uma voz.

Não qualquer voz. *A voz de Eva.*

Ele pigarreou.

Um pigarro distintamente masculino, sem deixar dúvidas de que não era uma criada dividindo o quarto com ela.

O ar ressoou com um silêncio carregado.

O coração de Lucien disparou em um ritmo irregular, a expectativa percorrendo suas veias.

Eva estava atrás daquele biombo — *tomando banho* — presumivelmente... *nua*.

Uma fina camada de suor cobria sua pele.

Na borda do biombo, dedos apareceram enquanto lentamente, um por um, o agarravam, e ela olhou ao redor, o cabelo preso no alto da cabeça, os olhos arregalados de espanto que rapidamente se transformava em horror.

"*Bonsoir*, esposa", disse Lucien, com a voz rouca. Por que ele havia acrescentado aquela última parte?

Para provocá-la, sem dúvida.

"O quê... o quê", ela gaguejou. "Que diabos você está fazendo aqui? No... no... no meu quarto?"

Bem, ele conseguiu. Ele tinha conseguido provocar a mulher.

Ele ergueu a chave do quarto.

Isso só a provocou mais, enquanto ela tentava mudar de posição. No entanto, na pressa, ela cometeu um erro crucial. Pensando que a tela era uma estrutura estável, ela tentou usá-la como apoio enquanto se afastava. A tela primeiro balançou, depois ganhou impulso ao balançar. Entendendo o que estava prestes a acontecer no mesmo instante que Lucien, ela se empurrou para frente na banheira, a água espirrando pelas laterais, as mãos lutando para segurar a tela desequilibrada antes que ela caísse fora de alcance.

Suas mãos só seguravam o ar.

E Lucien decidiu que era melhor não mover um músculo.

Oh, seu primeiro instinto tinha sido atravessar o quarto e ajudá-la.

Então Eva estava meio levantada da banheira em sua correria frenética,

A exposição não durou nem meio segundo antes que ela soltasse um grito estrangulado e se jogasse de volta na água enquanto a tela caía no chão, cruzando os braços sobre seu peito nu e lançando olhares fulminantes em sua direção, como se pudessem apagar a lembrança da mente dele.

Tarde demais. Sua mente havia criado uma imagem perfeita do que seus olhos acabavam de contemplar.

Eva nua.

Fios de cabelo escapavam por seus ombros, grudando na pele coberta de gotas de água do banho e a água que descia pelo pescoço até a depressão na base da garganta, a linha da clavícula — uma linha que ele se lembrava distintamente de ter passado a língua. A água rolava, descendo, descendo, descendo pelo vale entre seus seios... *Seus seios...* Cheios, redondos, *pesados*, mamilos rosa-escuros, brilhando à luz bruxuleante das velas.

Aqueles seios eram a essência da fantasia. Tinham sido perfeitos quatro anos antes, mas agora conseguiam superar a perfeição. Ele queria, com cada célula do seu ser, tocá-los, passar a língua por eles, saboreá-los, sugá-los...

Em vez disso, permaneceu imóvel. Muito, muito imóvel.

Imóvel como pedra.

Na verdade, outra parte de seu corpo havia se tornado muito semelhante à pedra.

Era exatamente por isso que ele não deveria ter insistido em trazê-la para a Escócia. Era exatamente isso que ele temia...

E era exatamente isso que ele desejava.

Ele entendia isso também, e seu pênis não o deixaria esquecer.

Ele deveria se desculpar. Ela parecia estar esperando por isso. Mas ele não conseguia se arrepender do que vira, e era um péssimo mentiroso.

Felizmente, havia uma cadeira perto o suficiente para que ele pudesse se sentar sem se mexer muito.

"Que diabos você está fazendo?" ela perguntou.

"Vejo que você aprendeu algumas expressões interessantes em inglês."

"Responda. *Agora*."

Ele não podia dizer a ela que seu pênis estava ereto — o que ela provavelmente notara, pois estava dando um verdadeiro espetáculo, mesmo dentro das calças — então disse: "Precisamos conversar."

"Nesse exato momento?"

A verdade era que não, mas seu corpo seguia uma verdade diferente, que tinha tudo a ver com as gotas de água que insistiam em escorrer pela garganta dela e desaparecer na água que mal chegava ao topo de seus seios gloriosos. *Sacrebleu.*

"Precisamos discutir nosso plano para amanhã."

Ela balançou a cabeça. "Você precisa ir."

"Esse também é o meu quarto, caso tenha esquecido." Por que ele estava parado naquele lugar?

"Seu quarto é no estábulo."

"E que tipo de casal isso nos tornaria? Você é espanhola e eu sou francês. Dois pontos contra nós. Pedir para dormir nos estábulos seria um ponto a mais. Afinal, fui informado com muita assiduidade que este é um *estabelecimento* respeitável."

A boca de Eva se abriu e fechou bruscamente. "Se não se importar muito, terminarei meu banho sozinha." Ela acrescentou: "Jantarei aqui também."

"Podemos compartilhar nossa refeição aqui", ele respondeu. "Sozinhos."

Sua cabeça se inclinou. "Isso é novidade."

"O que há de novo?" O brilho maldoso em seus olhos o fez se preparar.

"Essa virada para ser um canalha."

As palavras dela o atingiram como um golpe no peito. Em Paris, ele conhecera mais do que alguns canalhas, e não era um deles. Mas nesses últimos minutos, bem, ele podia ver que ela não estava exatamente errada. A constatação foi o balde de água fria de que ele precisava para conseguir se manter de pé sem se envergonhar ainda mais. "Encontre-me nas salas públicas lá embaixo, daqui a trinta minutos."

Ele girou nos calcanhares, seus olhos vendo não o quarto que estava deixando, mas a vista que estava deixando para trás. A porta se fechou firmemente atrás dele, ele soltou a respiração presa e subiu o corredor e as escadas em um ritmo rápido, mas não rápido o suficiente para escapar da verdade.

Ele era um canalha.

E ele entendia o porquê.

Porque ele não se arrependeria dos últimos cinco minutos. Na verdade, faria tudo de novo.

Não era simplesmente o corpo nu de uma mulher desejável, ou o fato de ele não ter visto uma pessoalmente há anos, mas o *corpo nu de Eva... os seios nus de Eva...*

Eva.

Quatro anos...

A primeira e única vez que ele tivera uma mulher.

A primeira e única vez que ele a tivera.

Seu sangue correu com a lembrança do desejo, informando-o inequivocamente de que ele nunca se libertara verdadeiramente de sua obsessão — por *ela*. Ele vinha se enganando, e ali estava a verdade, nua e crua.

Ele a queria.

Mas, ao lado dessa verdade, havia outra.

Ele não podia tê-la.

Seus pés não conseguiam levá-lo para os salões públicos com rapidez suficiente. Uísque, defumado e forte — o tipo destilado na Escócia — era o que ele precisava.

Daqui a trinta minutos. Era o que ele havia dito a ela. Quanto uísque ele poderia consumir até lá? Ah, que fosse o suficiente para esfriar o sangue dos que estavam determinados a se apaixonar por ela.

"Não é para os fracos", disse o barman, avaliando Lucien enquanto dizia as palavras.

"O que devo fazer para provar meu valor?" Lucien não estava a fim. "Tomar uma bebida?"

O barman soltou uma risada repentina e assentiu com conhecimento de causa. "Problemas com mulheres." Ele estendeu a mão por baixo do balcão e tirou uma garrafa verde-escura de suas profundezas. "Isso vai te consertar." Ele destampou a rolha. "Por uma noite."

Lucien precisaria de mais do que uma noite.

Mas era um começo.

E va caminhou lentamente em direção aos salões públicos, usando o vestido mais modesto que possuía. Um *crepe da China* cinza-escuro abotoado até o pescoço, as mangas bem fechadas nos pulsos. Nem um centímetro desnecessário de pele exposta.

Não que isso importasse.

Não depois da vista que ela proporcionara a Touraine.

Mesmo agora, sua pele queimava com o calor do olhar dele — um olhar que não se encolhera nem se abrandara enquanto ele a observava nua.

Seu corpo havia mudado nos anos desde que dera à luz Ariel. Seus quadris mais cheios, a curva de sua cintura mais exagerada. E seus seios, bem, haviam adquirido vida própria. Mas ele não pareceu notar, ou, se notou, não pareceu se importar.

Não. Algo mais quente do que a neutralidade ardia em seu olhar. *Desejo.* Era isso que queimava sua pele e a incendiava. Ela se protegeu com indignação, mas era tarde demais. A sensação havia se aprofundado, atravessado seu corpo, iluminado sua pele com vida e se instalado em seu sexo, onde permaneceu.

Ela o desejava. Queria seu olhar faminto sobre ela novamente.

Seus dedos longos e masculinos roçando sua pele, agarrando-a. A pressão de seu peso enquanto ele...

Ela estava em apuros.

Ela deveria fazer sua refeição em seu quarto — o deles — e colocar uma tranca na porta.

Em vez disso, ela caminhava em direção à sua ruína.

A atmosfera nos salões públicos estava mais animada do que antes, a luz do entardecer agora quente e acolhedora. Do outro lado da extensão, ela avistou Touraine conversando com o barman. Mesmo daquela distância, o homem era incrivelmente bonito, mas ela sentia algo diferente nele.

Seu sorriso. Ela não o via há quatro anos, e isso só chamou sua atenção para sua boca. Uma boca objetivamente bonita. Uma vez, ela sentira aquela boca sobre si. Ela havia deixado pouquíssimas partes dela intocadas. Um arrepio a percorreu com a lembrança.

O barman ergueu o queixo em sua direção, e o olhar de Touraine se desviou e encontrou o dela. Seu sorriso diminuiu um pouco, mas não desapareceu completamente. No entanto, havia uma intensidade em seus olhos escuros, como se ele estivesse se preparando para dizer algo. Ela não tinha a menor dúvida sobre o assunto. *O Incidente da Banheira*, como passara a ser conhecido em sua mente. Ela se preparou.

"Sobre antes, preciso me desculpar —"

Ela ergueu a mão, contendo o pedido de desculpas. "Por favor... *não*."

Ela não podia discutir o Incidente da Banheira. Era tudo o que conseguia fazer para não pensar nisso, e não estava exatamente tendo sucesso nesse aspecto. E estar perto de Lucien... a sua fisicalidade maciça e masculina... não estava ajudando. Ela gostava — *demais* — do tamanho mais robusto dele ultimamente. Onde antes músculos magros e tensos o percorriam, agora eram mais volumosos sob as roupas. E havia o aroma amadeirado e limpo dele... Ela gostava demais daquele homem que não era dela.

"Vamos pedir uma sala privativa?" ele perguntou.

"Não", ela disse rápido demais. Respirou fundo, acalmando-se. "Uma mesa nas salas públicas será suficiente."

Ela não podia ficar sozinha em uma sala com ele. A segurança estava nos números.

Seus ombros relaxaram. Ele tivera o mesmo pensamento.

Apontou para uma mesa discreta no canto mais distante da taverna e se dirigiu ao barman. "Vamos levar nossa refeição e isso" — pegou uma garrafa de uísque — "para lá."

O barman assentiu e deslizou dois copos limpos pelo balcão. Touraine os segurou com a mão livre. Eva agora entendia por que ele parecia mais relaxado. *Uísque*. E ele pretendia que ela fosse sua parceira de bebida. *Duvidoso.*

Ela deslizou para a cadeira à esquerda dele. Se ela se sentasse em frente a ele, ele seria sua única visão durante a refeição, o que não seria bom. Assim, ela poderia olhar para o outro lado da sala.

E ficar tão silenciosa quanto quisesse.

Ele abriu o uísque e serviu dois dedos para cada um. Silenciosamente, ergueu o copo e esperou que ela fizesse o mesmo. Ela pensou em balançar a cabeça, mas reconsiderou. Talvez alguns goles fossem o que ela precisava para acalmar o sangue.

Como fogo, a bebida desceu por sua garganta, queimando e entorpecendo enquanto descia centímetro por centímetro. Seus olhos lacrimejaram e ela tossiu.

A boca dele se contraiu como se outro sorriso a ameaçasse. "Você não gosta?" ele perguntou, inocentemente demais.

"É..." Ela não achava que nem inglês nem espanhol tivessem uma palavra que descrevesse adequadamente o sabor.

"Complexo, *non?*"

"Essa é uma palavra para descrever." Não a que ela teria usado.

Ela tomou outro gole. Desta vez um pouco menos.

"Os escoceses usam turfa no processo, o que lhe confere um sabor rico e defumado. É como beber a essência da própria terra."

"Você é habilidoso em descrever sabores."

Ele deu de ombros. "Eu tenho experiência."

"Seu vinhedo é um sucesso, *sí?*"

"Será."

Ela captou algo no olhar dele — ambição, orgulho, uma dose considerável de confiança, até mesmo arrogância. Sendo ela mesma uma mulher arrogante e ambiciosa, ela entendia esses motivadores específicos.

"Você costurou seu vestido?" ele perguntou.

A pergunta a pegou de surpresa. A maioria dos homens não mudava de assunto quando o assunto era eles. *"Sí."* Ela manteve o olhar cuidadosamente fixo na sala à sua frente. Não queria encará-lo enquanto falava de si mesma. Eles revelariam muito dela. "Tudo o que eu visto é criação minha."

"Não consigo pensar em propaganda melhor."

Uma risada chocada escapou dela. "E quanto uísque você bebeu antes de eu chegar?"

De novo, aquele sorriso dele. "Falsa modéstia não serve aqui. Você sabe. Eu sei. E o mais importante, Londres inteira sabe. Sua loja na Bond Street diz isso."

Com um timing que sugeria que o universo estava do seu lado, a refeição chegou. Ela nunca se sentira tão grata pelo ensopado de carneiro tão amado naquela ilha fria e úmida. Ela se deliciou e não respondeu. Na verdade, era o ensopado mais delicioso que ela já havia provado. Cordeiro da primavera, não carneiro. Ela não tinha certeza se era o efeito do ensopado ou do uísque, mas o ambiente estava mais convidativo. Nunca seria um lugar vibrante, mas ali era possível se aconchegar e ficar confortável. Às vezes, era tudo o que se precisava.

"Vamos discutir meu plano para amanhã?" perguntou Touraine depois de um tempo.

Eva recostou-se na cadeira, deixando o ensopado assentar, deixando as palavras dele se assentarem. Era inevitável que a conversa se resumisse a esse assunto. Ela tomou um longo gole da pequena cerveja servida com a refeição e se virou para poder encará-lo confortavelmente. "Estou ouvindo."

"É simples. Você irá à ferraria de Armstrong e distrairá o homem, enquanto eu procuro o registro de casamento."

"Ah?" Ela não tinha certeza se gostava da direção do plano dele. "E como farei isso?"

"Bem, olhe para você."

"Eu não tenho um espelho." Ela definitivamente não gostava do rumo que o plano dele estava tomando.

"Eva, você entendeu o que eu quero dizer."

Ela ficou imóvel. Exatamente como ela pensava. Uma raiva antiga ressurgiu. "Isso é tudo o que eu sempre fui para você, não é?"

"O que?"

"Uma coisa bonita." *Aquilo* saiu de sua boca como uma injúria. "Foi por isso que você se apaixonou quatro anos atrás, um rosto lindo, não..." Sua boca se fechou bruscamente. A conclusão daquela frase permaneceria guardada em sua boca, mas ela sabia que brilhava em seus olhos.

"Você?"

O momento queria voltar ao passado. Um acerto de contas, talvez.

"Uma observação muito interessante, essa." Seus olhos e voz ficaram frios. Ele se inclinou, fechando o espaço dela, não lhe dando escolha a não ser reconhecer suas próximas palavras cuidadosamente escolhidas. "Seu lindo rosto tem suas utilidades. Por exemplo, se eu tivesse visto o seu verdadeiro eu há quatro anos, não estaríamos nessa situação. Eu teria visto sua duplicidade pelo que ela realmente era."

Eva nunca havia levado um tapa na cara, mas se tivesse, suas bochechas queimariam com a mesma intensidade que agora. O que mais queimava era que ele não estava totalmente errado.

No entanto, ele também não estava totalmente certo.

"Seu plano é muito incerto", ela disse.

Suas sobrancelhas se ergueram em descrença. "Você tem um melhor?"

"Talvez." Ela tomou outro gole de cerveja. Ele podia esperar. "Arstrong é ferreiro, e nós temos cavalos. Diremos ao homem que um cavalo perdeu uma ferradura e o pagaremos pelos serviços."

O momento se estendeu e, finalmente, Touraine grunhiu. Eva não se conteve. Ela sorriu. Era um plano melhor, e ele sabia disso.

"Vou abordá-lo com esse problema", ela continuou, "e levá-lo para o Golden Thistle enquanto você —"

"Pego o livro de registro."

Ela balançou a cabeça. "Você não pode levar o livro."

A ruga na testa de Touraine talvez nunca se desfizesse. "Por que não? É para isso que estamos aqui."

"Ele guarda os registros de muitos, muitos casamentos. E se forem necessárias provas para essas uniões no futuro?" Ela recostou-se, presunçosa. Ela sempre gostou de estar certa.

Relutantemente, ele assentiu. "O que você propõe?"

"É simples." Ele estava enchendo o copo de uísque dela. Será que ela realmente tinha bebido tudo? "Leve uma régua e corte nossa página."

Ele jogou o resto do copo de volta. "Bem, você não é uma fonte de bom senso? Mesmo que..." Sua boca se apertou em uma linha firme. Ou tão firme quanto seus lábios carnudos permitiam.

"Mesmo que?" ela cutucou.

"Mesmo que você seja um bom problema."

"E eu tenho outro problema para você." Ela o segurou na palma da mão. "O casamento não teria sido registrado em outro lugar?" Ela não sabia nada sobre a lei escocesa, mas parecia razoável.

À medida que suas palavras eram assimiladas, o rosto de Touraine se transformou em uma nuvem de tempestade. "O registro paroquial."

Claro. "E você propõe que roubemos esse registro também?" Com sorte, ele começaria a enxergar o absurdo de toda aquela proposta.

"Só a página." Seu olhar mudou. "Se for preciso."

Levou um momento para que o significado de *"se for preciso"* fosse assimilado. Ele ainda considerava a possibilidade de o casamento ser uma farsa.

Ela ergueu o uísque. "Se for preciso." Deu um longo gole que só queimou um pouco.

Ela não tinha certeza se era realmente engraçado, ou se era o uísque correndo em suas veias que a fazia pensar assim, mas a hilaridade borbulhou. Era tão absurdo, tão ridículo. O riso, quando ela não conseguiu mais contê-lo, veio tão forte que ela soluçou.

E Touraine? Ele se recostou e observou. Ela havia atraído mais do que alguns olhares de soslaio da sala, com certeza. Quando o riso se dissipou, ela tomou outro pequeno gole da cerveja. Talvez já tivesse tomado uísque suficiente.

Ele a encarou friamente. "Já desabafou?"

"Por enquanto."

Ela mordeu o lábio inferior para se acalmar. O olhar dele captou o movimento e não se desviou. Permaneceu firme. Um calor a invadiu. Não demorou muito para que ela capturasse toda a atenção dele. Nunca aconteceu. Claro, esse nunca fora o problema entre eles. Apenas a causa.

"É só isso?" ela perguntou. Talvez fosse hora de terminar aquela noite. Eles simplesmente não podiam continuar assim e não...

Ceder.

Ela entendia isso.

Ele também entendia.

O olhar dele desviou-se da boca dela. "Quatro anos atrás, você disse alguma coisa."

Ela se encolheu. "Eu disse muitas coisas há quatro anos." Ela não estava preparada para essa reviravolta na conversa. "Nós dois dissemos."

"Sobre sua família na Espanha."

A respiração congelou em seus pulmões. *No.* Havia uma série de assuntos seguros que ela poderia discutir com Touraine — seus negócios, os negócios dele, os planos para o dia seguinte —, mas o passado não era um deles. Ela não tinha obrigação de falar sobre aquele tempo ou aquelas circunstâncias. Não com esse homem. Não com ninguém.

"Você mencionou problemas", ele continuou.

"Esses problemas são do passado." Sua voz era firme, controlada, o melhor que ela conseguia fazer. "Muito parecido com o nosso casamento."

Sua cabeça se inclinou. "Não exatamente."

"Não?"

"Se o que você diz é verdade, e há de fato um registro do nosso casamento no registro de Armstrong, então você e eu ainda somos marido e mulher."

Ela o distraiu de uma parte do seu passado apenas para levá-lo a outra. Ah, depois de amanhã, que o passado acabasse com ela. "Por mais uma noite", ela o lembrou. "Mas nunca foi real no sentido prático."

Touraine olhou rapidamente ao redor. "Não é nisso que as pessoas nessa sala acreditam."

Por que ele disse tais palavras? O uísque também estava se aproveitando dele?

A Sra. Freskin correu até a mesa e começou a tirar os pratos, deixando apenas a garrafa para trás. "O jantar estava realmente delicioso", disse Eva.

O peito da Sra. Freskin se expandiu de orgulho. "É a receita da minha mãe."

A mulher continuou com seus afazeres com uma nova leveza nos passos. Não era preciso muito para fazer uma mulher se sentir apreciada. Um vestido novo. Uma palavra gentil.

Eva se virou e encontrou Touraine observando-a. Ele serviu as últimas doses de uísque em seu copo. O que ela viu em seus olhos... Seria... *imprudência?*

Seu lado sombrio deslizou para a luz. Queria responder da mesma forma, com total abandono descuidado.

Ele ergueu o copo e, alguns segundos depois, ela ergueu o seu, rendendo-se ao momento imprudente. "Por mais uma noite como sua dama."

"Minha dama?"

"Você é um lorde, afinal."

O ar ao redor deles mudou. A leveza se foi. Mais pesado com um entendimento que passou entre eles, sem ser dito.

"Um brinde a mais uma noite como marido e mulher."

Muita coisa poderia acontecer em uma noite.

Aonde a noite levasse, Eva seguiria.

Irresponsável.

Que assim fosse.

Ela deixaria os arrependimentos para amanhã.

"Por mais uma noite."

12

P *or mais uma noite.*
O que Eva dizia por trás daquelas palavras...

Será que ele as estava ouvindo corretamente?

Em seus olhos brilhava uma luz que ele reconheceu uma à qual seu pulso respondeu instantaneamente.

Selvageria.

A possibilidade flertava ao seu alcance... a possibilidade de que ele pudesse capturar sua selvageria e torná-la sua, por mais uma noite.

"Se eu fosse seu marido", ele disse, "faria a observação de que você é a mulher mais bonita dessa sala."

A boca dela se contraiu. Quatro anos atrás, um contrair daqueles lábios cor de ameixa precedera a malícia. "Só nessa sala?"

Ele não se decepcionou. "Nesse país."

Uma sobrancelha se ergueu. Atrevida, aquela sobrancelha. "Duvido que as mulheres superem as ovelhas na Escócia."

"Em toda a Escócia, Inglaterra, Irlanda e País de Gales." Ele se empurrou para frente, entrando no espaço dela. Ela não se encolheu. "Em todo o mundo."

A boca dela se abriu e uma respiração presa foi liberada, lentamente, como se estivesse se medindo com muito cuidado. "Você me diria isso se eu fosse sua?"

Um arrepio o percorreu. Por que ele estava dizendo tais palavras a ela? Amanhã ele estaria tomando medidas para separá-la de sua vida para sempre. Mas essa noite...

Essa noite era essa noite. Um lugar diferente no tempo.

Essa noite, eles eram marido e mulher.

Ele se levantou. Depois de três copos de uísque escocês, pensou que teria experimentado um tremor. Mas não, ele se sentia solto e concentrado. "Se eu fosse seu marido, eu lhe ofereceria meu braço enquanto subíamos as escadas para o nosso quarto."

A cabeça dela se inclinou para trás e seu olhar encontrou o dele. "Se eu fosse sua esposa, eu aceitaria."

Uma batida de tempo prendeu a respiração de Lucien na palma da sua mão.

Ela colocou dedos longos e elegantes em seu antebraço, e seu calor se transferiu para ele. Foi tudo o que precisou para que ela fluísse por suas veias. Essa mulher o incendiava.

Pelos salões públicos, subindo as escadas, descendo o corredor, eles caminharam, marido e mulher para todos que lançavam um olhar rápido em sua direção. "Se eu fosse sua esposa", ela começou, "eu observaria que você ganhou bastante músculos desde a última vez que te vi."

Ele riu baixinho. Não havia pouca apreciação em sua voz. "E se eu fosse seu marido, observaria que você ganhou bastante —"

"Cuidado com o que você fala", ela alertou.

"Curvas."

Não era algo ruim.

E ela sabia disso.

Na porta do Quarto 3, ela tirou a chave da bolsa e a girou na fechadura.

Dentro do quarto, apenas uma fogueira baixa o iluminava, ele não abaixou o braço, nem ela se afastou. Em vez disso, ela se virou para encará-lo, com a cabeça inclinada para trás. "Se eu fosse sua esposa, eu desamarraria sua gravata."

Mãos experientes se levantaram para fazer exatamente isso, desfazendo o nó rapidamente. As costas dos dedos dela roçaram suavemente o queixo dele, e cada leve contato enviou uma nova onda de expectativa por todo o corpo dele.

Com a gravata frouxa, ela hesitou, o olhar se voltando rapidamente para o V aberto da camisa dele. "Se você fosse meu marido, o que faria agora?"

Como ele poderia não reagir à ousadia nos olhos dela?

"Se eu fosse seu marido", ele começou com a descrença e a certeza percorrendo-o lado a lado, "eu beijaria sua boca..."

Ele a segurou pela cintura e inclinou a cabeça, seus lábios encontrando os dela. Ela suspirou em sua boca, e ele a inspirou. Por vontade própria, o beijo se aprofundou, um beijo adiado por quatro anos. Era tudo o que ele sonhara. Bem, não exatamente...

"...E seu pescoço..."

Ele deslizou pelo pescoço dela, e sua cabeça se inclinou para trás, permitindo-lhe acesso à pele sensível. Seus dedos abriram rapidamente os botões do vestido. *Crepe da China* escorregou pelos quadris até formar uma poça cinzenta a seus pés. A parte superior dos seios espartilhados mal era contida pela combinação. Pecaminosos, aqueles seios.

"...Seus seios..."

Ele puxou a camisa para baixo e sua boca encontrou um e depois o outro. *Firmes... macios... doces...* O único lugar em que ele queria estar no universo.

Ele se afastou. Precisava. Agarrou-a pela cintura e a virou. Ela apoiou as mãos na parede. Ele observou a extensão de suas costas, o espartilho de seda azul se fechando em sua cintura. Desfez o nó e afrouxou os cadarços, deslizando a peça para fora do corpo dela.

"...Suas costas..."

Ele deslizou a camisa pela cabeça dela e pousou a boca em sua nuca, percorrendo toda a extensão de sua coluna com a língua, o desejo percorrendo-o, mal contido. Os pequenos suspiros que escapavam dela a cada respiração não ajudavam. Ele tinha feito seus joelhos fraquejarem, sabia disso.

"…Seu bumbum perfeito e exuberante…"

Ele pressionou a boca em cada bochecha. Firme… flexível… deliciosa. O corpo dela era feito para amar.

Uma risadinha lânguida pairou no ar. Era um assunto sério, seu corpo lhe dizia. Mas assuntos sérios também podiam ser divertidos.

Ele agarrou os quadris dela e a girou. De joelhos, prendeu a respiração. Exposta, ela estava diante dele, ele, seu suplicante. Apenas suas meias e botas permaneciam. Elas poderiam ficar. A luz de uma lareira baixa acariciando cada curva, ela era o desejo em pessoa.

"E se eu fosse seu marido, eu te beijaria —" Ele se inclinou para frente, inebriado por seu aroma picante.

"O que você —"

"*Aqui.*"

A boca dele encontrou sua vulva, e a pergunta dela se transformou em um suspiro de choque. Ele nunca a havia provado ali. *Salgada… almíscar… doce.* Motivado pelo instinto, sua língua roçou o sexo dela, e um agudo "*Lucien!*" escapou dela. Satisfeito com o som do seu nome vindo de sua boca ele se mexeu sem parar, gemidos, gemidos e pequenos suspiros escapando dos lábios entreabertos dela enquanto o salto da bota dela cravava em seu ombro e ela se abria completamente para ele como o desabrochar de uma flor totalmente erótica. Dolorosamente duro e pesado, seu pênis poderia explodir.

Uma mão agarrou seus cabelos e a outra se ergueu acima da cabeça dela enquanto suas costas arqueavam, empurrando sua vagina para frente. Sob suas mãos, sob sua língua, ele podia sentir uma tensão a envolvendo. Ela estava perto… *tão perto…* Concentrado no lugar que lhe dava mais prazer, a ponta de sua língua formou um ponto, as duas mãos dela agora seguravam o cabelo dele, ameaçando arrancá-los pela raiz, todo o seu ser selvagem com abandono.

Aqui estava a Eva que ele havia encontrado apenas uma vez — a Eva de seus sonhos e pesadelos — e ele era um escravo de seu prazer. A respiração estremeceu com inalações rápidas, o corpo trêmulo, o mundo parou enquanto ela segurava, então se rompeu em um grito de libertação, sua vulva pulsando contra a língua dele, seu corpo estremecendo, o clímax a percorrendo. Olhos fechados, um pequeno sorriso nos lábios, ela soltou um gemido cheio de prazer e desabou contra a parede às suas costas.

Ela era uma glória, essa Eva.

Ele nunca se sentira tão gratificado em toda a sua vida por ter proporcionado prazer a essa deusa.

Com os olhos semicerrados e turvos como se visse o mundo através de uma nova lente, ela colocou um dedo sob o queixo dele e o puxou. Ele se levantou com o movimento. Ela se afastou da parede e colocou as duas mãos em seu peito.

"Se eu fosse sua esposa", sua voz baixa e rouca enquanto puxava a camisa dele por sobre a cabeça e alcançava a queda de sua calça, seu pênis se esforçando contra o superfino, "eu te chuparia até você ficar louco."

O choque o percorreu, mas ele mal o sentiu. Pois a certeza — a retidão — o dominava.

O que se passava entre eles, era verdade.

Essa noite, ele não precisava pensar em como aquilo era errado.

Eles podiam deixar isso para amanhã.

Havia apenas mais uma pergunta a fazer.

"Então o que você está esperando, *esposa*?"

Então o que você está esperando, esposa?

Ela realmente dissera as palavras que provocariam tal resposta?

Ela dissera.

E diria novamente.

Uma libertina era tudo o que ela era. Ou seria. *Essa noite.*

A calça dele caiu, e sua masculinidade se libertou. *Longa, dura, grossa.*

Oh, ela o queria dentro dela.

Com as mãos no peito dele, músculos densos sob as palmas, ela empurrou, conduzindo-o para trás, passo a passo, até que as pernas dele tocassem a cama. *A cama.* Um último empurrão e ele se sentou, seu membro longo, duro e grosso descansando contra sua barriga rija. A expectativa tomou conta dela. Guiada pelo desejo, pela ganância e pela promessa de ainda mais prazer, ela o agarrou pelos ombros e, num movimento rápido, montou nele. Pairando acima, seus cabelos caíam como uma cortina ao redor deles.

Apenas ele e ela existiam nesse espaço íntimo, uma intimidade que ela só havia sentido com ele. Não apenas física, mas *isso.* A consciência de que a respiração dele se movia junto à dela. Sua mente com a dela. Sua alma com a dela. *Ele e ela.*

Os dedos dele se entrelaçaram nos cabelos dela, envolveram sua nuca e trouxeram sua boca à dele. Mesmo com o desejo impaciente a percorrendo, ela se deleitou com o beijo dele. Lenta e profundamente, a boca dele tomou a dela, as respirações se misturando, a expectativa a percorrendo. Ela *o* sentiu deslizar por sua fenda e um longo gemido escapou. Oh, a sensação escorregadia dele. Lentamente, deliberadamente, ela se abaixou sobre ele enquanto centímetro por centímetro o membro dele a preenchia, dor e prazer inseparáveis, enquanto ela se deleitava na sensação quente, pesada e pulsante dele dentro dela.

Ele soltou um gemido e se afastou um milímetro. Olhos

escuros de desejo encontraram os dela. "Como eu ansiava por você."

As palavras dele ressoaram, correspondendo a uma verdade que residia profundamente dentro dela. Uma verdade que ela nunca deixou transparecer. Seu corpo guardava com força essa lembrança. Como ela havia desejado... como havia *sofrido*.

Mas essa noite, eles poderiam fazer mais do que sofrer.

Essa noite, eles poderiam se entregar.

Ela girou os quadris. *Oh...* Ela sugou o lábio inferior carnudo dele em sua boca e começou a se mover ritmicamente, a sensação escorregadia de sua masculinidade enquanto ela o montava se expandindo para fora de seu sexo, deslizando por suas veias, enchendo-a de luz, ar e ele. Ele arrastou beijos por sua garganta, seu hálito quente a arrepiando. Suas mãos seguraram seus seios enquanto ele colocava um mamilo em sua boca e — *oh* — chupava. O prazer a percorreu enquanto os dedos dele se apertavam em seus quadris e começavam a controlar o movimento, trazendo-a para cima dele, uma estocada forte e deliberada após a outra. O suor escorria por sua espinha, pelo vale entre os seios. Ela agarrou seus ombros, cravando as unhas, e arqueou as costas, querendo — *precisando* — de mais da boca — tão talentosa dele — querendo — *precisando* — de mais do seu pênis duro e grosso.

Ela havia abandonado completamente a si mesma e qualquer senso de identidade. Não era mais Eva Galante, mas um receptáculo de luxúria, alguém cujo único propósito era receber o prazer que esse homem podia proporcionar. *Apenas esse homem.* Ela reconhecia isso até a medula dos ossos. *Apenas esse homem.*

"Eva", ele gemeu entre as estocadas, "não consigo aguentar muito mais. Você é muito..." Ele gemeu contra o pescoço dela. "Muito..." Uma mão agarrou os cabelos da nuca dela, a outra a curva da cintura, penetrando-a, repetidamente, com intenção deliberada. "Muito..." Sua boca encontrou seu ouvido. "...*provocante.*"

A investida de sua masculinidade — e aquela palavra dita tão ardentemente em seu ouvido — a atravessou e...

"Lucien", ela gritou enquanto caía no abismo, rumo ao esquecimento. Mais algumas investidas de seu pênis duro, e ele se juntou a ela nesse lugar que só eles conheciam, que haviam criado juntos. A noite que vivenciaram quatro anos atrás foi apenas um prelúdio para essa noite. Essa noite *inevitável*.

Juntos, eles retornaram à realidade. Ele a abraçou com força e os deitou. Quando ela abriu a boca para falar, dedos leves tocaram seus lábios, contendo as palavras.

"Essa noite, seremos só nós dois."

E ela sabia exatamente o que ele queria dizer. Eram só eles, suas almas despojadas.

Sem Lucien.

Sem Eva.

Sem passado.

Sem futuro.

Seus olhos se fecharam e ela se acomodou em seu abraço, segura.

Por esse momento perfeito.

O AMANHECER MAL HAVIA ROMPIDO o horizonte noturno e começava a filtrar dourado e rosa através das cortinas puídas, mas Lucien já estava acordado. Não conseguia parar de encarar a esposa.

Se fosse verdade no papel, ele teria a confirmação hoje, mas sua alma não precisava dessa certeza. Ele sabia além do visceral, além do que poderia ser segurado nas mãos.

E isso era um problema.

Ele havia renunciado a todo controle, tudo que o mantinha unido e compunha o homem que ele era hoje. Ele não era um homem que sucumbia ao impulso e ao desejo.

Pelo menos, não mais.

Era um homem digno da fé de seu pai. Seria a tentação de um par de lábios cor de ameixa tão grande a ponto de ele estar disposto a se perder completamente neles? Não conseguia encarar a pergunta, pois poderia não gostar da resposta.

Amanhã era agora, hoje.

Hoje, ele revelaria a verdade e terminaria com ela.

Se ela realmente fosse sua esposa, não duraria muito mais.

Ele sentiu uma pontada. Uma pontada pelo que poderia ter sido.

Não.

Não era verdade.

Eles podiam estar casados, mas isso não mudava nada.

Ela ainda o havia enganado.

Ela ainda o havia traído.

Ele seria um tolo de esquecer só porque não conseguia tirar a sensação da pele dela de suas mãos.

A velha e familiar raiva encontrou seu caminho em suas veias. Ela deveria ser dele. Para sempre. Aqueles foram os votos feitos — a vida prometida — quatro anos atrás.

E tinha sido uma fraude.

Ela tinha sido uma fraude.

Ela tinha sido uma promessa negada.

E, no entanto, sabendo disso, ele cumpriu a sugestão dela e fez amor com ela. *Duas vezes.* E ele queria deslizar para dentro de sua doce vagina e fazê-la gritar. *De novo.*

Cuidadosamente, sem perturbá-la, ele saiu da cama e vestiu suas roupas. Ele precisava se afastar fisicamente daquela mulher.

Tinha a ver com a raiva latente que o sustentara nos últimos quatro anos. Ele sentiu que estava esfriando.

Ele não podia permitir isso.

Ou se exporia a outra traição, uma que poderia lhe custar não apenas o futuro que estava construindo na França, mas sua própria alma.

Pois ele não se recuperaria de Eva uma segunda vez.

13

A ntes de Eva abrir os olhos, um sorriso se formou em seus lábios. Ela ergueu os braços lânguidos acima da cabeça e se espreguiçou longa e lentamente, com luxúria. Seu corpo se sentia tão... tão... tão deliciosamente...

Usado.

Seus olhos se abriram de repente e o sorriso desapareceu.

Lucien...

Assim como ela tinha conseguido o nome dele naquela primeira noite, ela fez isso de novo na noite anterior.

Na noite anterior.

Nessa cama.

O lugar dele estava vazio. Ela pressionou a palma da mão contra os lençóis ásperos. Embora o calor dele já tivesse esfriado há muito tempo, o corpo dele ainda estava gravado no dela, uma sensação sólida que existia tão definitivamente quanto à cama às suas costas.

Se eu fosse sua esposa, te faria um boquete.

Suas bochechas ficaram quentes.

O que você está esperando, esposa?

O calor se espalhou por todo o seu corpo em doses mortificantes.

Oh, como as palavras dele haviam acendido um raio em suas veias e um fogo dentro dela.

E, oh, como aquelas brasas ainda queimavam.

A lasca de um pensamento tentava se infiltrar... Depois da noite passada, talvez, ela e ele —

Ela interrompeu o pensamento ali, antes que ganhasse força. A noite passada tinha sido dois corpos colidindo. No entanto...

Que jogo perigoso eles estavam jogando.

Que seu corpo ainda queria jogar.

Ela arrastou um travesseiro sobre o rosto e gemeu.

Na noite passada, antes de caírem em luxúria desenfreada, ele perguntou sobre os problemas da família dela na Espanha. No espaço entre uma batida do coração e a próxima, a tentação a puxou. Ela poderia dizer a ele, mas com que finalidade?

Esses problemas estavam resolvidos. Contar a ele não mudaria nada do passado deles juntos. Aqueles eventos ficaram gravados em pedra e permaneciam implacáveis entre eles.

Ainda assim, como ela o encararia hoje?

Com a cabeça erguida e os olhos fixos no futuro. Foi assim que ela aprendeu a navegar pelo mundo depois que sua vida se desfez completamente após a partida dele, e ela continuaria assim hoje.

Mesmo que se sentisse mais confortável se escondendo debaixo de uma pedra.

Ela se vestiria e escreveria uma carta para Isabel, informando à irmã que começaria a viagem de volta para Londres naquele dia.

Depois que ela e Lucien conseguissem a página do registro de casamento.

Que ele provavelmente queimaria imediatamente.

E eles não seriam mais casados.

Se eu fosse sua esposa...

Bem, ela não era uma esposa. Não no sentido que isso tivesse algum significado.

E os beijos da noite anterior — aqueles na boca, no pescoço, nos *seios*, aqueles... *Mais abaixo...* que fizeram seus joelhos cederem e varreram todo o bom senso de sua mente — bem, eles também não significaram nada.

Lá fora, o dia amanhecia brilhante e fresco, a luz do sol filtrando-se pelos galhos nus que brilhavam verdes com os brotos da primavera recém-emergentes, o canto alegre dos pássaros trinando no ar. Do outro lado do pátio do Golden Thistle, Lucien estava encostado no poste do portão, o olhar fixo na estrada principal, de modo que ela só conseguia vê-lo de perfil. Seus olhos não conseguiram evitar um exame abrangente sobre ele. A maneira como ele preenchia o casaco matinal, que estava aberto para revelar um colete de seda cinza-pombo, uma gravata branca e calça bege, deixaria qualquer estátua grega clássica com inveja. Não era fácil desviar o olhar de tal vista, principalmente para quem tivesse arranhado as unhas recentemente naqueles ombros largos ou experimentado a resistência daquelas coxas musculosas.

Intimamente.

Ela precisava se lembrar de começar a carregar um leque na bolsa.

Ele lançou um olhar rápido para ela antes de proferir um conciso: "Pronta?". Não esperou pela resposta para começar a andar.

Ao seu lado, ele não estendeu o braço para ela, e ela não insistiu, grata pela pequena misericórdia. Tocar nele seria demais.

A noite passada tinha sido tão incrivelmente tola.

Ela arriscou um olhar rápido para cima. O maxilar dele estava tenso, os lábios carnudos em uma linha firme. Ele estava completamente fechado para ela, definitivamente de propósito. Eles atravessaram a praça da vila, a ferraria de Armstrong a menos de cem metros de distância.

"Você tem certeza do plano?" ele perguntou.

Sua vivacidade estava começando a irritá-la. A noite passada não tinha sido um ataque. Ele tinha sido um participante totalmente voluntário.

"Como se fosse meu plano desde o início?" Ela deixou a aspereza transparecer em sua voz. "Sim, com certeza."

Ele assentiu uma vez. Pouco antes de chegarem à ferraria, Lucien se afastou dela. O plano não daria certo se chegassem juntos.

Ela seguiu o som rítmico de batidas ao redor da lateral do prédio. Armstrong, o ferreiro que a casara com Lucien quatro anos antes, estava diante da forja, usando luvas de couro e avental, martelo em uma mão, cinzel na outra, com a face suja. O homem era a própria imagem de um ferreiro. Ele lançou um olhar rápido para ela, mas não interrompeu o trabalho. Poucos minutos depois, quando percebeu que ela não iria embora, abaixou as ferramentas.

"Como posso ajudá-la, senhorita?"

"Senhora", ela se obrigou a dizer. A palavra quase ficou presa na garganta. "O cavalo do meu marido está com um problema no casco. Achamos que é a ferradura."

"Eu a conheço?" perguntou Armstrong, com um olho semicerrado em avaliação.

"Não", disse Eva com firmeza.

Armstrong não pareceu muito incomodado. "Estarei lá depois do chá da tarde meio-dia."

Aquela resposta não fazia parte do plano. "Precisamos de você agora."

Ele passou as costas da mão na testa, gotas de suor voando no ar. "E onde está seu marido, se não se importar que eu pergunte?"

"Ele está, hum", ela gaguejou, "doente."

Um espinheiro muito alto e frondoso atrás de Armstrong farfalhou. Seu olhar se estreitou. Podia ser um animal, mas ela sabia que não era. Que era *Lucien*.

"E eu pago o dobro do seu preço."

Sua cabeça se inclinou. "Sim, tudo bem", ele resmungou, tirando as luvas das mãos e pendurando o avental em um gancho.

O alívio tomou conta de Eva. Ela havia completado sua parte do plano. Agora cabia a Lucien.

Esperava que suas habilidades de ladrão fossem mais apuradas do que suas habilidades para se esconder.

ENQUANTO EVA e Armstrong se distanciavam, Lucien saiu de trás do espinheiro, rasgando suas calças e seu fraque.

Com a liberdade garantida, ele atravessou rapidamente a ferraria e entrou na casa anexa. A noite de quatro anos atrás desabou sobre ele. Os dedos de Eva entrelaçados aos dele, seu pulso acelerado acompanhando o ritmo dele. Ele havia percorrido aquele corredor escuro, com o coração na garganta e o futuro brilhante diante dele. Mesmo agora, seus pés conheciam o caminho, guiando-o infalivelmente até o quarto onde haviam assinado seus votos.

Dentro do quarto fechado e mofado que certamente não recebera luz do sol em duas décadas, seu olhar percorreu as poucas superfícies planas — a mesa no canto, a cômoda abaixo da janela sombreada — e não encontrou sinal de um livro. Ele girou e localizou uma prateleira estreita. Feito de couro marrom grosso e brilhante por anos de uso, lá estava o registro de casamento, o guardião de centenas de casamentos apressados e logo arrependidos, incluindo o dele. Alguns passos rápidos depois, ele abriu o livro e folheou suas páginas.

A primeira leitura não encontrou nenhum registro do casamento. Ele folheou novamente, desta vez mais devagar, para ter certeza. *Nada.*

Como ele havia pensado inicialmente.

Ela era uma mentirosa.

E pensar que ele tinha começado a acreditar nela.

Ainda assim, ele o leu uma terceira vez. Foi então que notou a discrepância. Um pequeno salto no tempo, não óbvio para quem não estivesse prestando atenção. A última entrada em uma página era *28 de março de 1825*, e a primeira na seguinte, *8 de abril de 1825*.

Embora fosse possível que Armstrong tivesse passado por um período de lentidão — dez dias sem jovens casais buscando um casamento de bigorna — Lucien sabia que não era o caso. Quatro anos antes, quando ele e Eva chegaram às pressas para se casar, ficaram esperando por uma meia hora inteira e interminável enquanto o casal à sua frente completava suas núpcias. De acordo com o registro, esse casamento também não havia ocorrido. O que simplesmente não era verdade.

Com o livro aberto onde à página deveria estar, Lucien se inclinou mais perto, com os olhos a menos de quinze centímetros do livro, para examinar a lombada mais de perto. Passou a ponta do dedo para testá-la e *sentiu* uma borda fina e afiada. *Ah.* Alguém já havia pegado uma régua e cortado a página que ele estava ali para pegar. A menos que se olhasse com muita atenção, nunca se saberia que a página estivera ali.

Era como se o casamento nunca tivesse existido.

Mas existiu.

Foi o que a borda cortada lhe disse.

Eva estava dizendo a verdade. Ele e ela estavam, de fato, casados há quatro anos.

Estranho que uma onda de alívio o percorresse, mesmo enquanto sua mente lutava contra a própria ideia.

Quem teria pegado?

E ele sabia.

Mas não podia considerar a possibilidade ainda. O registro paroquial precisava ser verificado antes que ele pudesse acreditar na plena importância daquele acontecimento, ou em *quem*.

Uma garganta pigarreou.

Lucien se virou bruscamente. Uma garota, com sardas morenas salpicadas pelo rosto e a cabeça ruiva inclinada, estava parada na porta, com o ombro apoiado no batente, observando-o com olhos semicerrados. Ela não devia ter mais de doze anos, mas permanecia — com seu um metro e meio — com total e absoluto autocontrole. "Você está muito curioso sobre o registro de casamento do meu pai", ela disse com um leve sotaque escocês.

Lucien fechou o livro com força e assumiu um ar de autoridade. "Eu vou encontrar a saída." Ele ergueu o nariz e fungou, o privilégio aristocrático personificado. "Nós vamos manter este encontro entre nós."

A garota permaneceu impassível. "*Nós* vamos?" ela zombou. "Por que *eu* faria isso?"

Por que, de fato. Lucien enfiou a mão no bolso e encontrou o que procurava. Ele ergueu uma guiné redonda e brilhante. "Isso é motivo suficiente?"

Ela inclinou a cabeça para o outro lado. Talvez seguisse a carreira de negociadora estatal, o tipo usado quando negociações educadas falhavam. "Me dê duas e fecharemos um bom negócio."

Lucien pegou outra moeda. "Posso confiar em você?"

A garota não fez menção de aceitar o dinheiro, e seu maxilar parecia ter se firmado. Ele dissera exatamente a coisa errada. "Me dê três", ela disse. "Isso é por perguntar. Mais alguma pergunta?"

Lucien bufou e pagou o preço. Ele sabia quando tinha sido derrotado.

Ele tinha acabado de dar uma volta pela ferraria quando avistou o vermelho da capa de Eva enquanto ela e Armstrong voltavam pela rua principal. Ela o avistou e franziu a testa. Estava irritada. Ele encontrá-los na rua não fazia parte do plano.

Bem, ele descobrir que uma página do registro de casamento havia sido roubada antes que ele pudesse roubá-la também não fazia parte do plano.

"Marido", ela disse em tom de cumprimento. "Vejo que você se recuperou quase milagrosamente." Sua boca se contraiu. "Do haggis [1] ruim."

Haggis ruim? "Ah, bem, sim."

"Eu estava dizendo à sua esposa", disse Armstrong, "que seu cavalo está doente e não pode ser ferrado novamente até que esteja curado. Você vai precisar do Hamish Docherty. Ele é o cirurgião veterinário por aqui."

"Você está dizendo que o cavalo não pode ser montado hoje?" Essa manhã se desviava cada vez mais do plano.

O ferreiro balançou a cabeça. "Não hoje e provavelmente nem na semana que vem."

"Então, vamos alugar um cavalo diferente", disse Lucien. Problema resolvido.

Armstrong deu uma risada chorosa. "Improvável, se o francês me permite dizer." O homem riu novamente, dessa vez da própria piada.

Lucien não se incomodou com pequenas provocações sobre sua nacionalidade. Foi a primeira parte da declaração que o preocupou. "*Como assim, improvável?*"

Armstrong balançou a cabeça. "Você não encontrará mais cavalos do que aqueles em que veio. A menos que queira se aventurar em Carlisle primeiro. Isto se você negociar com cavalos ingleses." Era evidente que Armstrong não o fazia.

A filha do homem apareceu na porta, o ombro indiferente encostado no batente, o olhar sinistro fixo nos acontecimentos. Para uma coisa tão insignificante, a garota tinha um poder enorme. E ela definitivamente sabia disso. Além disso, ele estava ficando sem guinéus para comprar seu silêncio. Era hora de ele e Eva se despedirem.

"Seus serviços foram muito apreciados hoje", ele disse, tirando

---

1. *Haggis* é um prato tradicional da cozinha escocesa e consiste num bucho de ovelha recheado com vísceras, ligadas com farinha de aveia. A sua apresentação em banquetes, reveste-se sempre de um carácter de pompa: é servido ao som das gaitas de foles e cortado com uma espada pelo alto dignitário da mesa.

as poucas moedas restantes do bolso. Os olhos de Armstrong se arregalaram. Ele definitivamente estava dando importância demais ao homem. "Onde fica a Igreja da Escócia [2] mais próxima?"

Armstrong encarou Lucien por um segundo, perplexo, e então apontou. "Siga aquela estrada por uns 400 metros e logo verá Gratney Church."

Lucien acenou com a cabeça em agradecimento e pegou o braço de Eva antes de girá-los cuidadosamente. Subindo a estrada, eles aceleraram o passo.

"Isso é realmente necessário?" ela perguntou, inequivocamente irritada com ele. Ela ainda não entendia seus motivos, mas entenderia em breve, se suas suspeitas sobre a página de registro que estava faltando estivessem corretas.

"Eu fui descoberto."

"A garotinha?"

Ele assentiu.

Alguns passos depois, Eva disse entrecortada: "Mas isso não é tudo. Por que estamos indo à igreja?"

Lucien balançou a cabeça relutantemente. "Precisamos verificar o registro paroquial."

"O que aconteceu?" ela perguntou.

Eva era uma mulher inteligente e não se deixava abalar. Ele não conseguia expressar sua suspeita. Não até receber a confirmação. "Primeiro, vamos ver o registro paroquial."

Ele não diminuiu o passo até que o íngreme telhado de ardósia de Gratney Church apareceu à vista e a estrada principal se transformou no cascalho cinzento da entrada da igreja. Com uma torre do sino ao lado, com duas torres se projetando

---

2. A Igreja da Escócia (em inglês: *Church of Scotland*) faz parte da religião protestante. É a igreja nacional da Escócia, afiliada ao Presbiterianismo. É a maior religião do país. Em 2011, 32% da população da Escócia se identificaram como membros da denominação, número maior do que qualquer outro grupo religioso do país.

otimistas em direção ao céu azul, a igreja não possuía um único ornamento supérfluo em seu arenito marrom suave. Simples e nobre, ela se destacava diante de tamanha frivolidade, no bom estilo da Igreja da Escócia.

Lucien e Eva mal haviam pisado pela porta baixa e arqueada quando um homem que só podia ser o pastor da paróquia, vestido em um preto sóbrio, com uma gravata branca, abaixou-se sob uma porta lateral, ainda mastigando um lanche da manhã. Ele engoliu em seco e sorriu. "Bom dia. Viajando pela fronteira, não é?"

Lucien supôs que ele e Eva não pareciam exatamente moradores locais. "Bom dia", disse Lucien, explodindo de desconfiança e impaciência. "É aqui que todos os casamentos da paróquia são registrados?"

"Sim." O pastor chupou os dentes preguiçosamente. "É aqui sim."

O homem havia se disfarçado em um ar de infinita paciência, mas seus olhos demonstravam uma boa dose de curiosidade.

Lucien não compartilharia confidências hoje. "De quatro anos atrás?"

O pastor assentiu. "Quatro anos atrás, quarenta anos atrás e cem anos antes disso. De que data você vai precisar de 1825?"

"Seis de abril", disseram Lucien e Eva em uníssono.

Eles realmente precisavam parar de fazer isso.

"E tem certeza de que é esse o dia?" perguntou o ministro, com um brilho nos olhos. Ele estava se divertindo um pouco. "E o sobrenome?"

"Capet."

"Volto num momento." O ministro desapareceu pela pequena porta, deixando Lucien e Eva sozinhos.

"Você não vai me contar do que se trata?"

Lucien entendeu que ele não estava sendo justo com ela, mas apenas se — e este era um grande *"se"* — ela não estivesse envolvida no desaparecimento da página. "Você saberá em breve."

Como ele soava frio, até mesmo para seus próprios ouvidos. Depois da noite passada, bem, ele não tinha escolha. O desejo só os levou para o caminho errado.

Olhos castanhos luminosos cintilavam com uma raiva mal controlada. "Que *bastardo* condescendente você é." E ela lhe virou as costas — suas costas flexíveis e onduladas — até que o ministro retornou segurando o pesado registro aberto com as duas mãos.

"Tem certeza de que o dia seis é o dia?"

"Sim", disseram Lucien e Eva juntos... *de novo*.

O clérigo sorriu aquele sorriso infinitamente paciente que irritou o último nervo de Lucien e balançou a cabeça. "E tem certeza de que esta seria a paróquia?"

"*Oui*", disse Lucien.

Ele e Eva precisavam ir embora, *agora*. Ele começou a procurar moedas no bolso do paletó e encontrou apenas notas. Entre Armstrong e a filha, ele não tinha mais moedas. Eva se aproximou e discretamente passou uma moeda em sua mão sem que o ministro percebesse. "Agradecemos seu tempo. Por favor, aceite esta doação para o fundo infantil."

Cinco segundos depois, Lucien e Eva estavam do lado de fora, voltando pelo mesmo caminho de onde vieram.

"Lucien", disse Eva. Algo em sua voz lhe dizia que ela não desistiria nem mais um momento. "Mostre-me a página do registro de Armstrong."

"Eu não a tenho."

A mão dela envolveu o braço dele e ela o arrastou até parar. O peito arfava, a boca entreaberta, os olhos brilhavam. "Como assim, não a tem?"

"Alguém chegou antes de mim."

Sua testa se enrugou. "Como assim..." Ela relaxou. "Ah. A mesma pessoa que impediu que o casamento fosse registrado na paróquia."

A reação dela lhe disse algo vital. Ela não sabia sobre a página faltando. Importava. Não deveria, pois não mudava nada do passado, mas... mudava.

Então ela disse o nome antes que ele pudesse. *"Montfort."*

"Oui."

Ela assentiu, pensativa. "O casamento é mesmo legal?"

"Queremos avaliar os riscos potenciais?" Ele havia pensado um pouco. A página faltando provavelmente ainda era legal e, portanto, perigosa. "Quando voltarmos a Londres", ela disse, "podemos contar com a ajuda de Lorde Percival Bretagne e seu cunhado, Lorde Nicholas Asquith. Eles têm experiência em lidar com Montfort."

"Eu sei a história que esses homens têm com Montfort." Agora era a hora de contar a ela. "Mas não precisaremos deles e não voltaremos para Londres."

"Como?" Suas sobrancelhas se ergueram em descrença. *"Você* pode ir para onde quiser, mas *eu* estou voltando para Londres. Tenho obrigações. Meus negócios não podem funcionar sem mim."

"Nós estamos viajando para um lugar chamado Little Spruisty Folly."

"A propriedade de Montfort?" ela perguntou perplexa. "Como você sabe desse lugar?"

"É útil saber onde seu inimigo mora." Ele precisava convencê-la. "Eva, enquanto Montfort estiver de posse da página do registro, nenhum de nós estará seguro."

Ela zombou. "Quer dizer que você e seu futuro precioso e adequado não estão seguros."

Lucien balançou a cabeça. Estava pisando em terra firme. "Não sou o único que pode ser prejudicado. Se Montfort ficar com essa página, ele pode destruir sua reputação. Acha que Lady Uxbridge apreciaria que sua modista fosse casada com o próprio marquês que ela está tentando garantir para a filha? Em um dia, ela espalharia a história entre as damas aristocráticas que são seu ganha-pão."

A pele de Eva empalideceu. Agora ela entendia.

Uma certeza se instalou no íntimo de Lucien. O acerto de contas dele e de Montfort estava quatro anos atrasado. Como ele se iludira pensando que as coisas estavam resolvidas com o homem?

"Eu não posso ir", disse Eva. A mulher estava determinada.

"Ah, você pode", retrucou Lucien. Se eles tivessem que discutir na rua, que assim fosse. "E você vai."

"Ele não vai querer me ver."

Outra emoção transpareceu em sua voz, junto com a persistência teimosa. Seria... *medo?*

"Não me importo com o que ele quer."

Ela exalou um suspiro profundo e lento. "Ele pode mandar me prender."

"Prender?" Lucien não imaginara que qualquer coisa que a mulher dissesse o chocaria, mas ali estava. "Prender você por que, exatamente?"

Uma carroça puxada por burros apareceu, e eles saíram da estrada para deixar o fazendeiro passar. Eva caminhou em direção a um carvalho e parou sob sua ampla copa verde, de frente para ele. Ela tinha a aparência de um gato selvagem, pronto para fugir ao menor movimento errado.

"Diga-me, Eva", ele disse suavemente, gentilmente.

Ela engoliu em seco como se sua boca tivesse ficado seca de repente. Como se visse que não havia saída fácil para aquilo a não ser a verdade.

"Você deve ter ouvido falar do ferimento de caça dele?"

"Ferimento de caça?"

"Ele foi baleado."

"Morto?"

Impossível. Ele deveria ter sabido.

"Ele perdeu o movimento das pernas."

"Então, não morreu?"

"Não."

"Então ele não está sem recursos." Lucien precisava enfatizar isso para ela. "Ele não vai terminar até estar a dois metros abaixo da terra."

"Eu já pensei o mesmo, mas ele ficou quieto desde então."

"Eva", disse Lucien, energicamente. Com o olhar fixo nas colinas verdejantes ao longe, ela parecia estar em seu próprio mundo. "Não podemos deixar para lá."

Seu olhar encontrou o dele, incapaz de manter a fachada invulnerável que ela lhe apresentara pela primeira vez no Château La Perle. *Atormentada.* Era isso que ele via naquelas profundezas luminosas. Uma mulher assombrada pelo passado.

"O que Montfort fez com você?" ele perguntou fechando involuntariamente as mãos em punhos ao lado do corpo.

Ela soltou uma risada desprovida de humor. "A questão é menos o que ele fez comigo" — ela respirou fundo, trêmula — "do que o que eu fiz com ele. Pois, veja bem, o acidente de caça não foi acidente."

Uma sensação de presságio percorreu as entranhas de Lucien. "Como você sabe disso?"

"Fui eu quem atirou nele."

14

A sequência de reações no rosto de Lucien teria sido cômica em qualquer outra circunstância.

Mas a confirmação de ela de ter tentado matar Montfort, bem, isso não era uma piada. E era exatamente o que ela tinha feito — tentado assassinar Lorde Bertrand Montfort.

"Você *atirou* nele?"

"Sí."

"*Você* atirou nele."

"Eu atirei." Seu coração disparou enquanto as emoções daquela noite ecoavam por ela. Elas a dominariam se não tomasse cuidado. Não seria a primeira vez.

Suas sobrancelhas se franziram. "Por quê?"

"Ele não merecia levar um tiro?" A pergunta não era defensiva, mas apenas um reflexo da verdade que ambos sabiam.

"Isso não é uma resposta." Um longo tempo passou. "*Por que,* Eva? Por que *você* atirou nele?"

Eva não conseguia mais encarar Lucien. Seria mais fácil se ele estivesse com raiva ou enojado. Mas ele parecia desconfiado... compreensivo. Era demais. Foi o suficiente para destruí-la.

149

"Tinha a ver com os problemas que sua família passou na Espanha. Montfort estava por trás deles."

Ela assentiu com firmeza. Não era toda a verdade — nem de longe, na verdade —, mas o começo de um todo maior.

Lucien murmurou o que soou como alguns palavrões em francês baixinho. A determinação se transformou em aço em seus olhos. "Eis o que vai acontecer. Vamos ajeitar nosso cavalo e começar a jornada para Little Spruisty Folly."

Seu tom e maneiras ao pegá-la pelo braço e começar a guiá-los de volta à estalagem não deixaram espaço para resistência. E, na verdade, Eva não tinha coragem. "Instruí o Sr. Freskin a carregar as malas na carruagem antes de eu partir."

Lucien assentiu, e logo eles estavam passando pelo portão principal do Golden Thistle. "Eu pago a conta e cuido da situação dos cavalos."

Por acaso, Armstrong estava certo em ambos os casos: o cavalo não estava em condições de percorrer um único quilômetro, nem havia outro para alugar. Menos de um quarto de hora depois, Eva se viu presa dentro da carruagem com Lucien. Bem em frente a ela. Sem lugar para se esconder.

Ela desviou o olhar, fitando a janela sem enxergar nada. Deixe o passado para lá, implorou silenciosamente. Mas sentiu o calor do olhar dele em seu rosto e sabia que seu relato do passado não havia terminado.

"Você não foi presa", ele disse. Tanta certeza absoluta em sua voz. "Ou julgada no Old Bailey [1] por tentativa de homicídio."

---

1. O Tribunal Central Criminal ou Central Criminal Court na Inglaterra, vulgarmente conhecido como Old Bailey, a partir da rua em que está situado, é um edifício do tribunal em Londres, um de uma série de edifícios onde se estabelece a Corte da Coroa. O Tribunal da Coroa que funciona no Tribunal Central Penal atua em casos da Grande Londres e, em casos excepcionais, aceita casos de outras partes da Inglaterra e do País de Gales. Parte do atual edifício está no local do antigo prédio da Newgate Gaol, uma prisão medieval.

Ela balançou a cabeça. "Ao me expor, ele teria se exposto — e exposto suas atividades ilegais."

"O que é algo que um homem como ele jamais toleraria. Ele só consegue existir nas sombras."

Ainda assim, ela não o encarou. "Correram boatos de que foi um acidente de caça."

Uma risada sem humor soou do outro lado do vão entre os pés. "É fácil ver de quem são as digitais por trás disso tudo." Uma pausa. "Bretagne encobriu tudo para você."

Eva não respondeu. Não precisava. Claro, tinha sido Percy.

"Me conta", exigiu Lucien.

"Te contar o quê?"

"Me conta sobre os problemas que te trouxeram para a Inglaterra."

Ela não lhe devia nenhuma explicação. Não lhe devia nada. Mas ele não estava cobrando uma dívida para extrair informações dela. Finalmente, ela desviou o olhar e encontrou o dele. O que viu nos olhos dele foi um abrandamento. Ela não lhe contaria tudo, mas poderia lhe contar algumas coisas. "Talvez você se lembre de que minha ascendência é judaica. Você disse que não importava para você."

Ele assentiu lentamente, solene. "Mas importava para algumas pessoas."

"Como alfaiate pessoal do Rei Fernando, não era possível para meu pai — ou nossa família — praticar abertamente a fé hebraica na Espanha. Minha família era de *convertidos* ao catolicismo. Participamos da missa católica. Isabel e eu fomos batizadas e crismadas como católicas. Mas em casa, mantivemos certas tradições da nossa herança. Papai e mamãe insistiam para que não perdêssemos a conexão com nossos antepassados. E depois da morte de mamãe, papai se apegou ainda mais a essas tradições."

Isso é compreensível.

Eva zombou. "Para você, talvez, mas não para os outros. Montfort descobriu o segredo de papai e ameaçou expô-lo, a menos que papai relatasse conversas que ouviria como alfaiate do rei."

O maxilar de Lucien se contraiu. "Chantagem."

"Eventualmente, papai foi descoberto e preso. Acredito que Montfort também teve participação nisso."

"Sem dúvida."

Montfort então providenciou para que Isabel e eu fugíssemos da Espanha e viéssemos para Londres. Pegamos todas as nossas economias e montamos nossa primeira loja em Cheapside sem a ajuda de Montfort, mas mesmo assim ele alegou que tínhamos uma dívida com ele por ter garantido nossa saída da Espanha. Alguns meses depois, ele veio cobrar.

"Como?"

"Ele fez parecer simples. Tudo o que eu precisava fazer era ir com ele por alguns meses. Eu participaria de saraus e encantaria homens da aristocracia. Ele disse que eu prestaria um serviço ao meu novo país." Ela não queria admitir a parte seguinte, mas era a verdade. "Eu estava animada com a perspectiva."

"Você não me convidou para seus aposentos na noite em que nos conhecemos por sua livre e espontânea vontade." Não era uma pergunta.

"Não", ela confirmou, com o estômago embrulhado.

"E na segunda noite?"

"Eu fingi estar doente para poder estar lá quando você voltasse à meia-noite."

"Como você sabia que eu viria?"

Eva hesitou. Ela deveria parar de dizer tanta verdade, mas não conseguia. "Depois da primeira noite, nós dois sabíamos."

"E Gretna Green?" ele perguntou, com uma sutil brecha na pergunta. Isso deu voz à brecha em seu próprio coração.

"Nunca estive tão disposta a ir a lugar nenhum em toda a minha vida." Um instante de silêncio — de consciência, de conexão. "De alguma forma, Montfort devia saber. Fugimos por vontade própria, mas..."

"Ele permitiu que acontecesse."

Ter a verdade dita em voz alta só a tornava ainda mais sórdida.

"Ele deve ter ficado tonto de alegria." Como ela tinha sido tola. "Ele me fisgou com *o trabalho para a Coroa*."

"Mas não foi isso que você fez por Montfort, foi?"

"Dificilmente." Ela não conseguia falar daquela vez com Montfort, depois de Lucien. O que Lucien já sabia já era vergonhoso o suficiente, mas o que ele não sabia...

"Você não tinha ideia de por que ele estava atrás de mim?" perguntou Lucien.

"Ainda não sei", ela disse. "Agora é a sua vez. Por que você?"

LUCIEN ENTENDEU A REVIRAVOLTA. A balança da informação havia se desequilibrado.

E ele devia a Eva uma resposta da verdade.

"Eu era um jovem idealista", ele começou.

"Parece que me lembro de uma pessoa assim." Suas palavras eram leves, mas seu olhar permanecia totalmente sério.

"Pelo menos, era assim que eu me via. Na verdade, eu estava equivocado, portanto, facilmente enganado e manipulado." Ele bufou. "E eu não estava nada satisfeito com a direção política da França. Não apenas a monarquia havia sido restaurada, mas as conversas começaram a pender para reparações aos nobres pelas rendas perdidas durante a Revolução."

"Algo de que sua família certamente teria se beneficiado", apontou Eva.

"Como as famílias aristocráticas não perderam suas terras durante a Revolução, e minha família conseguiu não perder a cabeça, nós sobrevivemos melhor do que muitos. A obra da vida do meu pai foi restaurá-las e transformar os vinhedos em um negócio que beneficiasse nossa família."

"*Negócios*. Uma palavra vulgar para a maioria dos aristocratas."

"Papai entendia o futuro da França, e ele não dependia da monarquia."

"Seu pai parece ter sido um homem inteligente."

"Ele era." Sem a permissão dele, um pensamento lhe ocorreu. Papai teria gostado de Eva. Seu talento. Sua paixão. Ele não podia continuar com essa linha de pensamento. "Mas naquela época eu não via as coisas com a perspectiva dele. Eu me apeguei à ideia de que precisava me envolver na política para ser útil à França. Eu ainda não entendia o quanto o plano de papai era mais benéfico para transformar a França em um país moderno até que fosse quase tarde demais."

"Presumo que você conheceu Montfort em Paris." Eva não tinha falta de intuição.

"As ideias de Montfort sobre construção nacional e estabilidade eram sedutoras. Ele via a França caminhando para outra revolução se continuasse seu curso. Concordei plenamente com ele. Então, ele me contou uma maneira de evitar tal desfecho. Lucien hesitou. Ele só havia contado ao pai a parte seguinte. Luís XVI estava morrendo, e em breve o Conde d'Artois se tornaria o Rei Carlos X. O Conde falava em alto e bom som sobre restaurar a aristocracia francesa à sua antiga glória, sem pensar no povo francês, como se isso pudesse ser alcançado com um estalar de dedos."

"Essa ainda é a crença dele, não?"

"É, mas antes de ele ser rei, houve um período em que seria possível se livrar dele."

"O que você quer dizer?"

Lucien respirou fundo. Queria desviar o olhar inquisitivo de Eva. Mas isso só adicionaria covardia à sua vergonha. "Assassinato."

Sua sobrancelha se ergueu, mas não pareceu surpresa. "Montfort planejava assassinar o futuro rei da França." Ela pronunciou as palavras como se as confirmasse para si mesma.

"Ele me trouxe para o seu círculo íntimo e se aproveitou do meu senso de dever e idealismo."

A compreensão iluminou o rosto de Eva. "Você ia assassinar o futuro rei da França?"

"Não exatamente *eu*, mas eu era um nobre e poderia garantir o acesso. Exceto..."

"Exceto?"

"Montfort calculou mal e decidiu fazer do marido de sua sobrinha, o *extraordinário* mestre espião Lorde Nicholas Asquith, um inimigo."

Eva balançou a cabeça lentamente, com conhecimento de causa. "Ninguém gostaria daquele homem como inimigo."

"Asquith certamente era o alvo errado. O que se seguiu me fez ficar contra Montfort."

Os olhos de Eva se arregalaram. Ele realmente a chocou. "Você traiu Montfort."

"Asquith e sua esposa, Lady Mariana, me ajudaram a ver que a violência não era a resposta para o problema. O jeito do meu pai — usar suas terras para construir um negócio que beneficiaria não apenas nossa família, mas todos os arrendatários vizinhos — era a resposta para trazer prosperidade à França."

Eva deixou isso se acalmar antes de perguntar: "Mas por que você veio para Londres depois de tudo isso? A Inglaterra é o território de Montfort."

"Eu sabia que ele se vingaria e mal podia esperar que ele atacasse. Pensei que ele e eu poderíamos formar uma détente [2]."

"Em vez disso, ele me usou para chegar a você." Seus olhos luminosos tinham uma qualidade despojada e crua. "Mas... nós não usamos um ao outro."

As palavras pairaram entre eles, carregadas de uma verdade

---

2. O termo "détente" refere-se a uma melhora no relacionamento entre dois ou mais países que se mostraram hostis no passado. Significa um relaxamento das tensões e um movimento em direção a relações mais amigáveis.

que não tinham sido capazes de ver até agora, substituindo o outro peso que vinham carregando nos últimos quatro anos. Quão pesado era o peso das mentiras.

"Éramos jovens", ele disse.

Ela assentiu contemplativa. "E ingênuos."

"Muito envolvidos um com o outro para considerar as consequências de nossas ações."

Eva balançou a cabeça e, como uma cortina sendo fechada para a noite, se fechou para ele. "Você quer dizer as consequências do nosso desejo."

Mesmo enquanto as palavras saíam de seus lábios, ela parecia insegura de sua veracidade.

"Foi só isso que aconteceu ontem à noite?" Ele teve que perguntar.

Ela desviou o olhar. Da posição defensiva de seu corpo, eles não estariam discutindo sobre a noite passada. "Todos os nossos caminhos nos levam de volta a Montfort, não é?"

Lucien esperou. Contou até dez, duas vezes. Ela o olharia novamente antes que ele respondesse. "Só se deixarmos."

Ela riu desdenhosamente, incrédula. "Se ao menos isso fosse verdade. Não é para lá que nosso caminho está nos levando hoje?"

Lucien se lançou para frente, com os cotovelos apoiados nos joelhos, de repente ocupando três quartos do espaço na carruagem. Ela não se esconderia dele. "Se Montfort está de posse do único registro do nosso casamento, então precisamos obtê-lo dele. Não há outro caminho."

Eva já havia aceitado isso, ele percebeu. O que não era a mesma coisa que gostar — ele também percebeu. Mas eles não podiam passar a vida inteira vivendo sob a lâmina desse conhecimento específico.

Com um acordo implícito, cada um se acomodou nos assentos do seu lado da carruagem. Eva se virou para a janela e observou o pântano passar. Suas piscadas ficaram mais longas e menos frequentes, e eventualmente elas desistiram da luta e se fecharam de vez. Foi quando ela emitiu um ronco suave que só poderia ser descrito como fofo, que ele soube que ela estava realmente dormindo.

Cílios espessos em crescentes escuros sobre maçãs do rosto salientes. Pele quente e oliva. Cabelo escuro preso em um coque frouxo, com algumas mechas rebeldes escapando. O elegante comprimento de seu pescoço, que conduzia o olhar para baixo, para baixo...

Ele se deteve ali.

Aquela direção só levava aos seios dela, e ele não conseguia pensar nos seios dela, em sua perfeição plena e madura, e na sensação que sentira em suas mãos na noite anterior, na forma como transbordavam...

Não.

Ele não podia pensar nos seios dela.

Ele tirou um jornal de quatro dias da mala de viagem e o abriu. Um editorial de página inteira sobre o recente duelo entre o Duque de Wellington e o Conde de Winchilsea sobre a questão da emancipação católica — Wellington era um defensor ferrenho — deveria fazer o trabalho de afastar a visão persistente dos seios de Eva de sua mente, ou pelo menos — o que na verdade parecia mais provável — colocar uma barreira física entre seu olhar e o corpo dela.

Na noite anterior, ela sugerira que ele havia se tornado um canalha.

Ele se irritara com a própria ideia.

Mas talvez agora ele tivesse que admitir que ela talvez não estivesse muito longe da verdade.

15

E va se assustou.

O que era aquilo —

Lá estava de novo.

Um som agudo, ofegante e sibilante.

Relutantemente, ela abriu os olhos — há quanto tempo ela estava dormindo? Algumas horas, se a rigidez no pescoço fosse um indicador — e localizou a fonte — o ar entrando pela vidraça onde ela estivera apoiando a testa.

Lá fora, o vento começara a soprar forte pelos pântanos, as poucas árvores e arbustos à beira da estrada balançando erraticamente de um lado para o outro. Ela estendeu a mão para pegar o cobertor da carruagem, a temperatura havia caído vertiginosamente.

À sua frente, o olhar de Lucien estava fixo na janela. "Você ronca", ele disse sem olhar para ela. Antes que ela pudesse protestar, ele continuou: "O céu está escurecendo."

O azul ensolarado havia se tornado cinza e intenso. Um céu ameaçador agora pairava sobre eles. Ela supôs que sua queixa com o ronco poderia esperar até mais tarde. "Já é meio-dia?"

"Um pouco mais de meio-dia." Cedo demais para escurecer,

ele não precisava dizer. "O tempo está mudando. O cocheiro pode conseguir chegar mais rápido até a próxima estalagem."

Eva assentiu, cética. Suas dúvidas foram confirmadas quando os viu — flocos de neve gordos e preguiçosos, flutuando indiferentemente do céu. Um pouco de neve não deveria ser um problema. Ela pegou sua mala de viagem e tirou *La Belle Assemblée* [1] de suas profundezas, o que deveria manter sua mente ocupada até chegarem à próxima estalagem. É claro que não eram as últimas modas, pois só podiam ser encontradas em Paris ou em sua loja. Mas era vital para a inteligente mulher de negócios se manter a par dos estilos que chamavam a atenção das damas inglesas que atendia.

O olhar de Lucien, no entanto, permaneceu fixo no exterior como um falcão. O homem não tinha intenção de seguir seu exemplo, para grande aborrecimento dela.

Depois de dez minutos intermináveis, ela decidiu dizer algo. "Você sabe que não pode mudar as nossas circunstâncias desse jeito."

Ele lançou-lhe um olhar irritado. "Você não sente?"

Um tom de certeza absoluta soou em sua voz, causando arrepios em sua pele. Ela podia estar ficando alarmada. "Sentir o quê?"

Desta vez, ele não a olhou fixamente. "A carruagem está ganhando velocidade."

Ela abriu a boca para rebater a paranoia dele, mas agora que ele tocara no assunto, sim, a carruagem parecia estar aumentando a velocidade. Ela pressionou o rosto contra a janela, na esperança

---

1. Quando foi publicada pela primeira vez em fevereiro de 1806, La Belle Assemblée afirmava ser "uma obra inteiramente original e muito interessante, dirigida às damas". No entanto, a nova revista entrou em um mercado já bem estabelecido. Periódicos voltados especialmente para mulheres existiam desde o final do século XVII, mas a nova revista, no entanto, tinha uma exuberância distinta em sua elegante combinação de literatura refinada e relatos ilustrados do mundo da moda.

de detectar o menor sinal de civilização do outro lado do pântano, que rapidamente começava a parecer bastante desolado sob a mortalha de uma brancura indistinta que havia descido quase completamente.

A carruagem deu um solavanco brusco, derrubando Eva de lado. Ela se endireitou e segurou a tira de couro pendurada no teto. Bem a tempo, também, quando a carruagem fez uma curva fechada para a esquerda, antes que a traseira desse uma rápida volta. Com a mão livre, ela tentou arrumar o cabelo que estava desalinhado. "Isso foi", ela começou a falar procurando a palavra correta, uma que não expressasse o medo que agora lhe percorria o estômago. "Inesperado."

"A estrada está ficando escorregadia por causa da neve", disse Lucien, inabalável. Ele tinha a aparência de um homem à beira de uma resolução.

Ela decidiu em um instante que não gostava nem um pouco daquela expressão.

Lá fora, a neve havia passado de rajadas esporádicas para grossos tufos de algodão caindo do céu. Eva semicerrou os olhos, mas não conseguia mais distinguir o horizonte. Eles estavam envoltos em um branco impenetrável. Se alguma dúvida otimista persistia, foi instantaneamente dissipada. Ela e Lucien estavam presos no auge de uma nevasca.

E ainda assim, a carruagem e os quatro cavalos disparavam pela Grande Estrada do Norte como se as chamas do Inferno estivessem beliscando suas rodas.

Lucien deu três pancadas firmes no teto. "Diminua a velocidade da carruagem", gritou ele.

Ambos olharam para cima, preparados, esperando. Nenhuma resposta.

Mais uma vez, a carruagem começou a desviar de maneira errática, fazendo uma curva acentuada à esquerda, seguida por uma correção exagerada à direita, lançando Eva e Lucien caprichosamente contra seus respectivos bancos. Em certo momento, parecia que a carruagem se levantava sobre duas rodas.

"Você se machucou?" gritou Lucien.

Eva balançou a cabeça rapidamente, incerta de que fosse verdade. "Deve haver algo errado com o cocheiro."

Como se para provar o quanto estava certa, a carruagem fez uma curva mais ampla para a direita. Eva prendeu a respiração e o tempo pareceu parar antes que as rodas caíssem em terreno irregular. A carruagem havia saído completamente da estrada. Mas ainda assim, não desacelerou nem parou enquanto eles começaram a se espalhar por um campo branco absoluto. Eles não teriam apenas sorte de ter suas vidas no final daquele dia, mas também todos os seus dentes.

Lucien estendeu a mão para a maçaneta e, antes que Eva percebesse o que ele estava fazendo, escancarou a porta. O ar gélido soprava para dentro, trazendo consigo enormes pedaços de neve que grudavam em todas as superfícies internas, incluindo a capa de lã carmesim de Eva. *Qué mierda.*

Lucien agarrou a alça de mão e enfiou metade do corpo pela porta aberta, com o rosto virado para cima. Instintivamente, Eva agarrou seu casaco.

"O cocheiro está caído", gritou por cima do ombro. "Os cavalos estão com as cabeças tortas."

Uma onda de pânico percorreu Eva. Suas mãos apertaram as abas do casaco dele. "Você não está pensando em..."

"Precisamos controlá-los", ele continuou gritando, "antes que um quebre uma perna ou eles nos joguem em um pântano."

"Deve haver outro jeito", ela protestou, mesmo quando a carruagem entrou em um buraco profundo que tirou todo o ar de seus pulmões quando ela bateu nos assentos.

Lucien se afastou, e o aperto dela se tornou mais forte. Ele encontrou o olhar dela por cima do ombro. "Solte, Eva."

Ela balançou a cabeça. Era horrível demais. Ela não conseguia.

"Vai dar tudo certo."

No olhar dele, ela viu uma determinação sólida. Ele não falharia. Ele acreditava nisso com absoluta certeza, e de alguma forma, ela também.

Ela soltou, e ele não hesitou. No instante seguinte, o corpo dele todo estava completamente fora da carruagem, se segurando com todas as forças. Eva enfrentou a abertura da porta, com uma das mãos estendida atrás dele enquanto ele seguia seu caminho deliberado em direção à frente da carruagem, um contraste estável e seguro com o caos que girava ao seu redor. Ela não tinha certeza do que sua mão frágil poderia fazer se ela perdesse um apoio ou se seus dedos perdessem o controle, mas algo, ela podia *fazer algo*. Se tudo desse terrivelmente errado, ela não o deixaria, não sem lutar.

Ele não foi para o assento do cocheiro. As rédeas não estavam lá. Elas estavam no chão abaixo dos trilhos, ao lado dos cascos dos cavalos. Ele só ganharia controle gerenciando os cavalos diretamente. Ele deslizou para frente da carruagem, e ela o perdeu de vista. Com o coração disparado na garganta, ela gritou: "Lucien!". Ela não suportava não vê-lo.

Com os nós dos dedos brilhando brancos de onde ela segurava o batente da porta, ela fechou os olhos e começou a contar em silêncio. *Um... dois... três...* Ela estava quase chegando a trinta, seus nervos tentando com todas as suas forças escapar quando — felizmente... finalmente — a carruagem começou a diminuir a velocidade. Ela passou por mais alguns buracos profundos antes de tremer e parar bruscamente em terreno irregular. Eva se preparou ainda mais para evitar ser jogada para fora.

No instante seguinte, ela pulou no chão. Com as pernas como gelatina sob o corpo, cambaleou ao encontrar Lucien. Ele estava escorregando de um dos cavalos. Ele mal lhe lançou um olhar antes de subir no assento do cocheiro. Por um milagre certamente vindo do céu, o cocheiro permaneceu em seu assento, seu corpo imóvel curvado. Lucien enfiou a mão no casaco do homem e apalpou seu pescoço.

Eva esperou, prendendo a respiração. "Ele está vivo?"

Três batidas de tempo se passaram a galope. "Parece que sim", disse Lucien. "Precisamos colocá-lo dentro da carruagem, ou ele vai congelar até a morte. Fique no meu lugar aqui em cima." Ele pulou para o chão e ficou atrás dela. "Pronta?"

As mãos dela agarraram o assento acima. *"Sí."*

Assim que ela se levantou de um salto, as mãos dele encontraram seu traseiro e a impulsionou. Uma pequena parte dela gritou de indignação. Mas agora não era hora para frescura. A vida de um homem estava em jogo.

Lucien estendeu os braços. "Agora, *empurre*."

Eva avaliou o cocheiro inerte. Ele não era tão grande assim. Ela colocou as palmas das mãos em seu ombro e empurrou, mas um homem inconsciente, independentemente do tamanho, era mais pesado do que se poderia imaginar. Ela empurrou o ombro contra o flanco dele e deu um puxão forte. Ele se moveu cerca de dois centímetros. Ela empurrou de novo, depois de novo, até que o homem tombou e a gravidade o levou.

"Cuidado", ela gritou. Mas seu aviso chegou um segundo tarde demais. Ela espiou pela beirada e encontrou Lucien se mexendo sob o corpo imóvel do cocheiro. "Não serei o único a contar hematomas no fim do dia."

Ele resmungou sem humor.

Ela desceu e seguiu Lucien enquanto ele enfiava um braço sob cada axila do cocheiro e o arrastava pelo chão cada vez mais escorregadio em direção à porta da carruagem, que Eva se apressou em abrir. Com muitos puxões e empurrões, eles finalmente conseguiram enfiar o homem dentro da carruagem, batendo a porta atrás deles.

Com as gargantas ardendo por causa do ar gelado, os peitos arfando por um esforço quase hercúleo, Eva e Lucien desabaram em um assento, seus traseiros batendo nos assentos com um baque. Eles se encararam através do cocheiro imóvel.

"As pessoas tendem a se encontrar em perigo mortal quando estamos por perto", disse Lucien, seco como poeira.

Uma risada repentina escapou de Eva. Aliviado foi aquele riso, muito necessário após o sofrimento que eles tinham passado nos últimos quinze minutos. Como a vida de alguém podia mudar em quinze minutos curtos e caóticos. Um meio sorriso se formou nos lábios de Lucien, depois desapareceu quando seu olhar se fixou no homem entre eles.

"O que você acha que há de errado com ele?" perguntou Eva. "Bebida?"

Lucien balançou a cabeça, incerto. "Não sinto cheiro de bebida nele."

Nem Eva. "Talvez ele tenha tido um ataque?" arriscou. "Aconteceu isso com um homem na corte espanhola."

Lucien cruzou o olhar com ela. Eva encontrou a decisão ali. Um pressentimento a percorreu.

"Preciso ir a pé buscar ajuda", ele disse.

Lá fora, a nevasca continuava. Lucien teria sorte se visse a mão à sua frente lá fora, quanto mais se atrapalhasse para chegar à civilização.

Eva estava prestes a dizer isso quando um som estranho emergiu em meio ao uivo do vento e da neve.

Lucien ficou imóvel. "Você ouviu isso?"

Ela assentiu lentamente, seus ouvidos se esforçando para ouvir mais. De repente, duas mãos apareceram na janela, seguidas pelo rosto de um homem, olhos arregalados e selvagens. Eva deu um pulo para trás com um "Uhh!" assustado e Lucien se lançou para frente com um *"Sacrebleu!".*

O grito de resposta do estranho foi abafado, mas não o suficiente para que não conseguissem distinguir a palavra socorro. Lucien escancarou a porta. O homem, claramente um fazendeiro, a julgar pelo gorro de lã e pelo estilo de roupa simples, não hesitou em se jogar para dentro. Com quatro adultos, dois deles homens corpulentos, a situação se tornara bastante apertada.

"Jim Bulmer aqui. Que sorte a sua", disse o fazendeiro, como se continuasse uma conversa já iniciada. "Tinha três ovelhas desaparecidas e vim buscá-las. Aí ouvi toda essa confusão, e aqui estão vocês." Ele examinou todos de cima a baixo, sem parecer muito impressionado com o que encontrou. Apontou com o polegar para o cocheiro, que começara a soltar pequenos gemidos. "Ele vai precisar entrar em casa rapidinho."

"Sua casa é perto?"

Bulmer fez um gesto brusco com a cabeça. "Não mais que trezentos metros naquela direção."

O olhar de Eva se voltou para Lucien, que tinha o mesmo pensamento. Tão perto? Uma risada histérica quis brotar de sua boca.

"Os cavalos precisam ser cuidados primeiro." Bulmer deu outro olhar para Lucien, de cima a baixo. "Está pronto?"

"Como sempre", disse Lucien, saindo da carruagem atrás de Bulmer. O vento e a neve chicoteavam seus cabelos, alguns fios rebeldes grudando nas maçãs do rosto salientes, ele lançou um olhar para Eva por cima do ombro, com um olhar interrogativo. Ela assentiu com a cabeça, demonstrando uma segurança que não sentia, e ele fechou a porta.

A sós com o cocheiro, Eva colocou um cobertor sobre seu corpo imóvel e o outro sob sua cabeça. Um longo gemido escapou do homem quando ele levou as mãos à testa. Eva se inclinou sobre ele e suavizou a voz, acalmando-o, como se faz com uma criança doente. "Você está ferido, meu amigo?"

Os olhos do homem se estreitaram ainda mais. "É a luz. Muito forte."

Eva desenrolou o cachecol do pescoço e o colocou delicadamente sobre os olhos dele. "Melhorou?"

"Sim", ele disse com alívio na voz.

"Isso acontece com frequência?"

"É, tem acontecido desde que eu era pequeno, mas nunca quando eu estava dirigindo."

Como ela havia pensado. "E seu nome?"

"Me chamo Pete. Acho que estamos nos tratando pelo primeiro nome."

"Eva. Descanse agora, Pete, e estaremos em uma casa quentinha antes que você perceba."

Ela cobriu a mão dele com a sua, tranquilizando-o, e permitiu que o silêncio prevalecesse. Que vinte e quatro horas ela tivera. Lucien também. A vida nunca era monótona com ele. Isso era um fato.

E o dia ainda não tinha acabado.

A porta se abriu com uma rajada de ar gelado, e a mão de Lucien entrou. "Eva, está na hora."

Ela agarrou os dedos longos e masculinos que havia jurado nunca mais tocar depois da noite anterior — ela realmente precisava se livrar do hábito de fazer promessas em relação a esse homem — e permitiu que ele a ajudasse a descer no terreno irregular que agora estava coberto de neve recém-caída até os tornozelos. Ela puxou a gola da capa até as orelhas e observou Lucien e Bulmer arrancarem Pete da carruagem. Com um homem sob cada ombro, eles começaram a andar, Eva os seguindo.

Não demorou muito para que um brilho alaranjado aparecesse à distância, acompanhado do cheiro de fumaça de madeira. O aroma de um lar. Bulmer gritou: "Liza!" Um abafado "Sim!" os alcançou através da densa nevasca.

"Somos quatro, e um ferido", continuou o fazendeiro. "Coloque a chaleira no fogo."

"Sim!"

Oh, bênçãos sobre a querida Liza. As pontas dos dedos congelados de Eva não conseguiam envolver uma xícara de chá fumegante com rapidez suficiente.

Nem um minuto depois, um bando de corpinhos saiu voando da porta com pés rápidos e pequenos, correndo em sua direção, gritando de alegria infantil enquanto conduziam os adultos em direção à casa da fazenda. Não era todo dia que estranhos misteriosos apareciam no meio de uma nevasca de primavera. Poucos minutos depois, todos se espremiam dentro da casa bem cuidada, cujo interior era tão quente e acolhedor quanto o exterior era frio e ameaçador.

Eva ficou com os homens enquanto eles levavam Pete em direção ao calor da lareira. Ela chamou a atenção de Liza por meio da alegre cacofonia de crianças — na última contagem eram quatro delas — falando animadamente sobre as atividades dos mais velhos. "Podemos levar a cadeira confortável para mais perto da lareira? Nosso cocheiro teve um ataque."

Liza, uma mulher rígida, assentiu com firmeza e indicou a única poltrona do cômodo. Com almofadas puídas e profundamente rebaixadas, aquela poltrona seria a favorita do dono da casa. Juntas, as mulheres empurraram-no para o lugar certo e os homens acomodaram o Pete. Liza o cobriu com um cobertor, enquanto Eva segurou a mão do cocheiro. "Pete?"

"Sim?" ele disse lutando para abrir os olhos.

"Você está confortável? Precisa de mais alguma coisa?"

"Isso basta." Ele apertou a mão dela de leve. "Muito obrigado."

Eva se endireitou e encontrou o olhar de Lucien do outro lado do cômodo. Ele a estivera observando. Seu sangue acelerou.

O homem já a afetara tanto.

Frustrantemente.

"Ainda preciso pegar as ovelhas antes de escurecer", disse Bulmer, dirigindo-se à porta. "Preciso levar os cavalos para o estábulo também."

"Vou ajudar." Os pés de Lucien já estavam se movendo.

Bulmer bufou. "Com suas roupas elegantes?"

Lucien deu de ombros. "São apenas roupas."

Eva podia ver que Lucien tinha acabado de ganhar algum prestígio aos olhos de Jim Bulmer.

Com isso, os homens correram pela porta, o carvalho maciço fechando-se rapidamente contra os elementos atrás deles.

Sozinha com Liza e as crianças — que agora pareciam ser

cinco — Eva respirou fundo e se recompôs. Embora não fosse grande, a sala estava dividida em duas partes: de um lado a lareira e a poltrona serviam de área de estar, enquanto do outro lado havia uma longa mesa retangular de carvalho e dez cadeiras. A mesa tinha várias funções na vida de seus donos, desde as refeições até as aulas escolares das crianças. No geral, a casa da fazenda era simples e limpa, e também aconchegante e convidativa, lar de uma família feliz e animada.

Com Pete dormindo, Eva se aventurou perto da longa mesa onde Liza e as crianças estavam reunidas. Uma grande faixa de tecido verde estava espalhada sobre a superfície, esperando para ser cortada.

"O que é isso?" ela perguntou. Não conseguiu resistir.

Liza soltou um suspiro que revelava uma dose considerável de exasperação e cansaço. "Fantasias para o festival do Dia de São Jorge da nossa aldeia. As crianças têm papéis no desfile."

"Ah." Isso explicaria a cor do tecido e o que parecia ser o início de uma cauda de dragão. "Gostaria de outra mão para ajudar?"

Os dedos de Eva estavam, de fato, ansiosos para fazê-lo. Como não tinha ideia de quanto tempo Lucien ficaria fora, ou, na verdade, de quanto tempo eles seriam convidados improvisados, ela poderia muito bem se fazer útil. Qualquer coisa para consertar o mundo que havia virado decididamente de cabeça para baixo desde que ela vira Lucien no vinhedo do Château La Perle. Com uma menina de cerca de cinco anos ao seu lado esquerdo e outra de sete à sua direita, dois pares de grandes olhos azuis olhando para ela, Eva pegou a agulha e começou a costurar.

A mais nova das irmãs foi a primeira a falar. "Você fala diferente."

"Bethie", alertou a mãe, mas Eva percebeu a mesma curiosidade no olhar de Liza.

Não era todo dia que recebiam uma mulher com sotaque estrangeiro. "Eu venho da Espanha. Você já ouviu falar desse lugar?"

A menina balançou a cabeça, mas um menino de uns dez anos gritou do outro lado da mesa: "Do outro lado do mar, não é?"

"*Sí*", disse Eva. Com olhares vazios ao seu redor, ela continuou: "Isso é *sim* em espanhol, o idioma que falamos."

"*Sí*", repetiram todas as crianças, exceto a mais nova, um bebê engatinhando atrás da mãe, com uma das mãos agarrando a saia dela e o polegar da outra enfiado na boca.

"E agora você pode se gabar para as suas amigas de que sabe outro idioma."

Sí provou ser uma fonte de alegria sem fim, pois era gritado e berrado com o zelo de uma juventude superexcitada. As crianças eram barulhentas e provavelmente exigiam muito da mãe, mas Eva não conseguiu conter um sorrisinho enquanto se acomodava na costura, os dedos deslizando a agulha pelo tecido naquela repetição familiar que a acalmava e energizava. Ela adorava o início da construção de uma peça tanto quanto o produto final. Em menos de uma hora, ela já tinha o traje, junto com outros dois, bem adiantados.

Liza irradiava alegria enquanto as crianças vestiam as fantasias e começavam a desfilar pela sala, ensaiando suas falas, tomando cuidado para não perturbar Pete cochilando diante da lareira. Como era bom estar no seio de uma família feliz. O coração de Eva sentiu uma pontada, aquela típica da maternidade. Ela sentia falta de Ariel.

Ao observar aquela família feliz, não pôde deixar de comparar a sua. Eles eram felizes, à sua maneira, mas era um tipo diferente de família — ela, o pai, Isabel e Ariel, mas também Tilly, Nell e a Srta. Latham. E Percy também. E, por extensão, o pai e a madrasta de Percy, o Duque e a Duquesa de Arundel. Uma família criada por sangue, casamento e necessidade. Mas amor também.

Eles criaram uma família amorosa, ainda que não típica.

Que Ariel jamais conheceria o pai, bem, ela não podia duvidar de sua decisão. O pai dele não queria nada com ele.

Mas como você pode saber? Perguntou uma pequena uma voz.

Ela simplesmente sabia.

Ele não queria nada mais do que continuar com a vida adequada e perfeita que estava construindo na França.

Sem ela.

Ele já tinha dito isso.

E ontem à noite?

Um erro.

Ambos sabiam disso.

Não aconteceria de novo.

Incapaz de tolerar mãos ociosas, o que só levava a uma mente hiperativa que levava à dúvida, Eva voltou seu olhar de costureira para Liza. "E o que você vai vestir para o Dia de São Jorge?"

"Minha roupa de domingo, é claro." O tom da mulher tinha um toque defensivo.

Eva não seria tão facilmente dissuadida. "Posso vê-la?" Ainda assim, a hesitação pairava sobre a mulher. "Sou costureira em Londres."

As sobrancelhas de Liza se ergueram. Ela pegou o vestido. Eva virou o vestido de lã marrom-claro, de um lado para o outro, examinando-o de diferentes ângulos. Era simples tanto no estilo quanto no tecido. Mas Eva não insultaria Liza apontando esses fatos.

"Achei que você fosse uma dama quando a vi pela primeira vez", disse Liza, com um tom conciliador na voz. "Sua capa é a coisa mais bonita que já vi."

O manto de lã vermelho de Eva era certamente uma beleza. "Eu não sou uma dama. Nem de longe."

Um pensamento a atingiu... Seria verdade?

Afinal, ela era casada com Lucien. E Lucien era um lorde na França. Um marquês. O que a tornava uma dama... de certa forma.

Era simplesmente extraordinário demais.

Inibida, Liza cutucou o vestido que usava. "Qualquer vestido meu não seria nada para você."

Eva examinou o vestido do dia do festival mais de perto, cuidadosamente, seu olhar experiente encontrando falhas, mas também excelência. "O bordado é muito bom."

A boca firme de Liza se contraiu até encontrar um sorriso — um sorriso tímido, um sorriso orgulhoso. "Minha mãe fez há doze anos, quando me casei com Jim. Cinco pequeninos depois, e ainda serve. Mas eu me pergunto..." Um leve rubor coloriu suas bochechas. "Você poderia ter alguns truques do seu ofício para dar um toque especial?"

Era exatamente isso que Eva esperava que a mulher perguntasse. "Eu tenho."

Eva começou a trabalhar, determinada a transformar aquele vestido perfeitamente funcional e bem-feito em um vestido bonito. Era o mínimo que ela podia fazer para retribuir a hospitalidade discreta e acolhedora de Liza.

Ela delicadamente pegou um pedaço de enfeite carmesim de sua própria capa e costurou no formato de uma rosa vermelha, que então prendeu perto do ombro esquerdo em uma homenagem ao Dia de São Jorge. Então, seu foco se concentrou no decote, que ela abaixou. Não tão baixo a ponto de causar um escândalo na vila, mas profundo o suficiente para sugerir as curvas femininas por baixo. O processo de fazer uma mulher se sentir bonita e protegida para enfrentar o mundo nunca deixou de despertar emoção dentro dela.

Uma vez terminado, ela o entregou a Liza, que retornou cinco minutos depois com orgulho nos olhos, uma mulher embelezada não pela roupa que usava, mas por como a roupa a fazia se sentir. A tranquila e recatada Liza até começou a dançar, algo que Eva não tinha dúvidas de que a mulher não fizera em todos os doze anos de casamento.

"Você pode ser uma rosa de São Jorge ganhando vida", exclamou Liza, junto com um amplo sorriso.

Eva costurava para um momento como este.

De repente, a porta se abriu com um ruído agudo e, junto com um turbilhão de vento e flocos de neve, entraram Lucien e Bulmer, parecendo meio congelados, mas também revigorados pelo trabalho.

"Você encontrou as ovelhas?" perguntou Liza, a saia ainda balançando em seus tornozelos devido à dança.

Bulmer começou a tirar as luvas. "Sim." Ele olhou para cima e parou de repente, sua segunda luva apenas pela metade. "Liza", ele gaguejou, "você está..." Ele engoliu em seco. *Bonita.*"

"Não estou bonita todos os dias, Jim Bulmer?" perguntou Liza, inocente, exceto pelo sorrisinho provocador.

"Claro, Liza, você sabe que sim, mas..." As palavras se perderam para ele.

"Você não gosta do meu vestido novo?" perguntou Liza.

Bulmer assentiu. Talvez sua boca tivesse ficado seca ao ver a esposa.

Um sorriso iluminou o rosto de Eva. Ela esperava que sim.

"Bem, não é novo", disse Liza. "Foi Eva quem o refez para mim. Agora, saia. O chá da tarde estará na mesa em quinze minutos, então você deve se arrumar se quiser sentar à mesa comigo."

Bulmer lançou um olhar acalorado para a esposa, e Eva de repente sentiu-se testemunha de uma intimidade que pertencia apenas a marido e mulher. Ela não ficaria muito surpresa em saber do nascimento do sexto bebê Bulmer em nove meses. Seu olhar se voltou para Lucien e encontrou o olhar dele, sombrio e intenso, fixo nela.

Havia mais em seus olhos também.

Um calor próprio.

Ah.

16

L ucien não conseguia tirar os olhos de Eva, o jeito como ela sorria de orgulho e alegria.

Quem era ela?

A mulher à sua frente — a mulher que parecia sentir mais prazer em refazer um vestido para a esposa de um fazendeiro do que para qualquer dama da *alta sociedade* — não era quem ele pensava que ela era ainda essa manhã.

Por quatro anos, ele acreditou que ela fosse uma criatura de Montfort.

Depois dos eventos e revelações da noite anterior e de hoje, no entanto, sua visão dela havia mudado. A mulher que ele acreditava que ela fosse era uma ficção de sua própria criação.

Aqui, nessa sala, estava uma Eva diferente — uma Eva mais verdadeira. Uma Eva que ele queria conhecer melhor.

A Eva que lhe fora prometida há quatro anos.

Ela rompeu o contato e se ocupou com Pete. Lucien mal conseguia prestar atenção à conversa de Bulmer, pois seu olhar continuava vagando em sua direção.

"Peguei essa, ovelha. Sempre fugindo para o pântano, e essas outras duas seguem para onde ela vai. Uma tremenda chatice."

Bulmer deu algumas tragadas no tabaco do cachimbo antes de acendê-lo.

Enquanto ajudava a preparar a mesa para o chá, a figura de Eva demonstrava propósito e graça, uma economia de movimentos que nunca era apressada. Era uma mulher acostumada a tomar decisões e agir de acordo com elas. Ele gostava disso nela. No entanto, ela não dominava, como poderia facilmente fazer. Ela recebia ordens da Sra. Bulmer como uma convidada humilde e agradecida.

Com a mesa preparada, a família Bulmer sentou-se em seus assentos com a facilidade da familiaridade, deixando duas cadeiras na ponta para Lucien e Eva. Ele puxou uma cadeira para ela e respirou fundo enquanto ela se sentava no assento oferecido. *Canela... calor... Eva.* Ele a reconheceria em qualquer lugar.

O chá da tarde era um evento animado à mesa dos Bulmer, com cinco crianças de personalidades variadas — um menino curioso, outro travesso; a menina mais velha, pensativa, a mais nova, prepotente; e o bebê, cujo único objetivo em sua curta vida era estar perto da *maman* — e dois pais que se esforçavam ao máximo para manter a paz. No entanto, por mais que as crianças pudessem divergir, compartilhavam um fascínio que as unia: *Eva*, cuja paciência com elas parecia infinita.

"E pão?" perguntou a menina mais nova, que se sentia bastante à vontade para assumir o comando da conversa à mesa. Ela lembrou Lucien de certa garota na Escócia. Ele teria que se lembrar de não contrariá-la.

Eva arrancou um pedaço e o ergueu para as crianças encantadas. *"Pan."*

"Pan" repetiu o menino mais velho, acumulando esse novo conhecimento, enquanto seu irmão mais novo dizia: "Minha mãe isso", arrancando algumas risadas. Toda casa tinha um palhaço.

Eva gesticulou em direção a Lucien. "O Sr. Capet fala francês. Gostaria de aprender a língua dele também?" Felizmente, ela não

se referiu a ele pelo título. Isso só deixaria os anfitriões descon-
fortáveis.

A sugestão provocou alguns dar de ombros, alguns olhares
vazios, um silêncio retumbante de quatro dos irmãos e um bocejo
do bebê. Lucien não se ofendeu nem um pouco. Ele também
ficaria completamente fascinado por Eva. Na verdade...

Ele estava.

Como ela era fácil de lidar com a prole dos Bulmer. Ela seria
uma excelente mãe algum dia.

Ele parou por aí, pois quando a imaginava como mãe, via
apenas um homem ao seu lado.

Ele mesmo.

"E queijo?" perguntou a mais tímida das irmãs.

"Queso", respondeu Eva.

"Pan e queso", disse a moça, bastante séria. "É tudo o que
preciso para ser feliz."

O riso de Eva era cheio de apreciação. "Uma garota que me
agrada."

O irmão mais novo sentou-se mais para frente. "Tenho uma
para você", ele disse lançando um olhar travesso para a irmã.

"Pergunte à vontade." Eva estava realmente gostando daquilo.

"Senhorita Mandona."

"Agora, Jack", disse Jim Bulmer, com um tom de advertência
na voz. "Cuidado com o que você fala."

Eva, no entanto, fingiu não ouvir a conversa e fez a vontade
do garoto. *"Señorita Mandona."*

O garoto bufou com superioridade, se tal coisa fosse possível.
Sua irmã não pareceu nem um pouco incomodada. Na verdade,
ela parecia pronta para dar o troco. Todos prenderam a
respiração.

"E que tal este..." Ela olhou diretamente para o irmão e disse:
"Sr. Thunderbottom. [1]"

---

1. "Sr. Thunderbottom" se refere a um personagem da série americana "Romie-0

Um silêncio atordoado foi imediatamente seguido por uma explosão de risos das crianças, até mesmo os adultos estavam com dificuldade para manter a seriedade. Liza Bulmer se levantou e começou a conduzir quatro de seus cinco filhos para longe da mesa. "Chega de chá. Vocês sabem quais são suas tarefas da noite, agora vá fazê-las." Só o bebê, de olhos arregalados e chupando o dedo, satisfeito, permaneceu com os adultos à mesa.

Jim Bulmer empurrou a cadeira para trás e acendeu o cachimbo, completamente imperturbável pela meia hora anterior. Tal comportamento das crianças certamente se repetia todas as noites. Lucien se viu invejando o homem, mesmo quando uma explosão da antiga raiva surgiu. Mas não contra Eva, como teria sido no passado. Agora, ele entendia precisamente quem era o culpado, quem lhe negara a promessa dessa vida.

"A tempestade passou e o ar já está esquentando", observou Bulmer. "Acho que conseguiremos pegar a estrada pela manhã." O fazendeiro já se oferecera para levar seus convidados inesperados à estalagem mais próxima.

Foi a Sra. Bulmer quem falou em seguida. "Há quanto tempo vocês dois estão casados?"

Pego de surpresa pela franqueza da pergunta, Lucien olhou para Eva. "Bem, eu... nós...", gaguejaram ao mesmo tempo, ambos parando sem terminar.

Que pergunta simples.

Mas difícil de responder.

Isso arrancou uma gargalhada calorosa de seus anfitriões. "Não pode ter muito tempo", disse Bulmer. "Olha para eles."

"Um casamento de bigorna, então?" Os olhos da Sra. Bulmer dançaram com uma aventura romântica.

"*Sí*", disse Eva, tentando um sorriso que passou longe dos seus olhos.

---

e Julie-8". O Sr. Thunderbottom é um dragão híbrido.

Os Bulmer não precisavam saber que o casamento de bigorna tinha acontecido quatro anos atrás.

"Posso ajudar vocês a levarem o Pete para o quarto de hóspedes?" perguntou Lucien, desesperado para mudar de assunto. Eva lançou-lhe um olhar agradecido.

As sobrancelhas da Sra. Bulmer se uniram. "Pete no quarto de hóspedes? Os Capets vão ficar com o quarto de hóspedes, com certeza, Jim."

Com grande relutância, Bulmer tirou o cachimbo da boca. "Eles vão passar a noite na velha cabana."

"A velha cabana?" perguntou a Sra. Bulmer, incrédula. "É pouco mais que uma cabana e não foi habitada nas últimas décadas."

"Vamos acender a lareira. Colocar alguns lençóis limpos, e vocês ficarão ótimos." O cachimbo de Bulmer claramente ansiava por voltar ao seu devido lugar no canto da boca.

"Podemos abrir espaço na casa, com certeza." A Sra. Bulmer não se deixou abater facilmente. Eva tinha feito uma nova amiga que queria o melhor para ela.

Bulmer deu de ombros, indiferente. "Eles estão casados há tão pouco tempo, que vão querer um lugar só para eles."

"Mas a cama é estreita demais", protestou a Sra. Bulmer.

"Nunca conheci um casal recém-casado que precisasse de mais do que isso." O olhar de Bulmer desviou-se, duas manchas escarlates manchando suas bochechas, seu significado óbvio.

Lucien interpretou isso como um sinal para ele e Eva irem embora. "Por favor, aceitem nossa mais profunda gratidão por sua generosidade e hospitalidade."

Eva se levantou. "Liza, posso ajudar a arrumar a mesa?"

A mulher dispensou a sugestão com um gesto. "Vocês mais do que merecem um descanso. Agora, vão aproveitar a sua —" Ela empalideceu, e duas manchas vermelhas mancharam suas bochechas. Elas pareciam estar se espalhando. *"Boa noite."*

Poucos minutos depois, com os lençóis nas mãos, Lucien e

Eva estavam entrando em uma noite agora cristalina e brilhante, estrelas acima, campos de neve intocada brilhando prateados sob a luz da lua.

"É mágico." O rosto de Eva suavizou-se de admiração.

Lucien teve que desviar o olhar. Começou a andar, as botas triturando a neve pegajosa. "Por aqui."

Ele ouviu os passos dela às suas costas e tentou não pensar no fato de que dormiriam no mesmo quarto... *de novo.*

Bem, ela poderia conseguir dormir.

Ele não dormiria.

Nem um piscar de olhos.

Não com ela a poucos metros de distância.

Ele levantou a tranca e empurrou à pesada porta da cabana, a borda inferior raspava contra um piso de pedra que certamente tinha mais de dois séculos. A luz cálida e âmbar se derramava na noite límpida e índigo. Ele se afastou para deixar Eva entrar e fechou a porta atrás dela. Estava com dificuldade para respirar por causa do nó que se formara em sua garganta, o sangue pulsando em suas veias.

"Está quente", ele disse, tentando parecer natural, mas acabando por soar rouco. "E limpo."

Um sorriso irônico surgiu no canto da boca de Eva. "Nenhum grão de poeira ousaria se acomodar a menos de um quilômetro de Liza Bulmer."

Ele a observou dar uma rápida olhada no quarto. Cadeira perto da lareira; pilha de lenha alta o suficiente para vê-los passar aquela noite, e mais dez; pequena mesa sob a única janela com duas cadeiras simples de encosto reto; e ali, no canto mais distante, a cama baixa e estreita. Os olhos dela se fixaram neste último móvel e se desviaram rapidamente.

"Eu posso dormir com os cavalos no estábulo", ele ofereceu, mesmo enquanto seu corpo questionava sua sanidade.

Ela balançou a cabeça lentamente, pensativa. "Isso não vai dar certo. Estamos voltando do nosso casamento na bigorna, lembra?"

"Somos loucos um pelo outro", ele disse tentando soar brincalhão, mas as palavras não saíram como esperado. Elas fluíam de sua boca agora exatamente como teriam saído quatro anos atrás — ásperas, possivelmente desesperadas, com um *toque de paixão*.

A leviandade em seu olhar desapareceu. Ela também percebeu.

A tensão pairava no ar tão espessa que uma lâmina poderia cortá-la.

"Eu —" Ela parecia não saber como prosseguir.

O equilíbrio da existência de Lucien pairava suspenso do outro lado de sua frase não dita. "Sim?"

Ela levantou as mãos cheias de lençóis. "Preciso arrumar a cama."

Ele assentiu um tanto aliviado, mas principalmente insatisfeito. "Vou buscar mais lenha para a lareira." Ambos os olhares pousaram na alta pilha de lenha ao lado da lareira. Talvez ele as empilhasse até o teto e depois até a lua. Precisava de uma ocupação que não envolvesse Eva. Transportar lenha desnecessária bastaria.

Dez minutos depois, com a respiração saindo branca por causa do frio e os braços pesados de lenha, ele hesitou do lado de fora da porta e fez uma pequena prece aos céus. *Que ela dormisse profundamente sob uma pilha de cobertores.*

Em vez disso, encontrou-a em pé ao lado da mesinha, tirando a capa. Sua boca ficou seca. Ao ver uma mulher tirando a capa, possivelmente a atividade mais mundana do mundo. *Mon dieu.*

Bem, era Eva tirando a capa, mas, na verdade, ele precisava se recompor. É *claro* que ela estava tirando a capa. Era o que as pessoas faziam em ambientes fechados. E, no entanto, ali estava ele, excitado como um cabrito, observando uma mulher — Eva — tirar a capa.

Inacreditavelmente, ele se viu perguntando: "Precisa de ajuda?"

"*No*", saiu de sua boca. "Eu consigo", ela acrescentou com calma.

Lucien, aliviado —, mas *frustrado* — assentiu e caminhou até a pilha de lenha que não diminuiria mais sob sua supervisão. O fogo ardia como um inferno, mas mais algumas toras não fariam mal. Qualquer coisa para manter seus olhos fixos em qualquer lugar, menos em Eva se despindo.

Seus ouvidos captaram uma onda de sons de dobras. Deveria ser a capa. Ele enfiou uma tora fina no centro da fogueira. Então veio um farfalhar. Seria o vestido dela caindo no chão. Ele pegou o atiçador e cravou algumas toras em uma posição melhor. Um objeto pesado caiu no chão de pedra, depois outro. As botas dela. Sua mente fez um cálculo rápido. Restavam apenas meias, combinação e espartilho. Naquele exato momento, ela estaria exatamente como a fantasia de todo homem de sangue quente.

Como estava na noite anterior.

Sacrebleu.

O que sua mente queria fazer com aquela informação.

Não apenas sua mente.

Seu pênis que se esticava contra a calça superfina também tinha ideias.

O fogo na lareira não era a única chama sendo alimentada.

Ele deixou o atiçador cair na pedra com um estrondo enquanto permanecia agachado, olhando melancolicamente para as chamas. Mais movimento atrás dele. Ele só podia esperar que ela tivesse trazido um caftan disforme para dormir. Na noite anterior, ela dormira apenas com a roupa de baixo.

Ele começou a contar regressivamente a partir de quinhentos. Isso deveria dar tempo suficiente para ela terminar os rituais noturnos e ir para a cama.

Sem ele.

Três...dois...um.

Ele se endireitou e se virou, considerando que certamente era seguro.

Ele estava errado.

Eva permanecia ao lado da mesa, com a cintura torcida, mexendo em algo nas costas.

Mas nenhum caftan disforme adornava seu corpo.

A respiração ficou presa em seus pulmões.

Vestindo apenas meias, camisa e espartilho, diante dele a fantasia se tornava realidade. Ele deveria fixar o olhar em qualquer lugar, menos na vista que ela involuntariamente oferecia, e desocupar aquele quarto. Mas, devido ao aumento de sua masculinidade, que estava causando uma concentração de suas faculdades mentais, ele permaneceu fixo no chão. Levou mais um momento para registrar que o motivo de ela estar torcida no tronco era uma luta com o espartilho.

Se eu fosse seu marido... Ele certamente a ajudaria.

Você é o marido dela.

Ela lhe lançou um sorriso tímido. Evidentemente, ela não havia notado o brilho voraz que certamente irradiava de seus olhos. "Não sei por que escolhi usar este espartilho hoje." Uma risada constrangida escapou dela. "Bem, na verdade eu sei."

Ele gostava daquela risada e do meio sorriso que a acompanhava.

"Por quê?" Sua voz havia baixado vários tons a ponto de não ser nada mais do que cascalho esmagado contra sua garganta.

De novo, aquela risada. "É simples, na verdade. Este vestido é um modelo recente meu, e eu queria desesperadamente usá-lo. Bem, não apenas usá-lo." Um balançar de cabeça autodepreciativo. "Mostrá-lo." Um dar de ombros. "Sou uma mulher vaidosa quando se trata dos meus modelos."

Por mais que Lucien estivesse gostando da explicação, ele não entendeu a lógica. "O que isso tem a ver com o espartilho?" Ele não conseguia pensar direito com as curvas dela ondulando sob aquela confecção de renda branca, barbatana e seda.

"Ah, o espartilho precisa ser usado com o vestido. É a nova moda para cintura baixa." Ela passou as mãos pela fenda para demonstrar.

Lucien começou a temer por sua masculinidade. Quanto mais seria necessário?

"Minha cintura precisa estar bem apertada para que o formato funcione."

"Como você conseguiu colocar essa manhã?" Ele não perguntaria sobre a noite passada. Ambos sabiam como ela se saíra na noite passada.

"A criada que trouxe meu chá me ajudou."

Mais uma vez, ela se contorceu.

Mais uma vez, seus dedos não encontraram apoio no nó que procuravam.

Mais uma vez, seus seios voluptuosos se amontoaram acima da peça, ameaçando transbordar se não fosse pela combinação.

E os pés de Lucien permaneceram plantados no chão. Ele não ousava se mover um centímetro.

Bem, seus pés não ousavam se mover.

Sua masculinidade definitivamente ousava.

Vários centímetros.

"E você não pensou em convidar outra pessoa para ajudá-la nessa noite?" ele perguntou, entendendo aonde a pergunta poderia levar, desejando prosseguir com todo o seu ser.

Ela assentiu sem olhar para cima.

"Você só tem a mim."

Seus dedos congelaram e ela ficou imóvel como pedra. Ela ouvira o tom não resolvido em sua voz.

Fome.

Ela olhou para cima, e o conhecimento — conhecimento elementar alojado profundamente em cada homem e mulher desde o Éden — brilhou para ele. "Parece que sim", emergiu de lábios macios e cor de ameixa.

"Se eu fosse seu marido", ele se viu dizendo, "eu a ajudaria —"

Ele não deveria dar um passo... Mas ele deu.

Ele não deveria continuar falando... Mas continuou.

Vários centímetros.

"—com qualquer uma de suas necessidades."

Outro passo.

Outra palavra.

"Qualquer uma."

Um trio de batimentos cardíacos passou enquanto ele esperava por sua reação. Mas seus olhos se tornaram subitamente inescrutáveis. Ela se recostou, seu olhar firme, e inclinou um quadril contra a mesa, então se empoleirou na beirada. Ela apoiou as palmas das mãos atrás do corpo. Seus seios não conseguiam evitar e se projetar para frente naquela posição.

Seria um desafio que ele detectou em seus olhos?

Suas pernas se abriram apenas alguns centímetros, mas foi o suficiente. Embora não olhasse diretamente, suspeitava que a combinação dela tivesse subido mais alto em suas coxas. Um simples olhar rápido bastaria para confirmar...

Definitivamente era um desafio em seus olhos.

A combinação dela oferecia uma amostra do que seu pênis precisava.

Ele *não* conseguia olhar para a vista que a combinação dela oferecia.

Mas ele estava olhando.

Logo além da bainha rendada...

Um leve brilho de suor pinicava sua pele.

Aqui estava uma Eva deliciosa e convidativa, parecendo querer — precisar — ser fodida.

Pensamento vulgar.

Pensamento absolutamente verdadeiro.

Seu olhar, ousado e seguro, percorreu todo o comprimento do corpo dele e parou no meio do caminho. Ele não precisou olhar para baixo para saber o que havia captado o olhar dela. O contorno de seu pênis.

Não havia como esconder.

O poder do momento era todo dela.

Como ele queria que ela o exercesse.

Ela estendeu a mão e começou a remover os grampos do cabelo, os seios se esticando acima do espartilho, os mamilos duros como caroços de cereja. Seu cabelo caiu sobre ela como uma deusa que ganhou vida. A mulher era sedutora demais para o seu próprio bem.

Não, isso não estava totalmente correto.

Para o próprio bem *dele*.

"Eva..." ele começou, o nome dela raspando em sua garganta. "Isso é prudente?"

Ele teve que oferecer um resquício de razão — *de sanidade* — por mais frágil que saísse de sua boca.

Um sorriso que só poderia ser chamado de perverso se curvou em sua boca.

"Não tenho ideia", ela disse.

17

Como esse poder preenchia Eva. O de uma mulher que mantém um homem cativo.

Como a animava... a *encorajava*.

Ela era uma libertina... uma sedutora.

Antes que aquela noite terminasse, ela faria Lucien perder aquele seu famoso autocontrole.

Ele a tocaria.

Ele faria amor com ela.

Ela não sabia o que o amanhã reservava, mas se houvesse apenas mais uma noite com aquele homem, pretendia que durasse a vida inteira.

Eu a ajudaria...

Com qualquer uma das suas necessidades...

Qualquer uma.

Seu corpo de repente não passava de um feixe derretido de necessidade, tenso e solto ao mesmo tempo. Como se estivesse fora do corpo e tão dentro dele que podia sentir o sangue quente correndo por cada veia, cada célula formigando na superfície de sua pele com essa necessidade que ansiava pela ajuda dele para ser satisfeita.

"Mas você é", disse ela. Seu aroma amadeirado e masculino a alcançou, e ela o inalou, deixando-o preenchê-la.

"Eu sou o quê?", ele sussurrou.

Oh, a intenção sombria em sua voz, em seus olhos. Ela queria se tornar uma com aquilo.

"Meu marido." Ela o manteve suspenso no espaço entre uma batida de coração e a próxima. "Então, o que está te impedindo?"

Ela abriu os joelhos mais alguns centímetros, e ele fechou a distância entre eles com um rosnado animalesco.

Suas coxas se abriram e ele se colocou entre elas, uma mão alcançando sua cintura, a outra sob seu queixo, inclinando sua cabeça para trás. Seu rosto se inclinou para baixo, e seus lábios reivindicaram os dela. Nada simples ou educado na reivindicação, mas uma exigência para que ela se abrisse para ele, suas respirações se misturando, suas línguas se entrelaçando. A urgência guiava o momento. Eles seriam um em todos os sentidos, essa urgência exigia.

Ela alcançou a barra da calça dele e fez com que os botões se soltassem das presilhas com alguns movimentos eficientes dos dedos. Conhecer bem as roupas tinha suas utilidades. A masculinidade dele — cheia, quente, *dura* — se libertou, batendo contra a coxa dela com seu peso. Desejo, cru e selvagem, a inundou.

Oh, ela queria *ele* dentro dela.

Sua boca encontrou o pescoço dele, provou seu gosto, seu almíscar, arrancando um gemido baixo e profundo dele enquanto suas mãos grandes se estendiam para segurar seu traseiro, agarrando-a, deslizando-a para frente até que sua masculinidade, espessa e pesada, deslizasse por sua fenda, aberta para ele, desejando-o.

Seus dedos deslizaram por baixo da camisa dele, sobre os músculos rijos e tensos, tensos de intenção, e deslizou sobre sua cabeça. Oh, a visão enorme e musculosa dele. A sensação dele duro sob a ponta dos dedos, sob sua boca, sua língua. Ela estava em um frenesi — um frenesi para senti-lo por inteiro de uma vez.

Ele arrancou o fino pedaço da combinação de seda que mal cobria seus seios e tomou um mamilo tenso na boca, apertando o outro entre os dedos, disparando sensações direto para o sexo dela. Ela se contorceu contra ele, pressionada contra sua vagina. Como ele ainda não estava dentro dela?

Ela gemeu por isso. Nunca havia choramingado por nada em toda a sua vida, mas se implorar fosse necessário, ela não estava acima disso. Não havia orgulho. Nenhum senso de identidade. Apenas desejo. Apenas união com este homem. Nada mais importava.

Ela entrelaçou os dedos nos cabelos sedosos e os afastou do rosto dele antes de puxá-lo para frente. Ela trouxe a boca dele para a dela. Seus lábios eram macios, mas firmes. Uma mulher poderia se perder em seu beijo e nunca encontrar a saída. Por que ela iria querer?

Os dedos dele percorreram seu corpo, arrastando-se e deslizando ao longo de sua fenda molhada. Ela gemeu em sua boca. Um dedo a penetrou, deslizando para dentro e para fora, enquanto o polegar... oh, o que o polegar dele estava fazendo? Encontrou... *oh*... encontrou o lugar que a boca dele descobrira na noite anterior, e... *oh*... os braços dela se apertaram em volta do pescoço dele enquanto os dedos... *oh*... tão talentosos a exploravam, fazendo-a gritar em seu pescoço, a antecipação do que viria crescendo dentro dela. As pernas dela se abriram mais e as costas arquearam, permitindo que ele a tivesse por inteiro.

Outro dedo deslizou para dentro dela, e ela ofegou, gemeu, choramingou — *de novo* — sem vergonha. E a risada que ecoou do peito dele foi tão deliciosamente perversa que ela choramingou novamente. Ele estava se divertindo profundamente no ato de proporcionar prazer.

Este era o homem mais virtuoso da França?

A virtude nunca estivera tão no topo de sua lista de prioridades.

Uma mão agarrando seu ombro, a outra entre eles. Ela precisava tocá-lo. As pontas dos dedos acariciavam seu membro rígido. Tão duro. Tão quente. Tão *grosso*. Era um milagre que ele coubesse dentro dela.

Mas ele cabia.

Deliciosamente.

Os dedos dela envolveram a cintura dele e o puxaram. Seu olhar se moveu rapidamente para avaliar a reação dele. Os olhos dele se fecharam e ele inspirou fundo. Ela começou a se mover ao longo dele enquanto dedos firmes acariciavam seu sexo, firmes, escorregadios, seu prazer aumentando a cada gemido que ela arrancava dele.

Os dedos dele deslizaram para fora dela — um depois o outro —, mas o polegar permaneceu pressionado contra a parte mais delicada dela. Ela soltou um gemido de protesto. "O que você está..."

Ela estava tão perto... *tão perto...*

Os quadris dele se projetaram para frente e o pênis pressionou contra a entrada do sexo dela, mesmo com a mão dela ainda o envolvendo, agora o guiando.

"Eva, se solta." Seus olhos encontraram o dela. Ele não estava falando apenas da mão dela. "*Se entregue.*"

Ela o soltou quando ele deslizou para dentro dela e se libertou. Enquanto ele a enchia, seu polegar aumentou sua pressão, esfregando com mais força, e ela inclinou os quadris para pressionar aquela polegada sublime de prazer, para pressionar o pênis dele, aqueles quinze... dezoito... *vinte* centímetros de prazer, seu sexo se contraindo, expandindo, se contraindo até... até que seu corpo se abriu, lampejos de alívio a percorreram. Ela gritou em seu pescoço, e ele murmurou incompreensivelmente enquanto se pressionava ainda mais fundo nela — como era possível? — e apertava o corpo dela contra o dele, de forma que não houvesse espaço entre eles.

Pele com pele, pegajosa, úmida, quente, eles eram um só quando os quadris dele começaram a se mover, acariciando-a para dentro e para fora, todas as sensações do corpo dela condensadas no lugar onde ele penetrava. O prazer sombrio. A doce dor. Ele era demais. Ele não era o suficiente. Ela não era nada sem ele. Nada sem o que ele estava fazendo com seu corpo. Era possível que o fio da sua mente estivesse se desfazendo, mas de que importava uma mente quando tudo o que um corpo precisava era *sentir*?

Mais profundamente, com deliberação precisa, ele empurrou, controlando o ritmo enquanto ela descia das alturas do clímax e voltava ao plano carnal, recebendo de forma impossível o prazer que ele lhe proporcionava a cada estocada.

"Lu-ci-en." Seu nome surgiu em respirações entrecortadas. *"Se entregue."*

As unhas dela cravaram-se nos ombros dele. Ela queria que ele perdesse o controle. Depois de tudo o que ele lhe dera, ele conquistara o prazer. Mais forte, mais rápido, ele a penetrou, o corpo dela não mais apenas um recipiente para receber prazer, mas também para dá-lo. Seu controle desapareceu enquanto a possuía, o suor escorrendo pela lateral do rosto, pelo peito largo, misturando-se ao dela onde os seios dela o pressionavam acima do espartilho.

Suas mãos a agarraram com mais força, sua intenção se tornando mais direta à medida que ele mergulhava nela, com movimentos suaves e contínuos. Incrivelmente, sua vagina respondeu com sua própria intenção — *de novo* — enquanto eles se entregavam à sensação, um ao outro, e subiam até o limite e caíam no esquecimento do clímax, juntos.

"Eva", ele gritou, dominado por um abandono irracional.

Ela se inclinou para trás para se apoiar, pois não passava de um emaranhado exausto de saciedade esgotada, mas ele a agarrou e a puxou para si quando a liberação começou a se dissipar lentamente e a satisfação se instalou, com o rosto dela na curva do pescoço dele, sua respiração irregular e quente contra sua pele. Uma mão deslizou preguiçosamente ao longo da coluna dela, numa carícia suave como uma pena. Um movimento sutil para trás de seus quadris e eles não eram mais um. Seu corpo protestou contra a perda que sua mente compreendia. Eles não poderiam ser um para sempre.

Então ele a ergueu, um braço sob seus ombros, o outro sob suas pernas. Oh, a sensação sólida dele enquanto a carregava para a cama baixa e estreita. Ele a deitou e se acomodou atrás dela, seus corpos se encaixando tão confortavelmente quanto duas peças de quebra-cabeça. Antes que ela percebesse o que ele estava fazendo, ele estava desfazendo e afrouxando os cadarços do espartilho.

"Esse nó tem muito a explicar", ela não pôde deixar de dizer.

"Talvez eu devesse ter deixado para lá", ele disse com leveza no tom, mas também sinceridade. Foi o peso de sua seriedade que cravou raízes no momento.

"Amanhã", ela começou, "pegaremos a página do registro."

Precisava ser dito, como um lembrete.

"Um pedaço de papel nunca foi o que nos uniu, Eva."

Aquelas eram palavras perigosas. Ela não concordaria nem discordaria delas, pois na discordância havia uma mentira, e na concordância, a verdade. Ela havia terminado com as mentiras, mas não estava disposta a encarar a verdade. Então, ela permaneceu em seus braços, em silêncio.

Finalmente, sua respiração se acalmou na cadência do sono, sua respiração um suave sussurro através de seus cabelos.

Antigamente, ela imaginara sua vida assim, com aquele homem, todas as noites. O Lucien que a acompanhava agora, confiante e saciado, falando que a substância intangível que os unia, era uma ilusão — uma fantasia. De manhã, no momento em que acordasse, a realidade entraria em cena. Ela veria a mudança acontecer em seus olhos, aos poucos, enquanto ele se lembrava do que haviam feito poucas horas antes e do que estariam fazendo poucas horas depois. Procurando Montfort. Protegendo a página do registro, não apenas para si mesma, mas para Ariel, que estaria exposto a escândalo e vergonha caso Montfort permanecesse de posse do documento.

Nunca.

Seu filho jamais conheceria a vergonha.

Amanhã, ela encararia o passado de frente e o enterraria.

Embora ela agora compreendesse melhor as motivações passadas de Lucien, e ele as dela, isso não mudava nada daquele passado. E não mudava nada do futuro que imaginavam para si. Lucien estava determinado a proteger a página desaparecida do registro e destruí-la. Eles podiam estar presos no mundo intangível, mas no tangível, não estariam.

Lucien não a queria como esposa. Ele queria um modelo aristocrático brilhante como diamante, como Lady Portia, uma mulher que ele pudesse se orgulhar de chamar de esposa.

Não uma mulher como ela — uma mulher que seria para sempre sua vergonha secreta.

E Ariel merecia mais do que ter um pai que o visse como produto dessa vergonha. Melhor que Ariel continuasse filho de um soldado morto, mesmo que fosse ficção. A ficção costumava ser melhor do que a realidade, de qualquer forma.

Amanhã marcaria o início de sua vida sem Lucien.

De novo.

Ela quase não sobreviveu da primeira vez.

Ela sobreviveria desta vez.

Ela continuaria dizendo exatamente isso a si mesma até que se tornasse verdade.

18

Por duas manhãs seguidas, ele acordara com Eva nos braços, os olhos fechados no abandono de um sono saciado, os cabelos espalhados em seu braço como uma cachoeira de seda.

Eles viajariam para Little Spruisty Folly hoje e para pegarem a página do registro, a única prova de seu casamento. Foi o *depois* que o fez acordar antes do amanhecer. O que fazer com aquele pedaço de papel nada insignificante? Jogá-lo no lixo? Rasgá-lo em pedaços e jogá-lo em um rio? Atear fogo? Tantas possibilidades.

E ainda havia outra possibilidade.

Ficar com ele.

Uma possibilidade sedutora.

Quase tão sedutora quanto à mulher adormecida em seus braços, pois agora ele entendia algo sobre ela.

Ela não era a vilã.

Ela nunca fora.

E naquela manhã, há muito tempo, quando Montfort invadiu seu quarto em Gretna Green...

Lucien nunca se permitiu pensar naquela manhã. Isso trazia à tona muitas emoções conflitantes. Mas agora ele percebia que, ao reprimir essa lembrança durante todos esses anos, havia permitido que Montfort exercesse esse poder sobre sua vida — e sobre sua visão de Eva.

Estava na hora.

Hora de examinar aquela manhã com novos olhos...

Quatro anos atrás

O sol lançava a luz sonolenta da manhã no quarto e deslizava pelo chão, subindo pela cama e pelos lençóis desgrenhados, até que, finalmente, alcançasse sua esposa adormecida.

Esposa.

Eva era sua *esposa.*

Pelo resto de seus dias, ela seria a primeira coisa que ele veria ao acordar.

Pelo resto de seus dias, ela era a mulher que ele faria feliz.

Com quem ele faria amor.

Todos os dias.

Duas vezes por dia.

Nada jamais parecera tão certo.

Finalmente, a trajetória de sua vida fazia sentido, até mesmo as tolices em Paris. Se não fosse por isso, ele não teria vindo a Londres para tentar resolver as coisas com Montfort. O fato de não ter conseguido uma conversa particular com o homem não importava agora. Agora ele tinha uma esposa, essa esposa...

Eva.

Ela era linda, interessante, animada, tudo o que ele não sabia que queria em uma esposa. A vida nunca seria monótona com ela. Ele seria esse marido para ela também. Esse era o seu voto. Não o feito diante de testemunhas ontem, mas o voto feito em seu coração.

Duas batidas leves soaram na porta. Seria a camareira. Ele e Eva estavam deitados já há algum tempo.

Não apenas deitados. Eles também estavam envolvidos em outras atividades.

Exaustivamente.

Sua masculinidade começou a inchar com o pensamento.

Não completamente.

Os olhos de Eva se abriram. Um sorriso, de alguma forma tímido e sábio, iluminou-se naquelas profundezas marrom-escuras, contorcendo-se nos lábios esmagados pelo beijo.

Lucien se inclinou para saborear aqueles lábios dos quais não se cansava quando outra batida soou na porta. Uma batida, mais firme. "Volte mais tarde", ele gritou por cima do ombro.

Outra rodada de batidas se seguiu, tornando-se mais insistentes a cada segundo. Uma pontada de preocupação invadiu Lucien. A mesma preocupação adicionando uma ruga à testa de Eva.

Algo não estava certo.

Como podia ser?

Tudo estava perfeito. Eva estava em seus braços.

Assim que ficou claro que as batidas não cessariam até que ele abrisse a porta, Lucien rolou para fora da cama — não sem antes dar mais um beijo em Eva — e ficou de pé, nu como no dia em que nascera. Um rubor escuro tingiu suas bochechas. Ele gostava daquele rubor. Ela ainda não estava acostumada com seu corpo nu.

Ela estaria.

Ele cuidaria disso.

Completamente.

Ele vestiu as calças rapidamente antes de atravessar o quarto e abrir a porta, pronto para colocar aquela criada em seu devido lugar. A repreensão morreu em sua boca no instante em que três homens corpulentos se aglomeravam na porta, com um olhar sério. Eles correram em direção a Lucien, e Eva gritou quando dois agarraram os braços de Lucien antes que ele pudesse desferir um soco, e o terceiro empurrou sua cabeça para baixo enquanto ele era forçado a se sentar em uma cadeira. Um quarto homem entrou na sala, completamente despreocupado com os rápidos trinta segundos que antecederam sua chegada.

"Montfort", disse Lucien, ao mesmo tempo em que outra pessoa dizia isso. Eva. Seu olhar se voltou para ela. "Você conhece esse homem?"

Com a boca fechada em uma linha firme e silenciosa, foi o rosto dela que a denunciou. Lucien compreendeu tudo de repente. Levou alguns instantes para assimilar completamente, porque cada fibra de seu ser rejeitava a ideia. Mas a verdade era a verdade, quer se aceitasse ou não.

Desde o momento em que pôs os olhos em Eva em Londres, ele se tornou alvo de uma intriga.

"Você se importaria de se juntar a mim no quarto ao lado?" perguntou Montfort. Ele não estava realmente perguntando.

Lucien se livrou das mãos de seus captores e se levantou, recuperando a camisa da noite anterior, descartada às pressas, em uma mesa. Ele não conseguia olhar para Eva, mesmo sentindo seus olhos arregalados sobre ele.

Nem um minuto depois, Lucien recusou a oferta de Montfort de se sentar e encarou os olhos cruéis que contradiziam o sorriso no rosto do homem. "Você não achou que eu deixaria os aconte-cimentos em Paris passarem sem consequências, não é, meu rapaz?", perguntou Montfort.

"Eu não sou seu rapaz", resmungou Lucien com os dentes cerrados.

Montfort riu baixinho. "Ah, eu acho que sim. Principalmente se você está interessado naquela carreira política que sua família tanto deseja para você na França."

"Você não sabe nada sobre a minha família."

Suas palavras eram ousadas e seguras, mas por dentro Lucien estava atordoado. Aqueles últimos seis dias tinham sido uma ilusão. Nada daquilo era real, incluindo o casamento, pois esse era o tipo de poder que Montfort exercia como um mestre espião de cinquenta anos, capaz de orquestrar tais artimanhas enquanto dormia.

Eva...

Ela também era uma ilusão.

Mas ela parecia tão real...

A promessa dela...

Negada.

Uma raiva começou a crescer dentro de Lucien, tão poderosa que ele podia uivar, e junto com essa fúria, mágoa e traição. Ele deveria estar preparado para uma traição de Montfort. Traição de Eva... Ele se apaixonara perdidamente e não esperava.

Nada daquilo era real — seus gemidos, seus suspiros, suas palavras de amor, seus votos de eternidade...

Montfort tinha o poder, a influência e os recursos para fabricar tudo.

Foi como se um punho de granito o tivesse atingido em cheio no plexo solar. Ele não tinha certeza se algum dia respiraria fundo novamente.

Montfort não tinha terminado. "Se você não quer que os deta- lhes desse negócio sórdido preencham as primeiras páginas de todos os jornais de fofocas entre Londres e Paris, preste atenção ao que eu tenho a dizer."

E Lucien entendeu. Ele havia sido vítima do mais antigo estratagema de chantagem que existe — a sedução de uma bela mulher. Ele balançou a cabeça uma vez, brusco, decidido. "Não serei coagido por você."

"O íntegro e virtuoso Lucien Capet, Conde de Villefranche, herdeiro do Marquês de Touraine, violador de virgens, daria uma bela manchete."

Isso dissipou a raiva. Eva era virgem...

Ele se sacudiu mentalmente. Algo como sangue em lençóis também podia ser falsificado. Até ele sabia disso.

"Não me importa o que o mundo pensa." Palavras tão cora- josas que saíram de sua boca.

Montfort não perdeu tempo em expô-las como a mentira que eram. "Ah? E o querido papai?"

As mãos de Lucien se fecharam em punhos, agarrando o ar vazio. Seu pai. A manhã foi de catastrófica a pior. Seu pai não saberia nada daquela manhã, de ontem, de Paris — nada disso. Seu pai tinha padrões, e Lucien não os estava cumprindo, ele viu com uma clareza repentina que só um momento de vida ou morte poderia trazer.

O sorriso de Montfort tornou-se mais afiado, como se estivesse a par dos pensamentos de Lucien. "Chegará um momento nos próximos anos em que seu povo precisará de homens como você."

"Quer dizer que *você* precisará de mim."

Não, não, não. Sua mente rejeitou cada pedacinho dos últimos cinco minutos. Não era assim que aquele dia — *sua vida* — deveria se desenrolar.

"Nossos interesses estarão alinhados, enquanto seu Rei Charles continua a desperdiçar qualquer boa vontade que um dia desfrutou entre os franceses. A revolução não acabou com a França. Vocês são um povo tão volátil, não são?"

"Você não sabe nada sobre os franceses", disparou Lucien. "Só sabe sobre seus próprios interesses."

"Os interesses dos ingleses" corrigiu Montfort.

Lucien girou nos calcanhares e caminhou em direção à porta. Ele estava acabado aqui, em mais de um sentido.

Montfort gritou às suas costas. "Lembre-se: esteja pronto, ou o querido papai vai ouvir muitas coisas sobre seu amado filho único."

Lucien correu para o quarto ao lado, decidido a desocupá-lo o mais rápido possível. Pelo canto do olho, notou a figura de Eva, ainda na cama, sob as cobertas. Antes que pudesse se conter, olhou diretamente para ela. Sua pele estava corada e seus olhos, de um vermelho lacrimejante, como se tivessem sido recentemente limpos de lágrimas.

E a expressão naqueles olhos?

Aflição... medo... *culpa*... Muito complexo para os inocentes.

A cumplicidade estava naqueles olhos.

Foi a última observação que o incomodou e o impulsionou nos dois minutos seguintes de sua vida, enquanto ele colocava seus pertences na mala de viagem.

A traição foi profunda e dolorosa. Tudo o que ele via quando olhava para ela era uma promessa negada.

E a raiva que o impulsionara pelos quatro anos seguintes de sua vida?

Aquela vida, apesar de todos os seus sucessos e recompensas, jamais se igualaria à vida que ele imaginara com ela.

Essa era a verdade.

E ali estava ela, deitada ao lado dele, não a pessoa que ele criara em sua mente todos esses anos. Ela revelara os problemas que a trouxeram, junto com sua família, para a Inglaterra, seu relacionamento com Montfort, mas havia mais...

Mais em sua história.

Mais sobre a história dela.

Mais sobre *ela*.

E refletindo sobre aquela manhã há quatro anos, ele viu mais do que medo e culpa.

Devastação.

Ela estava tão arrasada quanto ele.

Ele via isso agora.

E ela fora deixada para enfrentar as consequências sozinha.

As palavras dela na galeria em La Perle retornaram a ele.

"Ah, sim, você me abandonou completamente."

Ele agora entendia o que ela queria dizer.

Ele a *tinha* abandonado.

E de uma certeza surgiu outra: Montfort a havia tratado mal.

Ele lutou contra o impulso de dar um soco na parede quando percebeu o que faltava na história de Eva. Ela só lhe contou sobre seu relacionamento com Montfort antes de Lucien, mas havia um *depois* que ele não conhecia que oferecia uma explicação melhor para a Eva que agora estava em seus braços.

E ele queria saber. *Precisava* saber, pois...

Ele havia prejudicado Eva.

E se quisesse consertar esse erro, precisava conhecê-la.

Toda ela.

Amanhã, talvez, ele obteria algumas respostas.

19

D epois de dois dias inteiros viajando pela Inglaterra, dormindo e comendo no interior da carruagem, Eva chegou a Little Spruisty Folly e agora estava parada na porta de seu inimigo.

Suor frio lhe ardia a pele, cobrindo-a com um leve brilho enquanto os nervos pulsavam em suas veias. Nenhum deles — nem ela, nem Lucien, nem Montfort — havia saído ileso de suas relações. Agora ela precisava enfrentar as consequências de seus atos.

Ela lançou um olhar rápido para Lucien. Na estalagem onde Jim Bulmer os deixara, ele havia conseguido outro cavalo. Como resultado, eles não haviam viajado juntos na carruagem. Melhor assim. Hoje veria sua tênue união completamente dissolvida. E, uma vez que eles tinham se tornado estranhamente próximos, era necessário manter distância.

Ela o pegou lançando um olhar ao redor da propriedade. Com apreço, aos olhos dela. Ela entendeu. "Como é possível que Montfort não esteja abrigado em uma fortaleza impenetrável construída na encosta de um penhasco de 90 metros em vez de —"

"Uma pitoresca mansão inglesa?" Lucien completou por ela.

"*Sí.*"

Lucien bufou. "Essa também tinha sido minha suposição."

Aninhada na verdejante paisagem de Cotswolds, ficava essa joia de casa de campo inglesa, Little Spruisty Folly. Construída com pedras suaves de Cotswolds, a casa se espalhava em uma miscelânea de estilos arquitetônicos — variando desde as ameias decorativas do período elisabetano às linhas frias e austeras do período palladiano [1] — que haviam sido acumulados ao longo de séculos de acréscimos. Deveria ser uma confusão feia, mas, em vez disso, era uma casa e um terreno tão charmosos quanto se poderia encontrar. Isso deixou Eva um pouco na defensiva.

A porta se abriu, e um criado, presumivelmente o mordomo, os encarou impassivelmente. "Posso ajudá-lo, senhor?"

Lucien deu um passo à frente, imponente com seu tamanho, altivo com o queixo erguido. "Informe para Lord Bertrand" — o título inglês apropriado de Montfort — "que o Marquês e a Marquesa de Touraine chegaram."

Eva abriu a boca para corrigi-lo e fechou-a rapidamente. Ele estava certo. Ela era sua *marquesa* — por mais alguns minutos, pelo menos.

Como os ingleses sempre se impressionavam com um título — uma diferença decididamente marcante em relação aos conterrâneos de Lucien, que eram mais propensos a cuspir à simples menção de um título — o mordomo fez uma reverência respeitosa. "Ele está esperando o senhor?"

A boca de Lucien se curvou ironicamente. "Há algum tempo."

Montfort não teria roubado a página do registro de casamento se quisesse de outra forma.

---

1. O estilo palladiano é um estilo arquitetônico derivado da obra prática e teórica do arquiteto italiano Andrea Palladio (1508-1580), um dos mais influentes personagens de toda a história da arquitetura do Ocidente. O termo palladianismo pode se referir à estética pessoal do próprio Palladio, mas é mais usado para descrever a sua escola como um todo.

O criado se afastou para permitir a entrada de Lucien e Eva. "Se me seguirem."

O interior do Little Spruisty Folly era tão excêntrico quanto o exterior, enquanto passavam por corredores que mais pareciam labirintos adornados com itens aleatórios, certamente passados por gerações de Montforts. Aqui, uma chaise longue dourada e coberta com um pesado jacquard marrom e bordô, opaco por séculos de uso. Ali, um baú de carvalho marcado pela viagem, que certamente fora requisitado de um navio pirata português. Ao lado, uma refinada mesa Pembroke de mogno, com a superfície coberta até as bordas com o que parecia ser uma coleção centenária de caixas de rapé de prata e esmalte. Olhando para a mesa, um urso de pelúcia das Américas, posicionado sobre as patas traseiras, as patas dianteiras erguidas ameaçadoramente acima da cabeça, dentes enormes à mostra e brilhando amarelos na penumbra.

Lucien lançou um olhar para Eva, as sobrancelhas erguidas.

Uma risada leve escapou de seus lábios, mesmo quando suas mãos começaram a tremer. Ela cerrou os punhos — e sua determinação. Ela iria superar esse dia. Ela precisava. Seu passado precisava ser enfrentado para que pudesse deixa-lo definitivamente para trás.

O mordomo os conduziu a uma sala de estar tão abarrotada de passado quanto o resto da casa. Num olhar superficial, Eva avistou nada menos que quatro sofás de quatro épocas diferentes. "Por favor, esperem aqui, verei se Lorde Bertrand está." O homem fez uma reverência superficial e desocupou a sala.

Lucien se posicionou na extremidade oposta, com vista para todas as entradas, enquanto Eva se acomodava cautelosamente em uma cadeira que não devia ser confortável mesmo quando era nova, uns cinco séculos atrás.

"Você está..." Lucien parecia estar procurando palavras. "Se quiser ir embora, eu posso falar com Montfort."

Um nó inesperado se formou na garganta de Eva. Lucien

olhou para todos os lados como se... se *importasse*. "Preciso ir até o fim", ela disse tensa.

Agora ela via algo mais em seus olhos. *Respeito.*

Ela desejou que não significasse tanto para ela.

De repente, entrou na sala uma senhora mais velha, com cabelos parecendo uma nuvem branca e crespa flutuando sobre a cabeça, usando um vestido translúcido de babados e renda rosa que não estava na moda nos últimos quarenta anos, seu olhar passeando como se estivesse à procura de um item de importância nacional.

Lady Bertrand Montfort.

Eva tinha ido a uma festa com a mulher três anos antes. Pouco antes de atirar no marido dela.

Tão concentrada em seus próprios propósitos, Lady Bertrand ainda não percebera que outras duas pessoas ocupavam o cômodo. Lucien pigarreou, como um cavalheiro.

A mulher mal fez uma pausa na sua busca, seu olhar deslizando sobre ele sem um instante de hesitação. "Bem, o que você está esperando?" ela perguntou impaciente.

As sobrancelhas de Lucien se ergueram. "*Pardon?*"

De repente, ela ficou imóvel. "É algum sotaque que eu detectei?"

Um sorriso se formou na boca de Lucien. Sério, Eva deveria se manifestar, mas bancar a observadora era muito divertido. Lady Bertrand era tão vazia e vil que era preciso conhecê-la para acreditar.

"*Oui*", disse Lucien.

Seus olhos se arregalaram e ela ofegou. "Francês?"

"*Oui.*"

"Um francês... Na minha casa." Ela levou a mão à boca. "Oh, céus."

Lucien encarou a mulher, incrédulo. "Posso esperar lá fora com os cavalos, se a senhora preferir."

O alívio tomou conta do rosto de Lady Bertrand. "Você poderia?"

Eva ajeitou ruidosamente a saia. Assustada com o som, o olhar de Lady Bertrand se voltou bruscamente, e suas espessas sobrancelhas brancas se franziram. "Irmã de Lady Percival?" ela perguntou, seguida por outro, horrorizado, "*Oh, céus.*"

"Sou eu, Lady Bertrand."

A mulher pareceu profundamente abalada. "Uma judia... uma espanhola..." Ela engoliu em seco. "Na minha casa."

"Eu mesma."

"Oh, céus."

"Em um único ponto a senhora está errada, minha senhora", disse Lucien. Seus olhos ardiam com uma fúria contida. Isso fez Eva se sentir estranhamente protegida. "Minha esposa é a Marquesa de Touraine, e se você for se dirigir a ela, que seja assim. Eu sei como vocês, ingleses, são rigorosos com as formas corretas de tratamento."

Isso pareceu demais para Lady Bertrand, que se agarrou ao encosto do sofá mais próximo em busca de apoio — um sofá que certamente havia abrigado o traseiro de Henrique VIII em algum momento da história. Um brilho maldoso brilhou em seus olhos. "Você subiu na vida. Os seus sempre parecem subir, não é?"

Eva aceitou o insulto indireto e o transformou em um elogio. "*Sí*, os meus ascendem, e sempre ascenderemos."

Enquanto Lady Bertrand fazia referência à herança de Eva, Eva falava *dos seus* como aqueles que tinham trabalhado duro por seu lugar no mundo e buscavam a sorte onde a encontravam. Lady Bertrand jamais entenderia *os seus*.

A boca da dama se fechou bruscamente.

Um movimento na porta chamou a atenção de Eva. *Montfort.* Em uma cadeira de rodas, sendo empurrado por um criado. Talvez ela esperasse ver o mesmo Montfort de três anos atrás, mas sem o uso das pernas. O que ela não estava preparada era para a visão do homem outrora robusto parecendo tão... *enfra-quecido.*

Já fazia muito tempo que ela não diminuía o ritmo o suficiente para se permitir sentir remorso por ter apertado o gatilho e, portanto, não precisava se preocupar com o que havia feito — as consequências... os danos duradouros. Era fácil pensar em Montfort como um vilão intocável, quase uma caricatura, mas ali ela não tinha escolha a não ser reconhecer que o que havia feito era muito real.

Foi ela quem o reduziu a esse estado.

A culpa a invadiu. Então ela olhou em seus olhos, e lá estava ele. O Montfort que ela conhecia, olhando para ela, frio e impassível.

Sua culpa talvez fosse mais bem reservada para os merece.

"Conhecemos a espanhola", disse Lady Bertrand, sempre disposta a manter um assunto um tanto restrito entre os dentes, "mas o francês..." Seus olhos arregalados se fixaram em Lucien. "Você o conhece, Bertie?" Ela soou um pouco traída.

"Um mero conhecido", disse Montfort.

Lady Bertrand soltou um suspiro de frustração nada feminino. "Sério, Bertie, você me garantiu que tinha terminado sua amizade com os franceses. Eu simplesmente não posso ter franceses aparecendo a qualquer hora. Afinal, vivemos em uma sociedade civilizada na Inglaterra. E os franceses, bem..." Obviamente, ela não achava que a frase precisava ser completada para que a mensagem fosse enviada.

"Bem, o francês, a espanhola, e eu iremos para o meu escritório e não a incomodaremos mais, minha querida."

"No seu escritório?" Lady Bertrand pareceu decididamente horrorizada. "O francês me garantiu que aceitaria conduzir seus negócios nos estábulos."

Eva soltou um suspiro de choque. Realmente, Lady Bertrand era demais. Lucien parecia entretido e surpreso ao mesmo tempo.

Montfort não pareceu nem um pouco envergonhado pela esposa. "Temos nossos padrões de hospitalidade em Little Spruisty Folly, minha querida, e devemos mantê-los, mesmo que nossos convidados sejam um francês e uma espanhola."

Lady Bertrand considerou as palavras do marido por cinco segundos inteiros antes de, finalmente, acenar em concordância, embora com relutância. "Vou deixá-lo em paz, então." Ela hesitou na porta, um olhar cauteloso passando de Lucien para Eva. "E tenha cuidado, Bertie."

Lucien observou as costas da mulher se afastando como se ela não pudesse ser real. Mas ela era, Eva sabia por experiência própria. Não apenas isso, mas as opiniões de Lady Bertrand refletiam as de muitos em sua classe aristocrática.

"Se vocês me seguirem", disse Montfort.

O criado girou Montfort em sua cadeira de rodas, e Eva o seguiu, Lucien ao seu lado, mas ela mal notou sua presença, com o olhar fixo na cadeira de rodas que liderava o caminho. Mais uma vez, a palavra lhe veio à mente. *Enfraquecido*. A forma saudável e vigorosa de Montfort reduzida à metade do que fora.

Assim que se recuperou do trauma pelo qual passara — o trauma pelo qual Montfort a fizera passar — ela sentiu arrependimento por suas ações. Mas fora um arrependimento nebuloso, sem forma ou substância, como se suas ações tivessem ocorrido dentro de um pesadelo, e agora o pesadelo havia passado e sua vida real poderia recomeçar.

Mas diante dela agora estava o arrependimento em forma tangível.

Aquilo — Montfort paralisado — era a realidade — a consequência de ter cometido o simples ato de apertar o gatilho de uma arma — e o peso disso recaiu pesadamente sobre seus ombros, merecidamente.

Entraram em um escritório bem equipado — móveis de couro maciço, paredes cobertas de carvalho e livros, o aroma terroso e adocicado de fumaça de charuto pairando no ar. O criado empurrou Montfort para trás de uma escrivaninha tão grande que possivelmente havia sido construída dentro da sala. Depois de perguntar se ele precisava de mais alguma coisa e receber um aceno negativo de cabeça, o criado saiu com passos rápidos e eficientes. A porta se fechou com um clique suave.

De trás de sua mesa que falava de poder, influência e riqueza, Montfort encarou Eva e Lucien com sua expressão familiar, em partes irônicas e sinuosas. Na verdade, não era bem verdade. Ele olhava fixamente para Lucien, e apenas para ele, sem sequer lançar um olhar rápido para ela. Isso a fazia se sentir pequena e insignificante, como ele sempre a fizera sentir.

Diminuída.

Ela o enfraquecera fisicamente, mas ele a diminuía, e a incontáveis outros, em espírito.

E ela sabia qual dos dois era mais devastador para a alma.

Montfort virou-se para o carrinho de uísque à sua esquerda. "Gostaria de uma bebida?"

"Não", disse Lucien com firmeza.

"Talvez o Château La Perle produza um conhaque?"

Claro, Montfort sabia da aventura vinícola de Lucien, mesmo nos confins da Inglaterra. Montfort podia estar enfraquecido fisicamente, mas certamente não mentalmente. Seria tolo acreditar no contrário.

"Não estou aqui para discutir meus negócios."

Montfort tampou a garrafa e suspirou. "Você sempre foi um jovem exaustivo. Eu tinha esperança de que talvez tivesse mudado nos quatro anos desde a última vez que o vi."

O maxilar de Lucien se contraiu e ele permaneceu em silêncio.

"Com esse seu foco singular, você tinha potencial, Touraine", continuou Montfort. "Foi o idealismo inflexível que o prejudicou." Ele balançou o dedo em sinal de repreensão. "Isso costuma acontecer."

"Você veria dessa forma", Lucien disse com raiva.

"O idealismo é o caminho das crianças e dos tolos. Em Paris, pensei que você se enquadrasse na primeira categoria, mas já era tarde demais quando percebi que se enquadrava na segunda." Montfort teve a audácia de balançar a cabeça em decepção, como um pai cujos filhos haviam jogado fora as propriedades da família em um único lance de dados.

O olhar de Montfort pousou em Eva. Que um tremor não a percorresse, um tremor que ele certamente teria percebido. Era uma habilidade especial de ele intuir a fraqueza dos outros.

"E você", ele disse as palavras leves, como se ditas de improviso. "Eva Galante. Ou seria Capet?" Um brilho astuto surgiu em seus olhos. "*Uma marquesa.*" Ele assobiou apreciativamente. "*E* uma costureira famosa com sua própria loja na Bond Street." Sua boca se contraiu nos cantos. "Meu Deus, a tentativa de homicídio combina com você."

Amargura. Era isso que se contorcia em sua boca e se entrelaçava em suas palavras. Uma amargura ainda crua e muito viva.

Eva sentiu calor, depois frio de medo. Ele poderia mandá-la prender. Arruinar seus negócios. Arruinar sua vida. Arruinar a vida de Ariel... Como tinha sido uma boa ideia vir aqui?

"Você parece perturbada, minha querida", ele continuou presunçoso, implacável. "Talvez precise de algo para acalmar os nervos? Um uísque?" Um sorriso dissimulado curvou-se em sua boca carnuda. "Ah, não é isso. Acho que me lembro de você ter uma preferência por um calmante diferente."

O pânico crescia a cada respiração superficial que ela inspirava.

Dedos longos, masculinos e *quentes* entrelaçaram-se aos dela, e o pânico começou a diminuir a cada expiração.

Ela não estava sozinha.

Lucien queria que ela soubesse.

Ela podia se aninhar nesse conhecimento e se sentir segura e completa, mas uma voz não a deixava.

Ela não estava sozinha *por enquanto.*

Até eles garantirem a página do registro de casamento.

Ainda assim, o *"por enquanto"* a levaria através desse momento e do próximo... e do próximo...

Ela tinha uma vasta experiência com *"por enquanto"*.

20

L ucien observou a luz de compreensão nos olhos castanhos e inquietos de Eva.

Ela entendeu que ele a apoiaria.

Isso o fez sentir — *finalmente* — que estava fazendo algo correto em relação a ela.

"Você se dirigirá à minha esposa com respeito", ele disse com uma dose considerável de ameaça. Eva nunca mais seria magoada por Montfort, não enquanto ele respirasse.

Montfort riu com indulgência. Ele achava Lucien um tolo.

A opinião de Montfort havia deixado de importar há muito tempo.

"Sua esposa, você disse." Montfort balançou a cabeça, incrédulo. "Chegaremos a isso em breve." Ele gesticulou em direção às cadeiras vazias à frente deles. "Por favor, sentem-se. Suspeito que isso vá demorar um pouco."

Lucien bufou. "Não precisa levar mais de trinta segundos. Entregue a página do registro de casamento da ferraria e seguiremos nosso caminho."

Montfort juntou os dedos. Ele estava se divertindo muito.

"Ah, os jovens. Tão impacientes. Vamos voltar ao nosso tempo em Paris."

"Não há mais nada a dizer sobre Paris." A raiva fervilhava dentro de Lucien, exigindo ser liberada. A bala que Eva desferira podia ter danificado o estado físico de Montfort, mas não alterara em nada a verdadeira essência do homem. "Você queria que eu participasse do assassinato do futuro rei da França, e eu recusei."

"Ah", disse Montfort, "agora estamos chegando a algum lugar. Você não apenas recusou, não é? Quando foi contar nosso plano para Lorde Nicholas Asquith e Lady Mariana, me colocou em uma enrascada com minha sobrinha favorita. Não esperava que eu deixasse passar uma afronta tão pessoal, esperava?"

"E Eva?" perguntou Lucien. A mão dela estava úmida na dele. Ele a apertou para confortá-la. "O que ela fez para merecer o tratamento que você lhe deu?"

Montfort soltou um suspiro cansado. "Para alguns, o papel dela é ser uma simples ferramenta. Um peão no jogo, por assim dizer."

"Até que seu peão lhe enfie uma bala na coluna", disse Lucien. Era bom — certo — dizer essas palavras. Montfort queria que Eva fosse nada mais do que um rostinho bonito — um peão —, mas ela era muito mais. Um fato que ele aprendera com dificuldade.

O maxilar de Montfort se apertou e a escuridão passou por trás de seus olhos. "E você, Touraine? O que sacrificou pelo seu país?" ele quase rosnou, selvagem, sua verdadeira natureza se revelando. "Eventos estão acontecendo em Paris nesse momento. Você poderia estar lá, moldando o seu país."

"Estou ajudando a moldar o meu país. A França do futuro."

"O quê?" zombou Montfort. "Com seu pequeno vinhedo?"

Lucien não precisava se explicar para aquele homem ou como o trabalho realizado em sua propriedade influenciava o futuro da França. A mudança que seu pai havia iniciado, e que ele continuava, afetava a vida de dezenas de famílias e logo se estenderia ainda mais, assim que seus contratos estivessem em vigor na Inglaterra. O fato de que alguém teria que justificar essa escolha como a correta ilustrava tudo o que precisava ser sabido sobre Montfort.

Lucien quase sentia pena dele. Como o senso de certo e errado — de valor — de um homem se tornava tão distorcido? "Você sabe para que estou aqui", afirmou. Já havia perdido tempo demais naquela sala.

"Eu me perguntava quanto tempo levaria para você bater à minha porta. Quatro anos, ao que parece." Montfort lançou um olhar de desdém para Eva. "Inesperado que você a trouxesse. Mas suponho que ela tenha aquele charme exótico típico de seu povo. Eu nunca entendi, mas é irresistível para tantos homens." Ele deu de ombros, indiferente.

De repente, Lucien entendeu algo com clareza cristalina. A maneira como Montfort estava tratando Eva agora fazia parte do abuso contínuo que ele continuava a fazer contra ela. Não abuso físico, mas um abuso de sua mente e de seu espírito. Lucien não toleraria isso. "A página do registro, Montfort. Se eu precisar barricar as portas e destruir esta sala pedaço por pedaço, eu o farei. Eva e eu não sairemos sem ele."

Montfort balançou a cabeça condescendentemente. "Essa sua determinação obstinada e implacável, Touraine. Sério, você poderia ter sido um grande homem. Mas não há necessidade de tanto drama." No entanto, ele não fez nenhum movimento para recuperar o documento perdido.

Eva deu um passo à frente, rompendo o contato com Lucien. Ele já sentia a mão vazia. Os olhos dela se estreitaram com desconfiança. "Por que isso?"

Lucien sentiu uma força renovada nela.

"E se eu dissesse que não o tenho?"

"Eu te chamaria de mentiroso", ela cuspiu.

"Já fui chamado de coisas piores por mulheres melhores."

As mãos de Lucien coçavam para se fechar em punhos. "Cuidado com o que fala." Ele só diria isso uma vez.

Eva inclinou a cabeça. O insulto não havia sido registrado por ela, tão concentrada em seu propósito. "Mas você não nega que alguém o pegou?"

"Ah, sim, claro. Quem mais?" Ele estava quase brilhando de alegria por ter sido pego depois de todos esses anos.

"Quem o pegou?" perguntou Eva, a pergunta era uma exigência. Ela não ia ceder.

"Isso sim seria revelador, não é?" Ele tinha a expressão de um homem que tinha a situação sob controle. "Enviei para um amigo. Uma apólice de seguro, digamos. Tudo o que preciso fazer é dizer a palavra, e é notícia de primeira página."

"O que alguém se importaria se..." E assim, a verdade atingiu Lucien, e ele entendeu o plano de Montfort. Ele detectou a mesma epifania nos olhos de Eva.

"Você estava esperando", disse ela.

"Esperando que eu me casasse com outra", disse Lucien, retomando o fio da meada de Eva. "Você sabia que eu acreditava que o casamento era uma farsa."

"E quando ele se casasse, você mandaria publicar a página do registro", continuou Eva.

"Talvez você tivesse esperado que eu tivesse um ou dois filhos. Seria melhor, *non*? Sua vingança final poderia se estender por gerações, transformando meus descendentes em bastardos." Quase se podia admirar a paciência envolvida na execução de tal plano. *Quase.*

"Que bela história você inventou." Montfort sorriu. Ele não negava nada.

"Você já não tinha feito o suficiente? Sua vingança não se esgotou anos atrás?", perguntou Eva.

Montfort parecia genuinamente perplexo. "A vingança nunca se esgota, minha querida. Não até que um de nós esteja a dois metros abaixo da terra." Ele inclinou a cabeça. "Então, me diga, por que é tão vital que vocês dois tenham a página que falta? Talvez seja o plano de permanecerem marido e mulher? Talvez seja amor?"

Instintivamente, Lucien e Eva reagiram quase gritado "Não!".

Um sorriso maldoso surgiu nos lábios de Montfort. "Talvez você fuja para a França e cultive uvas, faça vinho e tenha uma família, *non*? Talvez três bebês." Com um brilho estranho nos olhos, ele fixou o olhar em Lucien. "Ou talvez um homem jovem e viril como você já tenha gerado uma filha ou um filho? Não seria incomum para um marquês ter alguns bastardos vagando pela França." Uma hesitação. "Ou pela Inglaterra."

Por sua vez, Eva estava pálida como papel, com a boca entreaberta, a angústia estampada no rosto, como se as ideias que Montfort expressava fossem indesejáveis, até repugnantes.

Lucien, no entanto, via a questão de um ângulo completamente diferente. Era como se Montfort tivesse dado voz a um desejo tão profundo que não havia emergido em sua mente consciente até aquele momento.

Ele queria voltar para a França, cultivar uvas e ter uma família... com Eva.

Não se tratava simplesmente de um desejo de duas semanas atrás, de quatro anos atrás.

Era o seu desejo mais profundo hoje... e amanhã... e no dia seguinte...

E para sempre.

O olhar de Lucien se estreitou em Montfort. O homem lhe parecia como realmente era: alguém de corpo e estatura reduzidos, sim, mas também enfraquecido pelas escolhas que fizera, uma a uma, ao longo dos anos. Outrora um grande homem, tanto em pessoa quanto em presença, ele não era mais. Mas Lucien também via que cada segundo passado com Montfort naquela sala lhe devolvia um pouco do antigo vigor e poder do homem. Estava lá, no sorriso irônico e cruel curvando-se nos cantos de sua boca, brilhando em seus olhos semicerrados.

Lucien negaria a Montfort essa satisfação. O poder que aquele homem tinha sobre a vida dele e de Eva terminava ali, *agora*.

Ele tinha algo a dizer a Montfort, mesmo que fosse improvável que o homem realmente ouvisse. "O mundo não tem mais utilidade para um homem como você."

Uma risada retumbou no fundo da barriga de Montfort. "Ah, meu tempo pode ter chegado e passado, mas pode ter certeza de uma coisa. O mundo sempre terá utilidade para um homem como eu."

Naquele momento, Lucien pensou. Montfort estava vivendo o pior castigo que poderia enfrentar: estar vivo no mundo, mas não ter influência sobre ele. Era um destino pior que a morte para ele, e inteiramente criado por ele. Seu império havia sido construído sobre uma base de mentiras e medo, e quando ele não pôde mais usá-los como armas, seu poder ruiu ao seu redor. E ali estava ele, uma sombra do homem que fora outrora, não por causa de sua deficiência física, mas por causa da escuridão que causara.

Lucien cruzou o olhar com Eva. "Há algo que você gostaria de acrescentar?"

Ela balançou a cabeça. "Nada."

Ele gesticulou em direção à porta. "Depois de você."

Pela última vez, Lucien e Eva deram as costas para Montfort e saíram da sala. O problema com Montfort era que ele tinha um jeito peculiar de se infiltrar. Pois, por trás de toda a sua enganação e manipulação, havia uma visão de mundo que não era totalmente equivocada. O mundo sempre *teria* utilidade para homens como ele. E era exatamente por isso que Lucien havia deixado aquele mundo para trás.

Lá fora, o cavalo e a carruagem os aguardavam. Mas antes que ele ajudasse Eva a entrar, eles tinham alguns assuntos para discutir. "Você está se sentindo... satisfeita?" ele perguntou. Ela ainda não havia recuperado a cor, que só era acentuada pela luz do dia.

"Montfort", ela começou, hesitante, com o olhar assombrado. "Eu fiz isso com ele. Eu tinha tanta certeza de que estava certa."

Lucien queria afastar a culpa e a dor dela. "Ele não é mais capaz de machucar ninguém como fez com você e sua família."

Ela parecia completamente inconformada enquanto olhava para a alameda que saía da mansão, com duas colunatas de casta-nheiras-da-índia de cada lado, suas copas verde-brilhantes com a primavera que chegava. Ela estava evitando o olhar dele, e ele precisava que ela o observasse para saber o que ele diria em seguida. *"Eva."*

Olhos relutantes e cautelosos encontraram os dele.

"O que Montfort disse sobre família —"

"Não é nada para se pensar", ela interrompeu, empalidecendo novamente. "Ele estava brincando com a gente. É o que ele faz."

"Sem dúvida", disse Lucien, lentamente. "Mas você e eu temos sido íntimos."

O olhar dela mudou, repentinamente interessado no topo de suas botas.

"Pode haver uma criança." Ele se sentiu envergonhado por não ter tomado precauções contra tal possibilidade.

"Não haverá."

"Mas, se houver, você deve saber, eu cuidarei do meu filho." Uma batida forte de seu coração batia forte em seu peito. "E você, Eva." Ele falava sério com cada fibra do seu ser. *Não.* Ele não falava apenas sério.

Ele *queria.*

Eva abriu a boca e fechou-a, depois engoliu em seco como se sua garganta estivesse seca. Finalmente, ela falou. "Acho que sei onde encontrar a página de registro que falta."

Ela obviamente havia mudado de assunto. Como era sua prer-rogativa. Ela não estava ali para discutir um futuro com ele, mas um sem ele.

"Precisamos retornar a Londres o mais rápido possível para garanti-lo."

Lucien captou a direção da mente dela. "Antes que Montfort possa enviar uma mensagem para que seja publicada nos jornais."

"Exatamente." Ela tinha mais a dizer. "E assim que a página estiver em nossa posse, seremos livres." A declaração soou monótona, cuidadosamente isenta de qualquer emoção.

"Algo assim", ele respondeu.

Ela estendeu a mão para ser ajudada a entrar na carruagem, indicando o fim da conversa. Ele pegou a mão dela — dedos delicados, mas também fortes e capazes — e sentiu o arrepio que o afetava ao tocá-la.

Sempre seria assim.

A porta se fechou atrás dela, e ela lhe apresentou seu perfil. Ele considerou que a mudança de humor tinha a ver com Montfort, mas, estranhamente, sentiu como se tivesse sido ele quem dissera algo errado.

Assim que eles partiram para Londres, as palavras retornaram a ele a cada galope dos cascos de seu cavalo.

Seremos livres.

Só que Lucien não achava que se sentiria livre.

Muito pelo contrário, na verdade.

Para se tornar o homem que seu pai acreditava que ele se tornaria, ele precisava fazer o que era certo por Eva. A maneira de corrigir os erros do passado não era apagar o casamento deles. O casamento com ela não foi errado. O tratamento que Montfort dispensou a Eva foi errado.

Ele não confiava nela. Ele não tinha fé nela.

Estava próximo o momento em que ele corrigiria os pecados do passado.

Não os pecados de Montfort.

Mas os seus próprios pecados.

21

NO DIA SEGUINTE

Enquanto a carruagem sacudia pela Bond Street — sua casa, a poucos quarteirões de distância... seu *lar* — Eva pegou outro fio da trança presa ao corpete que estava reformando. O acabamento não precisava ser trocado, mas durante o último dia de viagem alucinante pela Inglaterra, ela precisou manter as mãos ocupadas, pois a ideia era que mãos ocupadas acalmavam uma mente ocupada.

Se ao menos fosse verdade.

Na verdade, seus nervos não paravam de pulsar em suas veias desde que deixaram Little Spruisty Folly para trás.

Foi tudo ao mesmo tempo. O fato da página do registro sumir... o confronto com Montfort... *Lucien*... Ah, por onde começar com Lucien? Ele havia entrado em sua vida na ponta dos pés com toda a tranquilidade de um furacão de verão e iria deixá-la assim que tivesse o que queria.

Que era a página do registro.

E não ela.

Claro que não era ela que ele queria. De onde surgiu tal pensamento?

De vários lugares.

Das intimidades que eles compartilharam — que ainda a faziam sentir um formigamento.

Das palavras que ele dizia — que sua mente parecia não conseguir deixar desaparecer nos recessos da memória.

Eu cuidarei do meu filho... E de você, Eva.

As palavras a dominaram. Não apenas as palavras, mas a maneira como ele as disse. Ela podia acreditar nele. Talvez...

Talvez ela acreditasse nele. Mas... Ariel. Ele não sabia sobre Ariel, e estava começando a parecer...

Errado.

Tinha a ver com as intimidades que compartilharam tanto de palavras quanto de corpo.

Quatro anos de desejo uma vez provado. Desejo que exigia ser saciado novamente. E algo mais também. Curiosidade. Ela se perguntou se estar com ele seria como ela se lembrava.

Oh, era.

E não era.

O desejo... a incontrolável — *e insaciável* — luxúria eram os mesmos, queimando ainda mais intensamente. Mas...

Ela e Lucien não eram os mesmos. Estavam um pouco mais velhos. Resguardados de uma forma que nunca tinham sido antes. Seus corpos também refletiam as mudanças que quatro anos haviam causado. O dele havia se tornado cheio e musculoso com o trabalho no vinhedo. Um corpo de homem. E o dela era mais suave, mais curvilíneo. Curvas que ele gostava.

No entanto, ela também havia esquecido tanta coisa. A pressão pesada do corpo dele... a sensação da pele dele contra a dela, o calor... a intimidade da respiração dele se misturando à dela... a magia daquele ar.

Não, ela não havia esquecido... ela havia reprimido. Os dias, semanas, meses que se seguiram à única noite de casamento deles foram os mais sombrios de sua vida. Ela teve que pegar essas memórias e afundá-las tão profundamente que elas nunca ousariam ressurgir. Essas memórias pertenciam ao seu lado sombrio, um lado sombrio que ela nunca mais seria. Exceto...

Ela não estivera dançando a beira do lado sombrio nas últimas duas semanas?

A carruagem diminuiu a velocidade até parar suavemente diante do número 117. Sua loja... *Casa.*

Finalmente.

A promessa de chá quente e um banho igualmente quente para aliviar sua bunda dolorida estavam finalmente ao seu alcance.

Ela estava estendendo a mão para a maçaneta quando a porta se abriu e Lucien entrou sua figura maciça tornando o interior espaçoso subitamente pequeno. Ela abriu a boca para falar — o que diria exatamente, não tinha certeza — e fechou-a. Ele simplesmente se sentou no banco oposto, olhando para ela, como se procurasse algo em seu rosto.

Como se a estivesse memorizando.

Incomodada, ela decidiu quebrar o silêncio. "Há alguma mensagem que você deseja transmitir?"

Ela só agora notou que ele parecia... *tempestuoso.* O que só o tornava mais bonito. O homem simplesmente possuía um rosto pensativo, como um herói byroniano [1] que ganhou vida. "Você mencionou que poderíamos conseguir a página do registro amanhã."

"*Sí.*"

"Por que não hoje? Por que não *agora?*"

Eva balançou a cabeça. Nesse ponto, ela tinha certeza. "É

---

1. Um herói byroniano é um tipo de personagem definido como um indivíduo orgulhoso, temperamental e cínico que frequentemente desafia as normas e convenções sociais. Esse arquétipo, nomeado em homenagem ao poeta romântico inglês Lord Byron, normalmente exibe traços como mistério, arrogância e um passado conturbado, frequentemente incorporando um senso de rebelião e profundidade emocional. Heróis byronianos são frequentemente vistos como anti-heróis, caracterizados por suas personalidades complexas e conflitos internos.

melhor eu entrar em contato casualmente com essa pessoa. Não tenho certeza se ela me receberia." Afinal, três anos antes, a mulher vira Eva atirar em um homem. "A conversa exigirá delicadeza."

As nuvens de tempestade em seus olhos só escureceram. *"Amanhã"*, ele quase rosnou.

"E eu mandarei entregar diretamente para você, provavelmente no dia seguinte."

Isso também não lhe caiu bem, a julgar pela ruga que se aprofundava em sua testa.

"Você não tem negócios em Londres para mantê-lo ocupado?"

"Oui." Ele não parecia nada satisfeito com isso. Mas não havia terminado. "Mandar entregar? É um jeito de dizer que não nos veremos mais?" Ele não pareceu receptivo à ideia.

"Talvez não precisemos." Ela não sabia por que as palavras saíram trêmulas.

Ele se inclinou para frente, quase a alcançando pelo vão dos pés, e ela ficou imóvel. Seu coração começou a disparar. Não conseguiu se conter. Era a proximidade dele, mas, mais do que isso, era a intensidade em seus olhos escuros. Ele queria algo dela. E o corpo dela sabia o que esperava que fosse.

"Há todo tipo de necessidade, Eva."

Lentamente, ele segurou o rosto dela com as duas mãos, o olhar buscando resistência no dela. Não encontraria nenhuma. Suas palmas eram calejadas e cheiravam levemente ao couro de suas luvas. Era tudo o que ela podia fazer para não virar o rosto para elas e respirar sua força segura.

Ele se inclinou para frente, e ela se viu fazendo o mesmo. Respirou fundo um pouco antes de os lábios dele tocarem os dela. Mas um toque leve não era tudo o que aquele beijo queria ser. Ela agarrou os braços dele para se firmar enquanto o beijo se aprofundava, a língua dele tentando a dela em resposta, o corpo dela pronto para mais em um instante. Ela sabia aonde os beijos devastadores daquele homem levavam e como queria seguir esse caminho.

Depois de todas as maneiras como haviam explorado o corpo um do outro nos últimos dias, o que era um beijo?

Mas — *ah* — o que não era?

Isso a devastou até a ponta dos pés. Era tudo o que seu corpo exigia. Era tudo o que sua alma buscava. Era...

Errado.

Ela se valeu da determinação que a fizera suportar quatro anos sem aquele homem e se afastou, recuando bruscamente. Ainda ofegante, sem fôlego, tocou a boca com as pontas dos dedos trêmulos, sem desviar o olhar do dele. A boca dele também estava ligeiramente inchada. Na verdade, aqueles lábios não tinham nada que pertencer a um homem.

"Por que você fez isso?" ela perguntou.

Ele parou um momento para recuperar o fôlego. "Foi um adeus."

"Você se despede de todos os seus conhecidos de uma maneira *tão... tão...* completa?"

"Você e eu somos mais do que conhecidos."

Ele não estava errado.

Ela estava abrindo a boca para dizer algo nesse sentido quando o olhar de Lucien se fixou em uma pessoa do lado de fora da janela da carruagem. Sua testa se enrugou e ele piscou, como se não conseguisse acreditar no que seus olhos lhe diziam. Incapaz de conter a curiosidade, Eva se remexeu no assento.

Ela também se pegou piscando.

Ali, passando sob a placa *Galante: Costureiras Extraordinárias* e entrando na loja, estavam Lady Uxbridge, Lady Portia e a dama de companhia, Edith, parecendo consideravelmente mais animadas do que da última vez que Eva as vira.

Eva olhou ao redor e encontrou o olhar de Lucien fixo nela. "Você sabe alguma coisa sobre isso?" ele perguntou. Exigindo, a verdade.

Eva enrijeceu a coluna. Aquele olhar questionador, levemente acusador, nos olhos dele deu o golpe de água fria necessário para tirá-la do encanto do beijo. "Não que eu lhe deva uma explicação, mas Lady Uxbridge é uma das minhas melhores clientes." Ela hesitou. Deveria dizer a próxima parte? *Sim.* "E ela me contratou para confeccionar o vestido de noiva de Lady Portia."

Lucien bufou. "O vestido de noiva de Lady Portia?"

"Para o casamento dela", disse Eva, lentamente. "*Com você.*"

"*Comigo?*" O homem pareceu genuinamente perplexo. "Mas eu não pedi Lady Portia em casamento."

"Bem, em breve você pedirá." Eva começou a mexer nas luvas. "Depois que você destruir o único registro do nosso casamento, estará livre. Lembra?"

Eva nunca havia encontrado um silêncio como o que agora enchia a carruagem. O ar estava tão tenso que ela mal conseguia respirar.

O rosto dele estava tempestuoso... de novo.

Ele estava pensativo... de novo.

O homem gostava de pensar.

Ela deslizou em direção à porta e colocou a mão na maçaneta, sua intenção inconfundível. "Você não precisa me seguir." Era hora de acabar com isso... o que quer que fosse. "Nós, hum, já nos despedimos."

Lucien abriu a boca para responder, mas antes que pudesse dizer uma palavra, a porta do número 117 se abriu e Lady Uxbridge reapareceu. Ela levou a mão à testa e olhou para cima e para baixo na rua em busca de alguém.

Era apenas uma questão de tempo até que seus olhos se fixassem na carruagem com quatro cavalos diretamente à sua frente. Eva congelou enquanto a mulher apertava os olhos para distinguir os ocupantes. E então, inevitavelmente, seus olhos se arregalaram de choque. "Touraine?" ela exclamou sua voz estridente penetrando facilmente o fino vidro da janela.

"Tempestuoso" não mais descrevia adequadamente a

expressão no rosto de Lucien. "A maldita mulher certamente tem o hábito de aparecer em momentos que não têm nada a ver com ela", ele reclamou.

Eva conteve o sorriso que queria sair. "É o dom especial dela."

Ele bufou.

Vendo que a situação não se resolveria sozinha, ele empurrou a porta e desceu da carruagem. Eva o seguiu e permitiu que ele a ajudasse a descer. Eles não tinham escolha. Lady Uxbridge era uma situação que precisava ser resolvida.

Por sua vez, o sorriso radiante de Lady Uxbridge se dissipou enquanto ela lançava olhares cada vez mais escandalizados de Lucien para Eva. Os dois descendo de uma carruagem — *juntos* — a cena não combinava exatamente com sua visão de mundo preferida. "Señora Galante, o que a senhora está fazendo aqui?"

Com o máximo de diplomacia possível, Eva respondeu: "Esta é a minha loja, Lady Uxbridge."

A dama piscou, pois certamente lhe ocorreu que havia feito a pergunta à pessoa errada.

Sentindo a possibilidade de uma cena, Eva continuou: "Se me seguir, Vossa Graça", enquanto a guiava para dentro da loja.

Uma rápida olhada revelou que tudo estava exatamente como ela havia deixado, e uma ponta de tensão se dissipou de seu corpo. Mesmo com tudo o que havia feito para construir seu negócio e a segurança que isso trazia, ela ainda não conseguia se livrar da sensação de que tudo o que havia construído ruiria a qualquer momento.

Com as bochechas rosadas pelo esforço, Nell veio correndo dos fundos da loja. Um sorriso aliviado iluminou seu rosto ao notar Eva. "Que bom vê-la, Señora."

Não foi o conteúdo das palavras de Nell que fez Eva franzir a testa. Seria um sotaque francês que a garota estava tentando? Teriam que conversar sobre isso mais tarde.

"Nell, por favor, prepare um chá para Lady Uxbridge e Lady Portia e leve-o para o Salão Serendipity?"

"Os preparativos já estão em andamento." Definitivamente um sotaque francês. Nell não seria a primeira modista com sotaque Cockney [2] a experimentá-lo. Ela fez uma reverência hesitante e correu para sua tarefa.

Com um sorriso profissional estampado no rosto, Eva voltou sua atenção para sua melhor cliente e ignorou firmemente o homem cujo olhar queimava em seu rosto. "Lady Uxbridge, a que devo o prazer de sua visita?" Talvez a pergunta acalmasse sua curiosidade.

Pela expressão determinada no rosto da Duquesa, Eva podia ver que ela não teria a mesma sorte.

"Por que diabos você" — ela apontou um dedo acusador para Eva — "e você" — agora o dedo estava direcionado a Lucien — "um marquês e uma... uma..."

"Costureira?" Lady Portia atendeu, com o comportamento gélido e reservado de sempre, exceto pelo brilho que Eva aprendera a detectar em seus olhos.

Lady Uxbridge agarrou a palavra. "Costureira!" Ela deixou a frase se acalmar um pouco e então se lançou novamente. "Estão... em uma carruagem... *juntos*!" Tão grande era sua angústia que ela havia perdido toda a capacidade de formar frases adequadas.

Eva tentou juntar os fragmentos de uma mentira, mas elas se recusavam a se unir. Uma coisa era certa, no entanto. Agora não era hora para a verdade.

Foi Lucien quem resgatou o momento antes que o silêncio se prolongasse demais. "Ao chegar a Londres, algumas semanas atrás, lembrei-me de seus elogios à sua costureira, Lady Uxbridge. Então, decidi, hã, encomendar uma..." A sala ficou em

---

2. O sotaque cockney é um dialeto característico associado à classe trabalhadora londrina, particularmente do East End. Caracteriza-se por uma pronúncia única, como a eliminação do som de "h" no início das palavras e o uso de gírias rimadas, em que uma palavra é substituída por uma frase que rima com ela. O sotaque foi popularizado em filmes e na mídia, frequentemente retratado como uma representação da cultura britânica de classe baixa.

suspense enquanto seu olhar percorria o ambiente, obviamente desesperado por uma peça de roupa. "*Xale*", concluiu.

"Um *xale*?" A confusão e a decepção na voz de Lady Uxbridge eram inconfundíveis.

"Para alguém especial."

A testa de Lady Uxbridge se afrouxou e uma expressão feliz e consciente se espalhou por seu rosto. A mulher poderia se desfazer de alegria. Por sua vez, Lady Portia parecia completamente despreocupada, um sentimento espelhado por Edith.

"E quem poderia ser tão especial?" A insinuação de Lady Uxbridge era clara demais. Eva ficou surpresa por a mulher não ter piscado.

A pergunta pairou no ar como uma nuvem nociva. Eva sabia o que Lucien deveria dizer — o xale era para Lady Portia. Em vez disso, o que saiu de sua boca foi: "Minha *maman*".

Sua *maman*? Oh, por que o homem tinha que ser tão difícil?

O rosto de Lady Uxbridge congelou, seu sorriso se tornou decididamente rígido. Lady Portia levou a mão à boca para abafar uma risada, mas Edith não teve esse controle, sua risada explodindo em um repentino chilrear.

"Que filho zeloso você é", Lady Uxbridge se recuperou. "Só posso imaginar o tipo de marido dedicado que você será para uma dama muito afortunada algum dia."

Eva encontrou os olhos de Lucien por um instante. Mas foi longo o suficiente. Ela sabia exatamente que tipo de marido dedicado ele era.

Seria um sinal de culpa que ela detectou?

"Oh, sua querida *maman*", exclamou Lady Uxbridge no exato momento em que a campainha acima da porta tocou.

Entraram uma mulher robusta, de estatura mediana, mas com aparência acima da média, com seus olhos castanho-avermelhados e boca generosa que se assemelhavam notavelmente aos do filho. Eva só vira a Marquesa de Touraine de longe. O que era uma costureira para uma marquesa?

Uma nora, na verdade.

"*Maman*", disse Lucien, correndo para cumprimentar a mãe. "O que você —"

"Agnes e Portia estavam voltando para Londres, e você está aqui, então decidi tirar umas pequenas férias."

O olhar aguçado da mulher percorreu a loja de uma só vez, certamente notando cada partícula de poeira, mas também observando o que tinha valor. Seu olhar pousou em Eva, que se preparava para aquele exato instante. "E você é a *modiste*."

Eva fez uma leve reverência. Não era obrigatório, mas parecia apropriado. "Sou eu."

O conhecimento brilhava no olhar inabalável da mulher, mas Eva não sabia dizer exatamente o que era, apenas que a deixa desconfortável. A mãe de Lucien não era mulher com quem se pudesse brincar.

"Delia, estávamos discutindo seu xale", disse Lady Uxbridge.

"Por que diabos meu xale seria um tópico para discussão?" Ela se enrolou em seu fino xale de chita das Índias Orientais, com a voz eriçada.

"Mãe", disse Lady Portia, "acho que era para ter sido uma surpresa."

"Oh, céus, eu já estraguei a surpresa, não é?"

Com a expressão de quem preferia estar no barbeiro arrancando os dentes um por um, Lucien disse: "Estou aqui para mandar fazer um xale para você, *maman*." Mentiras não saíam facilmente de sua boca, um fato que sua mãe saberia.

"Ah? Conte-me sobre este xale, querido Lucien." A mulher brincava com o filho. Eva achou que ela poderia gostar dela.

"Bem, é —" E aí terminaram todas as suas palavras.

Eva decidiu ir em seu socorro. Afinal, eles estavam em sua loja, conversando com seu melhor cliente, e Lucien havia se tornado surpreendentemente imprevisível. Quem sabia o que sairia da boca dele? Eva tinha um negócio para administrar e um império para construir. Homens imprevisíveis não se encaixavam na equação de sua vida.

"Seu filho encomendou um xale feito com a mais fina renda de Bruxelas."

"Tricotado por freiras cegas", acrescentou Lucien. Quando o homem mentia, ele definitivamente se comprometia com a mentira.

A sobrancelha de sua mãe se ergueu e sua boca se curvou em um pequeno meio sorriso. "Mal posso esperar para contemplar esta maravilha."

Lucien tinha ido longe demais, e sua mãe sabia disso. Possivelmente todos na sala sabiam, exceto Lady Uxbridge, que cuidava de assuntos de moda com extremo cuidado. Era sua única qualidade redentora. Isso, e a presteza com que pagava suas contas. "Faça um para mim também."

"Claro, Vossa Graça", disse Eva. Oh, ela poderia cobrar um bom dinheiro por tal item. Se ao menos existisse.

Lucien fez uma pequena reverência na direção das damas, seu desejo de ir embora evidente. "*Maman*, você deve estar cansada da viagem."

Um sorriso enigmático surgiu nos lábios da mulher. "Estou me sentindo bastante revigorada e talvez" — lançou um olhar rápido para Eva — "esclarecida. Mas sim, você e eu temos que colocar o papo em dia no nosso Hotel Mivart's."

"Ah, Delia, você insiste em se hospedar em um hotel?" Lady Uxbridge cuspiu a palavra como se fosse um inseto que tivesse entrado em sua boca. "Temos muitos quartos em nossa casa em Berkeley Square." Era um dos endereços mais elegantes de Londres.

A marquesa sorriu, destemida e inalterada em sua intenção. "Agnes, meu filho está no Mivart's, e lá estarei eu. Meu lugar será sempre com ele."

Eva detectou uma mensagem nada sutil nas palavras da

mulher. Para quem, no entanto, ela não tinha certeza absoluta. Lady Portia ou... Ela não conseguiu concluir o pensamento. Impossível que a mulher soubesse.

Enquanto as damas se despediam, Lucien sutilmente se inclinou no espaço de Eva. "Eu a verei novamente", disse ele, baixo e seguro, apenas para os ouvidos dela.

Sua respiração ficou presa na garganta.

"Em breve."

Suas palavras eram verdadeiras.

Era uma promessa.

Que suas entranhas traiçoeiras não se aquecessem com o pensamento.

Ela precisava lutar contra suas entranhas traiçoeiras. Elas a continuavam enganando com aquele homem. "Mas acredito que nossos negócios chegaram ao fim."

"Sua crença estaria incorreta."

Lucien pegou o braço da mãe e eles saíram da loja.

Lady Uxbridge soltou um suspiro que continha uma dose considerável de decepção. Ela se virou para a filha. "Você acha impossível conversar com o homem?" Ela ergueu as mãos. "Ele é seu futuro marido."

"Não até que ele peça", disse Lady Portia. Ela não parecia nem um pouco preocupada que ele ainda não tivesse pedido.

De sua parte, Eva pôde se entregar ao alívio ao ver as costas daquele homem e de sua mãe, que era muito esperta. Mas ela também estava curiosa. Do que se tratava aquela última parte?

Não era necessário que se vissem novamente.

Uma pontada atravessou seu corpo. Uma pontada que ela preferia não identificar. Se a examinasse atentamente, poderia descobrir que se assemelhava a uma pontada que experimentara quatro anos antes. Não podia permitir que se enraizasse e se transformasse em dor. Não podia voltar àquela dor — ou aos seus meios para suprimi-la — nunca mais. Ela tinha um futuro — e o futuro de Ariel — em jogo.

Então, ela trancou seu lado sombrio e se dirigiu a Lady Uxbridge. "Se você pudesse tomar chá na Sala Serendipity enquanto eu pego os tecidos que tenho em mente para o vestido de noiva de Lady Portia, não demorarei."

Sua ocupação a salvara de si mesma uma vez, e o faria novamente.

"Não demore", disse Lady Uxbridge, sempre disposta a impor sua superioridade quando a oportunidade se apresentava.

Eva assentiu com deferência antes de se virar e seguir em direção aos fundos da loja. Mas, em vez de se virar para a sala de tecidos, seus pés encontraram a escada que levava aos aposentos da família.

Enquanto subia a escada, uma voz suave e doce ecoava no ar. O instinto a guiara exatamente para quem ela precisava ver. Ela parou e ouviu a cantiga de ninar que sua própria mãe lhe cantava. Isso fez seu coração se encher de alegria e tristeza. Quantas vezes as duas andavam de mãos dadas. Dois lados de uma mesma lembrança.

Ela deu os últimos passos num passo rápido. Avisara Isabel que estaria em casa à noite e que deixaria Ariel com seu pai. Queria que ele estivesse em casa quando voltasse. Embora os dias longe dele tivessem passado como um raio, também tinham sido demais. Ela precisava sentir o peso sólido de Ariel em seus braços.

"Mama!" ele gritou alegremente ao avistá-la.

Seu pai a avaliou com um olhar. Assim que concluiu que ela havia retornado com boa saúde, disse: "Eu estava prestes a levar nosso leão para um sorvete."

"*Sí!*" gritou Ariel com um bater de palmas de mãos rechonchudas. Mas não por muito mais tempo. Como ele estava se transformando rapidamente em um garotinho.

"E você tem seus pence, bits ou seja lá como se chama dinheiro na Inglaterra?", perguntou o papai.

"Sí!" respondeu Ariel, entusiasmado. Ele tirou duas moedas do bolso.

Seu pai riu. "Você terá todo o dinheiro da Inglaterra em muito pouco tempo."

"Sí!" Este foi o grito mais sincero de Ariel.

Eva sorriu. "Vamos levá-lo ao banco para guardar todas as suas moedas?" Nunca é cedo demais para começar a garantir o futuro.

"Sí!"

"Você é um leão?" perguntou seu pai com uma sobrancelha erguida exageradamente. "Ou você é esquilo?"

"Esquilo!"

A Srta. Latham apareceu na porta. Depois de cumprimentar Eva, ela disse: "Venha comigo, esquilinho, para que você possa se preparar para o passeio com seu *abuelo*."

Ariel deu mais um beijo molhado na bochecha de Eva e saltou alegremente para atender às ordens de sua babá, sonhos de sorvete doce flutuando alegremente em sua cabeça.

Eva fez menção de se levantar. Lady Uxbridge estaria tremendo de impaciência.

"Mi hija", disse seu pai. "Você pode se sentar comigo um momento? Você parece cansada."

"Tenho uma cliente lá embaixo." Normalmente, ela adoraria sentar e passar uma hora conversando com seu pai, mas um olhar brilhou em seus olhos e ela sabia que precisava ser cautelosa. Um conselho paternal estava a caminho.

"Nell, cuide dela por enquanto."

Eva viu que não tinha escolha.

Seu pai reuniu as palavras. "Você chegou com um homem. O mesmo com quem partiu?"

"Sí." Ela não negaria, não para seu pai.

Seu pai assentiu lentamente. "Ariel é um garoto forte."

"Ele é", ela disse lentamente, mesmo com a mente a mil.

Qual era a intenção de seu pai? Ela não gostaria, disso ela sabia.

"Eu sempre pensei que ele devia ter um *papai* forte."

A declaração a atingiu como um soco no estômago, sem como se preparar para isso.

No entanto, também trouxe à tona a luta dentro dela, e as palavras que ela havia mantido presas dentro de si por tanto tempo saíram jorrando. "Nós somos a fonte da força dele, papai. Nós somos a família dele. Você e eu. Isabel e Percy. Nell e a Srta. Latham. Até a Tilly, às vezes."

Seu pai ouviu pacientemente, como sempre fazia com as filhas. Mas permaneceu impassível, como os pais quando têm algo importante a dizer aos filhos. "Mas Ariel também tem uma família completamente diferente."

Eva balançou a cabeça, inflexível nesse ponto. "Não, ele não tem."

"Mas aquele homem —"

"Nós não somos nada para aquele homem."

Palavras que haviam sido verdadeiras apenas alguns dias atrás, mas agora... As noites que passaram juntos... o beijo na carruagem...

Seu pai deixou a ferocidade dela o dominar. "Presumo que ele não saiba."

Eva balançou a cabeça. "Ele não quer saber."

Mais palavras que não pareciam tão verdadeiras hoje quanto antes.

Seu pai se inclinou para frente. Agora ele iria expressar seu ponto de vista. "Que homem não gostaria de saber sobre um filho como Ariel?"

O sino na Sala Serendipity tilintou. Lady Uxbridge. Eva enrijeceu o corpo e sua determinação. "Um homem que vai se casar com outra."

E essa era a pura verdade.

Eles podem ter passado duas noites cheias de luxúria juntos.

Ele podia tê-la beijado na carruagem, roubado seu fôlego e aberto um instante de tempo onde sempre brincava em se tornar uma possibilidade, mas esse instante de tempo passou e se fechou com a mesma rapidez. Nada havia mudado.

Não demoraria muito para que ela garantisse a página do registro, e ele a destruiria.

E tudo estaria acabado.

Ela fizera bem em esconder dele qualquer informação sobre Ariel. Ariel não se magoaria com um pai que considerasse sua existência apenas um problema a ser superado. Do jeito que o casamento deles era.

Não.

Ela seguiria com sua vida e deixaria as últimas duas semanas para trás.

Ela se levantou. "Por favor, diga a Ariel que o verei no chá da tarde."

Seu pai permaneceu impassível diante do desconforto dela. "*Mi hija*, eu vi o homem na rua e o jeito como ele olhou para você." Ele se calou por um instante. "Ele não terminou com você."

A frustração a percorreu. "Ele não é confiável."

"Na minha vida, conheci muitos homens em quem não se podia confiar. Ele não tem a aparência de um homem assim."

"As aparências enganam."

Ela não podia contar a papai como um dia colocara seu coração nas mãos de Lucien e como ele a abandonara insensivelmente. Nem podia dizer a seu pai que seu coração pensava que ele poderia não ser mais o mesmo homem. *Não.* Seu coração a incomodava com tais pensamentos.

O conflito deve ter transparecido em seus olhos, pois seu pai abriu as mãos em um gesto de rendição. "Você sabe o que é melhor para você, *mi hija*."

Enquanto Eva se dirigia à Sala Serendipity, as palavras de seu pai pesavam sobre ela. A verdade era muito mais complexa do que ela jamais conseguiria explicar a alguém. Antes da viagem improvisada dela e de Lucien, ela se sentira inteiramente justificada em guardar segredo sobre Ariel. A maneira como Lucien a encarara... a frieza em seus olhos... sua determinação em se livrar dela... Tudo isso se somava a um homem de quem era melhor se livrar.

Mas então eles compartilharam seus corpos novamente, e mais do que isso, compartilharam verdades.

E ainda assim ela mentiu para ele.

A culpa a percorreu.

Eu cuidarei do meu filho... E de você, Eva.

Ele se ofereceu para cuidar do filho, para cuidar dela. Mas não para torná-los seus, não de verdade. Ele estava se oferecendo para fazer daquela criança seu bastardo.

Eva não tinha dúvidas de que Lucien daria parte de sua riqueza para tornar a vida de seu bastardo confortável, mas ele não daria nada de si mesmo. Ele não queria uma vida com eles. Ele não queria uma vida com ela. E por que deveria? Ele não tinha noção de tudo o que ela havia suportado depois que ele a deixara naquela cama em Gretna Green.

De tudo o que ela havia se tornado.

E ele nunca saberia.

Era uma vergonha que ela tinha que carregar, sozinha.

E, no entanto, quando ele disse aquelas palavras — *Eu sustentarei meu filho... E você, Eva* — como seu coração ameaçou saltar do peito. Como ela queria acreditar naquelas palavras. Como ela queria voltar no tempo e torná-las a realidade que havia experimentado.

Tais lampejos de esperança e desejo precisavam ser evitados. Eles poderiam levar às alturas do êxtase. Eles poderiam levar às profundezas do desespero.

Ela já havia resgatado sua vida das garras de um buraco negro escancarado uma vez, e não estava disposta a vê-la retornar para lá.

No entanto, ela ainda sentia a marca dos lábios dele nos dela.

E aquele não era o único lugar onde ele havia deixado uma marca, para ser totalmente honesta consigo mesma.

Ela hesitou do lado de fora da porta fechada da Sala Serendipity e colou um sorriso falso no rosto.

Honestidade era uma virtude superestimada.

As marcas eventualmente se suavizavam e desapareciam.

Não, isso não era bem verdade.

Elas deixavam um rastro.

22

NO DIA SEGUINTE

Lucien levantou a gola da camisa para se proteger da garoa incessante do tempo inglês e abriu caminho rapidamente pelo tráfego de pedestres ao longo de Piccadilly Road. Acabara de concluir sua quinta e última reunião da manhã.

A satisfação o invadiu. Cada distribuidor havia solicitado direitos exclusivos para distribuir o vinho da La Perle. Como Perrin havia classificado os distribuidores ingleses do mais desejável ao menos desejável, Lucien sabia exatamente com quem queria fazer negócios, mas esperaria para informá-los. Parecer ansioso demais não lhe seria vantajoso na hora de negociar os termos. Deixe-os suar por alguns dias aguardando sua decisão.

Outros assuntos exigiam sua atenção enquanto isso.

Os assuntos de Eva Galante.

A vista se alargou quando ele entrou em St. James Square e o endereço que ele procurava surgiu. A cem metros de distância ficava a impressionante mansão do Duque de Arundel, onde seu filho mais novo, Lorde Percival Bretagne, residia atualmente. A informação não fora muito difícil de obter no White's [1]. Cavalheiros ingleses adoravam fofocar em seus clubes.

Ele passara a noite inteira quebrando a cabeça para encontrar uma saída com Eva e ainda não encontrara uma solução. Então, lembrou-se de que Bretagne era casado com a irmã de Eva.

Assim que chegou ao espaçoso apartamento de Bretagne, na ala leste da mansão de Arundel, foi a primeira coisa que Lucien mencionou ao se sentar em uma poltrona de couro masculina em frente ao homem. "Eu não sabia que lobos solitários se casavam."

Um sorriso atípico se formou nos lábios de Bretagne. "Chocado?"

Lucien assentiu.

"E você nunca se casou?" perguntou Bretagne. Era o espião dentro dele se manifestando. A troca de informações. Não era como se os dois tivessem sido amigos, ou mesmo mantido relações particularmente amigáveis. A relação deles era mais civilizada.

E lá estava Lucien, tentando lucrar com isso.

Mesmo assim, manteve a boca fechada e deixou o silêncio fazer seu trabalho. Não contaria a Bretagne que estava, de fato, casado... com sua cunhada.

"Esta não é sua primeira vez em Londres." Bretagne era péssimo em conversas casuais. Conversas com ele não podiam ser interpretadas como nada além de um interrogatório.

O que convinha a Lucien. Ele estava ali em busca de informações. Por que enrolar? "Vim para Londres por um curto período, cerca de quatro anos atrás."

Bretagne assentiu seu olhar sombrio impenetrável como

---

1. O White's é o clube de cavalheiro mais antigo de Londres, fundado em 1693, e é considerado por muitos como o clube privado mais exclusivo de Londres. Membros atuais notáveis incluem Charles, Príncipe de Gales e Príncipe William, Duque de Cambridge. O ex-primeiro-ministro britânico David Cameron, cujo pai Ian Cameron havia sido o presidente do clube, foi membro por quinze anos, mas renunciou em 2008, devido à recusa do clube em admitir mulheres.

sempre. Não era uma informação nova. "Ouvi dizer que você entrou em conflito com Montfort enquanto estava aqui." Pausa. *"De novo."*

Lucien ficou repentinamente tenso. Não tinha certeza do que Bretagne poderia saber. "O que você ouviu?"

"Não consegui os detalhes", disse Bretagne. Lucien conseguiu relaxar um pouco. "Se importa em me contar?"

"Não." Lucien não contaria a Bretagne sobre as duas noites em Londres que levaram a uma fuga com Eva. "Sobre Montfort", ele começou.

A expressão de Bretagne se aguçou. "O que tem ele?" Um tom amargo permeou a pergunta.

"Eu sei sobre o tiroteio."

"Ah, é?" Bretagne podia ser um espião aposentado, mas ainda era um profissional. Não revelaria nada sem intenção.

"Eva puxou o gatilho."

"Eva?" Os olhos de Bretagne se estreitaram. "Um acerto de contas há muito esperado, tenho certeza de que você concorda."

"Talvez." Lucien entendia o preço que a alma de Eva pagara por tamanha violência. Evidentemente, Bretagne tinha uma visão diferente. "Você estava lá."

"Sim."

"Você limpou a bagunça." Não era uma pergunta.

Bretagne abriu as mãos. *Quem mais?* Consertar essas bagunças era sua habilidade especial. Era o que ele fizera ao longo da década no continente, quando todos na Inglaterra o consideravam morto. Homens mortos tinham utilidade, especialmente para alguém como Montfort, que se aproveitara dessa utilidade. Fora Lorde Nicholas Asquith quem trouxera Bretagne de volta da beira do abismo.

Mas o passado de Bretagne era dele, e não era da conta de Lucien. Ele viera ali com uma pergunta a fazer. "Por que ela puxou o gatilho?"

Bretagne avançou sutilmente, a intensidade aumentando ao seu redor. "Ela não lhe contou na sua pequena viagem à Escócia?"

Lucien conteve a língua.

"Sua amizade com ela..." O olhar de Bretagne procurou o dele. "Não é recente."

"Não."

"Se eu tivesse que arriscar um palpite, diria que *seu conhecimento* começou por volta da época em que você se desentendeu com Montfort aqui em Londres, quatro anos atrás."

Lucien não ia dizer a Percy que seu palpite não estava errado. "O que você quer dizer?"

"Eu ia te perguntar a mesma coisa. Você chega da França poucas semanas depois de Eva encurtar sua viagem a Paris. Depois vocês dois partem para a Escócia. Acho essa coincidência muito curiosa. Estou começando a decifrar uma ideia que não te agrada nem um pouco. Importa-se de se explicar?"

"Não." Lucien não estava ali para se explicar para Lorde Percival Bretagne. "Claro, você saiba dos problemas da família Galante na Espanha e do envolvimento de Montfort. Você os ajudou quando eles chegaram à Inglaterra."

"Ajudei, sim." Bretagne sorriu seu sorriso de lobo. "Mas foi Eva quem realmente resolveu a situação com Montfort."

"Quando ela atirou nele." Agora eles estavam chegando a algum lugar. A pergunta que o trouxera à porta de Bretagne ainda exigia uma resposta. "Por que ela fez isso?"

Bretagne inclinou a cabeça. "Você se perguntou o que aconteceu com ela o que aconteceu depois que vocês dois terminaram?"

Ah, sim, você me abandonou completamente.

Como essas palavras deslizaram por sua pele e ossos, sua ponta afiada mirando direto em suas entranhas. Não havia como se esconder delas, nem da culpa que provocavam.

"Na época *antes* de ela atirar em Montfort", esclareceu Bretagne. Ele não era de fugir de um assunto desconfortável.

Uma raiva repentina explodiu dentro de Lucien, e ele se empurrou para frente na cadeira, cansado de ficar enrolando. "O que Montfort fez com ela?"

Bretagne não se mexeu. "Você terá que perguntar à moça, pois não é minha história para contar. Sou um mero cunhado." Ele bufou. "Um de quem ela só gosta metade do tempo."

Bretagne podia ser um pé no saco, e isso era um fato.

"Você tentou ganhar a confiança dela?"

Confiança? Que motivo ele havia dado a Eva para confiar nele?

Ah, sim, você me abandonou completamente.

As palavras dela não o deixavam em paz.

"E esse é todo o conselho que você terá de mim em relação à minha cunhada. O resto você pode resolver sozinho."

"Sinto que ela precisa de proteção de alguma forma."

As sobrancelhas de Bretagne se ergueram. "Estamos falando da mesma Eva Galante, certo?"

"Claro."

"Ela se tornou bastante habilidosa em se proteger. Eu me lembraria disso, se fosse você."

Lucien entendia que, embora falassem da mesma mulher, não conheciam a mesma mulher. Bretagne conhecia apenas o que Eva escolhia apresentar a ele e ao resto do mundo. Lucien conhecia uma Eva diferente. Forte e capaz, sim, mas vulnerável também.

Um farfalhar de saia se aproximava. Lady Percival, esposa de Bretagne e, mais importante, irmã de Eva, havia entrado no escritório. "Estou interrompendo uma discussão intensa."

A mulher era tão parecida com a irmã, dotada do tipo de beleza que despertava olhares de relance, e olhos que transmitiam a impressão de que nenhum tolo se deixaria levar. Mas os olhos de Lady Percival eram de um verde incomum, não o castanho luminoso de Eva. Além disso, essa mulher tinha uma reserva natural que Eva apenas fingia ter. Por trás de seu comportamento deliberadamente distante, Eva era pura faísca e fogo. Essa irmã era atenciosa e tranquila. Era fácil perceber como ela era a esposa ideal para Bretagne.

E havia também o jeito como Bretagne e sua esposa se olhavam. Era o tipo de conexão que Lucien ansiava. Encontrar os olhos de outra pessoa e saber o que se passava em sua mente.

"Que sorte temos de todos nós estar na cidade ao mesmo tempo", continuou Lady Percival.

"Você não mora em Londres?" perguntou Lucien.

"Passamos a maior parte do ano em Gardencourt, nossa propriedade rural", disse Bretagne.

Lady Percival riu um som rouco muito parecido com o riso da irmã. "Percy não pode ficar longe dos cavalos por muito tempo."

"Então, o que o trouxe a Londres?" Era uma conversa informal, mas também informativa.

"Obrigações familiares", disse Bretagne, que parecia um tanto ambivalente em relação a tais obrigações. "Meu pai — bem, a esposa dele, para ser mais preciso — está organizando um baile para abrir a temporada londrina."

"E minha irmã está participando de uma exposição de arte." A cabeça inclinada em curiosidade, Lady Percival observava Lucien com mais atenção do que ele gostaria.

"Você tem outra irmã?" Isso era novidade para ele.

"Só uma."

A surpresa o percorreu. "Eva está participando de uma exposição de arte? Eu não sabia que, entre seus muitos talentos, ela também é uma artista."

Lady Percival balançou a cabeça, confusa. "Não faça uma afirmação dessas a menos de quinze metros de Eva. Ela considera seu trabalho como costureira uma forma de arte. Mas, não, esta exposição é uma espécie de colaboração. Ela trabalhou com um pintor para criar uma coleção única de vestidos. Eva construiu os vestidos, e o artista os pintou à mão com várias cenas e motivos. Eles serão exibidos essa noite."

Uma repentina impaciência tomou conta de Lucien. Finalmente, ele estava ganhando terreno. "Onde?"

Lady Percival sorriu com conhecimento de causa.

Ele era tão óbvio assim? *Sim.*

"Em uma festa particular" ela disse.

Particular. Ele sabia o que isso significava. Somente por convite. Não ia ceder terreno tão recentemente conquistado. "Como consigo um convite?"

"Da anfitriã."

A frustração o invadiu. "Você a conhece?"

"Temos uma filha em comum", disse Bretagne.

Lucien sentiu as sobrancelhas se erguerem.

"Não é tão escandaloso quanto parece", disse Lady Percival.

Um sorriso surgiu nos cantos da boca de Bretagne. Lucien não tinha certeza se já tinha visto o sorriso verdadeiro de Bretagne. Isso o fazia parecer menos feroz. Quase humano. "Quase."

"*Sí*", disse Lady Percival. Seus olhos verdes sobrenaturais cravaram-se em Lucien. "Tenho quase certeza de que podemos conseguir um convite para você, já que parece tão interessado. Você se interessa por vestidos de uma dama?" Ela estava brincando com ele. Sabia exatamente em quem ele estava interessado.

Alguém pigarreou. Uma jovem estava parada no centro da porta, com uma expressão de expectativa no rosto. Guarda-sol na mão e chapéu na cabeça loira, ela aparentemente esperava um passeio. "O senhor vai demorar muito mais, pai? Prometi estar na Hope House ao meio-dia e meia de hoje, e isso é daqui a meia hora."

Essa jovem não era tímida, embora não parecesse ter idade suficiente para ter sido apresentada a sociedade.

Bretagne se levantou. "Touraine, posso lhe apresentar minha filha, Srta. Bretagne?"

Lucien se levantou e inclinou a cabeça. "É um grande prazer."

A Srta. Bretagne inclinou a cabeça para o lado. Ela o observava. Uma verdadeira filha do pai, ao que parecia. "O senhor é uma pessoa caridosa, Lorde Touraine?"

Pergunta inesperada. "Gosto de pensar que sim."

Um sorriso se abriu em seu rosto. Ela devastaria mais do que alguns homens com aquele sorriso algum dia. "Brilhante! A Hope House está sempre acolhendo novos benfeitores."

"Lucy" começou Bretagne em tom de advertência.

"O que foi pai?" ela perguntou com uma inocência hipócrita. "Com a nossa expansão planejada para o prédio vizinho, precisamos aumentar nossas fontes de receita. Parece que há mais damas da noite e crianças de gangues de rua do que nunca."

"Hoje é dia de tentar conseguir donativos?" perguntou Bretagne.

A Srta. Bretagne assentiu. "Para os membros da Hope House."

O olhar de Bretagne se estreitou em Lucien. Um momento depois, ele pareceu se decidir sobre algo. "Venha conosco, Touraine."

Lucien abriu a boca para se desculpar, mas Bretagne levantou a mão para impedi-lo. "A Hope House abrirá seus olhos para alguns assuntos que você está investigando."

"Eu dei o nome de Hope House", declarou a Srta. Bretagne, com certo orgulho na voz.

Lado a lado, ela e Lucien estavam parados na rua, olhando para o edifício simples de três andares à sua frente. Localizado na tranquila Jane Street, tinha uma aparência de discreta respeitabilidade, com seus sóbrios tijolos vermelhos e impecáveis persianas e porta da frente preta. Ninguém olharia de soslaio para tal estrutura, o que Lucien suspeitava ser exatamente o objetivo. As palavras seguintes da Srta. Bretagne apenas confirmaram isso.

"Começou como um lugar seguro para ex-prostitutas que

foram expulsas de suas casas de má reputação." O fato de uma jovem estar ali explicando isso a ele como se estivessem discutindo o tempo causou um leve choque em Lucien. Mas, afinal, tratava-se da filha de Lorde Percival Bretagne, então, na verdade, talvez não tão chocante assim.

A Srta. Bretagne continuou falando, e um aceno de cabeça foi a única palavra que Lucien conseguiu pronunciar enquanto entravam no estreito salão de recepção, que cheirava a limão e soda cáustica. Bretagne acenou um rápido adeus, pois tinha negócios a tratar com a inspetora da casa.

"Você sabe sobre o, hã, passado do meu pai?"

"Uma grande parte."

"Então você vai entender que ele teve algo a ver com as prostitutas perdendo seus empregos."

"Claro."

Claro.

"E isso não podia continuar", continuou a Srta. Bretagne. "Daí a Hope House. Então, alguns meses depois, uma gangue de garotos batedores de carteira precisou de um lugar depois que seu líder foi expulso da cidade."

"E eles estão aqui?" O que sairia da boca da Srta. Bretagne?

"Alguns dos mais jovens, mas isso já faz alguns anos. Agora são principalmente outros. Alguns só querem um lugar para ficar por um tempo antes de voltarem para a família no campo. Outros querem aprender alguma coisa enquanto estão aqui, como ler, escrever e calcular, ou cozinhar, ou até mesmo costurar."

"Costurar?" Novamente, aquela sensação de estar ganhando terreno.

"Ah, sim, um de nossos benfeitores — bem, benfeitoras — é uma *modiste* de primeira linha de Londres."

A presença de Lucien aqui não podia ser coincidência. Lorde Percival Bretagne não acreditava em coincidências.

"Na verdade", continuou a Srta. Bretagne, "ela está aqui hoje, pois as duas mulheres que estão saindo encontraram emprego. Uma será aprendiz de costureira, a outra, será chapeleira."

"Uma caridade interessante para uma *modiste*", ele disse com neutralidade. Ele não queria assustar ainda mais a confiança dela.

"Sim, bem, ela mesma passou por momentos difíceis, eu acho." A Srta. Bretagne o conduziu por um corredor central em direção aos fundos da Hope House. "Suas ideias para design são geniais. Aliás, estou usando uma de suas criações agora." A moça deu um giro, a saia de musselina rosa balançando em seus tornozelos.

"Lucy", ouviu-se a voz de Bretagne atrás delas. "A enfermeira-chefe apreciaria sua ajuda para separar um grande baú de sapatos doados por Lady Fortescue."

A Srta. Bretagne torceu o nariz. "Mais sapatos fedorentos." Mas ela não pareceu muito preocupada enquanto praticamente se afastava para atender às ordens do pai.

Sozinho com Bretagne, Lucien não pôde deixar de comentar: "É interessante que você permita que sua filha se envolva com um lugar como a Hope House."

"Permitir?" zombou Bretagne. "A criação foi ideia dela."

"Muitos não concordariam com essa linha de pensamento."

"Nunca me importei com o que os outros pensam. Geralmente estão errados. De qualquer forma, vi que minha filha estava certa. As mulheres e crianças que vêm para cá precisam de ajuda para escapar de vidas que nunca desejaram, o que é um processo mais difícil do que se poderia suspeitar." Pelo que Lucien sabia do passado de Bretagne, ele entendia que o homem falava por experiência própria.

Enquanto Lucien seguia Bretagne pela casa, a certeza de que Bretagne o trouxera ali por um motivo se instalou.

Eva.

Eva já fora uma mulher que precisava de ajuda para escapar de uma vida que não queria. Ajuda que lhe fora negada. Ela não obedecera às ordens de Montfort por escolha própria.

E quatro anos antes, Lucien a deixara no Golden Thistle sem saber.

Porque ele não havia perguntado.

À luz fria e implacável da verdade, tudo se resumia a uma coisa.

Abandono.

Ela estava absolutamente certa sobre isso.

Ele havia abandonado a esposa.

Ele deveria ter perguntado a ela. Ele deveria tê-la ouvido.

Ele seguiu Bretagne até uma grande sala quadrada iluminada pela rara luz do sol londrino e...

Eva.

De costas para ele, ela estava no centro da sala, cercada por várias mulheres, todas a observando com interesse. Lucien encostou-se a uma parede e também ficou ouvindo.

"E isso é tudo para musselinas." Ela colocou uma faixa de tecido cuidadosamente dobrada sobre uma pilha macia de tecidos antes de deslizar sobre outra pilha. "E agora vamos passar para algumas sedas." Ela ergueu uma longa peça para desdobrar, e o ar ondulou com seda azul-celeste. "Isto *é moiré tabisée*, ou seda diluída."

"Nossa, parece mesmo água escorrendo", disse uma das mulheres.

"Exatamente", disse Eva, encantada com a observação. Lucien não precisava ver o rosto dela para saber. Ele conhecia cada entonação de sua voz. "O padrão é criado umedecendo o tecido e passando-o por rolos gravados, que imprimem o padrão." Ela pegou um tecido diferente, este em marfim e delicado. "E aqui temos sarsenet. Também é calandrado, mas para obter um efeito sarja. Também é muito mais claro que o *moiré*, portanto, adequado para um vestido de verão. E isto" — ela escolheu outra seda — "é lutestring, a mais leve das três. Ouve o seu adorável farfalhar?"

"Que farfalhar caro", disse uma mulher, arrancando algumas risadas.

"Exatamente", disse Eva, com a voz séria. "E receba todo o dinheiro que puder por isso também. Quanto mais aristocrática a dama, menos ela gosta de pagar. Coloque o preço de suas roupas de forma que metade do valor inicial cubra seus custos, e você não concorde em fazer para ela outra de suas gloriosas criações até que ela pague a segunda metade. Elas sempre tentarão aproveitar ao máximo quando você lhes der uma chance. Nunca deixe. Mas — e isso é importante — faça isso com um sorriso. Sempre. Os homens podem franzir a testa e gritar para o mundo todo o seu modo de pensar, mas não uma mulher. O império de uma mulher se constrói com um sorriso no rosto." Enquanto dizia tudo isso, ela dobrou os tecidos e os recolocou em pilhas organizadas.

A mulher conhecia seus tecidos e conhecia seu ofício. Eva Galante era formidável. Ela impressionava Lucien a cada momento.

A Srta. Bretagne entrou correndo na sala. "Será que eu perdi sua explicação?"

Com um sorriso no rosto, Eva se virou. "Chegou pontualmente, Srta. Bretagne", ela disse, evidente sua afeição pela garota. Seu olhar se desviou e se fixou em Lucien. Seu sorriso diminuiu um pouco, e sua testa se enrugou, seu rosto uma mistura de surpresa e perplexidade.

"Ah, que bom. Onde eles estão?"

Eva piscou como se tivesse saído da sala e estivesse entrando novamente. "Ah, hum, sim, no baú."

A Srta. Bretagne começou a trabalhar, e Eva desviou o olhar questionador de Lucien. Ela não estava feliz por ele estar ali, fato que não o incomodava nem um pouco. Ela simplesmente precisava se acostumar com a presença dele. Ele não iria a lugar nenhum tão cedo.

Com o sorriso transbordando de entusiasmo, a Srta. Bretagne

tirou dois pequenos pacotes do porta-malas e os abraçou junto ao corpo. Eva se dirigiu às suas pupilas. "Hoje, duas de nós deixarão a Hope House."

Uma salva de palmas e alguns gritos calorosos seguiram o anúncio.

"Rachel e Meg, gostaria de parabenizá-las especialmente pela jornada rumo à independência."

Com sorrisos tímidos e orgulhosos, as duas mulheres aceitaram mais uma rodada de parabéns.

"A Hope House tem duas missões", continuou Eva. "Dar a vocês espaço para sonhar com um futuro e as habilidades necessárias para ver esse sonho se tornar realidade. Vocês trabalharam duro e conquistaram o futuro brilhante que as aguarda com os aprendizados que conquistaram. Em alguns anos, vocês terão suas próprias lojas de chapelaria e costura."

"Agora?" perguntou a Srta. Bretagne, cujo entusiasmo simplesmente não pôde ser contido.

"*Sí*", disse Eva.

A Srta. Bretagne se aproximou de Rachel e Meg. "E quando vocês se mudarem para o seu novo futuro, vocês precisam ter a aparência adequada." Ela ofereceu um pacote a cada uma.

As mulheres desdobraram seus presentes e, diante dos olhos da sala, surgiram dois finos xales cor de marfim, elegantemente estampados com flores de coral e azul-petróleo, unidos por um motivo de videira.

"Quem se lembra do nome deste tecido?", perguntou Eva.

"Chita", ofereceram algumas vozes.

"Oh, *Señora*", disse Rachel. "Eu nunca tive nada tão fino."

Meg assentiu, sem palavras.

"E agora você tem", disse Eva. "Toda mulher nesta sala é digna de ter algo fino. Aonde quer que seus sonhos a levem, nunca se esqueçam disso."

Lucien compreendeu que o verdadeiro presente de Eva para essas mulheres não era um xale, mas o orgulho de si mesma.

Despedidas foram feitas e a sala começou a esvaziar. Algumas mulheres lançaram olhares curiosos em sua direção, e uma delas até lhe deu um assobio baixo e uma piscadela, mas Lucien permaneceu parado contra a parede e esperou.

Por fim, restaram apenas ele e Eva. Bretagne até havia atraído sua filha excessivamente efusiva. Lucien se afastou da parede. Eva deve ter percebido o movimento com o canto do olho, pois seu movimento diminuiu por um breve instante antes de acelerar enquanto guardava os tecidos restantes.

"O que você faz por essas mulheres é notável", ele disse em meio ao silêncio.

"Não é nada", ela disse tensa.

"Elas não veem dessa forma. Você está dando um futuro a elas."

Ela zombou. "Isso não está em meu poder, mas eu dou a elas algumas ferramentas." Por fim, ela olhou para cima. "Por que você está aqui? Eu não tenho a —"

"Página de registro? Eu sei." Ele estava realmente farto de falar sobre aquele pedaço de papel. "Você toma café?"

Uma risada confusa escapou dela. "Café? Você está aqui para me perguntar se eu tomo café?" Ela o encarava como se ele tivesse perdido o pouco juízo que possuía.

"Bem, você toma?"

"Sim", ela disse lentamente.

"Gostaria de tomar uma xícara?" Seu coração batia na garganta, antecipando a resposta, como um jovem inexperiente. "Comigo?" ele continuou, como se não fosse óbvio.

"Na verdade, minha tarde já está toda ocupada."

"Ah, claro."

Ela inclinou a cabeça, subitamente desconfiada. "Claro?"

"Você precisa se preparar para a recepção artística dessa noite."

Ela exalou, bufando. "O que você sabe sobre isso?"

"Só que consegui um convite e certamente a verei lá."

Ela abriu a boca, mas depois a fechou bruscamente, exasperada. Lucien sentiu uma satisfação considerável.

"Mas...", começou ela. *"Por quê?"*

"Não consigo pensar em maneira melhor de passar a noite."

"Também não terei a página do registro hoje à noite."

"Não se trata da página do registro. Trata-se de..." Agora foi a vez de sua boca se fechar.

Você.

Foi assim que ele quase terminou a frase.

"Apreciando a moda feminina?"

"Apreciando *suas* criações."

Pela terceira vez em poucos minutos, sua testa se franziu em perplexidade. Lucien percebeu que não haveria um momento mais perfeito para se despedir. Ele fez uma reverência superficial e girou nos calcanhares, um sorriso se alargando em seu rosto a cada passo, acompanhando-o por toda a Jane Street.

O que o impressionou novamente foi a Eva que acabara de ver e a Eva que acreditara ser nos últimos quatro anos. Elas não eram nem de longe próximas. A Eva que ele estava conhecendo o impressionava com seu conhecimento, sua habilidade e sua generosidade. Cada vez mais, ele não se cansava de vê-la, cada encontro revelando outro lado dela — seu verdadeiro eu.

Quatro anos atrás, ele tivera esta Eva como sua.

Se ao menos ele soubesse disso. Se ao menos ele não tivesse sido cego a ponto de não *vê-la*.

E, no entanto, ele sentia algo em sua generosidade para com as mulheres da Hope House. Algo que ele teria que ser corajoso o suficiente para buscar se quisesse ver.

As mulheres da Hope House haviam sido pisoteadas pela vida. Eram mulheres *decaídas*. Mesmo que naturalmente evitasse a ideia, ele entendia que precisava encarar a situação de frente se realmente quisesse conhecer Eva melhor.

Se ele realmente quisesse fazer o que era certo por ela.

Ou haveria outro motivo para ele precisar vê-la naquela

noite? Um que não tivesse nada a ver com a página desaparecida do registro ou com os eventos do passado?

Será que o motivo para ele precisar vê-la naquela noite não tinha nada a ver com o passado, mas muito a ver com o presente?

E possivelmente, um futuro?

23

E va sempre adorou uma festa.
E essa noite não era exceção.

Lá fora, era uma noite rara em Londres, seca e fresca, o tipo de clima que não estragaria os vestidos finos de seda e musselina que agora inundavam o endereço de Lady St. Alban na Queen Street. A casa geminada exibia elegância e vibração, com sua escada em espiral que conduzia o olhar até uma claraboia e suas paredes ricamente pintadas, um cômodo de um escarlate aveludado, o outro de um rico azul-claro.

Não que a casa geminada ainda fosse usada como residência, mas sim como estúdio de arte e galeria de Lady St. Alban, onde ela organizava sua festa mensal de arte, um dos convites mais exclusivos do calendário social da *alta sociedade*. O térreo abrigava o artista residente daquele mês, enquanto o segundo andar exibia a coleção particular permanente da viscondessa. Os convidados tinham liberdade para circular livremente entre os espaços.

Para Eva e o homem ao seu lado, certo Sr. Kimura — há muito tempo instrutor de arte de Lady St. Alban — os prazeres da casa seriam desfrutados mais tarde. Agora, na despensa da casa, eles experimentavam o prazer específico de ver um projeto emocionante ganhar vida enquanto vestiam suas modelos voluntárias e as enviavam para se misturar aos convidados. Quase um ano antes, antes mesmo de Eva começar a trabalhar nos vestidos, o Sr. Kimura havia estampado uma variedade de padrões no fino tecido de seda *sarsenet*, com formas gerais em verde e marrom com um tema de jardim, projetadas ao longo da bainha. Só depois Eva pegou o tecido e confeccionou vários vestidos de sua própria criação, mas seguindo a última moda — mangas largas e bufantes; cintura baixa e marcada; decotes que acentuavam os seios altos e orgulhosos. A moda estava adotando uma nova e agressiva abordagem sobre a forma feminina.

Mas, na verdade, foi o que o Sr. Kimura fez com os vestidos depois que ela os devolveu que realmente a deixou sem fôlego. Jardins ingleses móveis, com suas explosões de flores de todas as variedades e cores — papoulas, peônias, rosas, lavanda, malvas-rosa, gerânios, cosmos — ousados, porém requintados, enquanto cada linha do vestido, cada pincelada, acentuava a curva, o levantamento e o caimento do tecido, de acordo com a forma feminina da própria usuária.

"Londres vai enlouquecer com seus vestidos, Sr. Kimura", ela disse.

Ele lhe lançou um olhar divertido. "Eles são metade seus."

Ela balançou a cabeça. "Não mais. Pertencem inteiramente a você. Eu apenas criei sua tela." Ela não sabia, mas o Divino sabia.

Ele olhou para a voluntária que estava avaliando. "Um quarto de volta, se você quiser", ele disse direto, com seu olhar de artista avaliando.

A jovem riu, mesmo obedecendo à ordem. Ela era amiga da Srta. Bretagne e parecia muito inocente e apaixonada pelo Sr. Kimura, cujo único foco era o vestido, e não quem o vestia.

Mas Eva compreendia.

De ascendência japonesa, cada traço do rosto do Sr. Kimura — maçãs do rosto, maxilar, queixo, boca — destacava-se com nitidez, dando-lhe a aparência de ter sido esculpido em substância mais firme do que mera carne e osso. Combinado com sua figura alta e esguia, dotada de uma energia imbuída de curiosidade e determinação, ele era, em suma, extremamente bonito e magnético. Mas não era apenas sua aparência que a atraía. Era seu talento também. Era impossível não querer estar perto de uma pessoa assim.

Um pensamento passou por sua mente, e não pela primeira vez. Como seria estar com outro artista? Estar com alguém que vivenciou a vida com tanta paixão e intensidade quanto ela?

Mas ela já havia estado.

Lucien.

A arte visual talvez não fosse sua *especialidade*, mas ele se conectava e se dedicava ao trabalho de uma forma profunda, uma qualidade que Eva achava profundamente atraente.

Atraente demais.

"Sr. Kimura" começou a Srta. Bretagne, contorcendo-se para sair daquela sala e entrar no fluxo da festa. A melodia animada dos instrumentos de cordas a convidava. "Podemos ir agora?"

"Só mais uma..." Seu pincel fez menção de acariciar o vestido dela, mas depois se retraiu. "Menos é mais, eu acho."

A Srta. Radclyffe — amiga íntima e meia-irmã da Srta. Bretagne — sorriu. "Sempre."

Enquanto a Srta. Bretagne era a personificação da rosa inglesa, com seus cachos loiros e pele leitosa, a Srta. Radclyffe seria considerada uma flor "exótica" por aquelas bandas, com sua ascendência japonesa mista e altura que se aproximava dos 1,80 m, o que poderia ser atribuído ao seu pai, o Visconde de St. Alban. Na verdade, Eva nunca vira uma dama, jovem ou velha, vestir-se melhor ou com mais elegância do que a Srta. Radclyffe. Se Eva tivesse uma musa, era a Srta. Radclyffe.

Embora Eva já pensasse há muito tempo nas Srtas. Bretagne e Radclyffe como meninas, ela viu naquela noite que elas haviam chegado ao limite da vida adulta, aos dezessete e dezenove anos, respectivamente. Elas viveriam gloriosamente, decidiu Eva por elas.

Ela já havia sido uma jovem na mesma situação, mas enfrentara um futuro muito diferente. Embora tivesse saído daqueles anos mais forte e determinada do que seria de outra forma, ela não teve escolha a não ser aceitar o que a vida lhe reservava e seguir em frente, sempre em frente. Ela desejava as melhores — opções — para essas jovens.

Na verdade, foi graças às senhoritas Bretagne e Radclyffe e à generosidade de Lady St. Alban que Eva conseguiu, pela primeira vez, ganhar uma posição no mundo da moda, três anos antes. Amigos são sempre necessários neste mundo.

Enquanto Eva estava parada junto à porta e fazia uma última inspeção nas jovens antes de deixá-las sair para o salão — um rápido decote aqui, uma pequena torção no corpete ali —, um arrepio de realização a percorreu. Era aquela emoção especial quando a oportunidade pairava ao alcance e tudo o que se precisava fazer era agarrá-la.

Naquela noite, grande parte da *alta sociedade* estava do outro lado do corredor, esperando para ser impressionada pelas criações dela e do Sr. Kimura. Ela queria que eles ansiassem e clamassem por esses vestidos, que arrancassem os olhos uns dos outros por um vislumbre deles.

Era assim que se construía um império.

Uma pontada inesperada por Paris a percorreu. O que poderia ter sido... Apenas algumas semanas antes, ela imaginara dividir seu tempo entre Londres e Paris, com uma loja em cada cidade. E, de fato, esse sonho estava ao seu alcance. Nell viria como aprendiz e, em alguns anos, ela seria capaz de administrar uma loja em Londres sozinha, usando os designs de Eva, é claro. Ela tinha o plano todo traçado em sua mente, cada passo que teria que dar.

Até que seu marido reapareceu em sua vida.

Marido?

Sim — *inacreditavelmente* — marido.

Por mais uma noite, pelo menos.

E Paris?

Paris continuaria sendo um daqueles sonhos que se desvaneciam com a luz da manhã.

Eva pegou sua xícara de chá em uma mesa lateral e se despediu do Sr. Kimura, que havia concentrado sua atenção na limpeza dos pincéis — o homem era um verdadeiro perfeccionista, uma qualidade com a qual ela se identificava — antes de seguir o *um... dois... três* do quarteto de cordas em direção à festa, atraída pela música e pelo cela se sentiu feliz por sua xícara de chá. Conseguiu seu objetivo ao evitar ofertas de champanhe. Ela evitava substâncias intoxicantes sempre que possível, pois seu passado com elas tornava isso necessário.

"Eva", disse uma voz que ela reconheceu.

Com um sorriso que ia da ponta dos pés à curva larga da boca, Eva se virou para Lady St. Alban, uma mulher pequena e loira, muito parecida com a filha, exceto pelos olhos de Lady St. Alban, que eram de um azul-acinzentado inconstante, e os da Srta. Bretagne, castanho-escuro.

"As meninas estão ansiosas?" perguntou Lady St. Alban, que parecia mais nervosa pelas meninas do que por si mesma.

"Mais animadas do que qualquer outra coisa", disse Eva, de um jeito que pretendia acalmá-la.

Ao lado de Lady St. Alban estava seu marido, o Visconde St. Alban, um homem imponente e elegante que não falava muito, mas quando falava, era natural prestar atenção. Ele acenou com a cabeça em reconhecimento para Eva.

E do outro lado dele estava Lady Mariana, irmã gêmea de Lady St. Alban, que não se parecia em nada com ela — onde uma era clara, a outra era escura. Leite e Mel, elas ainda eram chamadas assim na sociedade — e seu marido, Lorde Nicholas Asquith, lendário mestre espião. Lorde Nicholas parecia estar envolvido em uma conversa profunda com seu irmão, Lorde

Clare — um marquês — e sua esposa, Lady Clare. Eva conhecera a pequena mulher como Hortense, uma espiã talentosa por mérito próprio. Se não fosse por Hortense, a bala de Eva, destinada ao coração de Montfort — ou ao que parecia ser um coração em seu peito — provavelmente teria atingido seu alvo.

A sociedade inglesa era um mundo pequeno, e isso era um fato.

"Eva", disse outra voz familiar.

Quando Eva se virou para essa voz, foi com um sorriso de alívio. Ela poderia enfrentar qualquer noite — mesmo uma no centro de uma festa da *alta sociedade* — com Isabel ao seu lado. Isabel parecia uma dama em todos os aspectos, usando um vestido que combinava perfeitamente com o verde de seus olhos, ao lado de Percy e seu pai e madrasta, o Duque e a Duquesa de Arundel. Toda a fina flor da aristocracia inglesa estava presente naquela festa. Certamente um conde andava por ali.

"Isabel, minha querida", disse a Duquesa, enrolando um longo colar de pérolas rosa nos dedos de uma das mãos e apertando o antebraço de Isabel com a outra, "você parece um pouco abatida. Quer que eu mande buscar para você meu tônico para enxaqueca?"

Isabel abriu a boca, certamente para recusar, pois fora um trágico infortúnio para Isabel ter bebido mais do que alguns dos tônicos para enxaqueca da Duquesa. Certa vez, ela descrevera o sabor como uma mistura de ovo podre, meias fedorentas e aparas de grama.

"Posso tê-lo aqui em meia hora", continuou a Duquesa, sempre apegada a um assunto. "A cozinheira sabe que deve ter sempre pronto os ingredientes. Nunca se sabe", concluiu, solenemente.

Eva não tinha certeza se era a embriaguez de uma noite bem-sucedida ou a intensidade com que a Duquesa revelava seu lado travesso, mas simplesmente não resistiu e disse: "Ouvi falar tanto sobre os poderes curativos do seu tônico para enxaqueca. Você se importaria de compartilhar os ingredientes?"

"Você sofre de enxaqueca tanto quanto sua irmã?" Os olhos da Duquesa se estreitaram para Eva, e ocorreu-lhe que talvez tivesse ido longe demais. Talvez tivesse que tomar um tônico também. "Pode estar no sangue, sabe? Enviarei a lista de ingredientes para o seu endereço logo de manhã. Lembre-se apenas de combiná-los na ordem indicada. Isso é o mais importante. Nenhuma dor de cabeça voltará, se você misturar corretamente."

Isabel parecia totalmente inclinada a sair correndo pela Queen Street, mas Eva via a questão de um ângulo diferente. Uma gentileza e uma preocupação subjacentes que eram docemente sinceras. E a verdade era esta: o mundo sempre parecia um pouco mais seguro e protegido quando alguém era alvo da preocupação de outra pessoa.

"Oh", exclamou a Duquesa, com seu olhar sempre errante tendo encontrado um conhecido, "minha querida amiga Lady Uxbridge e sua incomparável filha chegaram. Se me derem licença, preciso cumprimentá-las. Ela nunca me enviou o ingrediente secreto para sua depilação..." Ela parecia se lembrar de que estava em companhia mista.

Seu marido, o Duque, sorriu indulgentemente. "Oh, continue, querida."

"É melhor que uma dama guarde seus segredos", ela disse atrevidamente por cima do ombro.

Com uma sensação de alívio, Eva observou a Duquesa tomar conta de Lady Uxbridge. Lady Portia permanecia com sua habitual frieza e despreocupação enquanto olhava ao redor da sala com supremo desinteresse. Ela simplesmente não estava interessada na vida que sua mãe desejava para ela. O destino de muitas jovens da *alta sociedade.*

Eva sentiu pouca compaixão. Ela conseguia pensar em um destino muito pior. Na verdade, já havia experimentado um.

Ela começou a examinar a sala, seu olhar passando de um

grupo para o outro. Nossa, como as sedas e os diamantes brilhavam intensamente essa noite. Em combinação com o champanhe que fluía livremente, tal elegância elevava o próprio ar que se respirava a uma efervescência cintilante. Não se podia evitar ser contagiado por ele, mesmo que não se fizesse parte daquele mundo, e nunca fosse fazer parte.

Era uma figura solitária que seu olhar buscava. Uma mulher pequena que sempre estaria na periferia da *alta sociedade*, mas nunca totalmente dentro dela. Suas roupas seriam discretas para se misturar às paredes. Não as paredes desta sala, é claro, que eram de um tom profundo e rico de berinjela, mas um tom monótono de cinza ou — *arrepiante* — marrom de sapato velho.

Na verdade, seu olhar não conseguia deixar de procurar outra pessoa também. Mas ele ainda não havia chegado. Ela sentiria sua presença como uma sensação física.

Hoje, na Hope House, a maneira como ele a convidara para tomar café com ele fora... doce, pois o pedido não tinha nada a ver com a página do registro. Pareceu-lhe que ele estava perguntando por que queria passar um tempo com *ela*.

A ideia era brilhante demais para ser aceita.

Isabella entrelaçou o braço no dela e a puxou para um nicho tranquilo sob a esplêndida escadaria que lembrava a concha sinuosa de um caracol. Eva sentiu uma conversa com "C" maiúsculo vindo da irmã.

Isabella chegou direto ao ponto. "Touraine estará aqui esta noite."

Eva desejou ter uma bebida mais forte que chá na mão. Uma dose de uísque escocês lhe veio à mente. "Foi você quem contou a ele, não foi, Isabel?"

"*Sí.*"

"É uma festa só para convidados", disse Eva. Sua irmã saberia que era uma pergunta.

"Eu o ajudei a conseguir um convite."

Exatamente como Eva pensou. "Você está se intrometendo, *cariña*."

Um sorriso tímido surgiu nos lábios de Isabel, mas a firmeza permaneceu em seus olhos. "*Si.*"

Eva exalou um suspiro de frustração. "Por quê?"

"Alguém precisa."

"Não o incentive."

"Não acho que esse homem precise de incentivo."

O que deu a Isabel essa ideia? Mas perguntar só a encorajaria, e Eva queria que aquela conversa terminasse, *agora*. "Em breve ele retornará à França e nunca mais o veremos."

"Como você pode ter tanta certeza?" Isabel permaneceu teimosamente cética. "Quando ele veio à nossa residência hoje, sua intenção parecia exatamente o oposto."

"Posso garantir que não é."

"Como você pode —"

"Porque, amanhã a esta hora, ele não será mais meu..."

O olhar de Isabel se estreitou. Aqueles olhos verdes dela podiam se elevar ao sobrenatural quando ela quisesse. "Seu *o quê?*"

"Ele não é nada para mim." Uma música suave carregava a batida pesada do tempo. "E nunca foi."

Isabel arqueou a sobrancelha, cética. Ela não acreditava nem um pouco em Eva. "Pode ser ou não, mas posso te dizer para quem ele definitivamente é algo."

Eva se preparou, pressentindo o que estava por vir.

"*Ariel.*"

Pronto, lá estava a verdade.

"Touraine não sabe", afirmou Isabel, categoricamente.

Não era a certeza da irmã que irritava Eva. Era o senso de retidão de sua cruzada... e o fato de que ela não estava errada.

"Nem saberá."

Isabel balançou a cabeça levemente, incrédula. "Como você

pode ter certeza de que tal verdade permanecerá em segredo para sempre?"

"Somos as únicas duas pessoas que sabem. Por que não deveria permanecer assim?"

"E Montfort? Ele não sabe?"

A respiração de Eva parou. *Montfort.* Ela nunca lhe contara explicitamente a identidade do pai de seu bebê, mas ele sabia. Claro que sabia.

E ele não contou a Lucien quando teve a chance. Em vez disso, exibiu a informação diante deles, mas, no fim das contas, guardou-a para si. O que significava uma coisa:

Ele a usaria mais tarde.

Assim, Eva entendeu o que não conseguira ver até aquele exato momento:

Ela ainda estava pressionada sob o polegar de Montfort. A menos que...

A menos que contasse a Lucien.

Não.

Como poderia?

Mas... Como não poderia?

Uma mulher esguia, com cabelos castanhos indefinidos, olhos cinzentos comuns e um vestido da cor de água suja, passou por ela. Como alguém conseguia encontrar um vestido tão sem graça? Uma pergunta para outra hora, pois ela era a mulher que Eva procurava.

Srta. Anne Fox.

"Isabel", disse Eva, apertando a mão da irmã para confortá-la, "preciso cuidar de um assunto urgente."

"Cariña", disse Isabel enquanto Eva se preparava para seguir sua presa, "pense no que eu disse."

Se ao menos Isabel soubesse.

Mas isso precisava ser deixado de lado por enquanto, para que sua mente pudesse se concentrar na conversa que teria com a Srta. Fox, uma mulher pequena e astuta que não deixava nada passar despercebido. Anos atrás, Montfort mantinha uma relação amigável com o pai da Srta. Fox, o Barão Cheswick, e dono de várias editoras pequenas, uma das quais era o popular jornal de fofocas, o *London Diary*. Embora a sociedade soubesse disso, eles ainda convidavam a Srta. Fox para eventos. É melhor ficar do lado bom de uma fofoca popular.

Eva seguiu vagamente a trajetória da Srta. Fox por vários cômodos, já que a mulher certamente captava pequenas *informações* aqui e ali, para serem reunidas mais tarde. A Srta. Fox encontrou uma cadeira de veludo azul, com dois assentos, no centro do que teria sido a sala de jantar formal, com um lustre de cristal de vários níveis que lançava uma luz cintilante sobre todas as superfícies. A mulher se acomodou, seus ouvidos certamente captando as múltiplas conversas que aconteciam ao seu redor, despercebidas por todos, exceto Eva, que se sentou à sua frente.

A Srta. Fox olhou para ela e franziu a testa. Fazia sentido que a Srta. Fox não ficasse exatamente feliz em vê-la. "Como posso entrar em contato com o Barão?" perguntou Eva. Era melhor ir direto ao ponto.

A curiosidade brilhou nos olhos da mulher. Uma Srta. Fox curiosa era uma Srta. Fox perigosa. "Por que você precisaria ver meu pai, Señora Galante? Talvez você tenha algumas das dívidas de jogo dele, junto com o resto de Londres?"

"Está relacionado aos eventos de três anos atrás."

"Ah", disse a Srta. Fox, sem nenhuma surpresa. "Acho que não preciso perguntar quais eventos."

"Você é uma mulher inteligente." Era o melhor tipo de bajulação para uma mulher como a Srta. Fox.

A mulher estendeu as mãos em uma demonstração de pesar. "Acontece que você sentiu falta do meu pai. Ele não está na Inglaterra no momento."

A irritação tomou conta de Eva. "Quando ele vai voltar?"

"Ele partiu para o Extremo Oriente há apenas seis meses, então..." A Srta. Fox fez uma careta. "Um ano? Dois?"

A irritação se transformou em frustração. "E as publicações dele?", perguntou Eva. Essa era a parte crucial. "Quem está cuidando delas?"

"Aquela que sempre cuida delas."

Ah. A Srta. Fox sempre fora a responsável por cuidar do assunto. "Algo foi deixado com seu pai para ele guardar", disse Eva. "Um papel."

Uma risada irônica escapou da Srta. Fox. "Ninguém deixa nada com meu pai para guardar. Pode descrever?"

"É um..." Eva tentou imaginar como poderia contar a uma fofoqueira conhecida o que ela precisava contar sem realmente contar.

Não era possível.

"É uma página do registro de casamento de um ferreiro em Gretna Green."

O indicador da Srta. Fox começou a bater na boca. "Antes de meu pai partir para o Extremo Oriente, ele deixou alguns papéis comigo. Ele disse que um dia eles nos trariam fortuna. Você acha que esse papel pode estar entre eles?" Ela inclinou a cabeça. "Quanto vale esse papel para você?"

Eva não hesitou. "Diga o seu preço." Entre ela e Lucien, eles poderiam pagar.

"Dinheiro?" A Srta. Fox soou quase insultada.

"Quanto?"

"E foi, por acaso, Lorde Bertrand Montfort quem deixou essa página de um registro de casamento de Gretna Green com meu pai?"

"Por acaso, sim." A Srta. Fox estava juntando as peças do passado a uma velocidade alarmante. A mulher tinha uma mente rápida. Rápida demais.

"Isso explicaria a carta que recebi de Lorde Bertrand essa manhã."

"Ele já lhe escreveu?" Isso foi rápido. Mas Eva sabia que ele escreveria.

"Para meu pai, na verdade", disse a Srta. Fox. "Lorde Bertrand e eu não temos nenhum relacionamento. Ele me vê como o pior tipo de mulher. Uma intrometida." Ela bufou. "Palavras dele."

"Uma mulher inteligente, mais provavelmente."

O que havia em uma mulher inteligente que tanto incomodava certo tipo de homem? Eva nunca havia entendido.

A Srta. Fox deu aquele seu sorriso lento e astuto. "Exatamente."

Era agora que Eva precisava fazer uma pergunta que não queria fazer. "Fará o que ele pede?"

O olhar cinzento da Srta. Fox perscrutou Eva. Que uma fofoqueira fosse uma buscadora da verdade era um enigma. "Eu sei que foi você quem atirou em Lorde Bertrand há três anos e o feriu. Afinal, eu vi com meus próprios olhos, mas —"

A hesitação da mulher quase desfez Eva, cujas mãos estavam cerradas em punhos apertados ao lado do corpo. *"Mas?"*

"Mas acredito que foi ele quem a feriu mais."

Os ecos da emoção daquela noite invadiram Eva, juntamente com a sensação muito tangível de sentir... *vista*. Ela tentou engolir o sentimento, mas ele não desaparecia. Queria ser libertado. Tudo o que ela podia fazer era acenas com a cabeça.

"Você já sofreu o suficiente por isso", disse a Srta. Fox.

Eva piscou. A Srta. Fox estava dizendo o que achava que estava ouvindo? Ela pigarreou na esperança de que isso a deixasse falar. "Você simplesmente me entregará o documento?"

"Você agora está em Bond Street, sim?" A Srta. Fox não perdia um movimento em Londres.

"Sí."

"Enviarei por mensageiro amanhã."

"Não para mim", disse Eva.

As sobrancelhas da Srta. Fox se ergueram em leve surpresa. "Não?"

"O Marquês de Touraine. Ele está hospedado no Hotel Mivart's." Eva sabia que havia dado à fofoqueira mais afiada de

Londres uma peça importante do quebra-cabeça, mas Eva sentia em seu íntimo que podia confiar naquela mulher desconhecida.

De repente, a consciência a percorreu e ela sentiu. O calor de um olhar.

O olhar *dele*.

Seu coração batia mais forte no peito e sua pele ardia.

"Se isso é tudo", disse a Srta. Fox, levantando-se, "preciso circular."

Com isso, a mulher desapareceu na multidão, deixando Eva sozinha...

Com o olhar dele.

Muito deliberadamente, ela se virou no assento, infalivelmente atraída por seu olhar.

Ele era seu ímã. Por mais que fugisse desse fato, a verdade permanecia profundamente imersa nela.

Ela sempre seria atraída por ele.

Três damas formavam um semicírculo diante dele, cada uma competindo por sua atenção — uma com seu sorriso radiante, uma com o bater brincalhão de seu leque, uma com o piscar de seus cílios. Cada uma louca por ele. Eva entendia o sentimento.

Mesmo quando outros chamavam sua atenção com seus parabéns por uma noite de sucesso estrondoso, ou perguntas sobre como poderiam obter uma das criações daquela noite, era em Lucien que sua atenção permanecia.

Bastava que ele ocupasse um aposento com ela, e ela não tinha olhos nem atenção para mais ninguém.

Seu beijo na carruagem ontem... Ainda a abalava.

E o jeito como ele a olhava agora...

Ele queria *mais* dela. O que mais além do que ela já lhe dera, ela não conseguia considerar.

Ou talvez pudesse...

Não.

Ela não podia se permitir aventurar-se em tal território, pois não era a mulher que ele começara a imaginar. Não de verdade. Ele não conhecia a mulher que ela era capaz de se tornar.

Ela se deu conta do que dizer a seguir àquele homem — e não tinha nada a ver com o desejo em seus olhos ou em seu corpo.

Montfort sabia que Lucien era o pai de Ariel e contava com que ela não lhe contasse.

Então, era simples.

Ela precisava desafiar as expectativas de Montfort.

Ela precisava contar a Lucien.

Essa noite.

24

E va escolhera um visual severo para aquela noite.

Esse foi o primeiro pensamento de Lucien ao vê-la.

Vestido de um preto opaco, estilo bombazine [1]. Cabelo repartido ao meio e preso para trás em um coque severo na base do pescoço.

Ela devia ter pensado que esse estilo atenuaria sua aparência.

Como estava enganada.

A severidade da cor e do penteado apenas realçava sua beleza.

Sua tentativa de se concentrar na conversa com uma mulher pequena, de olhar rápido e penetrante, estava falhando. Ele deveria ser um cavalheiro e parar de provocá-la.

Ele não faria isso.

A polidez raramente conseguia o que as pessoas queriam, e ele queria algo dela. Não, não tão simples assim.

---

1. Bombazine é um tecido originalmente feito de seda ou seda e lã e, mais recentemente, também feito de algodão e lã ou apenas lã. A bombazine de qualidade possui a estrutura básica de seda. É usada como material para vestuário: comumente em vestidos, saias e jaquetas. A bombazine preta era amplamente usada para roupas de luto na Europa dos séculos XVI e XVII, mas o material saiu de moda no início do século XX.

Ele queria *ela*.

Mais simples na frase, mas não no conceito.

Um conceito que ia além do mero desejo carnal.

Depois que sua conversa com a mulher terminou, outras começaram a se aproximar, uma, depois duas... Nem um minuto depois, um enxame se reuniu ao seu redor. Eva era a estrela da noite, e todos sabiam disso. Tudo o que podiam fazer era adorá-la aos seus pés. Durante todo o tempo, ela recebia essa adoração com uma reserva que a mantinha distante. O sorriso de uma mulher de negócios educada, o rosto que ela apresentava ao mundo.

Mas não aquele que ela apresentava a ele — a Eva que só ele conhecia.

Incapaz de ficar longe dela por mais tempo, ele murmurou algumas palavras de desculpas às damas que, de alguma forma, se reuniram ao seu redor e aceitaram o toque brincalhão de um leque ao se afastar. Em vez de ir direto para Eva, como seu corpo sugeria com a maior veemência, ele contornou o salão, aderindo ao perímetro até estar atrás dela. Só então se permitiu aproximar.

Com a cabeça inclinada em concentração enquanto se concentrava no que certamente era um elogio, ela ofereceu uma visão de seu perfil, da linha longa e elegante de seu pescoço. Ele tocou seu cotovelo com a mão, quando tudo o que ele realmente queria era pressionar a boca naquela curva suave. Tantas curvas suaves para explorar no corpo dessa mulher...

Ela reagiu com um arqueamento sutil das costas, um virar a cabeça, um brilho nos olhos escuros. Ela o conhecia... seu cheiro, seu toque. O que sabiam um sobre o outro se enraizava nos elementos de sua composição, penetrava profundamente em suas células.

Afundava profundamente na própria substância de suas almas.

A mulher sempre trazia à tona seu lado poético, o pouco que existia.

Seu olhar encontrou o dele por cima do ombro. "Preciso de ar fresco", ela murmurou baixinho.

"Venha comigo", ele murmurou. "Ouvi falar de um lugar para onde podemos ir."

Enquanto subiam a ampla escadaria em espiral da casa geminada, foi seu instinto natural segurar o braço dela. Que o mundo visse essa mulher elegante e curvilínea como sua. Mas, embora ele fosse seu marido, não era seu direito fazer tal proclamação.

Ainda não.

"Siga-me", ele disse, enquanto a conduzia por uma porta que se abria para um corredor estreito que levava a outra porta. Ele empurrou a porta e saiu. Diante dele, a vista se alargou. Atrás dele, Eva ofegou.

"É...", ela começou.

"Mágico", ele completou para ela.

Iluminado por uma lua crescente tão baixa que ele quase conseguia alcançá-la e tocá-la, abria-se um jardim no terraço, composto por pequenas árvores frutíferas em vasos, tufos de tulipas, um tapete de grama verde e um caminho de pedras serpenteando ao redor. De alguma forma, parecia meticulosamente planejado e inteiramente natural.

Seu antigo eu veio até ele nesse jardim, aquele que acreditava em magia. Aquele que podia falar sobre qualquer coisa com uma Eva encantada por uma noite estrelada. Aquele que ousou desejar aquela mulher além do carnal.

Que ousou desejar tudo dela.

Ela passou por ele e entrou no caminho de pedras, seu aroma de canela convidativo, puxando-o.

Chegaram a um espaço aberto, e ela parou e inclinou a cabeça para trás, para as estrelas lá em cima. "Dá para respirar aqui em cima."

"A multidão foi demais para você?"

"Um pouco."

"Você deve estar se acostumando com noites assim."

Uma risadinha escapou dela. "Ah? Por quê?"

"Porque você é uma sensação, Eva. Vai ter que contratar todos os aprendizes de costureira de Londres para atender à demanda."

Ela riu novamente, mais alto desta vez. Segura também. Ele estava falando a verdade, e ela não negaria. A mulher era ambiciosa, e não tinha vergonha disso. O orgulho cresceu dentro dele. Ele não tinha o direito de sentir isso, já que ela havia conquistado tudo isso sozinha. Mas ele a possuía e mantinha seu amor — mesmo que por um breve instante — e essa era uma conquista da qual se orgulhava.

"Você disse algo na Hope House hoje."

"Eu disse muitas coisas." Ela pareceu insegura em relação a ele.

"Você mencionou império. É isso que você busca, não é?"

Ela soltou uma risada, mas não negou.

"Esqueça Alexandre, o Grande", ele disse. "Eva, a Grande."

O sorriso dela brilhou, intenso e despreocupado. "Parece bem bonito, *si?*"

"E para onde você expandirá seu império, Sua Excelência?"

"Hmm." O sorriso dela tornou-se pensativo. "Paris, eu pensei uma vez."

"Paris não saberia o que a atingiu."

Ela balançou a cabeça e voltou a seguir o caminho. Para não ter que olhar para ele, ele suspeitava. "Paris não é mais possível."

"Por que não?" Isso não soava como Eva, a Grande.

"Paris — ou mesmo toda a França — não é grande o suficiente para nós dois."

"Pode ser."

As palavras dele pairaram no ar atrás dela. Ela ansiava por aquela vida, mas se convencera de que não poderia ser dela. Ele não queria isso para ela. Sua ambição não deveria ter limites.

Chegaram a uma pequena gruta, escondida no canto mais distante do terraço, e Eva sentou-se no banco estreito, largo o suficiente para dois amantes, mas não para duas pessoas em desacordo. Ele apoiou um ombro na parede de pedra, o corpo ligeiramente afastado dela.

"E o seu vinhedo?" ela perguntou. "O que você imagina para o futuro dele?"

Ela havia mudado de assunto.

"La Perle é uma peça vital de uma França em ascensão", respondeu ele, irritado, mas também instantaneamente se animando com o assunto. Como ela sabia que ele faria. "Se ao menos mais aristocratas vissem isso."

"Seu pai viu." Ele detectou compreensão nos olhos dela. "Nós dois seguimos os passos dos nossos pais."

"Verdade."

"E você espera um filho que, por sua vez, siga os seus passos."

"*Oui.*"

"Que vida perfeita você tem pela frente."

"Você e eu, Eva... não somos diferentes." Ele queria — precisava — que ela entendesse isso. "Eu pensei que teria uma vida perfeita com você ao meu lado."

Ela abriu a boca, certamente para refutar as palavras dele, mas não conseguiu. Abriu a boca novamente. "E sua mãe?" perguntou. "Ela está confortavelmente instalada em Mivart´s?"

Mais uma vez, ela mudou de assunto.

"Sum, está", ele disse, seco.

"Ela está aqui esta noite?"

Ele balançou a cabeça. "Ela se recusou a vir."

"Ela parece bastante..." Eva procurou uma palavra. "Perspicaz."

"Ela é."

Ela inclinou a cabeça. "Ela sabe sobre —"

"*Nós?*"

Eva assentiu.

"Nunca disse isso a ela com todas as palavras."

O que não era o mesmo que *Maman* não saber, ambos compreendiam.

"E sua mãe?" perguntou ele. Este era um ponto sobre o qual

ele estava mais curioso. "Já ouvi falar do seu pai, mas não da sua mãe."

O olhar de Eva se desviou dele. "Ela faleceu de uma infecção pulmonar quando Isabel e eu éramos meninas. Eu tinha nove anos."

A compreensão o percorreu. "Não consigo imaginar a dor dessa perda, tão jovem."

Seu rosto se suavizou. "Isabel e eu temos algo dela. Isabel usa seu colar, e eu tenho seu xale de seda. Foi feito pelas próprias mãos do papai quando eles estavam namorando, e ela o usava em todos os lugares que ia. Mamãe entendia a necessidade de as roupas femininas servirem não apenas como uma mensagem ao mundo sobre si mesma, mas também como sua armadura contra ele."

"E isso faz parte do seu serviço para suas clientes."

"Meus vestidos são elegantes e bonitos, mas um vestido também deve ter significado para quem o veste."

"Não são apenas suas clientes que se beneficiam da sua filosofia."

Suas sobrancelhas se ergueram. "Não?"

"Mas as mulheres da Hope House também."

Seu olhar se fechou e seu maxilar ficou tenso.

Ele continuaria insistindo. "É uma instituição de caridade interessante para apoiar."

"Você conheceu a Srta. Bretagne. Ela pode ter apenas dezessete anos, mas pode ser bastante persuasiva."

Lucien sabia o que Eva estava fazendo. Ela estava tentando despistá-lo. A Srta. Bretagne não tinha nada a ver com seu interesse na Hope House. "Mas doar seu tempo e conhecimento como você faz. Isso não é simplesmente apoiar uma instituição de caridade. Isso é doar-se."

O olhar de Eva se inflamou. "Eu sei o que é ser rejeitada. Eu sei a necessidade de reconstruir uma vida do zero."

Lucien recebeu suas palavras como um golpe no esterno. Ele

havia desempenhado um papel nessa necessidade. Ele diminuiu a distância entre eles e se acomodou ao lado dela no banco, sua coxa roçando a dela, a necessidade de protegê-la, de tocá-la o dominando, como se para afastar um pouco de sua dor, para assumir um pouco dessa necessidade. O passado não tinha sido gentil com Eva, mas o futuro poderia ser.

Ele estendeu a mão e segurou o lado do rosto dela, sua pele macia contra seus dedos calejados. Seus olhos se fecharam por um instante, a rendição no movimento sutil. Sua cabeça inclinou-se para trás, o rosto iluminado pelo luar pálido, os olhos inquisitivos. Ela abriu a boca e exalou um ofegante "Lucien".

Ele inclinou a cabeça para tocar seus lábios nos dela, o contato de pele com pele que ele ansiava desde que a beijou na carruagem.

Ela era *dele*.

Ele queria que ela soubesse. Primordial, esse sentimento que os unia um ao outro.

"Há algo que preciso lhe contar", ela sussurrou. Com os lábios separados por apenas alguns centímetros, sua respiração roçou quente contra a pele dele.

"Isso pode esperar", retumbou do fundo de sua garganta.

"Não pode."

As duas palavras permaneceram firmes, sem qualquer hesitação ou rendição.

Um alarme soou dentro de Lucien, e ele se afastou o suficiente para encará-la. Antes que pudesse perguntar o que diabos ela queria dizer, a porta do terraço se abriu com um longo rangido. Ele esticou o pescoço em volta de um grupo de árvores frutíferas e viu as Srtas. Bretagne e Radclyffe se espalhando pelo jardim do terraço, junto com um jovem alto e esguio, com uma cabeleira dourada brilhante, inconfundivelmente parente da Srta. Bretagne. O jovem até tinha o maxilar determinado dela.

"Não é apropriado, Lulu", repreendeu o jovem, com a arrogância altiva frequentemente empregada por jovens fidalgos.

"Vocês ainda não foram apresentadas a sociedade. Vocês duas precisam considerar suas reputações e como tal comportamento afetará suas perspectivas de casamento."

"Oh, Huey", disse a Srta. Bretagne, jogando-se desajeitadamente em uma cadeira. A Srta. Radclyffe caminhou em direção à balaustrada.

Lucien se levantou e deu um passo para longe de Eva. Era a coisa certa a fazer. Mesmo que aqueles jovens não os tivessem notado, e provavelmente não notariam, ele e Eva eram solteiros aos olhos de Londres e ele não veria sua reputação cuidadosamente construída manchada.

Ele a queria do jeito certo.

Por escolha dela.

"Considere este cenário", disse o jovem lorde — *Huey*. Como um jovem tão sério poderia ser chamado de Huey? "E se um homem eminentemente elegível gostasse muito de você e considerasse o casamento uma possibilidade futura? Atitudes como desfilar por aí com vestidos *à venda* poderiam impedi-lo de se declarar, pois ele saberia que seu pai e sua mãe jamais consentiriam que ele trouxesse uma dama beirando o escândalo para a família."

A Srta. Bretagne zombou e encarou o jovem lorde, incrédula. "Diria que Mina e eu merecemos mais do que um homem assim."

"Não sei se algum dia me casarei, Lorde Avendon", disse a Srta. Radclyffe, distraída, com o olhar fixo no céu azul-anil. "Não tenho certeza se seria a dama ideal para um cavalheiro assim."

Lorde Avendon — um nome que combinava muito melhor com o jovem do que *Huey* — pareceu arrasado. "Mas você não quer, pelo menos, a opção de um bom casamento?"

Lucien não sabia nada sobre o jovem, nem sobre as jovens, mas, se tivesse que arriscar um palpite, diria que o jovem estava muito apaixonado pela Srta. Radclyffe.

"Que velha exigente o senhor se tornou, primo Huey",

exclamou a Srta. Bretagne. "E, sinceramente, a questão é irrelevante, porque Mina parte para o Oriente no mês que vem."

"O que?", perguntou Avendon.

"Mina vai para o Japão no mês que vem", repetiu a Srta. Bretagne.

"Mas, Srta. Radclyffe, a senhora não vai ser apresentada nesta temporada?"

"Decidi esperar." Ela não parecia nem um pouco incomodada, e talvez até um pouco aliviada.

"Ela vai ficar fora por alguns anos." A Srta. Bretagne talvez estivesse tendo um prazer diabólico em torturar o primo.

"Alguns anos?" exclamou Avendon.

A Srta. Bretagne assentiu, definitivamente alegre. "E sairemos juntos quando ela retornar."

"Certamente a senhorita não vai desacompanhada, Srta. Radclyffe", disse Avendon, levando seu apelo diretamente à fonte.

"De jeito nenhum. Estarei com meu —" A Srta. Radclyffe interrompeu-se de repente.

"Com o instrutor de arte da mamãe", completou a Srta. Bretagne. "Sr. Kimura."

As sobrancelhas de Avendon se ergueram em direção ao céu. Eles poderiam realmente alcançar seu objetivo. "Você está navegando para o *Japão* com... com o *instrutor de arte* de Lady St. Alban?"

A Srta. Radclyffe assentiu com firmeza, determinada a não dizer mais nada sobre o assunto.

Avendon esfregou as têmporas, frustrado. "Certamente isso não pode ser —"

"Da sua conta, primo!" a Srta. Bretagne falou. "Você tem razão. Não é."

A boca de Avendon se fechou e ele pareceu se recompor. Mas continuou a olhar para a Srta. Radclyffe da maneira específica que Lucien reconhecia, pois outrora olhara para Eva daquela forma. Com uma paixão obsessiva.

Ele não tinha certeza se não a estivera observando há pouco.

"É a primeira vez que ouço falar disso", disse Avendon, refugiando-se em uma fria arrogância.

"Não o vemos há meses", disse a Srta. Bretagne. "Então faz sentido."

"Cambridge exige muito do meu tempo." Avendon não conseguiu evitar a defensiva.

"E quando Mina voltar", começou a Srta. Bretagne, que não resistia cutucar o primo, "convencerei mamãe a nos deixar usar esta casa como o nosso refúgio feminino."

"*Refúgio feminino?* Quem já ouviu falar de uma coisa dessas?" zombou Avendon.

"Ninguém, claro. Só agora inventei o nome. Então, quando Mina voltar, nós duas moraremos aqui." Uma pausa. *"No nosso refúgio feminino."*

"Você vai morar aqui", repetiu Avendon. Sua incredulidade não tinha limites. "Sozinhas, como duas solteironas."

"Por que não?"

"Ah, que bobagem, Lulu", exclamou Avendon. "Você vai se casar como qualquer outra jovem elegível."

Lucien olhou para Eva, que estava prestando tanta atenção à conversa quanto ele. E achando-a divertida, a julgar pelo sorrisinho que se formava em sua boca.

"Acho que devemos voltar lá para baixo", disse a Srta. Radclyffe. "Embora eu ache que os vestidos já devem ter sido vendidos."

"Lady Fortescue e Lady Blakeney estavam prestes a começar uma briga feia para ver quem ficaria com o seu vestido, Mina." A Srta. Bretagne bufou. "A Señora Galante vai ter muita dificuldade para costurar qualquer uma delas nele, no entanto."

"Eu sou bem alta", disse a Srta. Radclyffe, sua voz ecoando atrás do trio enquanto eles voltavam para a sala.

"Escultural", respondeu Avendon antes que a porta se fechasse com um ruído.

Eva ainda sorria. "Ah, pobre Lorde Avendon."

"Lembro-me de ter me sentido assim por uma jovem", disse Lucien. Ele não estava sorrindo. Estava completamente sério, e ela sabia disso. "Essa sensação queima um homem por dentro."

O sorriso de Eva diminuiu aos poucos, à distância se aproximando. "Lady Uxbridge chegou mais cedo. Talvez você a tenha visto?"

"Vi", ele disse secamente. Não queria discutir Lady Uxbridge.

"E Lady Portia também." Eva parecia determinada a deixar claro. "A mulher com quem você me viu falando essa noite?"

"Sim?"

"Ela mandará entregar a página do registro em seus quarto de hotel amanhã. Então..." Ela hesitou. "Então você estará livre para fazer de Lady Portia sua esposa."

Ah. Lá estava o que ele não queria ouvir

Agora que a elusiva página do registro estava quase — *finalmente* — em suas mãos, ele não estava preparado para isso. Na verdade, ele não pensara na maldita página o dia todo.

Só uma coisa ocupava sua mente: quando veria Eva novamente.

Ele queria mais tempo.

Todo o tempo do mundo, sussurrou uma vozinha, sem ser convidada.

"E o que a faz pensar que é isso que pretendo fazer com a minha liberdade?" ele perguntou.

"É o que todos querem que você faça: Lady Uxbridge e sua mãe em particular."

Lucien se aproximou de Eva, incapaz de evitar. "O que a faz pensar que eu quero a minha liberdade?"

Eva se levantou de um salto, bufando de frustração. Eles agora se encaravam como adversários. "Então por que você veio para a Inglaterra? Por que fomos para a Escócia? O que foram as últimas semanas?"

"Descoberta."

Ela piscou. *"Pardon?"*

"E você sabe qual foi a minha maior descoberta, Eva?"

"Qual?" A pergunta surgiu um pouco ofegante.

"Você", ele disse, inclinando a cabeça para baixo, suas bocas próximas, mas sem se tocar.

Com os olhos tempestuosos e inescrutáveis, ela balançou a cabeça lentamente. "Essa não é a única descoberta."

"O que mais, Eva?"

Ela inalou um rápido gole de ar como se estivesse se preparando. "Havia um motivo por trás da menção de Montfort à família."

Por que ela estava falando de nesse momento? O homem era a última pessoa em quem Lucien queria pensar. "Ele se delicia em pressionar as rebarbas, as pontas afiadas que se alojam sob a pele."

Com as bochechas coradas, Eva alisou a saia. Um gesto nervoso. "Ele disse isso porque eu..." Ela engoliu em seco. "Eu tenho um filho."

O choque fechou a respiração de Lucien como um punho de ferro e a prendeu com força no peito. "Você? Você tem um filho?" A ideia se recusava a se fundir com a realidade.

"Nós temos um filho."

Lucien não tinha certeza se algum dia voltaria a respirar. Como isso era possível? "Você e Montfort têm um filho?"

Ela balançou a cabeça. "Não Montfort e eu."

A compreensão se desfez. *"Nós* temos um filho."

"Você e eu."

"O filho do sua aprendiz."

"Não é o filho dela."

"Nosso."

Suor pinicava a pele de Lucien, e ele deu um passo para trás, depois outro. Precisava de espaço para aquela conversa. Além disso, precisava dar uma boa olhada em Eva enquanto conversava com ela. Através do choque, surgiu outro sentimento. *Raiva.*

"Você escondeu meu filho de mim", emergiu baixo e forte de um lugar que ele não sabia que existia dentro dele.

"Sim." Ela hesitou. "E não."

Uma risada sem graça escapou dele. "Não pode ser os dois." Seu maxilar ficou tenso e relaxou. "Você o manteve longe de mim."

"Por quatro anos", ela disse, um tanto na defensiva, "eu não sabia onde você estava, nem mesmo *quem* você era precisamente."

A verdade cortou sua raiva, mas não fez muito progresso. "Você teve semanas para me dizer", ele rosnou.

"Semanas tentando me apagar da sua vida", ela disparou. Ele não era o único irritado. E ela tinha mais a dizer. "Ariel vale mais do que o bastardo indesejado de um homem, mesmo que esse homem seja um lorde. Ele é *meu* filho. *Eu* o sustento. *Eu* jamais o abandonarei."

Abandono. A palavra atingiu Lucien como um golpe forte de um objeto contundente.

Ah, sim, você me abandonou completamente.

O passado nunca os deixaria em paz? Precisava sempre se infiltrar no presente deles? No futuro deles?

Uma pergunta lhe ocorreu. "Por que você está me contando agora?"

Ela respirou fundo. "Montfort sabe de tudo."

Lucien entendeu na hora. "E ele poderia usar isso contra nós."

"Sí." Seu olhar endureceu como aço. "Isso não muda nada entre nós."

Oh, como ela estava enganada.

"Preciso encontrá-lo", ela afirmou.

"Você o viu", ela respondeu. Ela estava pronta.

"Quero encontrá-lo como deve ser, Eva. Amanhã, na sua loja."

"Não", disse ela, veemente. "Na loja, não."

Ele não ia desistir. "Onde?"

"Ariel e eu vamos visitar o Zoológico Real amanhã."

"Na Torre de Londres?"

Relutantemente, ela assentiu. *"Sí."*

"Encontro você lá."

"Lucien", ela disse, sustentando o olhar dele. "Você não precisa."

"Eu não preciso fazer o quê?" Ele sabia o que ela não estava dizendo, mas precisava que ela falasse em voz alta para que pudessem se entender.

"Conhecê-lo."

"Você não me conhece?"

"Não tenho certeza."

As palavras dela o atingiram com o impacto de um golpe. Não tanto as palavras em si, mas o que estava por trás delas. A verdade. *A verdade de Eva.*

E ele não merecia?

"Uma hora", ele disse. "Está bem para você?"

"Sí." Ela não queria concordar, mas não podia negar.

"Te vejo lá."

Lucien girou nos calcanhares e se afastou antes que ela pudesse repensar e dizer não. E ele não parou de andar até estar a oitocentos metros da rua, em uma área desconhecida de Londres. Londres era assim. Podia mudar completamente de uma rua para a outra.

Mas não importava.

Ele poderia passar a noite inteira caminhando para controlar as emoções que o percorriam. Parecia que todas as emoções do mundo competiam pelo domínio, com a raiva como a mais forte concorrente.

Raiva de quem, no entanto, era difícil decifrar.

Montfort.

Isso era óbvio.

Eva.

Na verdade, era difícil conter aquela raiva em particular. Embora ela tivesse toda a intenção de manter o filho dele — *o filho dele* — longe dele, ele conseguia entender a lógica disso. O fato era que ela tinha sido uma boa mãe, do tipo que colocava os interesses do filho em primeiro lugar. O tipo de mãe que ele pressentia que ela seria.

Principalmente, ele estava com raiva de si mesmo. Se ao menos tivesse reagido de forma diferente naquela manhã, quatro anos atrás...

Ele tinha um filho... *um filho*.

Com Eva.

Isso parecia...

Certo.

Eva, no entanto, não parecia compartilhar esse último sentimento.

Outro pensamento o atingiu com tanta força que ele teve que parar e recuperar o fôlego.

Este filho dele — *Ariel* — não era bastardo.

O menino era legítimo, desde que garantissem a página do registro. Sem ela, sua legitimidade seria impossível de provar, já que o casamento nunca havia sido registrado na paróquia.

Mas, uma vez que obtivessem o registro...

A possibilidade o atraía.

A vida que ele queria — a vida com Eva — estava ao seu alcance.

Se ao menos ele pudesse convencê-la de que a vida que ela queria era com ele

25

NO DIA SEGUINTE

Eva apertou ainda mais a mão de Ariel enquanto se aproximavam do portão oeste da Torre.

Desde a noite anterior — desde que contara a Lucien a verdade sobre o filho — ela se sentia a beira de um precipício de 150 metros, uma sensação que experimentara algumas vezes na vida. Depois da mudança para Bond Street, esperava que a vida que construíra ao seu redor garantisse que nunca mais se sentiria assim, como se estivesse à beira de perder tudo.

Consequências.

A palavra não parava de girar em sua mente como um pião.

Como se convencera na noite anterior de que sua única opção era contar a Lucien sobre Ariel? Talvez pudesse ter ido a Montfort e o convencido...

Não.

Isso nunca fora uma opção. Como tantas outras vezes na vida, ela fizera o que precisava fazer.

Consequências.

Ariel era a consequência de uma única noite.

Agora, sob a luz do dia, ela precisava enfrentar as consequências de mais uma noite.

Ao pisarem na ponte levadiça que atravessava o amplo fosso seco, um rugido alto cortou o ar. Os olhos de Ariel se arregalaram de surpresa, em partes iguais de medo e excitação. "O que é isso, mamãe?"

"Eu acredito que seu xará está te cumprimentando, leãozinho."

Seu sorriso se iluminou, e um salto de expectativa tomou conta de seus passos diante da perspectiva das feras selvagens que encontrariam hoje, sem se deixar intimidar pela estrutura ameaçadora da qual se aproximavam. Construída em pedra cinza comum, a Torre de Londres expressava seu poder com autoridade contundente, com suas grossas muralhas, torres firmes e a robusta Grande Torre. Decisões que significavam vida ou morte se originavam em tais lugares.

Um arrepio percorreu Eva. Ela já estava farta dessas decisões por uma vida inteira.

A mão de Ariel escapou da dela, e ele correu pela ponte levadiça, seus passos rápidos como uma tatuagem de baques leves contra a madeira densa. Como eles pareciam ser os únicos visitantes, Eva não via mal nisso. Crianças precisavam correr.

As tardes de terça-feira eram as suas preferidas da semana, pois reservava um tempo para um passeio e um chá com Ariel. Claro, ela o via todos os dias, mas achava importante que eles também tivessem esse tempo, onde estivessem só eles dois juntos. Um tempo sagrado, era isso.

Ao passarem sob o imponente Portão dos Leões, os nervos de Eva se agitaram. Por que ela havia permitido que Lucien se juntasse a ela e Ariel hoje?

Consequências.

Hoje, sua responsabilidade era deixar um ponto vividamente claro para o homem: uma consequência de ele saber que era pai de Ariel não era que ele tivesse qualquer direito a Ariel. O filho deles não seria um bastardo aos olhos do mundo. Ele não seria mais uma ponta solta na vida perfeita de Lucien que precisava ser cortada.

Mas... ela estava sendo justa com Lucien?

Sim.

Ele queria se casar com outra, começar uma vida perfeita com uma esposa perfeita. Na verdade, Eva não tinha dúvidas de que a Srta. Fox entregaria a página do registro de casamento entregue nos aposentos de Lucien naquele dia. Se ele não a segurava naquele exato momento, então já a havia jogado na fogueira mais próxima.

O que te faz pensar que eu quero minha liberdade?

Ela não sabia o que fazer com aquelas palavras. Elas a deixaram completamente muda naquele momento, e até mesmo agora. Não era seu objetivo se casar com Lady Portia? Não era sua obrigação?

Aquelas palavras, elas a enfeitiçavam. Ela queria ser dura e implacável. Queria manter sua reserva. Mas aquelas palavras quentes, ditas com aquele olhar ardente nos olhos dele, tiraram-lhe toda a dureza e reserva. Elas a derreteram. Ainda hoje, ela se sentia derretida por dentro só de se lembrar delas.

No entanto, estranhamente, aquelas palavras lhe arrancavam outro sentimento.

Raiva.

Como ele ousava dizer tais palavras a ela? Depois de tudo o que haviam sofrido? Afinal, eles não seriam mais nada um para o outro depois de hoje? E como o corpo dela ousava reagir a ele da maneira que insistia? No entanto...

Ontem, em Hope House, no terraço da Queen Street, havia uma doçura na maneira como ele se aproximou dela. Sua frieza, seu distanciamento haviam desaparecido. Era como se ele buscasse proximidade, não apenas física, mas — *ah* — do coração.

E ela não conseguia entender. Ele estava em Londres para destruir as evidências do passado deles, não para conquistar seu coração.

Quando saíram pelo portão para o pátio, uma esperança selvagem a percorreu: Lucien poderia não estar ali. Ele poderia ter acordado naquela manhã e visto o erro da noite anterior. Então, quando recebeu a página do registro, a destruiu imediatamente. Mesmo agora, com estradas secas e vento forte, ele poderia estar na metade do Canal da Mancha. Ele poderia estar bem longe dela e da complicação que ela trazia para sua vida.

Mas, ao entrarem em um pequeno pátio, lá estava Lucien, com o ombro apoiado na parede oposta, esperando, e ela sabia que estivera mentindo para si mesma. Não esperava que ele não estivesse ali — muito pelo contrário, na verdade — pois vê-lo em seu fraque, colete e calças impecavelmente cortados, cabelos longos presos em um rabo de cavalo impecável, provocaram um sentimento tão parecido com alegria que não poderia ser outra coisa. Uma sensação que se recusava a ser represada pelo bom senso, pela lógica ou pela razão.

O olhar dele prendeu o dela por uma fração de segundo antes de pousar em Ariel. Sua respiração ficou presa na garganta. Qualquer coisa podia acontecer naquele momento. Pelo espaço de três segundos de batimento cardíaco acelerado, o rosto de Lucien não revelou nada.

Ele rejeitaria Ariel? Ou o aceitaria?

Então ele sorriu, e seus olhos se encheram de admiração diante da visão diante dele — *seu filho*.

Lágrimas repentinas brotaram dos olhos de Eva. Ela se virou e deu-lhes um golpe rápido e discreto. Ela conhecia essa sensação que a invadia.

Alívio.

Lucien olhou para Ariel, viu-o e reconheceu-o como ele era. Um rapaz alto para a sua idade, com cabelos e olhos escuros, e um jeito de encarar as circunstâncias, estudá-las e perscrutá-las. Seu filho.

"Você teve alguma dificuldade para chegar até aqui?" ela perguntou. Era uma pergunta banal, portanto, uma pergunta segura.

"*Non*", disse Lucien, incapaz de desviar o olhar de Ariel. "E você, jovem mestre, garantiu que sua mãe chegasse em segurança?"

Ariel inclinou a cabeça e encarou Lucien. Ele não se moveu para trás da saia da mãe, mas, em vez disso, observou o estranho e refletiu sobre sua pergunta curiosa. *"Sí"*, ele disse finalmente, totalmente sério.

Lucien lhe deu um aceno de cabeça totalmente apropriado em resposta. Um aceno de homem para homem, do tipo que excluía completamente qualquer mulher presente. O pai já estava ensinando o filho.

E aqui aquelas lágrimas vexatórias ameaçaram novamente.

Os olhos de Lucien se ergueram, e dentro daquelas profundezas escuras brilhou a saudade. E outra emoção também. *Determinação.*

Ela teve que desviar o olhar. "Ariel", ela disse, facilmente assumindo o papel de mãe, "você consegue encontrar a porta com o leão acima?"

Ele se virou, examinando o pequeno pátio parcialmente fechado. "Ali!"

"Por favor, pode tocar a campainha?" Este era o protocolo para garantir uma visita privada ao Zoológico Real.

Ariel agarrou o cordão da campainha e começou a tocar com grande entusiasmo. Lucien riu o tipo de risada que ninguém se importa em controlar. Eva sentiu que estava acompanhando, tendo tão pouca escolha quanto ele.

Depois de uns bons trinta segundos, Ariel parou. "Ele ouviu?"

"Ah, eu acredito que os macacos selvagens da Amazônia ouviram você", disse Lucien.

Os olhos de Ariel se arregalaram. "Você acha?"

Lucien piscou, e Ariel riu.

"Ariel, sua moeda está pronta?" ela perguntou, mais secamente do que o estritamente necessário. Não queria pensar em como Lucien era gentil com Ariel.

Consequências...

Ah, por que toda ação precisa de uma reação?

Ariel abriu a mão para revelar a moeda brilhante. Ele a estivera segurando a manhã toda, pronto para esse exato momento. Ah, esse rapaz... como ela o amava com todo o seu ser.

"E você, Marquês?" ela perguntou dirigindo-se a Lucien. Esperava que o uso do título dele proporcionasse a distância necessária, mas o olhar dele encontrou o dela e qualquer distância alcançada foi reduzida pela metade em um instante. "Você tem sua moeda pronta?"

Um sorriso irônico curvou a boca de Lucien, e ele se mexeu timidamente. "Não tenho certeza se tenho."

Os olhos de Eva se voltaram para o céu. Cavalheiros e sua falta de moedas à mão. Ela olhou para Ariel. "O que você acha? Vamos adiantar" — um momento de hesitação antes que a próxima palavra saísse de seus lábios — "para o nosso *amigo* uma moeda?"

Ariel inclinou a cabeça para o lado, pensativo. "Hmm."

Eva pôde ver Lucien reprimindo um sorriso enquanto observava o rapaz sério se decidir.

"Você tem meu juramento como marquês e homem honrado de que devolverei seu empréstimo."

Ariel pareceu impassível.

"Com juros", acrescentou Lucien.

Após outro longo momento de avaliação, Ariel finalmente assentiu.

Um grito lento e estridente rasgou o ar, superando até mesmo o rugido do leão em um volume alto enquanto o som ecoava e se amplificava na pedra sólida do pátio. Os três pares de olhos se voltaram para a porta que se abria com dobradiças enferrujadas há muito tempo. Pela abertura entrou arrastando os pés um homem que não podia ser outro senão Alfred Cops, o excêntrico guardião do Zoológico Real. Alto, magro e ligeiramente curvado, a primeira coisa que se notava nele eram os cabelos grisalhos eriçados. A seguir, os olhos claros, da cor do ar, se tal cor existisse, um maior que o outro, dando-lhe a aparência de ter comido recentemente um marmelo especialmente amargo.

"Vocês estão aqui para ver as feras, eu acho?" perguntou ele a Ariel, com o olhar deslizando para a direita e para a esquerda enquanto falava. Evidentemente, ele se sentia mais à vontade falando com Ariel do que com os adultos.

"Estamos, bom senhor", disse Ariel. E assim, ele se transformou em um garotinho diante dos olhos de Eva.

"E vocês têm suas moedas?"

Ariel ergueu a moeda entre o indicador e o polegar. Os policiais se afastaram e acenaram para Ariel passar pela porta estreita, recolhendo o dinheiro do garoto enquanto ele passava. Em seguida, foi a vez de Eva. Ela entregou duas moedas aos policiais, uma para ela e outra para Lucien.

Ariel, Lucien e Eva entraram na Torre do Leão, um pátio ao ar livre disposto em uma curva semicircular. De cada lado deles, havia cercas construídas com a mesma pedra cinza do exterior da Torre, e pesadas grades de ferro servindo como porta e janela. O primeiro animal que encontraram foi um leão macho, reclinado preguiçosamente de lado. Ele parou de escovar a pata por tempo suficiente para fixá-los com seu olhar frio e alaranjado.

"Mama", exclamou Ariel, apontando para o gato africano.

"Entendo", disse ela, sorrindo. "Conheça seu primo."

As sobrancelhas de Lucien se uniram. "Primo?"

"Em hebraico, Ariel significa leão de Deus."

"Ah", disse Lucien. "O nome combina com ele, não é?"

Depois de guardar suas moedas recém-coletadas, o Sr. Cops se juntou a eles. "Primeiro o mais importante", começou. "Ninguém deve se aproximar menos de um metro de qualquer cercado."

"O senhor ouviu o Sr. Cops, Ariel?" perguntou Eva. O Zoológico Real tinha um histórico bastante sangrento de pessoas que se aventuravam perto demais.

O Sr. Cops os encarou com seu olho permanentemente semicerrado antes de assumir a liderança, arrastando os pés lentamente. "Vocês verão leões, tigres e leopardos. Todos os animais são preguiçosos, veja bem. Mas ferozes quando a vontade bate. Vocês sabem muito sobre zoológicos?"

"Nem um pouco", disse Lucien.

"Você é francês?", perguntou o Sr. Cops.

"Oui."

"Bem, foram vocês que deram início a tudo."

"É mesmo?"

O Sr. Cops continuou se arrastando para frente, Ariel atento a cada palavra. "A Torre nem sempre foi o que vocês veem agora. Na verdade, as primeiras madeiras foram colocadas pelo próprio William, The Conqueror [1], depois que ele terminou de devastar o campo. Pensou que poderia intimidar e subjugar a população local. E eis que ele conseguiu, pois a Torre se tornou o lugar onde todos os futuros reis e rainhas governaram dali em diante. Mas sabemos que reis não são só trabalho e nada de diversão, e é aí que entra Henrique III [2]."

---

1. William, the Conqueror (Guilherme I), algumas vezes chamado de Guilherme, o Bastardo, foi o primeiro rei normando da Inglaterra, que governou de 1066 até a sua morte em 1087. Descendente de invasores vikings, ele era duque da Normandia desde 1035. Depois de uma longa luta para estabelecer seu poder em 1060, seu domínio sobre a região francesa tornou-se seguro, e deu início à conquista normanda da Inglaterra em 1066. O resto de sua vida foi marcado por lutas para consolidar seu domínio sobre a Inglaterra e suas terras continentais, e por dificuldades com seu filho mais velho.
2. Henrique III, também conhecido como Henrique de Winchester, foi Rei da Inglaterra, Lorde da Irlanda e Duque da Aquitânia de 1216 até á sua morte. Filho do rei João da Inglaterra e de Isabel de Angolema, Henrique assumiu o trono com apenas nove anos de idade no meio da Primeira Guerra dos Barões. O cardeal Guala Bacchieri declarou que a guerra contra os barões rebeldes era uma cruzada religiosa, e as forças reais lideradas por Guilherme Marechal derrotaram os rebeldes em 1217 nas batalhas de Lincoln e Sandwich. Henrique prometeu respeitar a Magna Carta de 1215, que limitava o poder real e protegia os direitos dos grandes barões. O início do seu reinado foi dominado primeiramente por Humberto de Burgh e depois por Pedro des Roches, que restabeleceram a autoridade real depois da guerra. Uma revolta liderada por Ricardo Marechal, filho de

Ariel correu para o próximo cercado e gritou.

"O que foi, *mi hijo?*"

"Bebês!"

O Sr. Cops ergueu um dedo instrutivo. "Bebês não. Filhotes."

"Filhotes", repetiu Ariel, com os olhos brilhando e as bochechas coradas de excitação ao contemplar uma leoparda deitada de lado, regiamente indiferente, enquanto seus filhotes mamavam e brincavam por toda parte.

Eva riu. "Delicioso."

O Sr. Cops, que já tinha visto tudo isso antes, continuou com sua história. "Um daqueles imperadores de Roma deu a Henrique três leões de presente. Bem, o velho Henrique gostou da ideia de feras selvagens vagando pela Torre, então ele começou a coleção de animais. Um rei da França lhe deu um elefante, e um rei viking do norte lhe deu um urso da Groenlândia." O Sr. Cops se dirigiu a Ariel. "Você sabe como eles são?"

Ariel balançou a cabeça.

"Eles são brancos e ferozes como um leão."

A boca de Ariel formou um O de admiração.

"Bem, esse urso não ficou muito feliz em ficar dentro da Torre o dia todo, então seus tratadores o deixaram nadar no rio ali perto" — ele apontou para o Tâmisa — "e pegar seu jantar."

"Ah, isso não pode ser verdade", interrompeu Eva.

O olho quase branco do Sr. Cops se fixou em Eva, e sua boca se fechou de repente. "Estas são histórias sagradas que pertencem a cada inglês, como o seu filho aqui. Eu jamais mentiria."

Eva assentiu, repreendida. Seu olhar deslizou para Lucien, que parecia suspeitosamente estar reprimindo um sorriso.

"Cerca de quinhentos anos atrás, outro rei decidiu construir a Torre do Leão, onde você está hoje. Ele a queria ao lado da entrada, e você sabe por quê?"

Guilherme, começou em 1232 e terminou com um acordo de paz negociado pela Igreja.

Ariel balançou a cabeça.

"Então, todo visitante da Torre de Londres tinha que passar pelos leões fedorentos e rugidores para entrar. Imagino que isso tenha causado um medo feroz em muitas pessoas."

Enquanto se moviam pelo amplo corredor — Ariel correndo à frente, o Sr. Cops explicando este ou aquele animal para ele, Lucien logo atrás, com os olhos voltados apenas para Ariel — Eva percebeu, assustada, que, aparentemente, eles formavam uma família — uma família feliz.

Uma família perfeita.

À frente, Ariel se ergueu na ponta dos pés, esforçando-se para avistar um tigre no fundo de seu cercado. Lucien deu um passo à frente e o pegou no colo, acomodando-o em seus ombros largos. Ariel gritou e bateu palmas de alegria.

Uma família perfeita, de fato.

Ah, eles estavam todos em apuros, não estavam?

Ela, em particular.

Era simplesmente que Lucien estava se acostumando a ser pai de Ariel como um peixe na água.

Consequências.

Eles carregavam consigo um impulso próprio. Sua energia nunca cessava; eles simplesmente mergulhavam sob a superfície e seguiam em frente. E o que ela via na superfície de Lucien — seu deleite por Ariel, seu deleite em ser pai — vinha ondulando sob sua superfície o tempo todo.

Ele ansiava por um filho.

E esse anseio de Lucien despertava um anseio dentro dela.

Como ela poderia saber o quanto mais atraente a paternidade o tornaria?

Consequências, de fato.

Ainda sobre os ombros de Lucien, Ariel se contorcia de impaciência. Lucien se agachou, e Ariel saltou, já correndo para o próximo cercado, enquanto o Sr. Cops continuava a despejar fatos em sua direção.

Agora que estavam apenas ela e Lucien no momento, era uma boa hora para fazer a pergunta que precisava ser feita. "Você recebeu a página do registro esta manhã?"

Ele lançou seu sorriso radiante para ela. Aos poucos, a luz diminuiu e uma intensidade familiar invadiu seu olhar. "A página do registro não tem nada a ver com a minha presença aqui, Eva."

26

E va abriu a boca — possivelmente prestes a se desculpar — e imediatamente a fechou.

Ela estava desconcertada.

Lucien deveria aliviar a pressão, como um cavalheiro. Mas não era assim que ele ia conseguir o que queria. Então, não ia conseguir.

Ele inclinou a cabeça para que suas palavras chegassem apenas a ela, de modo que sua respiração deslizasse como uma carícia quente ao longo do pescoço dela. "Você sabe quem tem a ver?" ele perguntou, com a voz baixa e aveludada.

"Ariel", ela disse olhando diretamente para frente, apenas os pequenos arrepios ao redor de sua gola a denunciava.

"Em parte", admitiu ele. "E quem mais?"

Com o olhar fixo em Ariel e no Sr. Cops enquanto se dirigiam para o próximo recinto, sua respiração ficou superficial e sua pele corada. "O registro chegou?" Ela se concentraria na tarefa.

"Não."

"Então, ainda somos..." Ela não conseguiu se expressar em voz alta.

"Marido e mulher?", ele incitou.

Eva acenou com a cabeça, com uma leve expressão de descontentamento nos cantos da boca.

"Isso é a pior coisa?"

A pergunta assumiu o peso de um objeto sólido entre eles, pesado e implacável. Ele desejou com todo o seu ser que ela respondesse. Em vez disso, o ar irrompeu com o ruído mais estranho que ele já ouvira. Não se parecia com nada mais do que a risada histérica de um louco.

E o animal em si? Uma criatura de quatro patas cuja presença física era quase tão estranha quanto seu riso, com suas orelhas grandes e redondas, tufos de pelo eriçados ao longo da espinha e um sorriso ofegante de convite... para ser devorado.

"Conheça nossa hiena, Mr. Jolly", disse o Sr. Cops.

Ariel dava pulos de alegria e batia palmas. A risada rouca de Eva ecoou, e Lucien ficou imóvel, observando o deleite fluir dela, levando seu brilho para dentro de suas células.

Diante dele estava a Eva de quatro anos atrás. A Eva com quem se casara. A Eva com quem pretendia passar a vida.

Os demônios do passado não tinham poder sobre essa Eva.

Diante dele estava a promessa que lhe tinha sido negada.

A raiva que sempre fervilhava por causa dessa negação não se manifestou como de costume. Em vez disso, uma certeza mais profunda se instalou em suas entranhas. Uma certeza que ele vinha negando a si mesmo desde que a encontrara pela primeira vez no vinhedo.

Ele queria que ela fosse sua novamente.

Não por uma noite, ou duas, ou três.

Por uma eternidade de noites.

Ele reivindicaria aquele futuro que lhes fora negado.

Se ela ao menos o deixasse.

Ele estendeu o braço. Ela não podia recusar — embora parecesse tentada. Cautelosamente, ela entrelaçou o braço no dele. Foi como uma peça de quebra-cabeça se encaixando. Ela pertencia àquele lugar.

Em silêncio, eles seguiram Ariel e o Sr. Cops à distância, mas não tão longe que Lucien não pudesse tirar Ariel de uma enrascada, se fosse necessário. "Esse é o lugar perfeito para o menino."

"É mesmo." Ela soltou uma risada autodepreciativa e franziu o nariz. "Na verdade, eu não estava preparada para o quanto seria desagradável."

"Parece que feras selvagens contêm todos os tipos de cheiros."

Ela balançou a cabeça com bom humor. "Nenhum deles agradável."

"Você não estaria aqui se não fosse por Ariel, *non*?"

"E arriscar estragar meu spencer [1] favorito com este odor? Sem chance."

Como ele havia pensado.

"Você é uma mãe maravilhosa." Uma simples declaração da verdade.

Mas ela não a recebeu como tal. Na verdade, ela pareceu se irritar. "Não vejo como você pode ter certeza de uma coisa dessas."

"Os olhos na minha cabeça, para começar."

"Você está conosco há pouco tempo."

Por que ela rejeitava os elogios? Era óbvio que ela era uma mãe esplêndida. Mas era igualmente óbvio que ela não conseguia aceitar os elogios feitos para si mesma. O que Lucien viu em seus olhos era uma raiva inexplicável e algo mais. *Culpa.*

Talvez fosse melhor abordá-la de um ângulo diferente. "Pas-

---

1. O casaco spencer, datado da década de 1790, era originalmente um fraque de lã com as abas omitidas. Era usado como um paletó masculino curto, trespassado, até a cintura. Seu nome original era uma homenagem a George Spencer, 2º Conde Spencer, que teria tido um fraque adaptado após suas abas serem queimadas por brasas. Foi adotado como traje de gala por oficiais militares britânicos, dando origem ao nome "jaqueta de gala". Também foi logo adotado como uma moda feminina popular em ambos os lados do Atlântico durante o período de estilo Regência de 1790 a 1820. O spencer era usado como um cardigã ou como uma jaqueta curta e justa, cortada logo acima da cintura ou, no estilo Império, até a linha do busto, e ajustada em linhas idênticas às do vestido.

samos muito tempo discutindo meu desejo de proteger a página do registro, mas e você?"

"E eu?"

"Você não deseja destruí-la e ficar livre para se casar novamente?"

Ele precisava pressioná-la, fazê-la expressar seus sentimentos em voz alta. Ele precisava ouvi-los.

Olhos incrédulos se voltaram para ele. "Um casamento foi o suficiente para mim."

"Foi?"

A consciência transbordou das bordas do momento. "Que homem desejaria uma mulher como eu?"

"Claro que você está brincando. Que homem não desejaria?"

"Qualquer homem que valha alguma coisa."

Lucien sentiu algo vital ali, algo que ele não sabia, e era uma peça que faltava no quebra-cabeça deles. Naquelas palavras estava o motivo *pelo qual* ela não podia aceitar elogios por ser uma boa mãe. Talvez até mesmo o motivo *pelo qual* ela atirou em Montfort. Respostas que estavam no ano perdido entre o casamento impetuoso deles e o tiroteio. Algo aconteceu naquele ano que alterou Eva para sempre. Algo doloroso e não resolvido que ainda existia dentro dela. Algo que a consumia.

Algo que fazia aquela mulher, tão talentosa e confiante em suas habilidades, se ver como indigna de um cavalheiro — *de um homem que valesse alguma coisa.*

"Além disso, eu não sou exatamente uma deusa da vida doméstica." Ele vislumbrou a fragilidade que ela tanto se esforçava para esconder sob o riso forçado, o desvio do olhar. "Eu gosto do meu trabalho, mas minha verdadeira alegria é..." Ela parou abruptamente.

"Ariel", intuiu Lucien.

Ela expirou, cambaleante. Ele a havia abalado, e ela não gostou de ter suas vulnerabilidades expostas.

"Para onde o Sr. Cops e Ariel foram?" ela perguntou.

Eles dobraram a curva e encontraram uma porta aberta à esquerda. Lá dentro estava o Sr. Cops com Ariel de um lado e uma serpente enrolada em seu braço do outro. Eva empalideceu. "A infame Sala da Serpente."

"Infame?" Isso não soou bem.

"Ah, sim", disse o Sr. Cops, ele próprio completamente despreocupado. "Suponho que esteja se referindo ao incidente do ano passado, quando me envolvi — literalmente — com uma jiboia."

"*Sí*", disse Eva, sem tirar os olhos da serpente que de repente ficara curiosa sobre Ariel.

"Nada com que se preocupar. A Mimsy aqui não atacaria uma mosca, não é mesmo, querida?"

Lucien não ficou nem um pouco surpreso que o homem estivesse conversando com suas serpentes.

"Você gostaria de segurá-la?" perguntou o Sr. Cops a Ariel, que ergueu o olhar com grande admiração e assentiu ansiosamente, os olhos brilhando de excitação.

A testa de Eva se franziu de preocupação. "Não tenho tanta certeza —"

Lucien colocou a mão em seu braço, a impedindo. "Deixe-o. Ele é um menino destemido, não é?"

"Ele é."

"Como a mãe dele."

Eva zombou, sem graça. "Aí você está enganado."

"Do que Eva Galante tem medo?" Ele não conseguia imaginar.

"De tudo no mundo", ela disse.

E lá estavam eles. A vergonha de novo. A culpa de novo. O que ele havia perdido?

"Ariel", ela disse, passando por Lucien, "o senhor deve agradecer ao Sr. Cops pela gentileza que teve hoje ao nos proporcionar um passeio."

"Obrigado, Sr. Cops", disse Ariel, seguindo educadamente as instruções da mãe.

"E Sr. Cops", continuou Eva, "se o senhor, por favor, remover a serpente..."

"O nome dela é Mimsy", interrompeu o Sr. Cops.

"Se o senhor, por favor, remover Mimsy do braço do meu filho, seria muito apreciado."

Agora que Lucien olhava mais de perto, parecia que Mimsy estava avaliando Ariel para a hora da refeição com um aperto de mão.

Assim que Mimsy saiu do braço de Ariel, Eva e Ariel se despediram, com Lucien ficando para trás enquanto saíam pelo portão oeste. Ariel correu pela ponte levadiça.

"Espere por nós do outro lado, leãozinho", chamou Eva.

Nós.

Uma palavra composta de apenas três letras. Uma palavra imbuída do peso de tanto significado.

"Suponho que você me enviará uma mensagem quando receber e destruir a página do registro?", perguntou ela.

Como Lucien não respondeu imediatamente, Eva lançou-lhe um olhar penetrante. Ele assentiu evasivo.

"Você terá feito o que veio fazer." Ela parou e o encarou, uma brisa soprando do Tâmisa ao longe, jogando mechas de cabelo que escaparam sobre seu rosto. "Então, acho que isso é um adeus."

"É isso que você quer, Eva?"

"É o que você quer, se você se lembra."

"Você não respondeu à minha pergunta."

"Eu quero o que é melhor para o meu filho."

"*Nosso* filho. Mas..."

"Mas?"

"Você não quer algo mais? Você não quer algo — ou alguém — para si?"

A consciência surgiu entre eles. Consciência de todos os seus desejos, necessidades e vontades. Ele viu isso nos olhos dela, em seus lábios, na guerra que se travava a por trás dos olhos, na linguagem do seu corpo.

Ah, essa mulher tinha vontades, necessidades e desejos.

"Meus desejos só me trouxeram problemas."

Antes que ele pudesse responder, ela girou nos calcanhares e se afastou. Tudo o que ele pôde fazer foi observá-la enquanto ela pegava a mão de Ariel e continuava subindo Tower Hill, onde chamou uma carruagem.

Isso não era uma despedida, ele decidiu. Ela não se livraria dele tão facilmente. Essa noite...

Uma ideia lhe ocorreu.

Essa noite, ele colocaria todas as cartas na mesa. Se ela fizesse o mesmo, eles teriam uma chance.

Hoje não precisava ser uma despedida.

Hoje poderia marcar o início de tudo o que eles sempre desejaram na vida.

Um ao outro.

27

T*oc.*

Os olhos de Eva se abriram de repente, um som distante e agudo a despertando do seu sono.

Ou o pouco sono que ela ia conseguir ter essa noite.

Toc.

Lá estava de novo, mais alto, como um objeto pequeno e sólido batendo em um vidro. Como uma pedrinha.

Uma investigação era necessária.

Relutantemente, ela saiu debaixo de sua aconchegante colcha e colocou uma camisola em volta do corpo, enquanto passos leves a levavam até a sala de estar. Ela parou e inclinou a cabeça, ouvindo.

Toc.

Ainda mais alto. Uma pedra maior. Ela precisava acabar com aquilo antes que uma janela fosse quebrada. Nem um pouco irritada, ela caminhou até a janela e abriu um pouco a cortina, olhando para a rua lá embaixo. Seus olhos se fixaram em uma figura solitária — pouco mais que uma enorme sombra cinza, na verdade — e seu coração deu um pulo.

Lucien.

Ele devia tê-la sentido ali, atrás daquele centímetro de cortina entreaberta, pois acenou com a mão livre. A outra segurava um objeto fino e retangular. Ela hesitou. Ele queria entrar. Ela não deveria deixar. Afinal, eles não tinham terminado?

Mas, no fundo, ela sabia que não. Aquela tarde tinha lhe dito isso. Ela não podia deixar ele do lado de fora.

Mesmo com um nó de ansiedade se contorcendo em seu estômago, seus pés a conduziram pela sala de estar, desceram as escadas e chegaram à porta da loja. Ela encontrou o olhar dele através do vidro, o braço dele estendido, pronto para soltar outra pedra.

Esquecendo o nervosismo por um momento, ela destrancou a porta e a abriu bruscamente. "Não estou a fim de pagar um vidraceiro para trocar o vidro da janela."

Envergonhado, Lucien deixou a pedra cair no chão com um baque leve. Certamente teria quebrado a janela.

Ela o encarou, e cerca de uma dúzia de batimentos cardíacos se passaram. Ela agora media o tempo com as batidas do seu coração, ao que parecia. Mas a intensidade com que ele a encarava afetou esse órgão. Ela tinha perguntas para ele, mas parecia que ele também tinha perguntas para ela. E essas perguntas não podiam ser feitas ou respondidas na rua, na calada da noite.

Silenciosamente, ela abriu mais a porta e se afastou, levando um dedo à boca e pedindo-lhe silêncio. Ele passou a poucos centímetros dela, e a energia específica dele e dela pulsou entre eles. Essa energia a chamava — a tentava — a se inclinar para frente, a ceder a quaisquer exigências que aquele homem fizesse. Tudo o que aquela energia queria era se dedicar a ele.

Não.

Ela endireitou a coluna e passou por ele. Mesmo que não conseguisse ouvir os passos dele, saberia que ele a seguia, o calor do olhar dele a queimava.

Junto com seus nervos à flor da pele, havia outro sentimento. *Orgulho.* Ela se orgulhava de seu negócio na Bond Street e do apartamento acima. Ao saírem do patamar para a sala de estar, Eva viu o espaço como se fosse através dos olhos dele. Sofá de damasco azul-pavão. Par de poltronas de veludo cinza ladeando a lareira recentemente revestida de mármore. Tapete Aubusson intrincado. Tudo nessa sala havia sido adquirido recentemente demais para ser considerado rico e antigo, como o tipo de dinheiro de onde ele vinha. O tipo que era esnobe em relação aos seus tapetes antigos e gastos e seus sofás surrados. Como se viver miseravelmente servisse a um propósito moral superior.

Ela quase bufou. *Aristocratas.* Ninguém conseguia convencê-los do contrário.

Ela agora era rica — orgulhosa de cada tapete persa brilhante e luxuoso e de cada cadeira estofada recém-reformada. Tudo um sinal do seu sucesso e do império que estava construindo.

Ela havia construído uma vida para si mesma depois dele.

Ela queria que ele visse essa vida de forma tangível.

Contra seu bom senso, ela o levou para o quarto dela. Era o único lugar onde poderiam conversar sem acordar a família.

Ela fechou a porta atrás dele, inalou um gole de ar revigorante e se virou. Ele estava parado no centro do quarto, de costas para a cama, agradecido, de frente para ela, esperando por ela. De vez em quando, ela se dava conta de como ele era incrivelmente bonito.

Homens enormes e musculosos não deveriam ser lindos. Mas esse homem enorme e musculoso era.

"Sua casa combina com você, Eva."

Ele simplesmente precisava dizer algo assim também.

"Ah? Toda a burguesia vulgar se exibindo?"

E ela simplesmente precisava dizer algo assim em resposta.

"Sofisticada", ele continuou, ignorando-a. "Uma casa confortável e de bom gosto. Eu não esperaria nada menos."

O corpo dela respondeu, se aquecendo com os elogios. Não havia como evitar. Ela queria que ele se impressionasse com ela.

Ela se moveu em direção à saleta ao lado da janela e indicou que ele se sentasse na cadeira do lado oposto da mesa de nogueira — na cadeira que não ficava de frente para a cama.

Ah, ela não ia parar de pensar na cama?

Melhor ir direto ao ponto. "Você recebeu a página do registro?"

Ele se recostou no assento e cruzou as pernas. "*Oui.*"

Eva sentiu-se repentinamente sem fôlego. Então o problema estava resolvido, não estava? Eles não eram mais casados. Uma sensação de perda a invadiu, algo que ela não havia previsto. "Você poderia ter enviado uma mensagem para me informar", ela disse friamente. "Você não precisava vir aqui. Na calada da noite."

"Eu não conseguia dormir. Achei que você também não conseguiria."

Eva tentou ignorar o fato de que ele estava certo, apertou o xale com mais força em volta da cintura e afastou o cabelo do rosto. Ela devia estar com uma aparência desgrenhada.

"E Ariel?" ele perguntou. "Ele se recuperou da excitação do dia?"

Eva não conseguiu conter um sorriso. "Ele pode nunca se recuperar. As aventuras com Mimsy, a jiboia, estavam frescas em sua mente quando adormeceu. Na verdade, acho que ele ficou bastante cativado pelas serpentes."

"Ele é um garoto aventureiro." Orgulho brilhou nos olhos de Lucien.

E oh, que orgulho dele por Ariel não despertasse o orgulho dela.

"Ele é tudo para você."

"*Sí*, tudo."

Ele inclinou a cabeça. "O que me faz pensar."

"Ah?" Uma onda de desconforto a percorreu. Ele ia começar a falar, o que quer que ele estivesse ali para dizer. Ela se preparou.

"Por que você arriscaria perdê-lo para sempre atirando em Montfort?"

Então, era assim que se sentia ao ser estripada como um peixe.

"Se Bretagne não estivesse lá para conter o dano", ele continuou, "sua vida teria sido destruída."

Uma risada sem humor escapou dela. "Ah, é aí que você entende as coisas ao contrário", ela começou e não conseguiu parar. "Minha vida já estava destruída, e eu decidi que Montfort nunca faria isso com outra pessoa. Eu seria a última."

Lucien se inclinou para frente na cadeira, parecendo determinado a arrancar informações dela. "Ele não podia fazer o quê com outra pessoa? Diga-me, Eva."

"Mas por quê?" ela perguntou resistindo, mas sentindo a oposição enfraquecer. "Está no passado."

"Eu preciso saber."

De repente, Eva se cansou. Cansada do passado. Cansada de lutar contra a vontade de Lucien. "Na manhã seguinte à sua partida" — ela não precisou especificar qual manhã. Ambos sabiam — "pensei em nunca mais me levantar daquela cama. O seu não foi o único sonho destruído naquele dia."

"Eva —"

Ela balançou a cabeça para impedi-lo. Não precisava de mais desculpas. Estava dizendo à verdade que ele pedira para ouvir. E ele a ouviria, gostasse ou não.

"Uma criada da estalagem me trouxe um remédio para ajudar a aliviar a sensação."

"Um remédio?"

"Láudano [1]." A palavra saiu de sua boca com um gosto amargo.

---

1. Láudano: um suco resinoso ou goma obtida de vários tipos de arbustos *Cistus*, originários da costa do Mediterrâneo, também conhecido como tintura de ópio, suco de papoula, é o termo utilizado na literatura médica para designar um medicamento, feito originalmente à base de vinho branco, açafrão, cravo, canela e ópio, desenvolvido pelo alquimista Paracelso, no século XVI, embora haja dúvidas se o láudano de Paracelso continha ópio. Já no século XIX, na Inglaterra vitoriana, a mistura poderia conter uísque, ao invés

Como ontem, ela se lembrou da breve interação que a assombraria por toda a vida.

A criada entrou no quarto com chá e torradas. Eva estava deitada na cama, inconsolável.

"Senhora?"

"Sim?"

"Aqui está o que pode lhe ajudar."

"Nada pode ajudar." Nada ajudaria.

A criada ergueu um pequeno frasco. "Algumas gotas disto. Debaixo da língua."

Eva aceitou o frasco.

"Acalma os nervos, só isso."

A criada deixara Eva sozinha com sua dor, o láudano e sua promessa de alívio.

Ela provou, achou amargo e jurou nunca mais colocar aquela substância nojenta em sua boca. Mas, em poucos minutos, seus nervos se acalmaram um pouco, e seu desespero por perder Lucien, diminuiu um pouco.

Só então, ela percebeu que seu olhar havia se desviado. Ela encontrou o olhar de Lucien. "Só alguns meses depois é que me perguntei quem havia fornecido o láudano à criada."

"Montfort."

Ela assentiu. Queria desviar o olhar. Queria calar a boca. Mas não conseguia. Ele queria a verdade. Então ele teria a verdade. "Mas aí já era tarde demais."

"Tarde demais?"

"Eu fiquei dependente ao láudano. Quanto mais eu tomava, mais eu precisava. Nunca era o suficiente."

Um desespero profundo a invadiu, como sempre acontecia quando ela refletia sobre aqueles dias. Esse tipo de dependência nunca desaparecia completamente. Nem as consequências que se

---

de vinho. O láudano foi utilizado até o início do século XX para tratar todo tipo de dor ou mal-estar.

espalhavam a partir dela, consequências que atingiam todos os cantos da vida de uma pessoa.

Pela preocupação estampada em seu rosto, Lucien estava calculando as consequências e chegaria lá em *três... dois... um...* "Montfort usou sua dependência para controlá-la." Ele hesitou, com uma pergunta pairando em seus lábios. "E você não voltou para Isabel?"

"Não imediatamente."

Seu coração batia forte contra as costelas; o calor invadiu seu corpo. Ela deveria parar de falar. Já não havia revelado o suficiente?

No entanto, por alguma razão insondável, as palavras insistiam em sair de sua boca, determinada a revelar o seu íntimo para ele. "Nossa dívida não tinha sido totalmente paga."

Oh, como ela poderia dizer a próxima parte — a parte mais verdadeira? A parte que só o láudano conseguira entorpecer até a submissão.

"Eva", disse Lucien, "tudo o que você disser, eu guardarei em segredo."

Ela podia ver que ele acreditava em cada palavra que dizia. Mas ele não sabia do que falava. Uma distinção sutil, mas importante. E agora ele saberia. "Eu não voltei para Isabel porque estava com muita vergonha."

As sobrancelhas de Lucien se franziram, formando uma linha reta. "Por que você se sentiu envergonhada? Você foi a verdadeira vítima das maquinações de Montfort."

Eva reuniu cada resquício de sua determinação em ruínas para dizer as próximas palavras em voz alta. "Montfort me transformou em uma prostituta."

A sala ficou em silêncio total e instantâneo enquanto uma tempestade se formou no rosto de Lucien. "Ele passou você por vários homens", ele afirmou, sem perguntar. Suas mãos estavam cerradas em punhos. Era perfeitamente possível que ele cavalgasse a noite toda de Londres até Little Spruisty Folly para terminar o que Eva começara quatro anos antes.

Antes de se deixar levar por tal drama, ele precisava entender uma coisa. "Aprendi a lidar com as festas de Montfort. A reconhecer os homens que não queriam realmente estar lá. Sempre havia homens assim. Aqueles cujos amigos os obrigavam a comparecer. Aprendi rapidamente a passar esses homens adiante sem que eles percebessem."

Eva hesitou, e Lucien não preencheu o silêncio. Ele sabia que havia mais, e estava esperando. De certa forma, ela só agora percebia que também esperava que ela dissesse as próximas palavras. Ela estava esperando há quatro anos.

"Montfort me fez de prostituta para *você*."

Um som estrangulado emergiu de Lucien. "Você nunca foi isso para mim."

"Mas não foi assim que Montfort me usou."

A compreensão se espalhou pelo rosto de Lucien. "Você se considera uma prostituta."

"Não era?" ela perguntou. "Você não me viu assim nos últimos quatro anos?"

"Nunca. Essa ideia nunca me passou pela cabeça."

Eva procurou seus olhos e não encontrou nada além de franqueza e verdade, mas não conseguia compreender. "Se você nunca se sentiu assim, então por que guardou tanta raiva de mim?"

"Foi a promessa que você me fez, Eva. A promessa do nosso futuro negada. Eu nunca consegui aceitar essa perda dentro de mim."

"Oh", escapou de seus lábios, uma sílaba imbuída de tristeza e arrependimento pelo que poderia ter sido, se ao menos...

Seu olhar se estreitou. "Como você escapou de Montfort?"

"Não foi nada tão dramático. Eu simplesmente saí pela porta da frente."

Sua testa se franziu. "Ele deixou você ir tão facilmente?"

"Ele não conseguiu me afastar rápido o suficiente quando eu lhe disse que estava grávida." Ela se recostou e observou Lucien tentar entender o significado de suas palavras, mas ela ainda não havia terminado com as revelações. Agora era a vez de Lucien fazer algumas. "Por que você veio essa noite? Por que essas confissões são necessárias?"

Seu olhar se ergueu, emoções conflitantes guerreando em seus olhos. "Eu me enganei", ele disse as palavras arranhando o fundo da garganta. "Eu não te dei a chance de se explicar naquela manhã, e eu deveria ter feito isso. Eu deveria ter tido fé em você."

"Nós nos conhecíamos há poucos dias. Como você podia?" Ela não sabia ao certo por que estava inventando desculpas para ele, mas estava farta da raiva pelo passado.

"Deixei minha fúria nublar meu julgamento. Eu deveria ter ajudado você. Mas eu só conseguia pensar em mim mesmo e no que eu tinha perdido. Não considerei o que você tinha perdido."

"Você não poderia saber."

"Mas eu poderia ter perguntado."

"*Sí*, você poderia." Ela falou sem rancor ou amargura. Era triste, só isso. Amor jovem desperdiçado... amor jovem arruinado.

Ele pegou o pacote fino e retangular que trouxera consigo e o colocou sobre a mesa entre eles. "O que é isso?" ela perguntou.

"Um presente para você."

Embrulhado em papel pardo comum e amarrado com barbante, o pacote convidava a um olhar mais atento. Para olhos desavisados, poderia não ser promissor, mas não para os de Eva. Ela conhecia aquele formato. Seu coração disparou. Ela não deveria aceitar nenhum presente dele, mas se viu estendendo a mão, desfazendo os nós do barbante, rasgando o papel de embrulho. Ela sempre desembrulhava presentes como uma criança superanimada.

Como suspeitava, era um tabuleiro de gamão, incrustado com uma variedade de madeiras em um padrão de arabescos e preso por dobradiças de prata e dois trincos. Ela olhou para Lucien num olhar rápido e detectou uma expectativa que combinava com a sua. Ela abriu os trincos, viu o tabuleiro e ofegou.

Simplesmente, era o mais belo jogo de gamão que ela já tinha visto. Dando continuidade ao padrão arabesco simples do exterior, uma borda de 2,5 cm de largura esculpida em madeira dourada suave atraía o olhar para o tabuleiro, que era decorado com marchetaria de várias madeiras, cada uma com cor, tom e textura diferentes. Seus dedos não conseguiam deixar de acariciar o requintado trabalho artesanal. Era uma obra de arte.

Ela desviou o olhar e encontrou Lucien observando-a. "Você roubou isso de um imperador otomano?"

Ele bufou. "Quando se conhece o filho de um duque, pode-se encontrar praticamente qualquer coisa em Londres."

Ela pegou dois bonecos, um de ébano e o outro de marfim, cada um com uma delicada roseta esculpida na face. Todos os trinta bonecos eram esculpidos dessa forma. Ela viveu à margem dessa opulência durante toda a sua vida, mas nunca foi beneficiária dela.

"Você gostou?", perguntou ele, hesitante.

"Se eu gostei?" Gostar era uma palavra tão morna para descrever a sensação que aquele tabuleiro de gamão lhe causava.

"É feito de cinco madeiras diferentes", ele continuou. Eva sentiu nervosismo na explicação. "Teixo, nogueira, sicômoro, pereira e freixo húngaro."

"Você decorou as madeiras?"

Ele deu de ombros, como se estivesse indiferente. Não estava.

Como isso a acalmou.

"Você notou a inscrição?" ele perguntou.

Ela encontrou um pequeno painel oval e começou a ler. *"Boa sorte e vidro: como eles quebram rápido!"* Uma risada escapou dela. "Não consigo pensar em nenhuma inscrição melhor para um tabuleiro de gamão."

"Achei que você gostaria."

"Não sei se consigo jogar em um tabuleiro como este. É muito fino." Ela ficou séria de repente. Sério, suas emoções estavam a mil.

"Não é nem de longe o suficiente, Eva."

Ah, por que ele diz essas coisas?

Coisas que a excitavam e a faziam querer se jogar sobre a mesa que os separava, esquecer o passado e o futuro, abraçá-lo, beijá-lo e fazer outras coisas com ele também.

Ah, por quê?

28

Lucien não conseguia desviar o olhar de Eva. Pele dourada pela luz bruxuleante das velas. Cabelo solto sobre os ombros. Dedos dos pés aparecendo por baixo do roupão. Nenhum artifício a escondia.

"É extravagante demais", ela protestou, ainda que fracamente. Estava obviamente apaixonada por aquele tabuleiro.

Ele balançou a cabeça. Nada era extravagante demais para ela. Ele a mimaria como nunca havia mimado alguém, se ela deixasse. Mas ele não lhe diria isso... Ainda não, pelo menos. Ela poderia fazê-lo sair correndo pela Bond Street.

Em breve, ele esperava poder dizer tais coisas.

Por enquanto, pegou as peças de ébano e marfim e começou a montar o tabuleiro. "Branco ou preto?", perguntou.

"Preto", ela disse. "Sempre."

Cada um deles lançou um dado para começar o jogo. Eva ganhou o lançamento e moveu sua peça. Ela jogava de forma agressiva quando ele a conheceu e, quatro anos depois, nada havia mudado. Ela não se importava muito em duplicar peças em pontos, nem se incomodava quando ele colocava suas peças de volta no tabuleiro dele. Ela simplesmente continuava jogando de forma ousada a cada movimento, intensa e focada em levar suas peças para o tabuleiro dela e levá-las à vitória. Ela estava tão séria que só sorriu quando o jogo terminou e ela venceu, benevolente em sua vitória como a rainha que era.

"Foi falta de educação te derrotar tão rápido depois que você tinha acabado de me dar o jogo?" ela perguntou, sem nenhum pedido de desculpas na pergunta.

Ele não conseguiu conter o riso. "Pelo contrário. Você reivindicou o tabuleiro como seu ao me dar uma surra tão completa."

Ele gostou do sorriso que se formou em sua boca. Um sorriso presunçoso. "Assim como eu na noite em que nos conhecemos."

"Eu não esqueci." Uma pausa. "Nem meu orgulho."

"Fiquei surpresa quando você voltou na noite seguinte."

"Ficou mesmo?"

Seus olhares se encontraram do outro lado da mesa.

"Não", ela disse.

No fundo da alma, ela sabia que ele voltaria. Era o que seus olhos lhe diziam agora.

Esse era o casamento que ele havia imaginado, um dia.

Ela parecia estar se decidindo sobre algo. No momento seguinte, decididamente, levantou-se de um salto e atravessou o quarto até uma elegante cômoda de mogno. Abriu a última gaveta e retirou uma pequena caixa quadrada. Voltou para a cadeira e colocou a caixa ao lado do tabuleiro de gamão antes de abri-la.

Dentro havia um pedaço de tecido brilhante dobrado, e Lucien soube instantaneamente. "O xale da sua mãe."

Com os olhos luminosos e sutilmente melancólicos, ela assentiu.

A seda era macia e convidativa, com listras vibrantes em roxo, verde e dourado estampadas em diferentes larguras. Tinha a aparência da Espanha e possivelmente da herança hebraica de Eva. Lucien sabia pouco sobre esses assuntos, mas esse xale seria o orgulho de qualquer mulher que o usasse. "Está longe de estar na moda nos dias de hoje", disse Eva, distraidamente passando os dedos pelo tecido. Quantas noites ele havia proporcionado tanto conforto?

"Sua *maman* deve ter tido muito orgulho de usá-lo."

Lágrimas repentinas encheram os olhos de Eva. "Já pensei em reformulá-lo e usá-lo eu mesma, mas..."

"Mas?"

"Mas não tenho certeza se sou digna dele."

"Se tem uma coisa que eu sei do fundo dos meus ossos, Eva, é que você é uma filha digna para sua mãe."

Eva respirou fundo. Ele podia ver em sua linguagem corporal uma recusa em permitir que suas palavras fossem assimiladas e encontrassem apoio. Em vez disso, ela tirou o xale da caixa e o desdobrou cuidadosamente. No centro dele havia o que parecia ser um pedaço de grama seca. Delicadamente, ela o pegou entre o indicador e o polegar e o colocou na palma da outra mão. "Você sabe o que é isso?"

Ele se inclinou para frente, examinando-o mais de perto. Um pedaço de junco quebradiço em forma de... *anel.* Seu olhar se ergueu rapidamente para encontrar o dela. "Você não pode estar falando sério..."

Ela assentiu.

"Duraram esses quatro anos." Melhor do que o casamento deles, ele não disse. Ambos sabiam disso.

"Durou."

"E você ainda o tem."

"Eu tenho."

"Por quê?"

A pergunta ficou suspensa no ar por alguns segundos, mas pareceram horas para Lucien, enquanto ele esperava, sentindo como se sua vida estivesse em jogo.

"Eu não conseguia me separar dele", ela falou, as palavras pouco mais que um sussurro. "Ou talvez eu não conseguisse me separar da garota que não conseguia se separar dele. Ele representa uma parte de mim que não pude deixar respirar por quatro anos. Impulsiva e autoindulgente, mas também inocente e aberta às possibilidades da vida. Nunca consegui me livrar completamente daquela garota."

"A garota que aceitou esse anel de um jovem e voaria com ele para a lua se ele pedisse."

"Uma garota que poderia se apaixonar perdida e desesperadamente."

"Essa garota se foi tão completamente assim?"

O ar em torno daquele momento — o ar entre eles — suavizou-se, e a possibilidade se instalou.

Impulsionado pelo instinto, Lucien deslizou para frente na cadeira, estendeu a mão sobre a mesa, passando pelos cabelos castanhos sedosos, e segurou a nuca de Eva, puxando-a para cima da mesa que os separava. Em seu movimento, ele detectou rendição, não apenas a ele, mas aos próprios sentimentos dela. Sua boca tocou a dela, e uma corrente elétrica o percorreu enquanto ele inalava seu hálito, seu cheiro. Junto com a luxúria repentina, surgiu uma sensação de retidão. O mundo só era certo quando estavam juntos.

Recusando-se a romper o contato com ela, ele usou a outra mão para empurrar a mesa para o lado. Ele precisava estar perto dela.

Ele precisava ser *um* com ela.

Em todos os sentidos.

As pernas dela se abriram e ele deslizou entre aquelas coxas cremosas, ajoelhando-se diante dela em adoração. Ela tirou o casaco dele dos ombros, e seus dedos fizeram um trabalho leve com o colete antes de agarrar e desabotoar a camisa. Ele se moveu para trás para deslizá-la pela cabeça. As pupilas dela dilataram-se ao ver o peito nu dele. *Desejo*. Sua luxúria puxou o lado animalesco dele enquanto ele desfazia o nó da faixa do roupão e o abria. Nada mais do que um fino pedaço de renda preta jazia por baixo, fazendo pouco para proteger seu corpo feito para o pecado. Seu pênis pulsava. *Animal.*

"Você é tão incrivelmente" — ah, o que se diz a uma deusa? Linda? Não era o suficiente — "sedutora".

Essa era a palavra para ela.

A boca dele encontrou o pescoço dela e começou a trilhar beijos até a orelha. Ela soltou um suspiro. Descendo pela coluna do pescoço dela, a pele salgada contra os lábios dele, ele encontrou seus seios — seus seios gloriosos — mamilos tensos quase implorando por uma lambida e uma mordidinha sob a renda fina.

"Oh, Lucien", ela murmurou, seu corpo se transformando em líquido nos braços dele enquanto a língua dele girava em torno de um broto duro como cereja, depois no outro.

Mas mais lugares em seu corpo acenavam para sua vez.

Descendo, descendo, descendo, ele foi... barriga, quadris, coxas... Ele agarrou uma perna, depois a outra, e as acomodou sobre os ombros. Ao longo de todo o comprimento do corpo dela, ele encontrou seu olhar. "Você se importa se eu provar seu gosto em todos os lugares?"

Ela mordeu o lábio inferior entre pequenos dentes brancos e soltou um suspiro. "Por favor."

Oh, fazer uma deusa implorar por isso.

Ele segurou seus quadris e os moveu para frente. Ela era uma flor em plena floração, e ele era uma vespa querendo prová-la — por prazer, por sustento — antes de finalmente desferir sua ferroada. Um instante antes de sua boca encontrar sua fenda, ele inalou seu perfume — *canela... doce... mulher... Eva.* Sua língua deslizou por sua curva em um toque de teste. Ela se contorceu sob ele, empurrando para frente, exigindo mais.

"Paciência, *ma chérie*", ele provocou.

Ela gemeu e inclinou a cabeça para trás, as mãos agarrando os braços da cadeira, as pernas abertas, seu sexo um conjunto de necessidades, estremecendo pelo toque da língua dele. Ele deu a ela uma amostra do que ela ansiava, com movimentos firmes e deliberados. Um gemido longo e baixo ecoou no ar enquanto ela se perdia na carícia da língua dele.

Com sua masculinidade crescendo até estourar, ele se abaixou e desabotoou a calça, e seu pênis saltou para fora. Ela se soltou da cadeira, agarrou seu cabelo, deixando-se levar completamente, seus quadris ondulando sutilmente com os movimentos da língua dele. Então ele sentiu: o clímax começando sua escalada implacável dentro dela, enquanto seu corpo ficava imóvel na tensão específica antes da liberação. Ela se agarrou a ele como se fosse deixar de existir se ele parasse. Então, a liberação explodiu dentro dela, seu sexo pulsando sob a língua dele, seu corpo florescendo de prazer e inconsciência.

Diante dele, ela jazia na cadeira, um fardo exausto de saciedade, e ele sabia que poderia tê-la ali, mas não a queria ali, em uma cadeira. Ele a queria na cama dela. Queria que ela acordasse com o cheiro dele em seus lençóis — o cheiro *deles*. Ele queria se imprimir nela, de corpo e alma, um desejo primitivo, instintivo.

Em alguns movimentos rápidos, ele a tomou em seus braços e a carregou até a cama, onde a deitou. Apoiada nos cotovelos, o olhar dela o percorreu. O que ele viu em seus olhos — luxúria... convite... Ela o queria — *tudo* dele.

Ele lhe daria tudo o que tinha.

Começando pelo peito do pé, ele massageou-a, subindo pelas pernas longas e bem torneadas, com a pele suave e quente sob seu toque, e parou nos quadris, apertando-os o suficiente para deslizá-la em direção à beira da cama. Ela esticou os braços e os colocou em volta do pescoço dele para se apoiar, com as pernas em volta dos quadris dele, os seios macios e fartos pressionados contra o peito dele. A respiração ofegante deles era o único som no quarto. Só eles dois no universo.

Uma camada de suor entre o corpo dele e o dela, a cabeça do pênis dele pressionada na entrada do sexo dela. "Lucien", ela implorou.

Ele a reivindicou com um longo e possessivo golpe.

A sensação dela, dele estar dentro dela, em unidade com ela... Ela era tão deliciosamente apertada em volta dele. *Minha*, dizia seu corpo. O suor se acumulava no vale entre seus seios, e ele enterrou o rosto ali, saboreando-a, inalando-a, enquanto se movia dentro dela, seu corpo nada mais que um recipiente para seu prazer. Suas coxas apertaram seus quadris enquanto ele dava golpe após outro, exigindo que ela o acompanhasse na escalada rumo ao clímax novamente.

Acasalar nem sempre era uma coisa bonita. Às vezes, era sobre desejo bruto... necessidade sem filtro... pura *carnalidade*. Às vezes, era ganancioso e animalesco, e ainda assim, de alguma forma, transcendente ao contato entre dois corpos. A união de duas almas que precisavam uma da outra, que não poderia sobreviver uma sem a outra. *Desesperadas uma pela outra.*

Foi esse desespero que o fez penetrar nela, com as unhas dela cravando-se em seus ombros. Desejo e satisfação. Ele a deixou exigir dele o que seu corpo precisava em estocadas lentas. Com a vulva molhada e provocante, ela o deixava sem sentido. O suor escorria pela coluna dele.

Seus olhos se fecharam em abandono e sua cabeça se arqueou para trás, ela era lasciva em busca de prazer. Ele lambeu seu pescoço, provocando outro longo gemido para acompanhar os arquejos e suspiros agudos. Ela aumentou o ritmo dos quadris, seu corpo implorando para que ele se juntasse a ela nessa busca selvagem por alívio. Ele assumiu o controle, firmando-a abaixo dele com uma mão firme. Seu corpo sabia o que o corpo dela precisava, pois exigia que ela o seguisse até as alturas que só eles poderiam alcançar juntos. Ele não conseguiria se segurar por muito mais tempo, ele sabia. "Eva, venha comigo."

Não era um mero ato de luxúria, essa união. Era um ato de amor. E ele derramou todo esse amor nela.

Ele tomou um mamilo duro como cereja na boca e chupou, enquanto apertava o outro entre o indicador e o polegar. Sua boca se abriu, um grito de prazer crescendo. Ele colocou um dedo tranquilizador sobre a boca dela, e o olhar dela encontrou o dele e se manteve. Sua língua se lançou para fora e circulou o dedo, languidamente, uma, duas vezes, sem tirar os olhos dos dele. Então ela o chupou. Outro nível de prazer o percorreu.

Seu olhar ficou turvo e interiorizado enquanto a libertação a provocava com possibilidades, arranhando-a, atraindo-a para o abismo. Ele a penetrou, e ela o tomou por inteiro enquanto ele a exigia por inteiro. A promessa de libertação também o prendeu e o manteve suspenso pelo espaço de *uma... duas... três...* batidas, e então ela soltou um pequeno grito, sua doce vulva pulsando ao redor de sua masculinidade, e ele se perdeu nela, sua boca em seu pescoço, sua respiração em seu ouvido.

Como um só, eles caíram no doce limbo dos saciados. A sensação dela em seus braços, era a única coisa de que ele precisava para sobreviver no mundo dos dois. Sem ele, o mundo deixaria de girar. Talvez ela percebesse isso agora.

Ele se afastou, seu corpo se separando do dela, e lá estava: uma sensação de perda. Ele a envolveu em seus braços e desabou nas profundezas macias de sua cama desgrenhada pelo amor.

Eles nunca deveriam se separar novamente. Ela entendia isso tão profundamente quanto ele, ele sabia disso, mas ela não confiava naquele sentimento. Levaria muitas noites e manhãs seguintes para que essa confiança se construísse.

Não importava que levasse uma eternidade, ele não desistiria.

A confiança dela era um presente, e ele a conquistaria.

Ele conquistaria *ela*.

AS PAREDES MUDANDO de cinza para dourado com a luz da manhã, Eva deitou-se de lado e acariciou com as pontas dos dedos delicados os músculos das costas de Lucien. Cabelos escuros despenteados, um homem grande, musculoso e lindo. E, no entanto, com toda aquela força acumulada, um homem terno também.

Por que tudo tinha que ser tão contraditório entre eles?

Seus olhos se abriram e um sorriso sonolento se formou em sua boca enquanto ele a alcançava. Seu instinto foi permitir que ele a envolvesse em seu abraço forte e a possuísse novamente.

E novamente.

E novamente.

Em vez disso, ela reuniu as poucas forças que possuía e rolou para longe. "Você precisa ir agora."

As sobrancelhas dele se franziram. "Por quê?"

"Você não pode ser encontrado aqui." Ela rolou de costas e olhou para o teto. Assim, era mais fácil dizer meias verdades — e possivelmente mentiras. "Minha reputação seria destruída."

Ele bufou. Não estava comprando o que ela tentava vender. "Dificilmente."

"Você não sabe nada do mundo?"

Ele se apoiou nos antebraços e cruzou o olhar com o dela. "Como minha esposa, sua reputação está bem segura."

Agora era ela quem se franzia. "Você e eu não somos mais casados."

Lucien lançou-lhe um olhar longo e penetrante — ela talvez tenha detectado frustração ali — e se empurrou para fora da cama em um único e eficiente movimento. Nu — glorioso, másculo e *nu*. Seus olhos poderiam nunca se recuperar, e ela não tinha certeza se queria que isso acontecesse — ele atravessou a sala e enfiou a mão no sobretudo, revelando um papel. Ele vestiu as calças rapidamente antes de voltar para ela, com o papel estendido.

O coração de Eva começou a disparar enquanto ela se levantava lentamente, aconchegando-se na colcha por pudor. *Tarde demais para isso agora.* Ela aceitou o papel, mas já sabia o seu conteúdo, o que uma rápida olhada apenas confirmou. "Este é o registro do nosso casamento." A declaração óbvia soou incrivelmente estúpida aos seus ouvidos, mas não havia como evitar.

"*Oui.*"

"E você não o destruiu."

"Você não entende o que isso significa?" ele perguntou.

A realidade só começava a se fazer sentir. "Ainda somos casados."

"*Oui.*" Sem camisa, lindo e com esperança nos olhos, ele a encarou.

"Você precisa ir."

Ele passou a mão frustrada pelos cabelos para afastá-los do rosto. "Eva, não vamos discutir isso?" Ele fez uma pausa. "Não vamos discutir o nosso futuro?"

Eva piscou. "Nosso *futuro*. Nestes últimos quatro anos, não houve futuro. E agora, assim" — ela estalou os dedos — "você diz que há futuro?"

"Não só eu, Eva. Olhe dentro do seu coração. Você sabe a verdade." Ele se aproximou. "Seja minha esposa. *Continue* sendo minha esposa."

Eva não sabia mais respirar. Era como se seu corpo recebesse as palavras dele, mas sua mente não. Então, ela se deu conta. "Isso é sobre Ariel."

"*Pardon?*"

Eva balançou a cabeça, determinada. "Um casamento não pode ser baseado apenas em Ariel."

"Você é a única que diz isso."

Eva não parava. Não conseguia. "É peso demais para uma criança pequena carregar."

A cabeça de Lucien se inclinou. Ele tinha o olhar de um homem que não a estava ouvindo, mas sim enxergando dentro dela. "E se fosse mais simples do que isso?"

"Mais simples?"

"E se eu te amasse?"

Seu coração deu um baque forte. Como se ele tivesse expressado seu desejo em voz alta, e ela clamasse para responder diretamente. "Impossível", ela disse, mesmo com o coração implorando para discordar.

Ele estendeu a mão e colocou o polegar sob o queixo dela, deixando-a sem escolha a não ser olhar para cima e encontrar seus olhos. Todo o seu ser ansiava por se entregar ao toque dele. Mas ela se manteve firme e inflexível.

"Eu conheço minha mente, Eva. Eu conheço meu coração. Eu te amo."

O pânico a percorreu. As palavras saindo da boca dele. O olhar em seus olhos quando ele as pronunciou. *Não, não, não.* "Você está confundindo desejo com amor. Você só acha que me ama."

"Eva, *eu te amo.*"

"Você sabe quem eu fui." Uma prostituta. Ela não precisava dizer isso em voz alta. Ambos sabiam.

"Eu sei quem *você é.*"

Um escárnio amargo irrompeu dela. "Você não me conhece."

"Eu te conheço melhor do que qualquer pessoa na Terra."

"Você só pensa que conhece." Ela puxou a colcha com força ao redor do corpo e pulou para o outro lado da cama. Distância era necessária. "Você só conhece quem eu te mostrei."

Encarando-a do outro lado da cama, ele disse: "Por que você está me afastando, Eva? Eu vejo nos seus olhos. Você quer isso. Você me quer."

"Você quer dizer seu corpo?"

Oh, que coisa horrível de se dizer.

"Por que você não se permite ter o que seu coração deseja?"

Eva abriu a boca, mas nenhuma palavra saiu. Ela não tinha uma resposta para tal pergunta, pelo menos não uma que pudesse dizer em voz alta. Ela estendeu a página do registro. "Pegue."

Ele balançou a cabeça. "É seu."

A exasperação a percorreu. "Foi para isso que você veio até a Inglaterra."

Ele riu, sem graça. "Você não vê, Eva? Eu não vim a esta ilha atrás de um pedaço de papel amarelado com algumas assinaturas rabiscadas na superfície. Eu vim aqui por você."

Ela balançou a cabeça. Como uma criança, ela suspeitou. "Não posso ficar com ele."

Cheio de frustração, ele começou a vestir as roupas antes de encará-la novamente. "Se você não me ama, destrua o registro. Diga-me no baile do Duque e da Duquesa de Arundel hoje à noite."

Com isso, ele saiu do quarto e fechou a porta silenciosamente atrás de si.

Sozinha, Eva considerou o pedaço do registro que não atrairia um segundo olhar em nenhuma outra circunstância. Dedos leves percorreram sua superfície para confirmar que era real. Como é que algo tão mundano pode ter tanto peso e drama — todas as intrigas, toda a raiva, toda a alegria, toda a dor. Como o futuro de alguém se tornava tão profundamente emaranhado com um fino pedaço de papel?

Ela deveria incendiá-lo e jogá-lo na lareira e acabar com o passado e o futuro que ele representava. Mas... ela não conseguia se livrar de nenhum dos dois. O passado jamais a deixaria em paz — ela já havia se conformado com isso há muito tempo —, mas o futuro que ele prometia... o futuro que ela via nos olhos dele...

Era tudo o que seu coração desejava.

Ele estava certo sobre isso.

Era também tudo o que ela não podia ter.

Ela lhe contara a verdade.

Ele não a conhecia como pensava. Não sabia tudo o que ela havia feito. Não sabia todas as maneiras pelas quais ela havia falhado. E não apenas consigo mesma. Por meio de suas escolhas e fraquezas, ela havia falhado com aqueles que lhe eram mais preciosos. Ele não sabia disso sobre ela.

No ar parado da manhã, o clique abafado da porta da loja no andar de baixo se fechando chegou até ela. Ela correu até a janela que dava para Bond Street e abriu a cortina. Sua figura maciça emergiu sobre os paralelepípedos escorregadios pela chuva que ainda não haviam ganhado vida com o trânsito da manhã. A parte dela que mantinha o punho esquerdo cerrado ao lado do corpo e a respiração presa nos pulmões obrigou-o a olhar para trás. Ele não olhou. Simplesmente caminhou pela rua, um pé implacável na frente do outro, até desaparecer de vista.

Eva deixou a cortina voltar ao lugar.

E se eu te amasse?

Aquelas palavras... O anseio em sua voz quando as pronunciou... Elas a assombrariam pelo resto de seus dias.

Por que você não se permite ter o que seu coração deseja?

Essa era uma pergunta mais fácil de responder. Porque seu coração desejava demais. Desejava tudo.

E ela não merecia nada disso.

Mas aqueles que ela amava mereciam. Ariel merecia um futuro brilhante e bem-sucedido, e ela trabalhava todos os dias para garantir que ele o tivesse. Isabel merecia uma boa irmã, e Papai, uma boa filha. E Lucien...

Lucien também era digno do futuro que almejava — um vinhedo próspero, uma família linda, uma esposa digna para ajudar a construí-lo ao seu lado.

Mas e se? começou uma vozinha em sua cabeça. Ela tentou silenciá-la, mas ela não conseguiu. *E se você contasse a ele o resto da sua história?*

Impossível.

E se você o deixasse decidir por si mesmo?

Oh, ela não podia. Como ela podia deixá-lo vê-la como ela realmente era? Afinal, ela tinha seu orgulho.

Ela afundou em sua cama desgrenhada de amor e deixou a palavra penetrar nela.

Orgulho.

Ela estivera tão ocupada construindo uma fortaleza para proteger a si mesma e sua família de tudo o que o mundo pudesse lançar contra eles, que nunca havia considerado o problema dessa fortaleza. Na verdade, ela a construíra para proteger sua vergonha, e seu material usado para isso era seu orgulho.

Que Lucien a visse em seu pior momento — em seu momento mais fraco —, que ele soubesse o que ela havia feito e como isso afetara os outros, como afetara o filho deles... Era horrível demais.

Mas...

E se ela permitisse que seu orgulho desmoronasse...

E se ela tirasse forças da vulnerabilidade?

E se ela se revelasse por inteiro e o deixasse decidir?

Qual era o risco? Um coração partido? Tarde demais para isso.

E se eu te amasse?

Seus sentimentos não continham ambivalência ou incerteza. Ela o amava, verdadeiramente, por inteiro.

Para tê-lo, ela precisava revelar para ele seu momento mais baixo.

E se ele não conseguisse aceitar o quanto ela havia se rebaixado — se ele a rejeitasse — isso a magoaria profundamente e nunca se curaria completamente, ela entendia isso. Mas ela havia criado uma vida para si mesma que a impediria de voltar àquele momento.

Mas e se ele não a rejeitasse?

A possibilidade residia naquele *"e se"*.

Um futuro diferente residia naquele *"e se"*.

Um futuro que não precisava de orgulho nem de fortalezas.

As palavras de despedida de Madame Fabienne voltaram à sua mente. *Persiga o que deseja e, quando o alcançar, agarre-se com as duas mãos e não o solte por nada.*

Essa noite, no baile, ela abaixaria sua ponte levadiça e se abriria para ele, revelando toda a feiura e vergonha.

Dos resquícios de um passado destruído, talvez possam surgir os materiais para um futuro há muito negado.

29

A caminhada da loja de Eva até o hotel não foi longa, mas deu a Lucien tempo suficiente para lidar com algumas realidades.

Ele havia deixado Eva.

A coisa mais difícil que já fizera, e agora a dúvida tentava se estabelecer. E se ela rasgasse a página do registro? E se ela escolhesse um futuro sem ele?

E se ela escolhesse errado?

Um lado primitivo dele o incitava a seguir um caminho diferente. Que ele reivindicasse seus direitos. Como marido. Como pai. Por direito de nascimento, Ariel já era o Conde de Villefranche e um dia seria o Marquês de Touraine. Lucien tinha todo o direito, por lei, de reivindicar esses direitos. Mas...

Ao fazer isso, ele não conseguiria o que realmente queria.

Eva.

Por livre e espontânea vontade.

Ele queria a confiança dela. Ele queria o coração dela. Ele queria que ela o escolhesse.

Ele se aproximou da estrutura de cinco andares de tijolos vermelhos que era o Hotel Mivart´s. Imponente sem ser ostensivo, como qualquer hotel que atendesse a uma clientela abastada. Certos hóspedes — aqueles com dinheiro de família — exigiam luxo e serviço rápido, mas não ostentação. O porteiro abriu a porta. Lá dentro, o piso quadriculado em preto e branco levava a uma área de recepção aberta, com paredes pintadas de um creme quente e um teto alto todo trabalhado acima.

"Com licença, meu senhor", disse uma voz atrás dele.

Lucien se virou e encontrou um homem pequeno com um bigode bem cuidado parado a um metro e meio de distância, as mãos entrelaçadas à frente do corpo. O concierge do hotel.

"Sim?" Lucien não foi exatamente rude, mas também não estava exatamente com vontade de discutir contas de hotel ou o que quer que estivesse na cabeça do homem.

"Um hóspede solicita sua companhia na sala de jantar."

Lucien não precisou consultar o relógio de bolso para saber que ainda não eram sete horas. Nem perto de um horário razoável para socializar. A curiosidade o fez assentir e seguir o homem por uma curta escada de cinco degraus até a sala de jantar do hotel. Espalhados pelo salão havia grandes vasos repletos de plantas tropicais, e no centro de cada mesa, uma única orquídea.

No fundo da sala, sentada a uma mesa com vista para um pequeno jardim, ele a avistou. *Maman*. Era raro o dia em que *Maman* acordava antes das dez horas. Seus olhos azuis e rápidos encontraram os dele por um instante e voltaram para o livro.

Ah.

Maman estava ali para uma conversa.

Lucien se preparou.

Ele se sentou, pediu um bule de café e esperou. *Maman* ainda não havia decidido cumprimentá-lo. Eles estavam no horário dela, ela estava deixando claro. Por fim, colocou um marcador no livro e o colocou de lado.

"Você está com ótima aparência esta manhã, *Maman*."

Ela olhou para ele incrédula. Não ia aceitar seus elogios.

"Estou com olheiras depois de três horas de sono. Estou com uma aparência horrível."

Um leve alarme percorreu Lucien. "Você não está bem?"

Ela exalou um suspiro longo e sofrido. "Agnes é quem está doente." Antes que ele pudesse perguntar sobre a saúde de Lady Uxbridge, *Maman* continuou, o seu olhar penetrante e implacável: "Você não tem intenção de se casar com Lady Portia, tem?"

E lá estavam eles, direto ao ponto. A franqueza de *Maman* enervava muitos, mas não seu filho. Ele sempre apreciara sua honestidade. Sempre se sabia onde se estava pisando. Havia chegado a hora de trocar a verdade pela verdade.

"Nenhuma", disse ele sem pestanejar.

Maman assentiu lentamente, seu olhar buscando o dele. Ela não encontraria nada além de honestidade ali. "Isso é ótimo, então."

Lucien não encontrou ironia ou sarcasmo em seu tom. Na verdade, ele pode ter detectado um fio de alívio.

"Por quê?" ele perguntou, cauteloso, incerto sobre aquela reviravolta. Algo nela ainda não havia sido revelado.

"Fui chamada à mansão Uxbridge em Berkeley Square ontem à noite."

Um presságio o percorreu. "Para quê?"

Outro suspiro sofrido escapou dela. "Portia informou à mãe, em termos inequívocos, que não se casará com você."

Emoções conflitantes percorreram Lucien em uma confusão desorganizada. *Descrença... alívio...* Na verdade, ele não conseguia acreditar naquela reviravolta.

"Agnes está realmente fora de si."

"Posso imaginar que sim." Na verdade, não era preciso muita imaginação para visualizar o dramalhão de Lady Uxbridge.

"Felizmente, não preciso. Ela sempre foi muito espirituosa quando menina, e como mulher adulta, bem, ela consegue continuar assim." Ela tomou um gole delicado de chá. "Acredito que

Lady Portia também nunca teve a intenção de se casar com você."
Ela deu de ombros, como se dissesse *c'est la vie.*

"Mamãe, eu sei que eles são amigos da família, e você deve estar decepcionada."

Ela fez um gesto de desdém com a mão. "Você sabia que eu não era a noiva que a família do seu pai queria para ele?"

Lucien nunca tinha ouvido tal coisa. "Mas você vem de uma família antiga e nobre. Não é isso que eles teriam desejado?" Ele não dava mais muito valor àquele sistema antiquado, mas a maioria dos aristocratas dava.

"Idealmente, isso é verdade, mas a realidade era diferente. *Minha* família tinha dívidas e não era conhecida por sua moral íntegra. Mas..." Ela enxugou uma lágrima repentina.

"Maman?" Lucien perguntou, inclinando-se para frente, preocupado. Não estava acostumado a ver a mãe chorar.

Ela o dispensou com um gesto. "Mas nada disso importava para o seu pai. Só nós dois importávamos."

"Ele era o melhor dos homens."

Maman estendeu a mão para Lucien e apertou. "Ele me exigiu uma promessa antes de passar desta vida para a próxima."

Todos os músculos do corpo de Lucien se contraíram em tensão.

"Que eu permitiria que você fosse feliz."

"Você nunca se interpôs entre eu e a felicidade."

"Não me interpus? Quando você imagina o seu futuro, quem é que você vê ao seu lado?"

Uma imagem passou por sua mente. A mesma imagem dos últimos quatro anos.

"É alguém como Lady Portia?"

"Não."

"Um casamento como o nosso, era isso que Henri queria para você. Perdi de vista os desejos dele em meu desejo de vê-lo unida a Lady Portia. Você pode me perdoar?"

"Não tenho nada a perdoar. Você quer o melhor para o seu filho."

Um sorriso aliviado surgiu em seus lábios. "Você é generoso, como seu pai. Quem sou eu para dizer qual noiva é melhor para você? Qual mulher é melhor para você." Ela estendeu a mão sobre a mesa e pressionou a palma da mão contra o peito dele. "É a *modiste* que tem o seu coração?"

"Como você —"

"Na loja dela, naquele dia, eu vi como você a olhava. Não havia dúvida alguma. Henri me olhava com aquele calor nos olhos."

"*Oui*", Lucien se lembrou.

"Há mais entre vocês, *non?*" Uma fração de tempo carregada de significado passou. "Um passado."

Um passado. Uma interpretação amena dos acontecimentos, para dizer o mínimo. Ele poderia deixar isso no reino de vagas insinuações, e *Maman* provavelmente permitiria, mas ele lhe devia mais do que uma meia verdade.

"Ela é minha esposa."

Era bom — *certo* — dizer aquelas palavras em voz alta e vê-las se transformarem em realidade.

Sobrancelhas surpresas se ergueram em direção ao teto. Não era fácil chocar *Maman.* "Sua esposa", disse ela lentamente, como se estivesse testando o conceito na língua. Sua testa se franziu. "Desde quando?"

"Quatro anos atrás, em Gretna Green."

Maman ofegou. "E seu pai? Ele sabia?"

"Ele sabia dela."

Maman olhou para o jardim além da janela. Sua mente estava ocupada juntando as peças, sem dúvida. "Agnes me contou uma história sobre sua *modiste.* Que ela é uma emigrante espanhola." Uma hesitação. "Viúva de guerra e com um filho pequeno."

"Essa é a história que ela escolheu para seus clientes."

Os olhos de *Maman* se voltaram para a esquerda e o prenderam no lugar. "Eu não me importo com as histórias dela. Mas a criança, Lucien, a criança é sua?"

"*Oui*." Ele não negaria. Na verdade, ele queria proclamar isso aos quatro ventos. "O nome dele é Ariel."

"*Ariel*", repetiu *Maman*. Seus olhos brilhavam com lágrimas não derramadas. "Eu tenho um *petit fils*. Mas por que... por que ele não faz parte das nossas vidas? Essa mulher —"

"Eva. *Minha esposa*." Pelo menos, ele esperava que ainda fosse o caso.

"*Eva*", repetiu *Maman*. "Por que ela não está ao seu lado?"

"A situação tem sido... complexa."

"E ela é digna de você?"

Típico de *Maman* fazer uma pergunta dessas. Mas ela precisava entender a verdade. Mesmo que isso significasse expor sua vergonha mais profunda. "Sou eu quem não tenho sido digno dela."

A determinação se intensificou no olhar de *Maman*. "Você a ama."

"Com cada pedacinho da minha alma."

"Então você precisa fazer o que for preciso para conquistá-la", ela insistiu, fervorosa.

"Estou tentando."

"Esforce-se mais. Ela é a mulher da sua vida, eu vejo isso, e ela é a mãe do *petit fils* do Henri. Eles estão longe da nossa família há muito tempo."

"Você não está preocupada com a aparência disso? Ou como explicar —"

"Não me explico a ninguém. Isso é família." Novamente, as lágrimas ameaçaram cair. "É tudo o que importa. É tudo o que sempre importará. Eu quero conhecê-lo, Lucien." Sua cabeça se inclinou para o lado. "Ele fala francês?"

Ele deveria ter previsto a pergunta. "Inglês e espanhol."

Sua mão voou para a boca, horrorizada. *"Lucien."*

"Ele tem apenas três anos."

Mamãe assentiu, pensativa. "Ele é jovem. Há tempo."

Ela pegou o livro e o guardou na bolsa, olhando para todos os lados como se estivesse se preparando para ir embora. A desconfiança o percorreu. "O que você está fazendo, mamãe?"

"Precisamos ir para a casa de Eva, Lucien. Precisamos —"

Ele ergueu a mão, antecipando-se. "Não *devemos* fazer nada. Você precisa ir para a cama e dormir um pouco. O baile do Duque e da Duquesa de Arundel é hoje à noite, você se você se lembra disso."

"Puxa, o baile do Duque", disse *Maman*, desacostumada a ter suas ordens frustradas. "E você? O que está fazendo?"

"Estou esperando o momento certo." Por enquanto. Até esta noite.

"Esperando o momento certo?" *Maman* ergueu as mãos. "Às vezes você me desespera."

Lucien se levantou e estendeu o braço. "Quer que eu a acompanhe até o seu quarto?"

Maman ficou irritada, mas seguiu a sugestão dele mesmo assim. Em silêncio, eles atravessaram o hotel. E mesmo estando completamente irritada com ele, beijou-o nas duas bochechas em despedida quando ele a levou até a porta.

Sozinho, Lucien seguiu para o quarto. *Maman* não entendia. Como poderia? Quem realmente entendia o que se passava entre duas pessoas nos momentos íntimos de seu relacionamento? Pela experiência de Lucien, mesmo as duas pessoas no relacionamento mal entendiam. E mesmo tendo que deixar Eva hoje, para que ela tomasse suas próprias decisões, o que exigiu uma força de vontade que ele não tinha certeza se possuía, ele sabia que tinha sido a decisão correta.

Para conquistá-la, ele precisava libertá-la.

E deixá-la voltar para ele.

Era o único jeito.
Mesmo que isso o matasse, aos poucos.
Ela veria.
Ela voltaria.
E ela seria dele.

30

O baile de abertura da temporada do Duque e da Duquesa de Arundel tinha sobre os convidados o efeito de um feitiço tecido a partir de um sonho. Desde o momento em que se pisava nos paralelepípedos de St. James Square, uma luz platinada acenava através das portas abertas para uma noite de possibilidades. O conceito para muitos bailes era provocar um ar de mistério e travessura com iluminação suave e o uso de máscaras. Não era o caso aqui. O objetivo era ver e ser visto, de preferência usando as melhores sedas e tecidos finos, complementados pelos diamantes, safiras, esmeraldas e rubis mais brilhantes, completando uma atmosfera tão efervescente quanto o champanhe borbulhando nas taças de cristal. Este era o baile de um duque, para que ninguém se esquecesse.

Não que Lucien tivesse esquecido; era simplesmente que ele não dava à mínima.

Certamente, ele havia conduzido *Maman* pela fila de recepção para cumprimentar seus anfitriões e familiares, muitos dos quais ele nunca conhecera. Mas mesmo aqueles que conhecia, ele não concedeu mais do que o número necessário de palavras em cumprimento, sua mente inteiramente concentrada em outros assuntos.

Bem, outro assunto. O único assunto que importava, na verdade.

Eva.

Não que ele já a tivesse visto.

"Touraine" veio um murmúrio abafado às suas costas.

Ele se virou um pouco e encontrou Lady Portia o encarando com expectativa. "*Bonsoir*, Lady Portia. Precisa de ajuda?" ele perguntou educadamente. Ele tinha a impressão de que já haviam terminado um com o outro.

"Preciso falar com você", ela disse com os olhos azuis arregalados e sem a frieza habitual. Ela o conduziu até a metade de um corredor silencioso antes de encará-lo novamente. "Suponho que você já tenha ouvido."

Ambos sabiam o que ele ouvira. Não adiantava bancar o ignorante. "Eu ouvi."

"Está decepcionado?" O olhar dela procurou o dele.

"Eu estaria te insultando se dissesse não?"

Um sorriso se formou em seus lábios. "Seria honesto, e acredito que todos nós poderíamos usar um pouco disso."

Então ele percebeu — uma energia irritada emanando dela, como se ela estivesse criando coragem para dizer algo. "Vou partir para o Continente", ela disse. "Com Edith."

"Sua dama de companhia?"

Lady Portia assentiu.

Por que ela estava contando a ele? Não era incomum uma criada viajar com sua dama. Exceto que algo no movimento de seu olhar sugeria uma narrativa diferente.

"E como está Edith?" ele perguntou. "Ela se recuperou da queda no gelo?"

Lady Portia inclinou a cabeça, como se o estivesse observando de um novo ângulo. "Você sabia que é a única pessoa que perguntou por ela?"

"Ela é querida para você", ele disse. Embora não tivesse pensado muito no assunto na época, estava começando a formar uma ideia sobre a reação frenética de Lady Portia quando Edith caiu no gelo.

"Sim, Edith é muito querida." Ela hesitou. "Você entende o quanto querida?"

De repente, ficou óbvio. Lady Portia estava apaixonada por Edith. Ele assentiu.

"Você me acha depravada ou mentalmente desequilibrada?"

"Não me cabe julgá-la", ele disse cuidadosamente. Nunca havia pensado muito sobre tais assuntos. Embora ouvisse boatos e soubesse que tais relacionamentos existiam, sempre fora da opinião de que era melhor deixar a vida privada dos outros para eles resolverem.

"Depois que Edith caiu no gelo e se perdeu sob a superfície..." Ela balançou a cabeça como se quisesse afastar a lembrança. Não funcionava assim. Lucien sabia. "Aqueles segundos e minutos pareceram anos. Eu não conseguia respirar. Era como se o último suspiro dela fosse o meu também. Então, depois que ela se recuperou, tomei a decisão."

Lucien assentiu, mantendo-se em silêncio.

"Decidi que nunca me casarei com você, nem com qualquer outro homem. Não entregarei minha pessoa a ideias decadentes de patriarcado e dinastia quando meu coração também não está envolvido. Meu coração e meu corpo são meus para serem entregues — não dos meus pais — e eu já os entreguei a Edith."

"Lorde e Lady Uxbridge já sabem disso?"

"Devem saber."

Ele deveria ficar de fora, mas precisava dizer o seguinte: "Você pode ser deserdada."

Lady Portia poderia ser mais do que deserdada. Ela poderia ser diagnosticada com desequilíbrio mental e internada em um hospício. A vida que ela se propunha a levar com Edith era, de fato, perigosa para qualquer homem ou mulher.

"Cheguei à maioridade há dois anos e tenho dinheiro deixado por minhas avós maternas e paternas. Será o suficiente para viver confortavelmente, se não luxuosamente." Ela deu uma risadinha. "O sonho de Edith é abrir uma pensão na Itália. Receio que eu não seja muito boa nisso, mas ela será."

Pelo sorriso de Lady Portia e pelo jeito como ela brilhava ao falar de Edith e do futuro delas, Lucien podia ver que viveriam uma vida plena juntas. Era preciso determinação e coragem para seguir o caminho que ela estava trilhando, e ele lhe desejou tudo de bom.

"Terei que visitá-las", ele disse.

"Edith daria uma risadinha com isso." O olhar de Lady Portia tornou-se curioso. "E você, Touraine? Vai permitir que ideias decadentes de patriarcado e dinastia governem sua vida?"

Ele bufou. "Não."

Olhos azuis-gelo o perfuraram com perspicácia. "A costureira."

"*Oui*", ele disse, ligeiramente irritado. Será que ele havia deixado seu anseio por Eva tão flagrantemente óbvio para todos?

Aparentemente sim.

"Se tem uma coisa que aprendi Touraine", começou Lady Portia, "o momento é agora. Não amanhã, nem na próxima semana, nem em algum momento no futuro nebuloso, mas agora. Se a felicidade lhe estende a mão, você não hesita. Você a agarra."

E com essas palavras, Lady Portia girou nos calcanhares e retomou o fluxo do baile, deixando Lucien à própria sorte. Ele sentiu um peso se aliviar por ter tido aquela conversa. Ela era uma mulher corajosa, mas estava no passado dele.

Agora, precisava encontrar outra mulher corajosa — aquela com o futuro dele em suas mãos.

Ele deu um tapinha no bolso do paletó e sentiu o peso sólido do ouro e da pedra bastante grande presa nele. Se ele conquistasse Eva...

Non.

Quando conquistasse Eva, faria isso direito.

Essa noite marcaria o início da *eternidade*.

EVA ENTROU no salão de baile do Duque e da Duquesa e sentiu os joelhos tremerem.

Ela já tinha estado em muitos salões de baile aristocráticos — já tinha estado até mesmo neste salão de baile —, mas nunca com a intenção que guardava em seu coração nessa noite. No entanto, de alguma forma, ela permaneceu ereta enquanto circulava pelo salão, com um sorriso distante nos lábios, em seu fino vestido de seda de um tom profundo de berinjela. Era considerada uma cor de luto na Inglaterra, mas ela não se importava com isso. Simplesmente, a cor lhe caía bem.

No entanto, não era o vestido em si que era sua armadura naquela noite, mas a faixa em sua cintura. Ela passou os dedos trêmulos pela seda com décadas de uso. *Mama.* Hoje, ela cortara um pedaço de quinze centímetros do xale de sua mãe e criara esta faixa, cujo roxo, verde e dourado combinavam particularmente bem com o vestido. Através desse elegante pedaço de tecido, ela conseguiu combinar a força e o fogo de sua mãe com os seus próprios.

Mais uma vez, seu olhar percorreu o magnífico salão de baile. Em circunstâncias normais, seus olhos se demorariam, estudando vestidos e tecidos de costureiras rivais, observando os sucessos e fracassos, comparando-os com suas próprias criações, que também circulavam pelo salão.

Mas não nessa noite.

Ela simplesmente não tinha forças para se concentrar em tais assuntos. O assunto em sua mente parecia mais próximo de uma questão de vida ou morte. Por que os assuntos do coração pareciam assim? Alguém já havia realmente perecido de um coração partido?

Sim.

A resposta tinha que ser sim.

Ela parou por aí. Essa linha de pensamento a levaria a uma rápida escalada de pensamentos ou emoções negativas.

Ela não podia tolerar aquele salão de baile nem mais um momento. A luz brilhava forte demais. O álcool era efervescente demais. Sua leveza era tanta que ela poderia se erguer do chão e flutuar no éter a qualquer momento.

Na sinuosa jornada em direção às portas duplas abertas que davam para o terraço, ela conseguiu escapar de nada menos que quatro convites para participar de conversas que certamente não lhe interessavam nem um pouco. Ela deslizou — esperançosamente sem ser notada — para o terraço e respirou fundo, aliviada. O ar noturno encontrou as bochechas coradas em uma onda refrescante.

Alguns casais estavam em pares para uma conversa discreta, mas foi uma figura solitária, parada na balaustrada de pedra, que chamou sua atenção. *Srta. Mina Radclyffe.* Em uma noite cristalina como essa que pairava sobre suas cabeças, não havia outro lugar onde a Srta. Radclyffe pudesse estar, com o telescópio portátil junto ao olho, concentrada no funcionamento do universo, sem dúvida. Durante uma prova de telescópios alguns anos antes, Eva ouvira a Srta. Radclyffe explicar em detalhes e com paciência como ela havia construído seu telescópio portátil de acordo com os preceitos de Sir Isaac Newton, conforme descritos em seu livro, *Óptica.* É claro que Eva não havia retido nenhum detalhe técnico da conversa, mas a deixara bastante impressionada com a garota, cuja mente era tão aguçada quanto sua beleza. Uma coisa rara.

Decidindo deixar a Srta. Radclyffe em paz, Eva encontrou um banco em um canto tranquilo, onde ela se contentava em observar o céu a olho nu e respirar um ar que se recusava a ser totalmente capturado.

Uma figura alta entrou no terraço. O coração de Eva deu um

forte baque de aviso, pronta para disparar a galope se fosse... Não, não era Lucien. Era o apaixonado Lorde Avendon. Ele era como um planeta em órbita ao sol da Srta. Radclyffe.

"Srta. Radclyffe", disse Avendon, "a senhorita não pode sair sem sua capa. Vai pegar um resfriado."

A Srta. Radclyffe deu um sorriso tímido. "Eu só queria ficar aqui fora por um ou dois minutos. Então Vênus piscou para mim e perdi a noção do tempo."

Avendon tirou o casaco e o colocou nos ombros da Srta. Radclyffe sem perguntar. Distraidamente, ela enfiou os braços nas mangas. "Sabe o que a aqueceria?" ele perguntou.

Eva podia sentir o nervosismo de Avendon de onde estava sentada.

"O que?" perguntou a Srta. Radclyffe, distraidamente.

"Uma atividade." O ritmo *um-dois-três* da valsa flutuava no ar. "Como dançar."

A Srta. Radclyffe sorriu, desculpando-se. "Não sei se você já ouviu a Lucy falar, mas eu sou uma péssima dançarina."

"Você só teve Lulu como parceira."

"E uma série de mestres de dança com pés machucados", ela disse com uma risada encantadora.

"Talvez tudo o que você precise seja de um parceiro diferente."

"Não sei bem quem se arriscaria a ficar manco só para dançar comigo."

Ah, Srta. Radclyffe...

"Eu me arriscaria."

Avendon estendeu a mão em convite e, após um breve momento de hesitação, a Srta. Radclyffe a aceitou, e eles começaram a se mover no ritmo da música. O olhar de Eva se animou. No instante em que viu o tecido de seda azul-acinzentado que agora era o vestido da Srta. Radclyffe, ela teve que fazer o vestido para a garota, cujos olhos eram do cinza de uma pérola negra, turvos e mutáveis. A cor do tecido só realçava a tonalidade de seus olhos.

"É verdade que você está viajando para o Extremo Oriente?" perguntou Avendon. "Ou Lulu estava apenas sendo provocativa?"

"É verdade, meu senhor —"

"*Hugh*", disse Avendon. "Pode me chamar de Hugh, se quiser."

"Hugh", ela repetiu como se estivesse testando a sensação do nome dele em sua língua.

"E você vai ficar fora por anos?"

"Provavelmente."

"Mas você voltará?"

"Voltarei."

Avendon pareceu um tanto apaziguado com a garantia, mas não totalmente. Sua garantia não era exatamente uma promessa. Eva também sentiria a ausência da Srta. Radclyffe nos anos em que ela estivesse fora. Mas Avendon? Pelo jeito como ele a olhava, ele sofreria uma grande dor.

E pelo jeito como a Srta. Radclyffe o olhava? Ela não era tão desinteressada quanto à primeira vista poderia sugerir. A prova estava na maneira que ela olhava para ele. A Srta. Radclyffe queria deleitar seus olhos em Avendon, mas não ousava. Eva entendia o porquê. Com seus cabelos loiro-platinados, olhos âmbar, aparência esculpida e corpo alto, ele devia fazer o coração das jovens disparar por onde passasse.

Atração jovem. Não era para os fracos. Era isso que Eva diria a Srta. Radclyffe se tivesse o direito de contar à garota qualquer coisa sobre amor. É preciso ser corajosa diante dele. Ou sua flecha passaria voando e encontraria outra vítima, alguém que pudesse recebê-la.

E ali estava Eva, sozinha, finalmente pronta para enfrentar os dardos e flechas do amor, se ao menos a ponta afiada lhe desse outra chance.

Como se convocada para testar sua determinação, outra figura apareceu no terraço. Seu coração respondeu com reconhecimento instantâneo. *Lucien.* Com o cabelo preso em um rabo de cavalo elegante e vestido com um terno preto impecavelmente ajustado, ele se comportava com toda a seriedade que lhe era devida e ao seu título, sem parecer pomposo. Ela se levantou — precisava estar de pé para a conversa que se aproximava — mesmo com as costas pressionadas contra a parede fria de pedra em busca de apoio.

Ela passou os dedos pela faixa e disse: "Lucien", sua voz pouco mais que um sussurro ofegante.

A cabeça dele se virou bruscamente. O momento se prolongou, ficando mais tenso a cada batida rápida de seu coração. Lentamente, ele avançou, aproximando-se dela como se aproximasse de um cervo assustado.

Ela apontou o queixo para Avendon e a Srta. Radclyffe. "Olhe só para eles."

Lucien lançou um olhar rápido para o jovem casal, mas não pareceu muito interessado. "Eu conheço esse olhar."

"Lembro-me de tê-lo recebido."

A valsa terminou e o casal se separou, desajeitadamente. Algumas palavras foram trocadas entre eles, e a Srta. Radclyffe entregou o casaco para Avendon e retornou ao salão de baile. Sozinho, Avendon passou a mão pelos cabelos, visivelmente frustrado, antes de se lançar escada abaixo e desaparecer na noite.

"Eu também me lembro disso." Lucien captou o olhar de Eva. "Não estou aqui para falar do passado."

Ela apertou as mãos ao lado do corpo, determinada a não deixar sua determinação se esvair. "Ah, mas eu estou."

Deixe o passado entrar no presente.

Talvez assim eles pudessem ter um futuro.

31

E va enfiou os dedos trêmulos no corpete e tirou o pedaço de papel que estava lá dentro. Ela se afastou da parede e, no trecho de pedra que os separava, agachou-se e o colocou cuidadosamente.

"Isso é o que eu acho que é?" perguntou Lucien.

Ela se endireitou. "A página do registro."

Lucien balançou a cabeça, perplexo. "Este pequeno pedaço de papel se recusa a ficar parado."

"Não me pertence", ela disse.

"Também não me pertence."

Agora era a hora. Ela arriscava tudo ao revelar tudo.

Ou não arriscava nada e sofria com um futuro sem ele, sempre se perguntando o que aconteceria *se...*

O tempo para o *"e se"* já havia passado.

"Quando eu disse a Montfort que estava grávida", ela começou. Melhor começar pelo meio e prosseguir dali. "Ele me deu uma hora para desocupar meu quarto."

"Você não era mais útil para ele."

Ela assentiu. "Mas ainda havia a questão da dívida pendente

da minha família. Ele havia garantido um lugar para mim e para Isabel na Inglaterra."

"Você não pagou tudo?"

Ela balançou a cabeça. "Mas ele tinha uma solução."

"Qual?" perguntou Lucien, cauteloso.

"Eu tinha uma irmã quase tão bonita quanto eu", ela disse. "Palavras de Montfort."

"Cada osso do corpo daquele homem é vil."

"Então, rastejei de volta para Isabel e esperei Montfort bater à minha porta, como eu sabia que faria. Fiquei tão envergonhada que mal consegui olhar minha irmã nos olhos depois que ela concordou em ir com ele."

"Você não tinha do que se envergonhar."

"Não tinha?" ela zombou. "Lá estava eu, uma mulher decadente" — Lucien se encolheu — "grávida e dependente de láudano para sair da cama pela manhã, quando isso era possível." O nó em sua garganta se fechou, dificultando a fala das próximas palavras. "Então Ariel nasceu."

Todas as outras vergonhas do passado, ela podia suportar, mas isso...

"Ele nasceu doente."

Ela dissera as palavras em voz alta e, de alguma forma, ainda conseguia respirar.

"Ele parece saudável agora", disse Lucien. Ele sentira sua angústia e tentava acalmá-la.

Mas não havia como acalmar essa fera em particular.

"Ele era frágil e chorava constantemente quando não dormia bem."

"Você não pode se culpar."

Tal absolvição de pecados passados era fácil demais. Ela não aceitaria. "Ah, mas eu posso. Foi por causa do láudano do qual eu me tornei tão dependente. A parteira explicou a Isabel. Quando ela tirou o láudano, pensei que fosse morrer."

"Mas você é mais forte do que isso, Eva", disse Lucien. Ele ainda não a ouvia de verdade. "E Ariel começou a melhorar."

Lucien fez menção de dar um passo à frente, e ela ergueu a mão para pará-lo. A conversa poderia mudar de rumo ali, e ela poderia permitir que ele acreditasse nessa meia verdade. Mas meia verdade não era nada mais que uma mentira? Ele precisava saber tudo — tudo sobre ela, tudo o que ela era capaz de fazer.

"Eu não fiz nada."

"Como assim?"

"Por Ariel." Ela tentou engolir o nó na garganta. Impossível. "Eu estava tão presa dentro de mim mesma que não podia fazer nada por ele. Isabel contratou Nell para amamentá-lo, e eu me enrolei na minha cama e fiquei lá, uma mãe inútil." As verdades não paravam de sair de sua boca. "Seus gritos vão me assombrar pelo resto dos meus dias."

Lucien deu um passo à frente, como se fosse tomá-la nos braços e confortá-la, mas ela balançou a cabeça, parando-o no lugar. Ele não via que ela não merecia conforto?

"Eu não sentia nada por ele, Lucien. Nada. Não lhe dei um nome nem o segurei no colo por semanas." Numa onda de pânico, todas aquelas emoções que ela vinha reprimindo dentro de sua fortaleza de vergonha vieram à tona. "Minhas entranhas foram despojadas de todo sentimento, como se nada de humano restasse dentro de mim. Que eu pudesse ser tal pessoa... uma pessoa monstruosa... essa era eu." A dor experimentando a libertação pela primeira vez a invadiu. "Essa sou eu que você não conhece."

Lucien balançou a cabeça. "Não é você. Era a droga. Já ouvi falar desse efeito. A papoula transforma as pessoas em ecos de si mesmas. Mas você e Ariel sobreviveram, Eva. Você é uma sobrevivente."

O LAMPEJO de esperança que brilhou nos olhos fundos de Eva quebrou algo dentro de Lucien. O fato de ela ter acreditado nessa versão monstruosa de si mesma todos esses anos... O fato de ter sofrido sozinha... Isso o deixou com raiva. O deixou triste. O fez querer abraçá-la e acolher sua dor, para que ela não a sentisse mais.

"Você encontrou um jeito de prosperar, Eva."

Ela balançou a cabeça, com o olhar vazio novamente. "Não foi tão simples assim. O monstro dentro de mim não estava acabado."

E Lucien sabia. "Montfort."

"Através da névoa de pensamentos meio nublados, deitei-me na minha cama em Cheapside e fiz um voto."

Mesmo enquanto Lucien esperava, ele sabia quais seriam as próximas palavras dela.

"Eu me vingaria de Montfort. Não sabia como ou quando, mas veria aquele homem no chão. E como costuma acontecer, o Destino interveio na forma de Lorde Percival Bretagne."

"O homem tem o hábito de aparecer como um sujeito ruim", disse Lucien, secamente.

"Ele se envolveu em nossas vidas por meio de Isabel e nos trouxe para sua propriedade rural. Lá, de todos os lugares, Montfort e sua esposa foram hóspedes do pai de Percy, o Duque."

"E você não fugiu?" A mulher tinha coragem, isso era certo.

"Era a minha chance, talvez a minha única chance."

"Você já tinha a arma?"

"Enquanto Isabel estava fora, eu consegui uma pistola. Eu nunca mais seria vulnerável a Montfort, ou a um homem como ele. Nem a qualquer pessoa que eu amasse."

"E você atirou nele."

Ela assentiu. "Eu... eu me arrependo, Lucien. Eu permiti que o monstro dentro de mim assumisse o controle."

"Isso não prova que você é um monstro, Eva. Só prova que você é humana. Montfort era o monstro."

O olhar dela lhe disse que sua opinião sobre o assunto não seria tão facilmente desmentida. "Os erros dele não anulam os meus." Ela olhou para ele com uma vergonha persistente. "E agora você sabe de tudo. Eu entendo se você quiser..." Ela deixou o resto da frase se arrastar.

"*Ir embora?*" ele perguntou. Era melhor ter certeza do que ela queria dizer antes de começar a contestar.

Ela assentiu.

"Eva, entenda isso. Eu te abandonei uma vez." Ele levantou a página do registro do chão, dobrou-a e colocou-a no bolso do peito. "Nunca mais."

"Como *você* pode saber o que eu fiz e se sentir assim? Esta sou eu que você teria que aceitar."

"Eu posso. Eu aceito. Mas, Eva, você pode?"

"Se eu posso?"

"*Você* pode perdoar e aceitar seu eu passado? Você pode deixar o seu lado sombrio ir embora e agora ficar em paz?"

"Eu... eu..." As sombras atrás dos olhos dela se dissiparam. "Eu posso."

"Você não é o pior erro que já cometeu. Você — a mulher linda diante de mim — é a mulher com quem eu vi meu futuro há quatro anos." Ele ainda tinha mais a dizer. "E você não é um monstro."

Ela franziu a testa.

"*Você* — a *você* que realmente existe — é uma mulher muito superior àquela que imaginei para o meu futuro", ele continuou, fervoroso, com o coração em cada palavra. "Quatro anos atrás, eu não poderia ter sonhado com essa talentosa, forte e gloriosa você. Eu não podia imaginar."

O quarteto de cordas começou uma valsa, e Lucien estendeu a mão. "Dance comigo."

Eva hesitou por um instante antes de colocar a mão enluvada na dele. Ele detectou um leve tremor. A outra mão dele encontrou a parte inferior das costas dela e, lenta e timidamente, eles se encaixaram. *Um... dois... três...* Podia levar alguns segundos para sentir o movimento do parceiro de dança, mas não para eles. Seus corpos — tão familiarizados um com o outro — instintivamente entendiam o dar e receber da dança. Ele a puxou para perto de si, a extensão do corpo voluptuoso dela pressionada contra as linhas rígidas do seu, de modo que seus rostos estavam agora a centímetros de distância, a respiração superficial e quente dela contra seu pescoço.

"Se eu fosse seu marido", ele começou, "eu a levaria para o salão de baile."

E ele fez exatamente isso, guiando-os pelas portas duplas abertas até o turbilhão rítmico de casais sob lustres brilhantes, cercados por rostos familiares e desconhecidos, que estavam absorvendo o fato de o Marquês de Touraine não apenas dançar a valsa com a irmã costureira da esposa espanhola de Lorde Percival Bretagne, mas também abraçá-la escandalosamente. *Estrangeiros*, alguns diriam desdenhosamente, enquanto sentiam uma pontada de algo mais dentro de si, talvez inveja, talvez desejo, definitivamente calor. As faíscas que saíam dele e de Eva poderiam incendiar Londres à luz do dia.

"Deveríamos estar dançando aqui?" perguntou Eva. Ela notou que eles haviam se tornado o centro das atenções.

Ele não resistiu a brincar com ela. "O que você quer dizer?"

"A céu aberto", ela falou. "No salão de baile." Uma pausa "Para todos verem."

"Por que não?"

"Porque... nós... eu..." Ela se esforçou para terminar a frase.

Lucien os puxou para uma parada repentina no meio da pista de dança, a saia de seda de Eva balançando em seus tornozelos, despreparado para aquela reviravolta. Casais giravam em torno deles, quase os atingindo, enquanto permaneciam frente a frente.

"Espere aqui", ele disse, com um tom de comando na voz.

"*Aqui?*" perguntou Eva, incrédula, encarando-o com os olhos arregalados, como se suspeitasse que ele tivesse perdido as faculdades mentais. "No meio da pista de dança?"

Ele assentiu e se afastou lentamente, um sorriso querendo se formar. Teria que esperar até que ele fizesse o que viera fazer naquele baile. A expectativa corria por suas veias enquanto ele se esgueirava entre os outros casais, recebendo não poucos olhares fulminantes por seus esforços.

Ele não se sentia nem um pouco arrependido. Afinal, nos próximos três minutos, estaria dando à *alta sociedade* fofocas suficientes para alimentá-los pelos próximos três invernos.

Ele chamou a atenção do músico mais próximo, um violoncelista, e se inclinou para murmurar seu pedido — um pedido acompanhado de nada menos que quarenta guinéus, dez para cada músico, uma quantia impossível de recusar.

Lucien conseguiria o que queria.

Por muito tempo, isso lhe fora negado.

O violoncelista transmitiu o pedido de Lucien aos seus companheiros e ergueu as moedas. A música parou com um grande floreio. Um leve alvoroço se dissipou entre os presentes quando todos os olhares se voltaram para o quarteto.

Lucien deu um passo à frente. Ele tinha mais uma chance.

E aqui estava.

"Eva, meu amor", ele começou.

Cem pares de olhos curiosos, perplexos e excitados se voltaram para ela, e um caminho se abriu na pista de dança entre ele e ela. Com os olhos arregalados e as bochechas coradas, ela se tornara ofegante e sedutora, a única mulher na terra para ele. Incapaz de resistir, ele começou a se mover em sua direção e ela em sua direção.

"*Você* é uma sobrevivente. *Você* luta por aqueles que ama. *Você* é digna de todos os desejos do seu coração."

Lá estavam eles, olhos apenas um para o outro, a *alta sociedade* completamente hipnotizada pelo espetáculo diante deles. Para Lucien, ele não estava proporcionando entretenimento. Ele estava trazendo Eva à luz que ela merecia. Ela não era uma parte vergonhosa do passado dele. Sua esposa não pertencia às sombras. Ela pertencia à luz.

Ela era a luz.

"E se é a mim que seu coração deseja, eu sou seu."

Ele se ajoelhou — provocando um coro de suspiros e risos de alegria e escândalo — e tirou o anel do bolso do casaco. A mão de Eva voou para a boca quando a esmeralda de corte quadrado cercada por diamantes brilhou em sua mão estendida.

Olhos brilhando de certeza encontraram os dele. "Verde", ela disse. "Como uma folha de grama."

Ela não perderia o significado, ele sabia. A folha de um junco seria sempre o verdadeiro anel que uniria seu amor.

Agora era o momento de transformá-lo em para sempre.

"Estou pedindo à minha esposa que me dê à honra de compartilhar o resto da vida dela comigo. Eu plantarei uvas, você desenhará vestidos e teremos uma família. Seja feliz comigo, Eva."

Outro suspiro coletivo dos presentes, seguido pela liberação de um suspiro coletivo quando a complexidade de sua declaração se infiltrou na sala. Um burburinho baixo de conversas ecoou pelo ar. *Já era sua esposa?*

De fato, ele havia dado à *alta sociedade* um mistério que jamais resolveriam.

Mas ele não se importava com ninguém naquela sala além daquela que ainda não havia dito sim.

Seus olhos brilhavam com uma profusão de emoção e lágrimas não derramadas. Ela queria dizer sim, mas... seria forte o suficiente?

O equilíbrio da vida dele oscilava na ponta daquela pergunta.

"Minha fortaleza", ela começou, "não pode resistir a você, Lucien." Ela estendeu a mão e permitiu que ele deslizasse o anel em seu dedo anular.

Ele se levantou, a abraçou e a beijou com todo o seu ser, com toda a sua alma, e ela se rendeu quando todo o seu corpo se fundiu com o dele. As mãos dele começaram a deslizar pelas costas dela, encontrando a reentrância logo acima da curva do seu traseiro, tentando-o mais para baixo —

Um forte pigarro soou, lembrando-os de onde estavam. No centro da *alta sociedade*. Dando um espetáculo. Eles se separaram, ofegantes, sorrindo timidamente, e uma aclamação unânime subiu aos lustres, com calorosas felicitações. Ele e Eva haviam criado uma cena e tanto, mas poucos conseguiam resistir ao amor verdadeiro quando o encarava.

Uma pequena forma determinada abriu caminho até a frente. *Maman*. Sem hesitar, ela puxou uma Eva atordoada para seus braços. "Bem-vinda à nossa família, *ma chérie*." Ela chamou Lucien para mais perto e falou apenas para os três pares de ouvidos. "Vou me encontrar com meu neto amanhã pela manhã."

"Claro, *Maman*", disse Lucien, com a impaciência o consumindo. Ele queria a esposa só para si. Pegou a mão dela, e entrelaçou os dedos nos dela. Ela apertou, deixando-o saber que, embora estivesse falando com familiares e amigos, seus pensamentos eram apenas para ele.

Ele deu um puxão, e olhares travessos encontraram os seus. "Vamos?" murmurou no ouvido dela.

Um sorriso que continha todos os mistérios do universo iluminou-se nos olhos castanhos e curvou-se sobre os lábios carnudos cor de ameixa. *"Sí."*

E foi assim que, depois de dar a fofoca mais substancial que a *alta sociedade* recebera em muitos anos, o Marquês de Touraine completou a conversa acompanhando sua esposa, a Marquesa — *sua esposa* — para fora do salão de baile do Duque e da Duquesa de Arundel, no meio do baile de abertura da temporada. Eles não se lembrariam da entrada do casal, mas a saída deles viveria por muito tempo na memória coletiva enquanto caminhavam de mãos dadas porta afora, em direção ao futuro.

Do lado de fora, as próximas palavras do Marquês foram apenas para a esposa. "Sua ou minha?"

"Minha", ela disse, decidida. "Não tenho dúvidas de que sua *maman* estará na porta pela manhã."

"Ela terá que chegar cedo para nos pegar."

"Ah, é?"

"Voltaremos para a Escócia o mais rápido possível."

Uma risada escapou de Eva e ecoou pela St. James Square e por aquela noite de possibilidades. "Temos um pedaço de papel para devolver, não temos?"

"Sou seu", ele disse.

"E chega de *'se'*."

"Je t'aime, ma femme."

"Te amo, mi esposo."

Lucien estava cheio de alegria, amor e segurança.

Eva não era mais sua promessa negada.

Ela era sua promessa cumprida.

Pelo resto dos seus dias.

EPÍLOGO

VERÃO DE 1831

Depois de dois anos chamando o Château La Perle de lar, Eva ainda tinha momentos em que não conseguia acreditar que tinha o direito de atravessar suas amplas portas da frente como se pertencesse àquele antigo playground da aristocracia, com sua história célebre e opulência despretensiosa.

Como agora.

A carruagem tinha acabado de levá-la de sua visita mensal a Paris, onde ela consultava e colaborava com Madame Fabienne em designs que então encaminhava para Nell em Londres. Na verdade, a loja londrina havia se tornado de Nell em tudo, exceto no nome. A moça havia se transformado em uma costureira bastante talentosa por direito próprio, apesar do sotaque francês falso.

Essa viagem a Paris, no entanto, tinha sido um pouco diferente. Lucien insistira que ela fizesse a viagem sozinha e aproveitasse seu tempo livre do fardo do marido e dos filhos. Só com grande relutância ela partira, pois era difícil ficar longe de Ariel e Camilla, que tinha acabado de completar um ano. E mesmo vivendo agora como uma marquesa francesa, Lucien a encorajou a não desistir do trabalho pelas crianças, insistindo que ela poderia ter as duas coisas. Ele estava certo.

Sua mão pousou na barriga. Ela não tinha certeza se isso se manteria após a chegada do mais novo membro da família, em cerca de seis meses.

Por corredores largos e tetos altos e arejados, vinha o som que realmente fazia daquela casa o seu lar — o som de seus filhos brincando. Nenhum outro som no mundo se comparava.

Seus pés a levaram até os fundos da casa, para o terraço de pedra, e dobraram uma esquina. "*Mama!*" gritou a voz de uma criança pequena.

A alegria despertou no coração de Eva quando um turbilhão de cabelos escuros e cacheados e olhos verdes sorridentes correu em sua direção o mais rápido que suas perninhas grossas e pequenas permitiam, com os braços estendidos. Camilla. A testa de Eva se franziu ao ver a filha. A menina estava absolutamente imunda — coberta da cabeça aos pés de terra e lama. Mesmo assim, Eva não hesitou em pegar Camilla nos braços e inalar seu aroma terroso de bebê.

Havia apenas três pessoas no mundo por quem ela arriscaria estragar um vestido feito de moiré. Camilla era uma delas, e as outras duas se aproximavam: Lucien e Ariel, que estava tão sujo de terra quanto sua irmãzinha. Foi questão de instantes até que Eva também estivesse coberta de terra, desde os beijinhos dados pelos filhos até o beijo longo e sujo, de uma variedade diferente do marido, que sempre a deixava sem fôlego.

Ela nunca se cansaria dos beijos sujos de Lucien.

"Vamos mostrar à mamãe o que nos manteve ocupados à semana toda?" perguntou Lucien assim que seus beijos intensos terminaram.

"*Oui!*" gritaram Ariel e Camilla.

Um tanto curiosa, Eva perguntou: "O que é isso?"

Um sorriso enigmático se formou nos lábios de Lucien, e Eva

teve que se conter para não puxá-lo para os braços e dar-lhe mais uma rodada de beijos. "A mamãe deveria fechar os olhos?"

"*Sí!*" gritaram as crianças em espanhol. Elas tendiam a alternar entre francês, espanhol e inglês com uma facilidade inconsciente.

"Eu reconheço uma ordem quando a ouço", disse Eva, rindo, enquanto fechava os olhos com força.

A mão forte e masculina de Lucien envolveu a dela. Camilla segurou a outra mão e ouviu os pés de Ariel triturando o cascalho enquanto ele corria à frente. Não demorou muito para que parassem.

"Pode abrir os olhos, *mon amour*", disse Lucien.

Os olhos de Eva se abriram e ela engasgou com a explosão de cor e beleza que a cercava. Ela estava parada no centro de um jardim que não existia sete dias antes, povoado por uma profusão de flores roxas e douradas de todas as variedades — lavanda, íris, violetas, lírios, calêndulas e rosas.

Imediatamente, a compreensão a atingiu, e lágrimas brotaram em seus olhos. Aquele era um jardim de recordações para sua mãe. "Como isso é possível?" sussurrou. As flores e arbustos estavam maduros. Os caminhos eram de cascalho de granito e margeados por elegantes tijolos de mármore branco. Simplesmente não houve tempo suficiente. "Houve feitiçaria envolvida?"

Lucien riu. "*Maman* cultiva as plantas há um ano em seu jardim na casa paroquial, e nosso jardineiro, Monsieur Bernard, ajudou com o projeto e o plantio."

Eva sentiu a boca aberta. "Você planejou isso por mais de um ano?" A importância do presente estava apenas começando a se aprofundar nela. "*Para mim?*"

Seus sentimentos ocultos de indignidade surgiram, como sempre acontecia quando ela era alvo de gentileza espontânea — ou planejada, nesse caso.

"Claro, que para você. Quem mais?" disse Lucien, puxando-a para perto. "Não há mais ninguém."

Sua sombra queria negar e descartar as palavras dele como meras palavras.

Mas não eram meras palavras.

Para ele, não havia mais ninguém.

Havia momentos, como agora, em que ela se dava conta de que Lucien era o homem com quem compartilharia o resto de seus dias. Ele era seu companheiro... seu amante... seu marido... *era dela.*

Daquele lugar de aceitação — a aceitação dele por ela... a aceitação dela por si mesma — fluía tudo o que tornava sua vida completa.

Um cachorro grande e peludo entrou pesadamente no jardim — Franco, o mais novo membro da família em crescimento — e Ariel começou a brincar com ele, enquanto Camilla afundava o traseiro em uma poça e começava a espremer lama entre os dedos.

"Uma garota que agrada o meu coração", disse Lucien.

Eva riu. "Acredito que você tenha uma futura vinicultora em mãos."

Lucien sorriu com orgulho.

Esse jardim não era de luto e tristeza, mas de alegria, vida e novos começos. Um lembrete de que a memória de Mama era uma bênção para ela e para a família que construíra com Lucien. Que eles eram bênçãos um para o outro. Apesar de todas as provações, tribulações e anos separados, eles sempre estiveram unidos a este lugar. Para estarem juntos. Para se amarem.

Lucien pousou a mão gentilmente em sua barriga de grávida.

Isso era segurança.

Isso era felicidade.

Essa era a vida que ela e Lucien haviam prometido um ao outro em uma noite longínqua e distante.

TAMBÉM ESCRITO POR
SOFIE DARLING

All's Fair in Love and Racing
    Odds on the Rake
    The Duchess Gamble
    Wager With a Siren
    Devil to Pay
    Win Me, My Lord
    A Lady's Rogue to Ruin

Sedas e Sombras
    Três Lições de Sedução
    Seduzida Por Um Visconde
    Pecado de Amor à Meia-Noite
    Como Vencer um Lorde Perverso
    À Disposição de um Marquês
    Por Uma Noite, Sua Dama
    Nell e o Duque Incontrolável

A paixão da premiada autora de best-sellers Sofie Darling por romance histórico começou no ensino médio, no momento em que ela abriu *O Morro Dos Ventos Uivantes* (Wuthering Heights) de Emily Bronte. Um caso de amor instantâneo e duradouro nasceu.

Sofie passou grande parte dos seus vinte anos criando dois meninos e lendo todos os romances que conseguia colocar as mãos. Quando percebeu que simplesmente precisava escrever os livros que amava, terminou seu curso de inglês e começou a escrever. (Ticonderoga #2 é seu lápis preferido).

Quando não está escrevendo heróis que a fazem desmaiar, Sofie gosta de fazer uma boa caminhada no fim de semana, visitar um castelo medieval em ruínas sempre que tem oportunidade e ter um relacionamento ligeiramente codependente com seu beagle, Bosco. Visite seu site